KB211374

산해경山海經과 한국 문화

민음사

책머리에

오래전 『산해경』 역주 개정판(1993) 「해제」에서 필자는 다음과 같은 말을 한 적이 있다.

> 한국의 경우 이미 백제 때에 일본에 『산해경』을 전했다는 역사 기록으로 미루어 적어도 삼국 시대부터는 『산해경』이 읽혀 왔음을 알 수 있다. 고구려 고분 벽화에 등장하는 신수 및 괴수의 형상은 직접 혹은 간접으로 『산해경』으로부터 유래된 것이 많다. 이후 역대로 다수의 문인들이 곽박(郭璞), 도연명(陶淵明)을 본받아 「유선시(遊仙詩)」, 「독산해경(讀山海經)」 시 등을 짓거나 그들의 작품 속에 『산해경』을 수용하여 왔다. 그러나 『산해경』이 우리에게 주는 영감과 자극은 먼 옛날에 한하지 않는다. …… 시인 황지우는 그의 「산경(山經)」에서 당대 현실에의 가열찬 풍자 의식을 『산해경』의 신화적 지도에 그려 넣음으로써 성공적인 패러디를 이룩했다.

위의 간략한 언명은 언젠가 『산해경』과 한국 문화의 관련성에 대한 전모를 구현해야 한다는 명제처럼 되어 항상 강박 관념으로 존재했다. 이제 『산해경과 한국 문화』의 출간을 눈앞에 둔 지금 30여 년 전의 발언을 매듭짓게 되었다는 생각으로 잠시 감회에 젖는다.

필자는 평생을 중국 신화와 도교 문학 등 중국학에 종사해 오면서도 한시도 국학과의 관계성을 망각한 적이 없었다. 이것은 어릴 적 조부께 한학(漢學)을 수학한 덕분에 무슨 공부를 하든 자연스레 국학으로 귀소(歸巢)했기 때문이다. 그 결과 중국학을 하더라도 언제나 제3자인 한국의 입장에서 사유할 수 있었고 그로 인해 『산해경』을 중국 학계와는 다르게 보고 다르게 해석하는 힘을 얻을 수 있었다. 따라서 『산해경』을 역주하고 연구해 오면서도 한국 문화와의 상관성에 대한 주목의 끈 역시 놓지 않았음은 물론이다.

본서는 그러한 기나긴 주목의 산물로 『산해경』과 한국 문화의 관계를 통시적으로 개관한 책이다. 그러나 이 방면 최초의 개괄적이고 시론적인 책이므로 몇 가지 설명드려야 할, 아니 양해를 구해야 할 사항들이 있다. 첫째, 『산해경』 전공자의 입장에서 국학을 논하는 것인 만큼 관점, 자료, 국학 지식 등에서 일정한 한계를 피할 수 없을 것이다. 둘째, 개설서로서 국학 장르 전반을 통시적으로 논해야 하므로 미진하거나 소략한 점을 면하기 어려울 것이다. 첫째, 둘째와 관련하여 국학 전공자들의 많은 질책과 규정(糾正)을 감수하고자 한다. 마지막으로 본서는 그간 필자의 『산해경』과 한국 문화 관련 연구를 집성한 것인 만큼 과거의 성과물도 망라해야 했기에 일부 논문은 정리, 재수록이 불가피했다. 이 점에 대해 독자 여러분께 송구스럽게 생각한다.

이 책이 나오기까지 많은 분들의 도움이 있었다. 먼저 다년간 연구비를 지원해 준 한국연구재단에 깊은 사의(謝意)를 표한다. 그리고 자료 수집에 힘써 준 안윤경, 이민지, 이정하 조교에게도 고마움을 전한다. 국문학자 김수연 선생은 자료 제공은 물론 국학과 관련된 적절한 조언을 해 주었다. 감사의 마음을 전한다. 아울러 필자가 처음 고구려 고분 벽화에 대한 연구를 시작할 당시 대학원생으로서 도움을 아끼지 않았던 재미 미술사학자 우현수 선생의 정성을 잊을 수 없다. 그때의 미약한 시작이 오늘의 결과를 낳았기 때문이다. 끝으로 촉박한 일정에도 불구하고 이처럼 완미(完美)한 책을 만들어 준 민음사 편집부의 노고에 감사를 드리며 기서(奇書) 『산해경』의 황당한 상상력을 사랑하는 이 땅의 모든 분들과 함께 출간의 기쁨을 만끽하고자 한다.

2019년 4월

양주(楊州) 사정동(砂井洞) 서옥(書屋)에서

옥민(沃民)* 정재서 삼가 씀

* 『산해경』「대황서경(大荒西經)」에 나오는 유토피아 옥국(沃國)의 백성: "有沃之國, 沃民是處 …… 鸞鳥自歌, 鳳鳥自舞,爰有百獸, 相群是處, 是謂沃之野."

차례

1 서론

『산해경(山海經)』은 중국의 가장 오래된 신화집이자 동아시아 상상력의 원천이라 할 고전으로 역대에 걸쳐 비상한 주목을 받아 왔다. 이 책은 주로 신화학과 지리학의 측면에서 연구되어 왔는데 특히 신화학 방면에서는 중국 신화 연구의 불가결한 원전 자료로 간주되고 있다. 아울러 이 책은 역사학, 고고학, 민속학, 인류학, 과학사 등의 측면에서도 탐구가 이루어져 학제 간 연구가 요청되는 고전이기도 하다.

근대 이후 『산해경』에 대한 연구서는 수십 종에 달해 이 책의 기본 내용, 의미, 형식, 성격 등에 대한 논의는 이제 동어 반복이 될 정도로 많이 이루어졌다.[1] 그러나 정작 동아시아 상상력의 원천으로서 『산해경』이 담고 있는 문화와 주변 문화의 상관관계에 대한 심도 있는 탐구는 상대적으로 아쉬운 현실이다. 따라서 글로벌한 문화 상황, 더욱이 비교학이 추세인 금후의 시점에서 『산해경』 연구의 과제는 그 문화의 내용을 중국적인 범주에서 규정하는 데에 그치지 않고 주변 문화와

1 고대 이래 현대에 이르기까지 『산해경』의 학문적 탐구에 대한 총체적 서술은 陳連山, 『山海經學術史考論』(北京: 北京大學出版社, 2010) 참조.

의 다양한 교섭과 관계성을 밝혀냄으로써 중국과 주변과의 문화적 상호 주관성(intersubjectivity), 나아가 연대감을 확인하는 데에 있다. 이러한 과정을 통해 『산해경』이 지닌 다원적, 보편적 가치를 드러내고 궁극적으로 동아시아 문화 공동체로의 길을 열 수 있을 것이다.

일찍이 손작운(孫作雲, 1912~1978)은 『산해경』을 '동이계(東夷系) 고서(古書)'로 규정한[2] 만큼 이 책과 한국 문화의 친연성은 근원적이다. 아울러 『산해경』이 전래된 이후 장구한 역사 시기 동안 중국 문화가 한국 문화에 미친 영향을 고려하면 한국 문화에 수용된 『산해경』의 양상과 의미는 우리의 예상을 훨씬 벗어난다. 그럼에도 『산해경』과 한국 문화의 상관관계를 집중적으로 고찰한 노작이 전무한 것은 그간 우리 학계 일각에 존재했던 동아시아 문화에 대한 속지주의(屬地主義)적 인식의 영향이 아니었을까 조심스럽게 추측해 본다. 아울러 신화, 상상력 분야에 대한 관심이 상대적으로 취약했던 저간(這間)의 우리 학풍과도 일정한 관련이 있을 것이다.

본서에서의 논구를 통해 『산해경』의 적용 범주를 중국 대륙 밖으로 확장함으로써 이 책이 지닌 동아시아 상상력의 공유 자산적 의미를 실감함은 물론, 한국 문화의 해석 근거를 기존의 국학 범주에서 벗어나 이른바 '기서(奇書)'에까지 확대함으로써 한국 문화의 근원에 대한 다양한 인식의 가능성을 보여 주길 기대한다.

『산해경』과 한국 문화와의 상관성을 규명하기 위해서는 1차적으로 『산해경』 문화의 성격 특히 주변 문화와의 관계성에 대한 고찰이 필요하다. 이를 통해 우리는 『산해경』과 한국 문화의 상관성을 고찰한다는 주제의 입론 근거를 확보하게 될 것이다. 다음에는 1차 논의를 근거로 『산해경』 속에 표현된 고대 한국 문화 요소를 추출하고 분석하게 될 것

2 孫作雲, 「后羿傳說叢考」, 『中國上古史論文選集 (上)』(臺北: 華世出版社, 1979), 458쪽.

이다. 이는 『산해경』과 한국 문화의 근원적 상관성을 드러내는 작업이 될 것이다. 다음으로 역사 시기 이후 한국 문화에 수용된 『산해경』의 양상과 추이 그리고 그 의미를 탐색할 것인데 이 부분에서는 크게 『산해경』이 전래된 삼국 시대 전후로부터 고려 시대까지, 그리고 조선 시대와 근대 이후 오늘에 이르기까지의 세 시기로 나누어 고찰할 것이다. 마지막 결론에서는 앞서의 논의들을 종합하고 한국 문화에서 『산해경』이 지니는 의미와 가치를 진단한 후 본서의 종장(終章)을 마치게 될 것이다. 위에서 제시한 주요 논의 과정을 서론과 결론을 빼고 크게 세 부분으로 나누어 정리, 서술하면 다음과 같다.

『산해경』과 주변 문화

『산해경』은 한 가지 계통의 문화로 이루어진 책이 아니라 주변 여러 종족과의 교류와 융합을 거쳐 성립된 상호 텍스트적인 문화를 담고 있는 고전이다. 여기에서는 『산해경』의 다원적인 문화 상황을 드러내고 그 내용을 개술한다. 이 과정에서 중국 상고 문화에 대한 고고학적, 인류학적, 신화학적 성과들이 원용될 것이다.

『산해경』 속의 한국 문화

『산해경』에는 은(殷) 및 동이계 문화 요소가 풍부하다. 따라서 고대 한국 문화와 상관된 명시적 혹은 암시적 표현들이 다수 존재한다. 명시적 표현은 역사, 지리 등과 상관되고 암시적 표현은 대부분 환상적 표현으로서 신화, 민속 등과 관련된다. 『산해경』 내의 고대 한국 문화 관련 역사, 지리, 신화, 민속 기사들을 추출, 분석함으로써 『산해경』과 한국 문화의 근원적 상관성을 확인할 수 있을 것이다.

한국 문화 속의 『산해경』

『산해경』은 한국에 전래된 이후 장구한 시기 동안 한국 문화에 많은 영향을 미쳤다. 먼저 한국 신화와 『산해경』의 관련성을 살펴보고 전통 시기인 삼국 시대부터 조선 시대까지 『산해경』의 수용 양상을 문학, 예술, 역사, 지리, 민속 분야 등으로 나누어 고찰하게 될 것이다. 아울러 사례 연구로 고구려 고분 벽화와 허목(許穆)의 「척주동해비(陟州東海碑)」에 대한 분석을 시도하고자 한다. 다음으로 근대 이후 오늘에 이르기까지 문학, 예술, 문화 산업 분야 등에서의 『산해경』 수용 양상을 고찰하고 사례 연구로 황지우의 「산경(山經)」 시에 대한 논의를 진행하게 될 것이다.

『산해경』과 한국 문화의 상관성에 대한 이와 같은 전반적 논의 및 개술은 앞서 말했듯이 결코 일방의 영향론을 전제로 한 것이 아니라, 『산해경』이 근원적으로 갖고 있는 동아시아 문명 초기의 다원적, 보편적 문화 현실에 근거한 것으로, 궁극적으로 『산해경』이 동아시아 문화에 대해 지니는 원형적 지위를 드러내고 나아가 동아시아 공유 문화의 바탕 위에 놓인 한국 문화의 고유한 위상을 확인하는 계기가 될 것이다. 『산해경』과 한국 문화에 관한 최초의 전면적 시도라 할 졸저의 연구 목적 및 의의는 바로 여기에 있다.

2 『산해경』과 주변 문화

1) 다원적 중국 문명 기원론

『산해경』은 신화 시대의 내용을 담고 있어 중국 문명의 형성 시점과 거리가 멀지 않으므로 중국 문명 기원론은 『산해경』과 주변 문화의 관계성을 잘 설명해 줄 수 있을 것이다. 이러한 논의는 중국학에서의 뜨거운 이슈 중의 하나였다. 왜냐하면 중국 문명 기원론은 곧 중국 문명의 정체성과 직결되고 나아가 중국인의 문화적 자부심과 관련되기 때문이다.

문명 기원론은 문명 주체의 수효에 따라 단원론과 다원론으로 나뉘고 문명의 성격 및 내용에 따라 자생설과 외래설로 나뉘는데 대개 단원론-자생설, 다원론-외래설의 조합을 이루지만 중국 문명 기원론의 경우 서로 다른 차원의 상황이 복합적으로 일어나기도 한다.

전통 시기의 중국 문명 기원론은 단원론-자생설로서 황하 문명 중심론 곧 중원 기원설이라고 볼 수 있는데 중국 대륙 및 동아시아의 모든 문명은 황하 유역 곧 중원에서 발생하여 사방, 주변으로 파급되어 영향을 미쳤다는 가설이다. 이 가설의 밑바탕에는 중원을 차지한 문명국 중화 제국이 주변의 야만 민족을 지배한다는 중화주의(中華主義) 곧 화이론(華夷論)이라는 정치적, 문화적 차별 관념이 깔려 있다.

그러나 아편 전쟁 이후 서구 열강이 침입하고 전반서화(全般西化), 중체서용(中體西用) 등 근대화가 진행되면서 중원 기원설이 무너지고 서방 기원설이 대두하게 된다. 가령 라쿠페리(T. de Lacouperie)는 바빌론 기원설을, 볼(C. J. Ball)은 수메르 기원설을, 레그(J. Legge)는 중앙아시아 기원설 등을 주장했다. 놀라운 것은 국학대사(國學大師) 장학성(章學誠)을 비롯 양계초(梁啓超), 위취현(衛聚賢), 소설림(蘇雪林) 등의 유수한 학자들이 서방 기원설을 제창 혹은 지지했다는 사실이다. 근대 초기에 풍미했던 서방 기원설 곧 외래설은 앤더슨(J. G. Andersson)의 용산 문화(龍山文化), 앙소 문화(仰韶文化) 등의 고고 발굴을 통해 정론(定論)으로 굳어지는 듯했다. 그는 앙소 문화의 핵심인 채도(彩陶)의 모티프와 기법이 서방에서 유래했다고 주장했던 것이다.

서방 기원설의 기간은 길지 않았다. 이후 마스페로(H. Maspero), 에버하르트(W. Eberhard) 등 중국 문화에 정통한 서구 학자들의 비판과 대다수 중국 내 학자들의 격렬한 반론에 부딪혀 외래설로부터 다시 자생설로 돌아오게 된 것이다. 자생설 회귀 이후 중국 문명 기원론은 간간이 외래설이 제기되기도 했으나[1] 자생설의 큰 틀을 유지한 채 다시 내부적으로는 단원론과 다원론의 두 가지 입장으로 갈라진다. 단원론은 기존의 황하 문명 중심론 곧 중원 기원설을 고수하는 것으로 안지민(安志敏, 1924~2005)의 다음과 같은 언급이 대표한다.

---

1 고고학 분야에서 세석기(細石器) 문명, 청동기 문명 등과 관련하여 시베리아 혹은 북방 유목민 문명으로부터의 영향설, 중앙아시아로부터 말과 전차, 그리고 이와 함께 밀, 보리 등 맥류(麥類)의 유입설 등이 제기된 바 있다. Karl Jettmar, "The Origins of Chinese Civilization: Soviet View", Ed., David N. Keightley, *The Origins of Chinese Civilization*(Berkeley and Los Angeles: Univ. of California Press, 1983), 230~232쪽 참조.

역사적으로 볼 때 하(夏), 상(商), 주(周)는 일찍이 이 지역(중원)에서 계급 국가를 건립하여 장기간의 통치를 위한 기초를 마련했다. 고고 발견으로 상, 주 시대의 유적이 이 지역에 집중되어 있다는 것이 입증되었는데 특히 상 문명이 사전(史前) 문화의 맥락을 계승했다는 사실은 거울같이 명백하다. 따라서 황하 유역의 중원 지역은 의심할 나위 없이 중국 문명의 발상지이며 (이 문명은) 장강 하류 및 더 광활한 지대로 신속하게 확대되었다. 다만 주변의 어떤 지역들은 비교적 늦은 시기에 이르러서야 씨족 제도를 종결했는데 이러한 발전상의 불평형은 객관적으로 존재했던 사실이었다. 우리는 상 문명의 출현이 초기 국가의 탄생을 시사하는 것에 그치지 않고 강역과 영향이 계속 확대되어 통일의 작용을 일으켜서 후일의 역대 왕조들이 기본적으로 이러한 역사 전통을 계승한 것임을 알 수 있다.[2]

위와 같은 입장은 전통적인 화이론과 정확히 일치함을 볼 수 있다. 그러나 1970년대 이후 중국 대륙에서의 고고 발굴이 황하 유역에서 변경 지역으로 확대되어 양저 문화(良渚文化), 홍산 문화(紅山文化) 등 중원 지역과 비슷하거나 더 이른 문명의 실체가 발굴, 확인되면서 중원 기원설은 퇴조하고 학계의 지배적 경향은 다원론으로 바뀌었다. 다원적 중국 문명 기원론인 구계유형론(區系類型論)을 제창한 소병기(蘇秉琦, 1909~1997) 등의 주장을 들어 보자.

과거에 한 가지 견해가 있었다. 황하 유역이 중화 민족의 요람이며 우리나라의 민족 문화는 먼저 이곳에서 발전한 후 사방으로 확대되었다는. 그리고 기타 지역의 문화는 낙후되어 황하 유역 문화의 영향하에서만 발

2 安志敏, 「試論文明的起源」, 《考古》(1987), 제5기, 455~456쪽.

전할 수 있었다는. 이러한 견해는 온전히 옳은 것이 아니다. 역사상 황하 유역은 확실히 중요한 작용을 일으켰다. 특히 문명 시기에 그곳은 항상 주도적 위치에 있었다. 그러나 동일한 시기에 기타 지역의 고대 문화 또한 각자의 특징과 방식이 발전하고 있었다. 각 지역에서 발견된 고고 자료는 갈수록 많아져 이러한 사실을 증명해 주고 있다. 아울러 영향은 언제나 상호적이어서 중원이 각 지역에 영향을 주었고 각 지역 또한 중원에 영향을 주었다.[3]

앞서의 안지민의 언급과 완연히 대조적인 소병기 등의 주장은 중국 문명의 형성을 다원적으로 인식하고 중원과 주변의 문화를 대등하고 호혜적인 관계 속에서 파악하고자 하는 자세를 보여 준다. 물론 대륙 학계에는 이러한 다원론을 표방하면서도 형태를 달리해 중원 기원설을 재건하려는 움직임이 없는 것은 아니다. 이학근(李學勤), 곽대순(郭大順) 등에 의해 추진된 '중국고대문명탐원공정(中國古代文明探原工程)'의 일환으로 구상된 '요하 문명론(遼河文明論)'이 그것인데 이에 따르면 요하 유역이 중국 문명의 요람이며 그곳에 거주하던 고대 민족은 대신(大神) 황제(黃帝)의 후예라는 것이다. 결국 요하 문명론은 중원 기원설의 거점인 황하를 요하로 대체한 것에 지나지 않는다. 이를 위하여 화하(華夏) 민족의 시조인 황제의 활동 구역을 종래의 황하 유역에서 요하 유역으로 옮기고 신체(神體)도 용에서 곰으로 바꾸었다. 이렇게 보면 중원 기원설의 새로운 버전이라 할 요하 문명론은 여전히 화이론적 관념을 내장하고 있다는 점에서 사실상 '신판 단원론'이라 할 만하다.[4] 하지만 신판 단원론의 정치성을 배제한다면 현재 중국 문명 기원론의

---

3 蘇秉琦·殷瑋璋, 「關于考古學文化的區系類型問題」, 《文物》(1981), 제5기, 11쪽.

4 신판 단원론에 대한 비판은 정재서, 『동아시아 상상력과 민족 서사』(이화여대 출판부, 2014), 32~35쪽 참조.

정론은 다원론으로 중국 문명은 결코 중원 한 지역에서 발생하여 사방으로 파급된 것이 아니라 주변부 여러 문명과의 교류를 통해 형성되었다는 것이 실상이라 할 수 있다.

2) 『산해경』 문화의 상호 텍스트성

중국 문명의 형성에 대한 다원적 기원론은 우리로 하여금 자연스럽게 중국 최고(最古)의 신화집인 『산해경』에 담긴 문화 역시 다원적일 것이라는 생각을 떠올리게 한다. 중국 문명의 정체성이 확립된 역사 시기를 대체로 한대(漢代)로 본다면 적어도 한대 이후 중국 문명이 주변 문화에 미친 지배적 영향은 인정한다 하더라도, 한대 이전 곧 선진(先秦) 시기의 경우 중국 문명의 다원적 기원론을 염두에 두고 접근해야 할 것이다. 즉 『산해경』을 위시한 선진 고적(古籍)의 내용에 대해서는 기존의 해석 방식대로 중국 문명이라는 단일한 실체를 상정하고 읽어서는 안 될 것이다.[5]

중국 상고 시대의 다원적 문화 상황, 나아가 그것을 반영한 선진 고적의 다양한 내용 양상은 텍스트 이론에서 이른바 상호 텍스트성(intertextuality)의 현상과 흡사한데 크리스테바(J. Kristeva)는 이에 대해 일찍이 이렇게 정의한 바 있다. "어떠한 텍스트도 인용의 모자이크로 구성되어 있으며 어떠한 텍스트도 다른 것의 흡수이자 변형이다. 상호 텍스트성의 개념은 상호 주관성(intersubjectivity)의 그것으로 대치된

5 이러한 문제의식은 이미 정재서, 『동양적인 것의 슬픔』(살림출판사, 1996), 103~104쪽에서 표명된 바 있다. "중국의 신화 및 고전은 '중국적'이 아닌 여러 '주변적'인 문화가 공존했던 당시의 다원적인 문화 현실에 대한 통찰을 바탕으로 해석상의 혁명을 경험할 필요가 있다."

다."[6] 이러한 언급은 에버하르트가 중국의 상고 문명에 대해 "주변 문화의 상호 구성체"[7]라고 규정한 것과 그대로 상응한다.

『산해경』 문화의 상호 텍스트성은 이 책의 저자가 어떤 지역 출신인지, 혹은 이 책을 생산한 배경 지역 곧 발생지가 어디인지에 관한 쟁론을 통해서도 엿볼 수 있다. 가령 몽문통(蒙文通)은 『산해경』 중의 「대황경(大荒經)」이 파국(巴國)에서, 「해내경(海內經)」이 촉국(蜀國)에서, 「오장산경(五臧山經)」과 「해외경(海外經)」이 초국(楚國)에서 성립된 것으로 보았으며 원가(袁珂)와 이풍무(李豊楙)는 『산해경』 전체가 초인(楚人)에 의해 이루어진 것으로 파악했다. 반면 하유기(何幼琦)는 「해내경」, 「해외경」 등을 포괄하는 「해경(海經)」이 산동성(山東省) 중부 지역을 반영한 것으로 논증했고 소병(蕭兵)은 『산해경』을 제국(齊國) 등 동방의 방사(方士)가 정리한 책이라고 주장했다.[8]

『산해경』의 지리, 문화 내용을 중국권 밖으로 보는 시각도 있다. 위취현은 중국인이 수천 년 전에 아메리카 대륙을 발견했고 그곳의 특유한 동식물과 광물이 『산해경』에 기재되어 있다고 언명했으며 위정생(衛挺生)은 『산해경』을 연(燕) 소왕(昭王) 때 추연(鄒衍)이 조직한 탐험대의 아시아 답사 기록으로 보고 그 지리 범위가 동으로 일본 열도와 연해주, 서로 북아프카니스탄, 남으로 인도양과 벵골만, 북으로 북극해와 오비강 하류에 이르는 것으로 추정했다. 능순성(凌純聲) 역시 중국을 중심으로 동으로는 서태평양, 서로는 서남아시아, 남으로는 남해의 여러 섬들, 북으로는 시베리아에 이르는 고아시아의 지리서로 파악했다. 이외에도 소설림은 『산해경』을 바빌로니아인이 지은 아라비아반도

---

6 Julia Kristeva, *Desire in Language*(New York: Columbia Univ. Press, 1980), 66쪽.
7 Wolfram Eberhard, "Introduction", Trans., Alide Eberhard, *The Local Cultures of South and East China*(Leiden: E. J. Brill, 1968).
8 정재서 역주, 「해제」, 『산해경』(민음사, 1985) 참조.

의 지리서로 간주했고 서현지(徐顯之), 궁옥해(宮玉海) 등은 이 책이 중국이나 아시아 등 특정한 지역이 아닌 세계 각 대륙의 문명을 반영하고 있다고 주장하는 등[9] 『산해경』에 대한 인식과 상상은 가히 점입가경이라 할 정도이다.

그러나 중요한 것은 『산해경』이 과연 중국 혹은 아시아 나아가 전 세계의 문화를 담고 있는가의 여부가 아니라 이토록 복잡하고 다양한 상상을 가능케 할 정도로 『산해경』이 다원적이고 다성(多聲)적인 성격을 지닌 텍스트라는 사실이다. 이것은 결국 에버하르트의 표현을 빌리자면 『산해경』이 주변 문화의 상호 구성체임을 말하는데 이러한 의미에서 이 책을 "사방 민속 문화의 교류와 융합(四方民俗文化的交匯)"으로 파악한 소병의 견해는 설득력을 지닌다.[10]

3) 『산해경』의 성립 주체와 한국 문화

『산해경』의 주변 문화적 성격을 운위하면서 성립 주체를 논하는 것은 일견 모순적인 것 같지만 다원적이라 할지라도 크고 작은 비중은 있을 것이고 성서(成書) 과정에서 주도적인 역할을 했는가, 피동적으로 기록되었을 뿐인가의 차이는 있을 것이다. 그렇다면 『산해경』의 다양한 문화들 중에서 비교적 큰 비중을 차지하고 집필을 주로 담당한 계층을 성립 주체라고 부를 수 있을 것이다.

『산해경』의 성립 주체는 앞서 『산해경』의 저자 및 발생지에 대한 개

---

9 위의 책과 아울러 胡遠鵬, 「論最近二十年的山海經硏究」, 《山海經與中華文化論集》(1999), 제3집 참조.

10 蕭兵, 「山海經 — 四方民俗文化的交匯」, 『山海經新探』(成都: 四川省社會科學院出版社, 1986) 참조.

술에서 대략 살펴보았듯이 파국, 초국, 산동, 초인, 연국 추연, 동방 방사 등이 거론되고 있다. 그런데 『산해경』의 성립 시기인 전국 시대(戰國時代)와 관련하여 여러 후보 지역을 정리해 보면 대략 연(燕), 제(齊), 초(楚)의 세 나라로 모인다. 이 세 나라는 지역적으로 중국 대륙의 동방 해안에서 남방에 걸쳐 있다.

복잡하고 다양한 문화 요소들을 일관하는 한 가지 특징을 파악하여 『산해경』을 간략히 규정한 경우를 꼽는다면 노신(魯迅, 1881~1936)이 일찍이 『중국소설사략(中國小說史略)』에서 행한 "『산해경』은 아마 옛날의 무당 책일 것이다.(山海經蓋古之巫書)"라는 언명일 것이다.[11] 이 말에 기댄다면 『산해경』은 무속, 곧 샤머니즘의 성향을 강하게 지닌 책인 셈이다.

그렇다면 연, 제, 초와 샤머니즘을 종족적, 문화적인 차원에서 하나로 묶을 수 있는 개념은 무엇일까? 여기에서 우리는 손작운의 언급을 떠올릴 필요가 있다. 그는 『산해경』을 "동이계 고서"로 단정했는데 이 "동이"야말로 앞서 언급한 양자를 묶을 수 있는 개념이자 『산해경』의 성립 주체로 보아도 좋을 것이다. 동이의 실체 곧 지역, 문화, 종족 등에 대해서는 여러 이설(異說)이 존재하지만 대체로 현재 중국의 요녕(遼寧), 산동 등으로부터 장강(長江) 중·하류에 걸쳐 거주하며 샤머니즘과 조류 숭배 등을 문화적 특징으로 하는 알타이어계 종족으로 정리해 볼 수 있다.[12] 가령 무홍(巫鴻)은 동이 문화의 중요한 표지인 조류 숭배 모티프가 홍산 문화로부터 장강 유역의 하모도(河姆渡) 문화에 이르기까지 옥기(玉器) 자료에서 연속성을 유지하고 있음을 논증한 바 있다.[13]

---

11 노신, 조관희 역주, 『중국 소설 사략』(살림출판사, 1998) 44쪽.

12 동이의 실체에 대한 자세한 논의는 정재서, 『동아시아 상상력과 민족 서사』, 37~38쪽 참조.

13 Wu Hung, "Bird Motifs in Eastern Yi Art", *Orientations*(1985), Vol. 16, No. 10 참조.

동이 문화와 비슷한 속성을 지니면서 연, 제, 초 문화와도 깊은 상관 관계에 있는 상고 국가 중에서 고려해야 할 대상이 은(殷)이다. 동이와 은의 종족적, 지역적 관계에 대해서는 분리시키는 견해도 있으나[14] 은의 발상지 역시 요녕 지역으로 보는 것이 통설이고 샤머니즘 성향이 강한 문화를 지녔다는 점에서 근원적으로는 동이와 같은 계통으로 보는 것이 타당할 것이다. 연, 제, 초 지역 및 『산해경』에서 풍부하게 표현되고 있는 은 및 동이계 신화 요소들이 그것을 입증한다.

고대 한국은 지리적, 문화적, 종족적으로 『산해경』의 성립 주체인 은 및 동이와 상당한 친연성을 지닌다. 이것은 한국 신화 및 문화에서 자주 보이는 조류 숭배와 샤머니즘의 요소는 물론 그간 여러 학자들에 의해 주장된 은 문화, 산동의 대문구(大汶口) 문화, 요녕의 홍산 문화 등과의 관련성[15] 등을 고려함으로써 얻은 결론이다. 이러한 사실에 근거하여 우리는 『산해경』과 한국 문화의 근원적 상관성을 염두에 두고 논의를 진행하게 될 것이다.

---

14 傅斯年, 정재서 역주, 『夷夏東西說』(우리역사연구재단, 2011), 43쪽.

15 이와 관련된 전반적 논의는 정재서, 『동아시아 상상력과 민족 서사』, 37~41쪽 참조.

3 『산해경』 속의 한국 문화

앞서 살펴보았듯이 『산해경』의 문화는 다원적, 상호 텍스트적인 성격을 지녔고 특히 은 및 동이계 종족의 문화와는 깊은 상관관계에 있다. 이러한 사실은 고대 한국 문화 역시 『산해경』과 친연성을 지니며 이에 따라 그 내용이 적잖이 수록되어 있을 것이라는 심증을 갖게 한다. 아닌게 아니라 『산해경』에는 고대 한국 문화와 관련된 풍부한 내용이 도처에 표현되어 있어 상당한 주목을 요한다. 여기에서는 그것들을 내용 범주에 따라 크게 역사·지리와 신화·민속으로 나누어 고찰해 보고자 한다.

1) 역사 · 지리 관련 내용

1 조선(朝鮮)

『산해경』에는 고대 한국의 역사적, 지리적 정황을 알려 주는 자료들이 산재해 있다. 이들은 고대사 사료가 절대적으로 부족한 삼국 시대 전후의 역사적 실상을 보완해 주는 데에 긴요한 자료가 되기도 한다.

가령 『산해경』은 그간 고대사 연구에서 그 실체와 강역 문제 등과 관련해 숱한 쟁론의 대상이었던 고조선에 대해 참고할 만한 기록들을 남기고 있다. 「해내경(海內經)」의 다음 기록은 그중의 하나이다.

> 동해의 안쪽, 북해의 모퉁이에 조선과 천독이라는 나라가 있는데 그 사람들은 물가에 살며 남을 아끼고 사랑한다.
>
> 東海之內, 北海之隅, 有國名曰朝鮮天毒, 其人水居, 偎人愛之.

이 구절에 대한 전통적인 구두(句讀)는 위와 같다. 동진(東晋)의 곽박(郭璞, 276~324)이 천독(天毒)을 천축(天竺)으로 보아 조선과 병렬 해석했기 때문이다.[1] 그러나 조선과 천축, 곧 인도는 같은 방향에 있지 않기 때문에 이러한 구두에 입각한 해석에 동의하기 어렵다. 왕숭경(王崇慶, 1484~1565)은 일찍이 천축이 서남쪽에 있음을 들어 방위에 의문을 표시했고[2] 현대의 주석가 원가(袁珂, 1916~2001) 역시 탈문(脫文)이나 글자 오류의 가능성을 제시한 바 있다.[3]

이 구절은 궁극적으로 조선에 관한 기록이므로, '천독'을 조선에 대한 설명어로 보는 것이 타당하다고 할 때, 재야 사서(在野史書)인 『규원사화(揆園史話)』에서의 이 구절에 대한 주석이 눈에 들어온다. 『규원사화』에서는 '천독'의 '독(毒)' 자를 '기를 육(育)' 자로 풀이하고 있기 때문이다.[4] 이렇게 되면 '천'과 '독'은 각기 주어와 동사가 되어 다음의

1 袁珂, 『山海經校注』(臺北: 里仁書局, 1982), 501쪽: "郭璞云, 天毒卽天竺國."

2 위의 책, 441쪽: "王崇慶云, 天毒疑別有意義, 郭以爲卽天竺國, 天竺在西域, 漢明帝遣使迎佛骨之地, 此未知是非也."

3 위의 책, 441쪽: "珂案, 天竺卽今印度, 在我國西南, 此天毒卽在東北, 方位迥異, 故王氏乃有此疑. 或者中有脫文捣字, 未可知也."

4 北崖子·趙汝籍, 『揆園史話·青鶴集』(아세아문화사, 1976), 55쪽: "毒, 育之也." 재야 사서의 진위, 학술성 여부에 대해서는 본서 70쪽과 정재서, 『동아시아 상상력과 민족 서사』, 211~216쪽 참조.

'기인(其人)'을 목적어로 수반하게 된다. 새로운 구두에 의한 해석은 다음과 같다.

> 동해의 안쪽, 북해의 모퉁이에 조선이라는 나라가 있다. 하늘이 그 사람들을 길렀고 물가에 살며 남을 아끼고 사랑한다.
>
> 東海之內, 北海之隅, 有國名曰朝鮮. 天毒其人, 水居, 偎人愛之.[5]

동해는 우리의 서해이고 북해는 중국의 발해(渤海)이니, 고조선의 강역이 요녕성(遼寧省) 혹은 하북성(河北省) 일대에 있음을 명시하고 있다. "하늘이 그 사람들을 길렀고"라는 구절은 천손강림(天孫降臨)을 내용으로 하는 단군 신화에서 보듯, 하늘과 천신을 숭배하는 우리 민족의 종교적 특성을 표현한 것이리라. "물가에 살며"라는 구절도 『위지(魏志)』에서의 "고구려는 나라를 세움에 큰 강에 의지했다.(句麗作國, 依大水.)"[6]라는 언급처럼 강을 끼고 도읍을 정하던 우리 민족의 거주 습성을 나타낸 것으로 볼 수 있다. "남을 아끼고 사랑한다."라는 구절 또한 후한(後漢)의 허신(許愼, 58~149)이 『설문해자(說文解字)』에서 "동이의 풍속이 어질다.(夷俗仁)"[7]라고 언급한 것과 관련하여 이해할 수 있는 표현이다.[8]

위와 같이 고조선을 적시(摘示)한 기록은 다른 곳에서도 보인다.

> 조선이 열양의 동쪽에 있는데 바다의 북쪽, 산의 남쪽이다. 열양은 연에 속한다.

5 번역은 정재서 역주, 『산해경』(민음사, 1993) 참조. 이하 이 책의 번역을 따름.

6 陳壽, 『三國志·魏志』, 「東夷傳」, 高句麗條.

7 許愼, 『說文解字』 卷4: "東夷從大, 大人也. 夷俗仁, 仁者壽, 有君子不死之國."

8 상술한 「해내경」의 '조선' 관련 분석은 정재서, 『앙띠 오이디푸스의 신화학』(창작과비평사, 2010), 151~152쪽의 내용을 보완한 것임.

朝鮮在列陽東, 海北山南. 列陽屬燕.[9]

고조선이 바다의 북쪽, 산의 남쪽에 있다고 했는데 바다는 발해만을, 산은 의무려산(醫巫閭山)을 가리키는 것으로 보아 역시 고조선의 강역을 발해만 연안에 두고 있음을 알 수 있다. 여기에서 열양(列陽)은 "물의 북쪽, 산의 남쪽(水之北, 山之南)"을 양(陽)으로 보는 풍수설에 입각할 때 한양(漢陽)이 한강의 북쪽임과 같이 열수(列水)의 북쪽 지역을 지칭한 것으로, 아무튼 열수는 고조선 인근에 있는 강임이 분명한데 그 위치를 곽박은 『방언주(方言注)』에서 요동(遼東)으로 주석한 바 있다.[10] 그러나 근래의 중국 및 일본의 학자들은 대부분 열수를 대동강 심지어 한강으로 비정하고 있다.[11] 이에 대해 일찍이 한국의 신채호(申采浩), 정인보(鄭寅普) 등은 열수는 곧 요수(遼水)이며 오늘날의 하북성에 위치한 난하(灤河)라고 주장했고 문정창(文定昌), 북한의 이지린, 러시아의 유엠 부찐(Yu. M. Butin) 등이 이를 계승하여 상론(詳論)했다.[12]

열수, 열양 등과 관련하여 등장하는 지명이 열고사(列姑射)이다.

열고사가 바다와 황하가 만나는 섬 속에 있다.

列姑射在海河州中.[13]

---

9 『山海經』, 「海內北經」.

10 郭璞, 『方言注』, 朝鮮洌水之間條: "朝鮮, 今樂浪郡是也. 洌水, 在遼東."

11 劉子敏·金榮國, 「『山海經』 貊國考」, 《北方文物》(1995), 제4기, 55쪽. 마에노 나오아키의 『山海經』 역주본에서도 열수를 대동강으로 간주했다. 前野直彬, 『山海經·列仙傳』(東京: 集英社, 1982), 478~479쪽 참조.

12 상술한 「해내북경」의 '조선' 관련 분석은 정재서 역주, 『산해경』, 277쪽의 관련 주석 내용을 보완한 것임. 아울러 열수에 대한 자세한 고정(考定)은 이지린, 『고조선 연구』(열사람, 1989), 14~15, 35~66쪽과 유 엠 부찐, 이항재·이병두 옮김, 『고조선』(소나무, 1990), 41~50쪽 참조.

13 『山海經』, 「海內北經」. 이 부분의 번역은 정재서의 역주본과 일치하지 않는다.

곽박은 이에 대해 “바다 한가운데에 있으며 황하가 지나가는 곳.(在海中, 河水所經者.)”이라고 주를 달았다. 문맥으로 보아 이곳은 강어귀의 바닷물과 강물이 만나는 곳에 형성된 삼각주인 듯하다. 열고사의 기록이 조선, 열양 기록 바로 다음에 위치하는 것으로 보아 이곳의 강은 지리상 하수(河水)는 맞지 않고 열수여야 할 것이다. 하수는 전후 맥락을 도외시한 곽박의 오기(誤記)로 보인다. 이러한 견지에서 리상호는 열고사를 열수 어귀의 곶, 갑에 대한 중국식 표기로 파악했다.[14] 열수 어귀의 곶, 갑은 즉 열구(列口)로서 이곳은 한무제(漢武帝)가 고조선을 침략했을 때 누선장군(樓船將軍) 양복(楊僕)의 수군과 좌장군 순체(荀彘)의 육군이 만남을 기약했던 곳으로 열수 유역의 왕검성(王儉城)으로 진격하는 길목의 요충지였다.[15]

2 숙신(肅愼)

고조선 이외에도 『산해경』에는 숙신(肅愼), 부여(夫餘), 개국(蓋國), 맥국(貊國) 등 고대 한국과 관련된 나라들이 등장한다. 이들을 차례로 살펴보기로 한다. 먼저 숙신에 대한 기록은 다음과 같다.

> 숙신국이 백민의 북쪽에 있다. 이름을 웅상이라고 하는 나무가 있는데 성인이 대를 이어 즉위하게 되면 이 나무에서 옷을 만들어 입었다.
>
> 肅愼之國在白民北, 有樹名曰雄常, 先入伐帝, 于此取之.[16]

---

14 리상호, 「열구사·열양·열구」, 《력사과학》(1965), 제1기, 58쪽.

15 『史記』, 卷115, 「朝鮮列傳」: “樓船將軍亦坐兵至列口, 當待左將軍, 擅先縱, 失亡多, 當誅, 贖爲庶人.”

16 『山海經』, 「海外西經」.

대황의 한가운데에 불함이라는 산이 있고 숙신씨국이 있다. 비질이 있는데 날개가 넷이다. 짐승의 머리에 뱀의 몸을 한 것이 있는데 이름을 금충이라고 한다.

大荒之中, 有山, 名曰不咸. 有肅愼氏之國. 有蜚蛭, 四翼. 有蟲, 獸首蛇身, 名曰琴蟲.[17]

숙신은 『서경(書經)』, 『죽서기년(竹書紀年)』, 『좌전(左傳)』, 『사기(史記)』 등 중국 고서에서 숙신(肅愼), 직신(稷愼), 식신(息愼) 등의 명칭으로 일찍부터 등장한다. 가령 『좌전』에는 다음과 같은 기록이 보인다.

숙신, 연, 박은 우리의 북쪽 땅이다.

肅愼燕亳, 吾北土也.[18]

이를 통해 우리는 숙신이 주(周)의 북방으로 연(燕)나라 인근에 위치했음을 알 수 있다. 숙신의 실체에 대해서는 한국의 전통 국학자들과 중국의 관방 학자들 간에 첨예하게 의견이 엇갈린다. 한국의 경우 정약용(丁若鏞, 1762~1836) 이래[19] 신채호, 정인보(鄭寅普), 안재홍(安在鴻) 등은 숙신이 조선을 다르게 표기한 것으로 결국 발해만 일대의 고조선을 가리키는 것으로 보았고 이지린은 대체로 이 견해를 계승하고 있다.[20] 그러나 중국 학계에서는 숙신이 고조선과 별개의 부족 국가로 후일 읍루(挹婁), 물길(勿吉), 말갈(靺鞨) 등으로 변천하여 여진(女眞), 금(金), 청(淸)의 선조가 된 나라로 인식한다.

17 『山海經』, 「大荒北經」.

18 『左傳·昭公』, 9年條.

19 丁若鏞, 『與猶堂全書』, 「地理策」: "朝鮮之號, 源自檀君肅愼之名, 載在周乘."

20 정재서 역주, 『산해경』, 242쪽의 '숙신' 관련 주석 및 이지린, 『고조선 연구』, 201~213쪽 참조.

고조선을 숙신과 동일시하기 위해서는 일단 두 가지 문제가 해결되어야 한다. 첫째, 『산해경』에서는 조선이 「해내북경(海內北經)」과 「해내경」에, 숙신이 「대황북경(大荒北經)」과 「해외서경(海外西經)」에 각기 등장하고 있어 이들이 별개의 나라로 취급되고 있는 인상을 준다. 이에 대해서는 『산해경』 각 편의 저성(著成) 시기가 동일하지 않기 때문에 시기별로 고조선의 명칭이 달리 기재될 수도 있을 것이라는 설명이 가능하나 조선이 해내 지역에 위치함에 비해 숙신은 대황, 해외 등 중국권 밖에 존재하고 있어 숙신이 고조선보다 비교적 먼 이방이라는 느낌을 주는 것은 사실이다.

둘째, 「대황북경」의 숙신 기록은 우리에게 숙신의 위치를 알려 주고 있다. "대황의 한가운데에 불함이라는 산이 있고 숙신씨국이 있다."라는 구절이 그것으로 불함산 근처에 숙신이 존재함을 암시하고 있는 것이다. 불함산은 어디인가? 불함산은 『성경통지(盛京通志)』에서 장백산(長白山) 곧 백두산으로 단정했으며 최남선(崔南善)은 익히 알려진 바와 같이 '불함'을 한국어인 '밝'과 관련된 광명을 뜻하는 말로 보았고 백두산 일대 나아가 동북아를 태양 숭배 문화 구역으로 설정한 불함문화론(不咸文化論)을 제창한 바 있다.[21]

그런데 불함의 어원과 상관된 언급이 『몽고비사(蒙古秘史)』에 보인다. 이 책의 첫 장에서는 칭기즈칸(成吉思罕)의 조상을 설명하고 있는데 천명을 받고 태어난 푸른 늑대 혹은 그런 이름을 한 남자〔孛兒帖赤那〕가 그의 아내 흰 사슴 혹은 그런 이름을 한 여자〔豁埃馬闌勒〕와 함께 등급사(騰汲思)강을 건너 알난(斡難)강의 근원인 불아한(不兒罕)산에 이르러 주거를 정하고 파탑적한(巴塔赤罕)을 낳았다고 했다.[22] 여기에서 등급사

21 최남선, 정재승·이주현 옮김, 『불함 문화론』(우리역사재단, 2008), 60쪽.

22 道潤梯步 譯著, 『蒙古秘史』(呼和浩特: 內蒙古人民出版社, 1979), 1쪽.

강은 퉁구스(Tungus)강으로, 알난강은 압록강으로, 불아한산은 불함산으로 비정해 볼 수 있을 것이다. 불아한산은 몽골어로 으뜸가는 산 혹은 태양같이 높은 산을 의미한다.[23] 이로 보아 몽골 방면으로부터 종족의 이동에 따라 '불아한'이 '불함'으로 비슷하게 명칭의 전이가 일어난 것이 아닌가 추측할 수 있다.

불함산이 백두산이라면 숙신은 백두산 근처 즉 압록강 상류 지역 혹은 송화강(松花江) 인근에 위치한 것으로 생각해 볼 수 있다. 물론 상술한 기록을 숙신이라는 특정한 나라의 위치를 표명하고자 한 것이 아니고 고조선과 그 성산(聖山)인 태백산(곧 불함산)을 범박하게 묘사한 것으로 볼 수도 있다. 그러나 『산해경』의 일반적인 서사 방식이 산과 강에 이어 그 지역과 관련된 사물을 나열하는 것으로 미루어 숙신을 불함산 인근의 나라로 인식하는 것이 더 자연스럽다. 그렇다면 발해만 일대에 근거한 고조선과 백두산 근처에 웅거한 숙신(고조선) 간의 지리적 상위(相違)를 어떻게 이해해야 할 것인가?

이에 대해 이지린은 여기에서의 숙신을 고조선의 통치하에 있었던 후국(侯國)이거나 통일 국가 이전에 존재했던 그 명칭을 그대로 사용한 경우로 설명하며[24] 유 엠 부찐은 고조선의 민족 형성에 참여한 한 종족으로 파악한다.[25] 그 외 시대에 따른 숙신의 위치 이동 등으로 설명할 가능성도 있을 것 같은데 여전히 많은 토론의 여지를 남기고 있는 문제이다.

---

23 위의 책, 4~5쪽.

24 이지린, 『고조선 연구』, 95쪽. 『揆園史話』에서도 고조선의 동북방 후국(侯國)으로 숙신국을 언급한 바 있다. 北崖子·趙汝籍, 『揆園史話·青鶴集』, 51쪽.

25 유 엠 부찐, 『고조선』, 82~93쪽.

3 부여(夫餘)

『산해경』은 그 성립 연대로 보아 당연히 삼국 시대 성립 이전의 상황을 반영하는 고서이므로 고구려에 대한 기록은 없고 대신 고구려의 전신으로 간주되는 부여에 대한 언급이 있다. 부여에 대한 기록은 다음과 같다.

> 호불여국이 있는데 성이 열씨이며 기장을 먹고 산다.
>
> 有胡不與國, 烈姓, 黍食.[26]

'호불여국(胡不與國)'에서 '호(胡)'는 '불여(不與)'에 대한 수식어 혹은 동격의 단어로 보아야 할 것이다. 곽박은 이에 대해 다음과 같이 주석을 달았다.

> 하나의 나라인데 이름이 중복되었을 뿐이다. 지금 호족과 이족은 말이 모두 통한다.
>
> 一國復名耳, 今胡夷語皆通然.

다시 말해 이족(夷族)인 '불여' 앞에 호족(胡族)의 '호'가 덧붙여졌다는 것이다. 그러나 호족이든 이족이든 언어상으로 소통하고 있으니 둘의 차이는 별반 없다는 의미로 읽힌다. 주석을 고려해 다시 "有胡不與之國"을 번역하면 "호족인 불여국이 있는데" 정도가 될 것이다.

결국 불여국은 어떤 나라인가? 최남선, 정인보, 안재홍 등은 앞서의 '불함'과 마찬가지로 '불여'도 밝, 불, 발, 벌, 부리 등 고대 한국어의 다

26 『山海經』, 「大荒北經」.

른 표기로 보며 이를 부여(夫餘)로 단정한다.[27] 이지린 역시 이와 같은 견해에 동의하나 여기에서의 부여는 고구려의 전신인 부여보다 훨씬 앞선 고조선 시대의 일부 지역을 가리킨다고 주장했다.[28]

불여에 이어 검토해야 할 것은 다음의 '열성(烈姓)'이라는 글귀이다. 거의 모든 학자들이 이에 대한 해석을 생략하고 있는 가운데에 안재홍만이 '열(烈)'을 '예(濊)'와 같은 글자로 간주하여 부여의 족원(族源)을 표명한 글자로 보았다.[29] 그러나 이 부분은 신화학적 접근이 필요하다. 학의행(郝懿行, 1757~1825)의 '열성'에 대한 주석을 살펴보자.

> 열성은 아마 염제 신농씨의 후예라는 뜻일 것이다. 『좌전』에서는 열산씨라고 불렀다.
>
> 烈姓蓋炎帝神農之裔. 左傳稱烈山氏.[30]

'염제(炎帝)'는 문자 그대로 불과 관련된 신이고 『좌전』에서 '열산씨(烈山氏)'라고 부른 만큼 이에 따라 열성은 곧 염제 신농 계통의 종족을 가리키는 것으로 볼 수 있다. 후일 부여를 계승한 고구려의 고분 벽화에 염제 신농이 자주 출현하는데 이러한 사실은 부여 종족을 염제 신농 계통으로 추정하는 좌증(左證)이 될 것이다.

아울러 유 엠 부찐은 별다른 설명 없이 호불여국 조(條) 바로 앞에

---

27 정재서 역주, 『산해경』, 318쪽의 '호불여지국' 관련 주석; 鄭寅普, 「古朝鮮의 大幹」, 『薝園鄭寅普全集 (3)』(연세대 출판부, 1983), 61쪽; 안재홍, 『朝鮮上古史鑑』(우리역사연구재단, 2014), 119~120, 374쪽 참조. 이미 조선의 정약용이 부여로 파악한 바 있다. 丁若鏞, 『與猶堂全書』, 「附 雜纂集 二」, 蜀黍條: "山海經云, 不與之國, 烈姓黍食 …… 不與者, 扶餘也."

28 이지린, 『고조선 연구』, 167~168, 220~221쪽.

29 안재홍, 『朝鮮上古史鑑』, 348쪽.

30 郝懿行, 『山海經箋疏』(臺北: 藝文印書館, 1974), 442쪽.

있는 부우산(附禺山) 조도 부여와 관련되는 것으로 파악했다.[31] 그 기록은 다음과 같다.

동북해의 밖, 대황의 한가운데, 황하의 사이에 부우산이 있는데 전욱 임금과 아홉 명의 후궁을 이곳에 장사 지냈다. 여기에는 수리부엉이, 무늬조개, 이유, 난새, 봉새 등 온갖 것들이 다 있고, 파랑새, 백조, 현조, 황조, 호랑이, 표범, 곰, 말곰, 누런 뱀, 시육, 선괴, 요벽 등이 있는데 모두가 위구에서 산출된다. 위구의 언덕은 둘레가 300리이며 언덕의 남쪽에 제준의 대숲이 있는데 그 대나무의 거대함은 배를 만들 수 있을 정도이다. 대숲의 남쪽에 붉은 못물이 있는데 이름을 봉연이라고 한다. 가지 없는 세 그루의 뽕나무가 있는데 높이가 100길이다. 언덕의 서쪽에 침연이라는 연못이 있는데 전욱이 목욕하던 곳이다.

東北海之外, 大荒之中, 河水之間, 附禺之山, 帝顓頊與九嬪葬焉. 爰有鴟久文貝離兪鸞鳥黃鳥大物小物. 有靑鳥琅鳥玄鳥黃鳥虎豹熊羆黃蛇視肉璿瑰瑤碧, 皆出衛于山. 丘方圓三百里, 丘南帝俊竹林在焉, 大可爲舟. 竹南有赤澤水, 名曰封淵. 有三桑無枝. 丘西有沈淵, 顓頊所浴.[32]

유 엠 부찐은 '부우'의 발음이 '부여'에 가까운 것에 착안한 듯하다. 아닌 게 아니라 부우산 조를 비롯, 호불여국 조 전후에는 불함산, 숙신씨국, 대인국(大人國) 등 고대 한국과 상관된 지역들이 나열되어 있어 그러한 심증을 강화시켜 준다. 그리고 부우산은 동북해의 바깥, 대황의 한가운데 있다고 했다. 동북해는 곧 황해의 북쪽이거나 발해만인데 그곳의 바깥이며, 대황 곧 머나먼 변방, 그곳의 한가운데 있다는 부우산

---

31 유 엠 부찐, 『고조선』, 91쪽.

32 『山海經』, 「大荒北經」.

은 오늘날 우리가 추정하는 부여의 위치와 대략 일치한다.

더구나 이 구절에 등장하는 제준(帝俊)은 순(舜)으로 상상되는 동이계 종족의 대신(大神)[33]이고 높이가 100길이나 되는 거대한 뽕나무는 동이계 신화의 우주목인 부상(扶桑)을 연상시킨다. 태양 속에 산다는 삼족오(三足烏)인 이주(離朱)와 난새, 봉새 등 신조(神鳥)를 필두로 언급되는 여러 종류의 새들은 동이계 종족의 조류 숭배 관념을 반영한다.

그런데 『산해경』에는 이 구절과 관련된 기록이 다른 곳에서도 보인다.

> 무우산에는 전욱 임금이 남쪽에 묻혀 있고 아홉 명의 후궁이 북쪽에 묻혀 있다. 혹은 그곳에는 곰, 말곰, 무늬호랑이, 이주, 수리부엉이, 시육 등이 산다고도 한다.
>
> 務隅之山, 帝顓頊葬于陽, 九嬪葬于陰. 一曰爰有熊羆文虎離朱鴟久視肉.[34]

> 한수가 부어산에서 나오는데 전욱 임금이 산의 남쪽에 묻히고 아홉 명의 후궁이 북쪽에 묻혔다. 네 마리의 뱀이 그곳을 지키고 있다.
>
> 漢水出鮒魚之山, 帝顓頊葬于陽, 九嬪葬于陰, 四蛇衛之.[35]

무우산과 부어산은 발음으로 보아 앞서의 부우산과 사실상 같은 산임을 알 수 있다. 문제는 세 구절 모두에 등장하는 전욱(顓頊)의 존재이다. 원래 전욱은 화하계(華夏系) 종족의 대신 황제(黃帝)의 증손으로 염제, 제준 등으로 대표되는 동이계 신들과는 대립적인 위치에 있는 신이

---

33 제준의 신격(神格)에 대한 자세한 설명은 본서 120쪽 참조.

34 『山海經』, 「海外北經」.

35 『山海經』, 「海內東經」.

기 때문이다. 학의행은 이에 대해 다음과 같이 주석했다.

> 여기에서의 제준은 아마 전욱일 것이다. 아래에서 언덕의 서쪽에 침연이 있고 전욱이 목욕한 곳이라고 했는데 이것으로 알 수 있다.
>
> 此經帝俊蓋顓頊也. 下云丘西有沈淵, 顓頊所浴, 以此知之.[36]

학의행은 이 구절에 대해 동이 문화의 맥락을 간과하고 전욱을 중심으로 이해하고자 했다.[37] 원가는 이에 동의하지 않는다.

> 학의행의 주장은 틀린 것 같다. 이 구절에서 언덕의 남쪽은 제준의 대숲으로 그것의 거대함은 배를 만들 수 있을 정도이고, 언덕의 서쪽에는 침연이 있어 전욱이 목욕한 곳이라고 분명히 말했는데 그렇다면 제준은 제준이고 전욱은 전욱이지 어찌 제준을 전욱이라 할 수 있단 말인가?
>
> 郝說疑非. 此經旣明言丘南帝俊竹林, 大可爲舟. 丘西沈淵, 顓頊所浴, 則帝俊自帝俊, 顓頊自顓頊, 又何得以帝俊爲顓頊邪.[38]

그러나 계통이 다른 두 신인 제준과 전욱의 활동 무대를 아무런 설명 없이 동일한 공간으로 인식하는 원가의 견해도 문제가 없는 것은 아니다. 여기에 대해서는 두 가지 설명이 가능하다. 첫째, 전욱의 활동 지역이 후일 제준의 영역으로 바뀌었을 경우. 둘째, 본래부터 제준, 즉 동이계 종족의 영역이었으나 한대(漢代) 이후 오방신(五方神) 관념이 확립되면서 북방의 신 전욱의 사적(事蹟)을 이 지역에 부회(附會)시킨 것.

---

36 郝懿行, 『山海經箋疏』, 441쪽.

37 학의행은 경학자로서 황제-전욱 중심으로 『산해경』의 신보(神譜)를 구축하는 과정에서 제준을 배제하는 경향을 보인다. 이와 관련된 논의는 이정하, 「郝懿行의 『山海經箋疏』 연구」, 이화여대 중문과 석사 학위 논문, 2018, 48~59쪽 참조.

38 袁珂, 『山海經校注』, 420쪽.

이 경우 후대에 그 내용이 첨가되어 부우산 조의 원 텍스트에 변화가 생긴 것으로 보아야 할 것이다.

위에서 검토했듯이 '부어'와 '부여'가 발음상 근사하고, 부어산의 위치가 부여의 위치에 상당하며, 부어산 조와 호불여국 조가 인접해 있고, 부어산 조에 동이계 신화 요소가 풍부한 것 등을 고려할 때 부어산에 대한 기록을 부여 혹은 최소한 고대 한국과 관련지어 볼 필요가 있다고 판단된다.

4 개국(蓋國)과 맥국(貊國)

다음으로 살펴볼 『산해경』내의 고대 한국 관련 국명(國名)으로는 개국(蓋國)과 맥국(貊國)이 있다. 먼저 개국에 대한 기록을 보자.

> 개국이 강대한 연의 남쪽, 왜의 북쪽에 있다. 왜는 연에 속한다.
>
> 蓋國在鉅燕南, 倭北. 倭屬燕.[39]

'거연(鉅燕)' 곧 '강대한 연'의 시점은 연이 전국칠웅(戰國七雄)의 하나로 제법 세력을 떨칠 무렵이니 아마 소왕(昭王) 때가 아닌가 싶다. 이 때 고조선은 연나라 장수 진개(秦開)의 침입으로 큰 타격을 입기도 했다. 이병도는 "왜의 북쪽에 있다."라는 문맥으로 보아 개국을 한반도 중부 이하를 차지한 진국(辰國)으로 추정했다.[40] 그러나 "왜의 북쪽"이라는 언급 때문에 바로 한반도 남쪽으로 생각하는 것에는 문제가 있다.

개국의 위치는 과연 어디쯤일까? 학의행의 주석은 다음과 같다.

---

39 『山海經』, 「海內北經」.

40 이병도, 『한국 고대사 연구』(박영사, 1976), 238쪽.

『위지』「동이전」에 이르기를 "동옥저는 고구려 개마대산의 동쪽에 있다."라고 했다. 『후한서』「동이전」의 기록도 이와 같은데 이현의 주에 이르기를 "개마는 현의 이름으로 현도군에 속한다."라고 했다. 지금 고찰컨대 개마는 본래 개국의 땅이 아닌가 한다.

魏志東夷傳云, 東沃沮在高句麗蓋馬大山之東. 後漢書東夷傳同. 李賢注云, 蓋馬縣名, 屬玄菟郡. 今案蓋馬疑本蓋國地."[41]

『위지(魏志)』「동이전(東夷傳)」에 나오는 '개마'라는 명칭은 지금도 '개마고원'이라는 지명으로 이름을 남기고 있다. 일단 '개국'의 '개'는 '개마'와 같은 어근을 갖는 우리 고어에서 유래한 국명으로 보아야 할 것이다. '개마'는 '곰', '검', '감', '가마' 등의 한자 표기로 토템 동물인 곰이나 신 등의 신성하고 거룩한 것들을 뜻하는 옛말이다. 안재홍은 백두산의 별칭이 개마산이라는 점에 착안하여 '개마대산'은 '가마한' 곧 '신왕(神王)'의 산으로 풀이했다.[42] 이지린 역시 '개' 혹은 '개마'의 이러한 의미에 근거하여 요동의 고구려 성지(城地)인 개모성(蓋牟城)을 고조선의 수도 왕검성(王儉城) 터로 추정하기도 했다.[43]

한편 『규원사화』에는 고조선의 후국(侯國)으로 개마국이 등장한다. 그리고 '개(蓋)'의 발음은 '흴 백(白)' 자의 뜻, '마(馬)'의 발음은 '머리 두(頭)' 자의 뜻에 가까워 '개마'는 곧 백두산을 지칭한다고 다른 설명 방식을 제시했다.[44] 그러나 '개마'를 '개'와 '마'로 분리해 해석하는 방식은 너무 작위적이다. 아울러 스스로 언급하고 있듯이 백두산이라는 명칭이 『고려사(高麗史)』에서 비롯한다면[45] 더더구나 개마를 후대의 백두

41 郝懿行, 『山海經箋疏』, 367쪽.
42 안재홍, 『朝鮮上古史鑑』, 140쪽.
43 이지린, 『고조선 연구』, 88~89쪽.
44 北崖子·趙汝籍, 『揆園史話·靑鶴集』, 70쪽.
45 위의 책, 같은 곳.

산이라는 지명으로 해석할 수 없을 것이다.

결국 이상의 논의를 종합하면 개국의 영역은 한반도 중부 이하가 될 수 없음이 분명하다. 이지린은 개국을 고조선의 후국이거나 별칭으로 보았는데[46] 그렇다면 최소한 한반도 북부 이상의 지역에 있던 나라로 보아야 할 것이다.

다음으로 맥국에 대한 기록을 살펴보자.

> 맥국이 한수의 동북쪽에 있다. 지역이 연나라에 가까워 그것을 멸했다.
>
> 貊國在漢水東北. 地近于燕, 滅之.[47]

이에 대한 곽박의 주석은 다음과 같다.

> 지금의 부여국이 곧 예맥의 옛 땅으로 만리장성의 북쪽에 있으며 현도로부터 천리 되는 곳이다. 좋은 말과 붉은 옥, 담비 가죽, 대추알만 한 구슬을 산출한다.
>
> 今扶餘國卽濊貊故地, 在長城北, 去玄菟千里, 出名馬赤玉貂皮大珠如酸棗也.[48]

곽박의 주석은 사실 『위지』「동이전」의 기사를 그대로 인용한 것이다. 『삼국지』의 찬자(撰者) 진수(陳壽, 233~297)와 곽박은 예족과 맥족을 통합적으로 인식하며 부여를 이들 종족의 후예로 파악하고 있다. 그러나 고대 중국의 전적에서 예와 맥은 독립적으로 나타난다. 맥국에 대한 맹자(孟子)의 언급을 보자.

---

46 이지린, 앞의 책, 94~95쪽.

47 『山海經』, 「海內西經」.

48 袁珂, 『山海經校注』, 293쪽.

백규가 이르되 "저는 20분의 1을 걷고자 하는데 어떻습니까?"라고 하자 맹자가 이르기를 "그대의 도는 맥국의 도이다. 저 맥국은 오곡이 나지 않고 오직 기장만 나며 성곽과 궁실이 없어서 …… 20분의 1을 걷어도 된다."라고 했다.

白圭曰, 吾欲二十而取一, 如何. 孟子曰, 子之道, 貊道也. 夫貉, 五穀不生, 惟黍生之, 無城郭宮室 …… 故二十取一而足也.[49]

전국 시대 무렵 맥국은 농경이 발달하지 않아 부세(賦稅)를 적게 징수하는 나라로 인식되었음을 알 수 있다. 이지린은 맥족을 부여, 고구려를 형성했던 종족으로 간주하여 고조선을 이룩한 예족(濊族)과 구별한다.[50] 앞서 '호불여국'에 대한 기록에서 "기장을 먹고 산다.(黍食)"라는 내용이 위의 "오직 기장만 난다.(惟黍生之)"라는 맥국의 실상과 상응함으로써 부여와 맥국의 상관성이 확인된다. 이로써 우리는 맥국을 선(先) 부여-고구려 계통의 맥족이 세운 나라로 추정할 수 있을 것이다.

그렇다면 맥국의 위치는 어디인가? "한수의 동북쪽에 있다."라고 했는데 한수(漢水)는 과연 어디인가? 여기에는 두 가지 견해가 있다. 먼저 오승지(吳承志)는 '한수(漢水)'를 '요수(遼水)'의 오기(誤記)로 보았다.[51] 신채호, 정인보 등은 앞에서 요수를 열수와 동일시하고 하북성의 난하로 비정한 바 있다. 한편 이지린은 오승지와 달리 '한수(漢水)'를 '한수(汗水)'로 보았다. 이는 우리말의 큰 강을 뜻하는데 난하의 옛 이름인

---

49 『孟子·告子 (下)』.

50 이지린, 앞의 책, 111쪽. 그러나 이지린은 같은 책(220쪽)에서 '불여(不與)', '부여(夫餘)' 등을 '예(濊)'와 같은 발음으로 보아 '불여지국(不與之國)'을 '예지국(濊之國)', 곧 고조선으로 추정함으로써 모순된 견해를 노정한다.

51 吳承志, 『山海經地理今釋』, 卷6, 「海內西經」, 貊國條: "蒙按漢水當作潦水 …… 高句麗在潦水東." 그러나 열수-대동강(列水-大同江)설을 지지하는 유자민 등은 한수(漢水)를 청천강(淸川江)으로 한껏 낮춰 잡는다. 劉子敏·金榮國, 앞의 논문, 54~55쪽.

무열수(武列水) 또한 큰 강의 의미를 지니므로 결국 한수는 난하라고 주장했다.[52] 한수(漢水)를 요수(遼水)로 보든 한수(汗水)로 보든 궁극적으로는 난하를 벗어나지 않는다는 인식이다. 한편 오강원은 최근의 역사학, 고고학적 성과를 반영, 맥국의 실체를 기원전 3세기 동요하(東遼河) 유역의 토착 집단으로 추정하여 기존의 가설들과는 다른 인식을 보여 준다.[53]

조선, 숙신, 부여, 개국, 맥국 등 『산해경』에 보이는 고대 한국의 역사, 지리 관련 자료들을 검토해 본 결과 이들을 성립시킨 종족의 활동 무대는 대체로 한반도 북부로부터 중국 대륙의 요녕성, 길림성, 흑룡강성 등 동북 3성(省)과 하북성에 걸치는 영역이었음을 알 수 있다. 물론 『산해경』은 각 권의 편성 시기가 다를 수도 있기 때문에 이러한 역사적, 지리적 형국은 동시적 상황이 아니라 시대에 따른 변모 양상으로 이해해야 할 것이다.

그러나 우리는 적어도 고대 한국의 성립 주체가 활동했던 지역을 가급적 한반도 또는 그 인근으로 애써 귀속시키고자 했던 그간의 역사, 지리 방면의 고구(考究)가 크로체(B. Croce)의 "역사는 현재의 역사이다."라는 명제에 지나치게 충실했던 것은 아닌가 하는 인상을 지울 수 없다. 이러한 의미에서 주변 문화적 요소를 풍부히 지닌 『산해경』은 신화, 상상력 방면의 고전에 그치지 않고 중원 중심주의 혹은 식민 사관에서 벗어나 고대 한국에 대한 편향된 역사적, 지리적 인식을 수정할 수 있는 가치를 지닌 텍스트로 평가된다.

---

52 이지린, 앞의 책, 179~180쪽.

53 오강원, 「역사와 고고학적 측면에서 본 『山海經』 「海內西經」 貊國의 실체」, 《동아시아 문화 연구》(2011), 49집, 243~250쪽.

2) 신화 · 민속 관련 내용

『산해경』에는 고대 한국과 관련된 신화와 민속이 다수 기재되어 있다. 그 내용 중의 한 가지는 직접적으로 고대 한국의 정황을 신화, 민속 등을 통해 묘사한 것으로 군자국(君子國), 대인국(大人國), 청구국(靑丘國), 백민국(白民國), 숙신국(肅愼國) 등에 대한 기록들이 있고 또 한 가지는 『산해경』의 신화 중 고대 한국에서 유래했거나 특별한 관련이 있다고 여겨지는 웅산(熊山), 풍백(風伯), 「조선기(朝鮮記)」의 신들 등에 대한 기록들이 될 것이다. 이러한 내용을 차례로 서술, 검토해 보기로 한다.

1 군자국(君子國)

군자국 사람, 청(淸) 왕불(王紱)의 『산해경존(山海經存)』

『산해경』에서 고대 한국을 신화적으로 묘사한 가장 저명한 예는 군자국이라는 동방 혹은 북방의 이국이다.

군자국이 그 북쪽에 있다. (그 사람들은) 의관을 갖추고 칼을 차고 있으며 짐승을 잡아먹는다. 두 마리의 무늬호랑이를 부려 곁에 두고 있으며 그 사람들은 사양하기를 좋아하여 다투지 않는다. 훈화초라는 식물이 있는데 아침에 피고 저녁에 시든다. 혹은 간유시의 북쪽에 있다고도 한다.

君子國在其北, 衣冠帶劍, 食獸, 使二大虎在旁. 其人好讓不爭, 有薰華草, 朝生夕

死. 一曰在肝榆之尸北.[54]

「산신도」, 작자 및 연대 미상

이 기록은 고대 한국 문화의 정체성과 관련하여 그 근거가 되는 중요한 자료이다. 후대에 고대 한국을 '동방예의지국(東方禮儀之國)' 혹은 '예의지방(禮儀之邦)'으로 지칭하게 된 가장 오래된 근거 자료가 아마 "의관을 갖추고 …… 사양하기를 좋아하여 다투지 않는다."라는 구절이었을 것이며 한국의 국화를 무궁화로 제정하게 된 최초의 근거 역시 "훈화초(薰華草)[55]라는 식물이 있는데 아침에 피고 저녁에 시든다."라는 구절에 있기 때문이다.

아울러 이 글에는 한국의 오래된 민속 신앙과 관련된 묘사도 보인다. 군자국 사람들이 "두 마리의 호랑이를 부려 곁에 두고" 있다고 했는데 일찍이 최남선은 이러한 묘사가 산신령과 호랑이가 함께 있는 한국 고래의 산신도(山神圖)와 잘 부합되고 있음을 지적한 바 있다.[56]

---

54 『山海經』, 「海外東經」.

55 '훈화(薰華)'는 곧 '근화(菫華)'로서 무궁화 꽃이다.

56 崔南善, 「夫餘神」, 『六堂崔南善全集 (4)』(고려대 아세아문제연구소, 1973), 178~180쪽.

2 대인국(大人國)

대인국은 『산해경』에서 군자국 인근에 있는 나라로 인식되어 있다.

> 대인국이 그 북쪽에 있는데 그 사람들은 체격이 커서 앉아서 배를 부린다.
>
> 大人國在其北, 爲人大, 坐而削船.[57]

대인국 사람들은 체격이 큰 것으로 묘사되어 있지만 도량이 넓고 마음이 관대한 종족이라는 의미까지 함축되어 있다. 가령 『설문해자』에는 다음과 같이 대인국을 암시하는 구절이 있다.

> 동이는 '대'를 따랐다. 대인이다. 동이의 풍속이 어질고 어질면 오래 살기 때문에 군자들이 죽지 않는 나라가 있다.
>
> 東夷從大, 大人也. 夷俗仁, 仁者壽, 有君子不死之國.[58]

동이계 종족은 체격이 크고 성품이 어질어 대인으로 불렸음을 알 수 있다. 그런데 그 내용과 관련하여 특별히 군자들의 나라를 언급했기 때문에 문맥상 대인국은 군자국과 같은 차원에서 고대 한국의 또 다른 표현임을 알 수 있다.

3 청구국(靑丘國)

청구 역시 고대 이래 한국을 표현해 왔던 어휘이다. 이 말의 가장 오

---

57 『山海經』, 「海外東經」.

58 許愼, 『說文解字』, 卷4.

래된 전거(典據)는 『산해경』인데 역시 군자국, 대인국 등과 인접해 있다.

청구국이 그 북쪽에 있는데 그곳의 여우는 네 개의 발과 아홉 개의 꼬리를 지니고 있다.

靑丘國在其北, 其狐四足九尾.[59]

유명한 괴수인 구미호(九尾狐)의 서식지이기도 한 청구국은 『산해경』 이외의 고대 문헌에서도 자주 보인다. 가령 「자허부(子虛賦)」에서 사마상여(司馬相如, B.C. 179~B.C. 118)는 제왕(齊王)의 전렵(畋獵)을 다음과 같이 묘사한다.

가을에는 청구에서 사냥을 하고 바다 밖에서 노니네.

秋田乎靑丘, 彷徨乎海外.[60]

청구는 산동의 일부 지역을 지칭하기도 한다. 그러나 『산해경』에서의 방위로 보나, 「자허부」의 속편으로 여겨지는 「상림부(上林賦)」에 "바다 건너 사냥을 하네.(越海而田)"라는 표현이 있는 것으로 보아 청구는 산동 경내가 아닌 동북방의 변경 지역으로 보는 것이 옳을 것이다. 호소영(胡紹煐), 고보영(高步瀛) 등 『문선(文選)』의 주석가들도 청구를 요동(遼東) 일대, 고구려 지역 등에 비정(比定)한 바 있다.[61]

그런데 『산해경』에는 전혀 다른 방위에서 청구와 관련된 곳이 출현하기도 한다.

59 『山海經』, 「海外東經」.

60 司馬相如, 蕭統 編, 「子虛賦」, 『文選』, 卷7.

61 胡紹煐, 『文選箋證』, 卷9: "服虔曰, 靑丘國名, 在海東三百里 …… 漢末公孫度據遼東自號靑州, 刺史以爲堯時靑州當越海而有遼東也, 然則靑丘蓋在海外遼東地."

다시 동쪽으로 300리를 가면 청구산이라는 곳인데 그 남쪽에서는 옥이, 북쪽에서는 청호가 많이 난다. 이곳의 어떤 짐승은 생김새가 여우 같은데 아홉 개의 꼬리가 있으며 그 소리는 마치 어린애 같고 사람을 잘 잡아먹는다. 이것을 먹으면 요사스러운 기운에 빠지지 않는다.

又東三百里, 曰青丘之山, 其陽多玉, 其陰多青雘. 有獸焉, 其狀如狐而九尾, 其音如嬰兒, 能食人, 食者不蠱.[62]

이곳의 청구산은 내용상 앞서의 청구국과 다름없지만 남방 지역으로 설정되어 있다. 이것은 착간(錯簡)에 의해 경문(經文)의 순서가 뒤바뀐 것으로 볼 수도 있고, 원시 『산해경』에서 동북방 문화권의 남방에 위치했던 청구 지역이 후대에 『산해경』이 포괄하는 영역이 확대되었음에도 불구하고 재편성 과정에서 위치 조정이 되지 않아 과거의 흔적을 남긴 것으로도 볼 수 있을 것이다.

4 백민국(白民國)

군자국, 대인국, 청구국 등에 이어 묘사의 상징적 의미나 위치상으로 미루어 고대 한국을 표현하고 있다고 생각되는 나라가 백민국이다.

백민국이 용어의 북쪽에 있는데 몸빛이 희고 머리를 풀어 헤치고 있다. 승황이라는 짐승이 있는데 생김새는 여우 같으나 등 위에 뿔이 있고 그것을 타면 2천 살까지 살 수 있다.

白民之國在龍魚北, 白身被髮. 有乘黃, 其狀如狐, 其背上有角, 乘之壽

62 『山海經』, 「南山經」.

二千歲.[63]

승황, 일본의 『괴기조수도권(怪奇鳥獣図巻)』

윗글에서 주목해야 할 것은 '백민(白民)'이라는 나라 이름과 그것의 원인이 된 몸빛이 희다는 표현이다. 본래 은 및 동이계 종족은 백색을 숭상했다. 가령 은과 그 습속을 이어받은 부여의 경우 모두 백색을 선호했다는 기록이 있다.[64] 다시 말해 몸빛이 희다는 것은 흰옷을 즐겨 입었던 고대 한국 종족에 대한 신화적 표현인 셈이다.

승황(乘黃)이라는 신수(神獸)를 타면 오래 산다는 신화적 표현 역시 앞서 인용한 『설문해자』에서의 "군자들이 죽지 않는 나라(君子不死之國)"라는 언급과 이미지에서 상통한다.[65] 위치상으로 볼 적에도 백민국에 대한 기록 다음에 숙신국을 서술하고 있는 것으로 보아[66] 고대 한국의 일부 지역을 가리키는 것으로 생각해 볼 수 있다. 백민국에 대한 또 다른 기록을 살펴보자.

백민국이 있다. 제준이 제홍을 낳고 제홍이 백민을 낳았다. 백민은 성

---

63 『山海經』, 「海外西經」. 백민국에 대한 이 기록은 방위상 맞지 않는다. 그 이유는 앞서 「南山經」 청구산의 위치에 대해 행해졌던 설명과 동일하다.

64 『禮記』, 「檀弓 (上)」: "殷人尙白" 및 『三國志·魏志』 「東夷傳」, 扶餘條: "在國衣尙白, 白布大袂袍袴, 履革鞜."

65 승황은 연금술에서의 일각수(一角獸) 곧 유니콘(unicorn)과 같은, 불로장생을 달성시켜 주는 존재로 해석된다.

66 『山海經』, 「海外西經」: "肅愼之國在白民北."

이 소씨이고 기장을 먹고 살며 …… 호랑이, 표범, 곰, 말곰 등 네 종류의 짐승을 부린다.

有白民之國. 帝俊生帝鴻, 帝鴻生白民, 白民銷姓, 黍食, 使四鳥 …… 虎·豹·熊·羆.[67]

두 번째 기록에서는 백민국의 혈통을 제준의 후예로 설명했는데 제준은 『산해경』에만 등장하는 동이계의 큰 신으로 백민국이 고대 한국 종족이 속해 있던 동이계 종족임을 천명하고 있는 것이다.

백민국 사람이 "호랑이, 표범, 곰, 말곰" 등 네 종류의 짐승을 부렸다는 마지막 언급도 재고해 볼 필요가 있다. 이들 네 종류의 짐승은 기실 호랑이와 곰 두 종류로 압축될 수 있는데 이 두 짐승은 고조선의 단군 신화에서 중요한 각색으로 등장한 바 있다.[68]

상술한 해석들과는 달리 안재홍은 '백(白)'이 '맥(貊)'의 가차자(假借字)일 가능성을 지적했다.[69] 이렇게 본다면 백민국은 곧 맥민국(貊民國)으로 부여, 고구려 등 고대 한국 종족의 주요 조성 부분이었던 맥족(貊族)이 세운 나라라는 뜻으로 풀이될 것이다. 이는 또 다른 해석의 가능성으로 남겨 둔다.

5 숙신국(肅愼國)

고대 한국과 관련하여 중국 문헌에 빈번히 출현하는 나라가 숙신국

---

67 『山海經』, 「大荒東經」.

68 『山海經』에는 백민국 이외 다른 지역의 종족들도 이들 네 종류의 짐승을 부린다는 기록이 적지 않다. 아마 호랑이와 곰 종류의 등장은 고대 한국뿐 아니라 동북아시아 지역의 공통적인 특징일 수도 있을 것이다.

69 안재홍, 「붉·불·비어 原則과 그의 循環公式」, 『民世安在鴻選集 (3)』(지식산업사, 1991), 277쪽.

이다. 앞에서는 이 나라의 역사, 지리적 상황에 대해 토론했지만 신화, 민속의 방면에서도 논의의 여지가 있는 자료들이 있다.

> 숙신국이 백민의 북쪽에 있다. 이름을 웅상이라고 하는 나무가 있는데 성인이 대를 이어 즉위하게 되면 이 나무에서 옷을 만들어 입었다.
>
> 肅愼之國在白民北, 有樹名曰雄常, 先入伐帝, 于此取之.[70]

숙신국을 고조선의 별칭으로 보는 견해도 있고 압록강 상류 지역에 있던 고대 한국과 관련된 일부 지역으로 보는 견해도 있다. 이곳에는 웅상(雄常)이라는 나무가 있다 하는데 그다음 구절 "先入伐帝, 于此取之."는 전사(轉寫) 혹은 판각(板刻) 과정의 오류로 인해 자형(字形)이 달라진 것으로 순조롭게 해석되지 않는다. 그런데 곽박은 이 부분에 대해 다음과 같이 주석을 달았다.

> 그들은 옷 없이 산다. 그러다 중국에서 성군이 즉위하면 그 나무에서 껍질이 나와 옷을 해 입을 수 있었다.
>
> 其俗無衣服, 中國聖帝代立者, 則此木生皮可衣也.[71]

원가는 곽박의 주석에 근거하여 "先入伐帝, 于此取之."라는 문구를 "성인이 대를 이어 즉위하게 되면 이 나무에서 옷을 만들어 입었다.(聖人代立, 於此取衣)"로 교정, 해석했다.[72] 그러나 이러한 해석은 타자인 숙신국의 정체성을 무시한 중화주의적 관점의 산물이다. 반면 한국의 문정창, 안호상(安浩相) 등은 별다른 고증 과정을 제시하지 않고 "先入伐

70 『山海經』, 「海外西經」.

71 위의 책.

72 袁珂, 『山海經校注』, 226쪽.

帝"를 "先八代帝"의 오기(誤記)로 보아 8명의 고대 제왕 곧 삼황오제(三皇五帝)가 웅상 나무 혹은 숙신국에서 나왔다는 견해를 제시하기도 했다.[73] 기발한 생각이긴 하지만 이러한 견해 역시 자민족중심주의의 입장을 벗어나지 못한다.

그렇다면 웅상이라는 나무의 정체는 무엇인가? 신화, 민속적인 차원에서 본다면 웅상은 아마도 숙신국의 신목(神木), 세계수(世界樹)일 가능성이 높다. 숙신을 고조선의 별칭 혹은 후국(候國)으로 보는 앞서의 관점에서 웅상이라는 이름으로 보아 그 나무는 환웅(桓雄) 천왕이 하강했던 신단수(神檀樹)로 해석될 수 있을 것이다. 다른 해석의 여지도 있다. '웅상(雄常)'의 '웅(雄)'을 '웅(熊)'의 가차자(假借字)로 본다면 웅상 나무는 웅녀(熊女)가 자식을 구하여 빌었다는 신단수이기도 할 것이다.

혁철족, 청(清) 『황청직공도(皇淸職貢圖)』

신화 해석은 다양한 차원에서 시도될 수 있다. 인류학자 능순성(淩純聲, 1902~1981)은 송화강(松花江) 유역의 혁철족(赫哲族)에 대한 현지 조사를 통해 이들이 해당 지역의 화수피(樺樹皮) 곧 자작나무 껍질로 가옥, 의복, 선박, 용기 등 모든 일상 용품을 만들어

73 文定昌, 『古朝鮮史硏究』(백문당, 1969), 23쪽; 안호상, 『배달·동이 겨레의 한 옛 역사』(배달문화연구원, 1972), 32쪽.

생활하는 현실에 착안, 그것을 화수피 문화라고 명명한 바 있다.[74] 송화강 유역은 숙신국의 영역과 멀지 않다. 그렇다면 웅상 나무는 자작나무를 가리킨 것이며 곽박은 숙신국에서 자작나무 껍질로 옷을 해 입는 습속을 중화주의적 관점에 의해 왜곡하여 중국의 변방 이민족에 대한 지배권을 정당화하는 신화를 만들어 낸 것이라 할 것이다. 다음은 숙신국의 위치와 풍물에 관한 또 다른 기록이다.

금충, 청 왕불의 『산해경존』

> 대황의 한가운데에 불함이라는 산이 있고 숙신씨국이 있다. 비질이 있는데 날개가 넷이다. 짐승의 머리에 뱀의 몸을 한 것이 있는데 이름을 금충이라고 한다.
>
> 大荒之中, 有山, 名曰不咸. 有肅愼氏之國. 有蜚蛭, 四翼. 有蟲, 獸首蛇身, 名曰琴蟲.[75]

숙신국은 불함이라는 산 근처에 있다고 했다. 불함산은 앞서 말했듯이 오늘의 백두산이다. 이어서 숙신국에는 날개가 넷인 비질(蜚蛭)과 짐승 머리에 뱀의 몸을 한 금충(琴蟲)이라는 동물이 있다고 했다. 이들은 신화적 동물이거나 고대의 백두산 일대에 서식했던 동물로 추정될 뿐 더 이상의 정보가 없어 정체를 짐작하기 어렵다.

---

74 凌純聲, 『松花江下游的赫哲族』(北京: 國立中央研究院, 1934) 참조.

75 『山海經』, 「大荒北經」.

6 장비국(長臂國), 여자국(女子國), 양면인(兩面人)

장비국 사람, 명(明) 장응호(蔣應鎬)의 『산해경회도(山海經繪圖)』

우리나라를 직접 지칭하진 않지만 인근에 있었다고 여겨지는 『산해경』의 이국(異國)들이 장비국과 여자국이다. 먼저 장비국에 관한 기록을 보자.

장비국이 그 동쪽에 있는데 물속에서 고기를 잡아 양손에 각각 한 마리씩 들고 있다.

長臂國在其東, 捕魚水中, 兩手各操一魚.[76]

장비국은 문자 그대로 긴 팔을 지닌 종족으로 깊은 바다에 그냥 손을 넣어 물고기를 잡을 정도라고 한다. 그런데 이 이상한 종족이 우리나라 근처에 살았다는 기록이 있다.

옛말에 따르면 그 사람들(장비국 사람들)의 손이 땅에까지 늘어져 있었다고 한다. 위(魏) 황초(黃初) 중에 현도(玄菟) 태수 왕기(王頎)가 고구려왕 궁(宮)을 토벌하여 추격할 때 옥저국(沃沮國)을 지나게 되었는데 그 동쪽 끝은 큰 바다에 임하여 해 뜨는 곳에 가까웠다. 그곳의 노인에게 바다 동쪽에도 사람이 살고 있는가 물었더니 대답하기를, "언젠가 바다 한가

76 『山海經』, 「海外南經」.

운데에서 한 벌의 베옷을 얻었는데 몸 크기는 보통 사람만 하나 두 소매 길이가 3장(丈)이나 하였습니다." 하였다. 이것이 바로 장비인의 옷이다.

舊說云, 其人手下垂至地. 魏黃初中, 玄菟太守王頎討高句麗王宮, 窮追之, 過沃沮國, 其東界臨大海, 近日之所出. 問其耆老, 海東復有人否, 云嘗在海中得一布褐, 身如中人, 衣兩袖長三丈, 卽此長臂人衣也.[77]

곽박은 위의 주석에서 주로 『위지』「동이전」에 실린 고구려 관련 기록에 근거하여 지금의 함경남도 해역 어딘가에 장비국이 있는 것으로 확신하고 있다.

동양의 아마조네스(Amazones) 여자국은 어떠한 나라인가?

여자국이 무함의 북쪽에 있는데 두 여인이 함께 살며 물이 그곳을 에워싸고 있다.

女子國在巫咸北, 兩女子居, 水周之.[78]

여자국 사람, 명 장응호의 『산해경회도』

두 여인이 함께 산다는 것은 여자들끼리 사는 나라임을 의미하며 물이 그곳을 에워싸고 있다는 것은 나라가 바다 한가운데에 있다는 것을 말해 준다. 원가는 주석에서 『삼국지』와 『후한서(後漢書)』의 「동이전」을 모두 인용하면서 여자국이 옥저 근처에 있는 나라일 것으로 추정하였다.[79]

---

77 『山海經』, 「海外南經」, 長臂國條, 郭璞注.

78 『山海經』, 「海外西經」.

79 『山海經』, 「海外西經」, 女子國條, 袁珂注: "三國志魏志東夷傳云 …… 後漢書東夷傳云.

(옥저의 노인들이) 또 말하기를 어떤 나라가 바다 한가운데에 있는데 오로지 여자만 있고 남자는 없다고 하였다.

又言有一國亦在海中, 純女無男.[80]

누군가 말하기를 그 나라에는 신령스러운 우물이 있어 들여다보기만 해도 곧 아이를 낳았다고 한다.

或傳其國有神井, 窺之輒生子.[81]

장비국과 더불어 옥저 근처의 바다 어딘가에 있다는 여자국은 남자들과는 아무런 접촉 없이 단성 생식을 통해 여자만의 세상을 이루고 사는 신비한 나라였던 것이다.

다음으로 얼굴이 두 개라는 양면인도 우리나라 인근에 살았다고 한다. 이에 대한 기록이 『산해경』에는 없다. 다만 곽박은 「대황서경(大荒西經)」에서 얼굴이 세 개라는 삼면인(三面人)에 대해 주를 달 때 옥저 부근의 양면인에 대해 언급하였다.

현도 태수 왕기가 옥저국에 이르러 그곳의 노인에게 묻자 "다시 한 척의 부서진 배가 물결에 밀려 해안에 닿았는데 배 위에 한 사람이 있어 이마 한가운데에 또 얼굴이 있었습니다. 서로 말이 통하지 않아 마침내 굶어 죽었습니다."라고 하였다. 이것이 양면인이다.

玄菟太守王頎至沃沮國, 問其耆老, 云復有一破船, 隨波出在海岸邊, 上有一人, 頂中復有面, 與語不解, 了不食而死. 此是兩面人也.[82]

…… 卽此類也."

80 『三國志 · 魏志』, 「東夷傳」.

81 『後漢書』, 「東夷傳」.

82 『山海經』, 「大荒西經」, 三面人條, 郭璞注.

장비국, 여자국, 양면인 등 기이한 존재들이 옥저의 해역 곧 동해 어딘가에 살고 있다는 상상은 어떻게 해서 가능했던 것일까? 이 존재들에 대한 기록은 모두 『위지』「동이전」의 동일한 문맥 안에 있으며 위장(魏將) 관구검(毌丘儉)이 고구려를 침공하여 동천왕(東川王)이 옥저 지경(地境)까지 피신했던 실제 역사적 상황을 배경으로 하고 있다. 아마 관구검의 별장(別將) 왕기가 함경남도 해안까지 도달했던 것은 고대 중국에서는 드물게 동해 근처를 답사한 경우였을 것이다. 그런데 머나먼 동해는 일출처(日出處)이자 부상(扶桑)과 삼족오(三足烏) 등 각종의 신화적 사물이 존재하는 곳이다. 따라서 「동이전」의 작자는 옥저 인근 해역의 풍물을 신비하게 묘사했고 곽박 등 주석가들은 그 기록을 『산해경』의 장비국, 여자국 등에 부회(附會)했던 것이 아닌가 생각된다.

7 웅산(熊山)

『산해경』에는 단군 신화의 반영으로 생각해 볼 여지가 있는 기록이 있다.

> 다시 동쪽으로 150리를 가면 웅산이라는 곳이다. 이곳에 굴이 있는데 곰굴로서 늘 신인(神人)이 드나든다. 여름에는 열리고 겨울이면 닫히는데 이 굴이 겨울에 열리면 반드시 전쟁이 난다.
>
> 又東一百五十里, 曰熊山. 有穴焉, 熊之穴, 恒出入神人. 夏啓而冬閉, 是穴也, 冬啓乃必有兵.[83]

웅산의 곰굴에 신인이 드나든다는 이야기는 동굴에서 인간이 되기

83 『山海經』, 「中次九經」.

위해 인내했던 웅녀, 그리고 이후 신인 환웅(桓雄) 천왕과의 만남을 통해 단군을 낳았던 신화를 떠올리게 한다. 동굴이 여름에 열리고 겨울에 닫힌다는 것은 곰의 동면 습성을 말하는 듯하고 겨울에 열렸을 때 전쟁이 일어난다는 것은 자연의 원리를 거슬렀을 경우 입을 수 있는 재앙을 표현한 것으로 볼 수 있을 것이다.

8 풍백(風伯)

풍백, 청대(清代)의 삽화

단군 신화에는 기상신인 풍백이 우사, 운사 등과 더불어 환웅천왕을 모시고 하강한다는 내용이 있다. 이들 3명의 신은 일찍이 『산해경』에 등장한 바 있다.

치우가 무기를 만들어 황제를 치자 황제가 이에 응룡으로 하여금 기주야에서 그를 공격하게 했다. 응룡이 물을 모아 둔 것을 치우가 풍백과 우사에게 부탁하여 폭풍우로 거침없이 쏟아지게 했다. 황제가 이에 천녀인 발을 내려보내니 비가 그쳤고 마침내 치우를 죽였다.

蚩尤作兵伐黃帝, 黃帝乃令應龍攻之冀州之野. 應龍畜水, 蚩尤請風伯雨師, 縱大風雨. 黃帝乃下天女曰魃, 雨止, 遂殺蚩尤.[84]

풍백과 우사는 동이계의 영웅 치우의 편이 되어 황제와의 전쟁에

---

84 『山海經』, 「大荒北經」.

참여한다. 이를 통해 이들 기상신이 동이계 종족이 숭배했던 신들임을 알 수 있으며 단군 신화에 등장하는 이유도 자명해진다. 이들 중 풍백은 일명 비렴(飛廉)이라고도 했는데 이러한 이름이 한국어 '바람'의 고어(古語)에서 유래했다는 가설이 설득력 있게 제시된 바 있다.[85] 고구려 무용총 벽화에는 날개 달린 사슴 형태의 신수(神獸)가 등장하는데 이것은 종래 기린으로 간주되어 왔다. 풍백은 새의 머리를 하거나 사슴의 몸을 한 동물의 형태로 현현(顯現)한다. 그것은 바람의 빠르게 날아다니는 속성을 상징한다. 따라서 무용총 벽화에 나타난 신수를 풍백으로 간주하여도 틀림이 없을 것이다.[86] 앞서 살펴보았듯이 풍백과 고대 한국 및 동이계 신화와의 친연성이나 어원학적인 측면에서 보았을 때에도 이 신의 고구려 벽화상의 출현은 자연스러워 보인다.

비렴, 고구려 무용총 벽화

85 蕭兵, 『楚辭新探』(天津: 天津古籍出版社, 1988), 516~518쪽.
86 孫作雲, 『天問研究』(北京: 中華書局, 1989), 138쪽.

9 「조선기(朝鮮記)」의 신들

송(宋) 나필(羅泌, 1131~1189)의 『노사(路史)』는 신화, 전설, 민속 자료를 많이 수록한 문헌이다. 이 책에 대해 아들 나평(羅苹)이 주(注)를 달았는데 순(舜)에 대한 설명에서 주목할 만한 언급이 있다.

> 「조선기」에서 말하기를, 순에게는 아들 여덟이 있었는데, 이들이 처음으로 가무를 행했다고 한다.
>
> 朝鮮記云, 舜有子八人, 始歌舞[87]

이 구절과 관련하여 즉각적으로 드는 의문은 두 가지이다. 우선 나평이 순의 사적(事蹟)과 관련하여 인용한 「조선기」라는 책은 어떠한 책인가? 그리고 조선은 순과 어떤 관계이기에 순에 관한 내용을 「조선기」에서 찾았는가? 이와 관련된 언급이 청(淸) 오임신(吳任臣)의 『산해경광주(山海經廣注)』에 있다. 오임신은 나평이 「해내경」을 인용할 때 「조선기」로 적었다고 말했다.[88] 아닌 게 아니라 나평은 『노사』의 다른 주에서도 「해내경」을 「조선기」로 지칭하고 있다.[89] 실제로 「조선기」에서 말했다는 순에 관한 이야기는 「해내경」에 거의 똑같은 내용이 실려 있다.

> 제준에게는 아들 여덟이 있었는데, 이들이 처음으로 가무를 행했다.
>
> 帝俊有子八人, 是始爲歌舞.

---

87 羅泌, 『路史』, 「後記」 卷11 注: "代宗詔云, 虞夏之制, 諸子疎封, 世紀云, 九人, 朝鮮記云, 舜有子八人, 始歌舞."

88 吳任臣, 『山海經廣注』, 「海內經」, 題注: "海內經及大荒經, 本逸在外. 羅苹路史注引此篇, 作朝鮮記."

89 羅泌, 『路史』, 「後記」 卷4의 注 참조.

'제준(帝俊)'의 '준(俊)'은 '순(舜)'의 가차음(假借音)이므로[90] 양자는 동일한 신으로 인식된다. 그렇다면 나평은 왜 「해내경」을 「조선기」로 인식했을까? 가장 쉬운 설명은 「해내경」의 첫머리가 "東海之內, 北海之隅, 有國名曰朝鮮……"이라는 '조선'에 대한 기록으로 시작하기 때문이라는 것이다. 그러나 이러한 작명법은 대개 편명(篇名)이 없는 선진(先秦) 시대의 고적(古籍)에 대해 행해졌던 방식이었다. 엄연히 「해내경」이라는 편명이 있는데 굳이 별칭을 만들어야 할 필요가 있다면 그것이 무엇인지 궁금하지 않을 수 없다. 혹시 「해내경」의 내용이 「조선기」라는 편명으로 아우를 만큼 '조선'과 관련된 일관된 특성을 지니고 있는 것은 아닌가? 그러나 「해내경」이 포괄하는 지리는 동서남북의 바다와 유사(流砂), 파국(巴國), 창오(蒼梧) 등 사방 지역에 걸쳐 있고 신화적 존재도 황제(黃帝), 제준, 태호(太皞), 묘민(苗民), 봉조(鳳鳥) 등 다양한 계통이 혼재되어 있어 특별히 어떤 성향이 지배적인지 집어 말하기 어렵다. 다만 「해내경」의 후반부에서 대신 제준을 중심으로 소호(少皞), 염제, 예(羿) 등 동이계 신령과 영웅들에 대해 집중적으로 서술하고 있어 이러한 내용이 화하계(華夏系) 등 다른 신화 계통에 비해 상대적으로 비중이 크다는 것은 인정된다. 이를 근거로 「조선기」의 제명(題名)과 관련시킬 수도 있겠으나 과연 나평이 그러한 관점에서 「해내경」을 「조선기」라고 불렀는지, 이 문제는 여전히 고찰의 여지를 남기고 있다.

이상 살펴본 바와 같이 『산해경』에는 한국의 신화·민속과 상관된 내용이 적지 아니 담겨 있다. 특히 신화의 경우 일부 내용은 『산해경』의 성립 연대로 볼 때 현존하는 어떤 한국 신화 자료보다도 앞서 있어 '원신화(原神話)'라고 부를 수 있을 정도이다. 이들 신화·민속 자료는

90 袁珂, 『山海經校注』, 397쪽: "郭璞云, 俊亦舜字假借音也."

후대 한국 문화와의 계승 관계에 대한 검토를 통해 인증될 경우 더욱 빛을 발하게 될 것이다.

결국 『산해경』에는 현존하는 중국의 주변 국가 중 다른 어느 나라보다도 한국과 관련된 고대 문화 자료가 풍부히 남아 있다는 것을 알 수 있다. 이것은 앞서 말한바 『산해경』 텍스트의 다원적 문화 상황을 입증하는 것임과 동시에 『산해경』 성립 주체의 고대 한국에 대한 인식과 이해가 다양하고 깊었음을 의미하는 것이라 하겠다.[91]

91 본 장의 일부는 졸저 『동양적인 것의 슬픔』(1996), 『앙띠 오이디푸스의 신화학』(2010), 『중국 신화의 세계』(2011) 등에서의 한국 문화 관련 내용을 발췌, 정리, 보완한 것임.

4 한국 신화와 『산해경』

『산해경』에는 수많은 종족의 서로 다른 풍토에 기반한, 다채롭고 풍부한 상상 작용의 산물이 담겨 있다. 이들 상상 자료는 앞서 살펴보았듯이 한국 신화와 직간접적으로 관련을 맺고 있다. 이 글에서는 한국 신화의 상상 세계를 풍요롭게 한 『산해경』 상상력의 모티프를 중심으로 논의해 보기로 한다. 한국 신화는 크게 사서(史書), 설화집 등에 담긴 문헌 신화와 무속 신화 등을 중심으로 한 구전 신화의 두 종류로 대별할 수 있는데 먼저 문헌 신화부터 살펴보도록 하자.

문헌 신화 중에서 『산해경』과의 관련성이 크게 거론될 수 있는 것은 고조선의 단군 신화와 고구려의 주몽 신화이다. 이들 신화에서는 『산해경』에 등장한 신들이 상당한 역할을 하고 있는 것이 특징이다.

> 『위서(魏書)』에 이렇게 말했다. 지금부터 2000년 전에 단군왕검(檀君王儉)이 있어 아사달(阿斯達)에 도읍을 정하고 나라를 열어 조선이라고 불렀으니 요임금과 같은 시기이다. 『고기(古記)』에는 이렇게 말했다. 옛날 환인(桓因)의 서자 환웅(桓雄)이 자주 천하에 뜻을 두고 인간 세상을 탐내어 구했다. 아버지가 아들의 뜻을 알고는 삼위태백(三危太伯)을 내려

다보니 인간을 널리 이롭게 할 만하여, 즉시 천부인(天符印) 세 개를 주어 내려보내 인간 세상을 다스리게 했다. 환웅이 무리 3000명을 거느리고 태백산(太白山) 꼭대기 신단수(神壇樹) 아래로 내려왔다. 이곳을 신시(神市)라 하고 이분을 환웅천왕이라 한다. 풍백(風伯), 우사(雨師), 운사(雲師)를 거느리고 곡식, 생명, 질병, 선악 등 무릇 인간 세상의 360여 가지 일을 주관하여 세상을 다스려 교화했다.

魏書云, 乃往二千載, 有檀君王儉, 立都阿斯達, 開國號朝鮮, 與高同時. 古記云, 昔有桓因, 庶子桓雄, 數意天下, 貪求人世. 父知子意, 下視三危太伯, 可以弘益人間. 乃授天符印三箇, 遣往理之. 雄率徒三千, 降於太伯山頂, 神壇樹下, 謂之神市. 是謂桓雄天王也. 將風伯雨師雲師, 而主穀主命主病主刑主善惡凡人間三百六十餘事, 在世理化.[1]

환웅이 하강할 때 거느리고 온 풍백, 우사, 운사는 동이계 신화의 기상신으로 이중 풍백은 앞서 살펴보았듯이 한국 신화에서 유래한 신령이었다. 다만 풍백과 우사는 『산해경』의 황제-치우 전쟁 기사(記事)에 등장하지만 운사는 보이지 않는데, 단군 신화에서는 추가했다. 운사는 갑골문에서 이미 제운(帝雲)이라는 신명으로 보이며 초 지역에서 운중군(雲中君)으로 불리다가 이후 운사, 운장(雲將) 등으로 나타난다.

다음으로 환인이 내려다본 하계의 삼위태백이라는 산은 어떤 산이며 어디에 있는가? 이에 대해서는 삼위와 태백을 각기 다른 산으로 보기도 하고 같은 산으로 보기도 하며[2] "세 봉우리가 솟은 태백산"이라든가 "삼고산(三高山)"이라 부르는 등[3] 여러 설이 있으나 우선 삼위산에 대해서는 『산해경』에 아래와 같은 기록이 있다.

1 일연, 김원중 옮김, 『삼국유사』(을유문화사, 2003), 35~37쪽.

2 서대석, 『한국의 신화』(집문당, 1997), 19쪽의 주석 참조.

3 일연, 앞의 책, 36쪽의 주석 참조.

운중군, 원(元) 장악(張渥)의 「구가도(九歌圖)」

다시 서쪽으로 220리를 가면 삼위산이라는 곳인데 세 마리의 파랑새가 여기에 살고 있다. 이 산은 넓이가 100리이다. 산 위에 어떤 짐승이 살고 있는데 생김새가 소 같고 흰 몸빛에 네 개의 뿔이 있으며 갈기털은 마치 도롱이를 씌워 놓은 것 같다. 이름을 오열이라고 하며 사람을 잡아먹는다. 이곳의 어떤 새는 머리가 하나에 몸이 셋으로 생김새는 붉은 수리 같은데 이름을 치라고 한다.

又西二百二十里, 曰三危之山, 三靑鳥居之. 是山也, 廣員百里. 其上有獸焉, 其狀如牛, 白身四角, 其豪如披蓑, 其名曰傲㕭, 是食人. 有鳥焉, 一首而三身, 其狀如鸈, 其名曰䳋.[4]

---

4 『山海經』, 「西次三經」.

삼위산은 「서차삼경(西次三經)」에서 황제의 별궁이 있는 곤륜산(崑崙山)과 서왕모(西王母)가 거주하는 옥산(玉山) 다음에 출현하는 산으로 서왕모의 시중을 드는 세 마리의 파랑새 삼청조(三靑鳥)를 비롯하여 오열(傲咽), 치(鴟) 등의 괴수가 살고 있는 신화적 산이다. 왜 『산해경』의 하고많은 신화적 산중 이 산이 단군 신화에 등장했을까? 단군 신화에서는 환웅천왕이 강림한 태백산에 초점이 맞춰져 있는 만큼 태백 앞의 삼위는 수식어로 보아야 할 것이다. 즉 삼위태백이란 "삼위산처럼 신령스럽고 높은 태백산"이라는 의미 정도로 해석하는 것이 좋을까 한다. 물론 삼위산보다는 곤륜산이나 옥산이 더 숭엄(崇嚴)할 수도 있겠으나 이들 산은 황제나 서왕모처럼 워낙 저명한 대신이 좌정한 곳인지라 태백산의 수식어로 가져오기에는 적합지 않다. '삼위'라는 글자에 착안하여 "세 개의 산봉"이나 "세 개의 위험" 등으로 해석하는 것은 망문생의(望文生義)의 발상법으로 바람직하지 않다. 옛글은 반드시 전고(典故)에 의거해 제술(製述)하기 마련인데 '삼위'라는 어휘가 전고가 없다면 모르지만 분명히 전고가 있는데 굳이 다른 해석의 길을 찾는 것은 고전 독법에서 어긋난다.

이어서 고구려의 주몽 신화를 살펴보기로 하자. 주몽 신화에 등장하는 『산해경』의 저명한 신령으로는 황하의 신 하백(河伯)이 있다. 하백 역시 동이계의 신령이므로 고구려 신화와 밀접한 관련을 맺게 된 것으로 이해할 수 있다. 「광개토왕비문(廣開土王碑文)」에서도 "어머님은 하백의 따님이셨다.(母河伯女)"라고 명기(銘記)하고 있듯이 주몽의 외조부로 설정되어 있는 하백의 역할이 주몽 신화에서 두드러진다. 신화의 전반부에서 하백은 천왕랑(天王郞) 해모수(解慕漱)와 도술 겨루기를 하고 딸 유화(柳花)를 내치는 등 사건 발단의 중요한 기능을 하고 후반부에서는 동부여(東夫餘) 왕자 대소(帶素)에게 쫓겨 위기에 놓인 주몽을 구하여 건국의 길을 여는 결정적인 일을 수행한다.

『산해경』에는 하백과 관련된 두 개의 상반된 경향의 기록이 있다.

「광개토왕비문」

종극연은 깊이가 300길인데 빙이가 항상 거기에 살고 있다. 빙이는 사람의 얼굴에 두 마리의 용을 타고 있다.

從極之淵深三百仞, 維冰夷恒都焉. 冰夷人面, 乘兩龍.[5]

빙이는 풍이(馮夷)라고도 하며 하백의 별칭이다. 신화적 경향의 이 기록은 물의 신으로서의 하백의 모습을 유감없이 보여준다. 유화가 놀러 나갔다가 해모수를 만난 곳은 웅심연(熊心淵)인데 아마 하백의 영역인 종극연과 상응하는 곳이 아닐까 한다.

왕해가 유역과 하백에게 길든 소를 맡겼는데 유역이 왕해를 죽이고 길든 소를 차지했다. (은나라가 유역을 치자) 하백이 유역을 딱하게 여겨 (그를 도와주어) 유역이 몰래 빠져나와 짐승들 사이에 나라를 세우고 지금 그것을 먹고 있다. (이 나라는) 이름을 요민이라고 한다.

王亥託于有易河伯僕牛. 有易殺王亥, 取僕牛. 河念有易, 有易潛出, 爲國于獸, 方食之, 名曰搖民.[6]

5 『山海經』, 「海內北經」.
6 『山海經』, 「大荒東經」.

하백의 행차, 산동성 가상(嘉祥)의 한(漢) 무량사(武梁祠) 화상석(畫像石)

이 기록은 역사적 경향을 보여 준다. 왕해는 곧 왕자해(王子亥)로서 은의 왕자였다. 그는 유역국에 손님으로 갔다가 방종하여 피살되었다. 그러자 은이 하백의 군사를 빌려 유역국을 쳐서 멸망시켰다고 한다.[7] 유목 민족인 은의 초기 정황을 보여 주는 이 기록은 당시 황하 주위에 있던 유역국과의 갈등 관계를 표현하고 있다. 하백은 황하의 신이기도 하지만 그 일대를 지배하는 정치 지도자의 이미지도 겹쳐져 있다. 윗글은 고대 서사에서 흔히 볼 수 있는 상상과 현실이 혼재된 묘사로 간주할 수 있다.

---

7 『山海經』, 「大荒東經」, 困民國條, 郭璞注 참조.

다만 신화와 역사가 표리 관계를 이루는 유헤메리즘(Euhemerism)적 현상은 동아시아 신화의 한 특징이다. 주몽 역시 하백의 초자연적인 도움을 받아 나라를 건설하는데 위의 글을 근거로 혹시 주몽의 외조부인 하백이라는 신화적 존재를 역사적 실재와 관련하여 해석할 근거는 없는지 탐문해 볼 필요가 있을 것이다.

다음으로 한국의 구전 신화 자료로는 무속 신화가 대종(大宗)을 이룬다. 무속 신화에서는 천지 창조나 문명 발생 등 창세 신화적 내용에서 황제(黃帝), 신농(神農), 복희(伏羲), 여와(女媧), 후토(后土) 등 『산해경』의 큰 신령들이 인용되는 경우가 많다. 가령 제주도의 창세신에 대한 의례인 초감제를 보면 천지개벽과 세계 창조의 과정을 설명하는 「베포도업침」에서 십오성인(十五聖人)이 등장하는데 태호 복희씨가 팔괘를 긋고 여와씨가 생황을 지었으며 황제 헌원씨가 지남차를 만들었다는 등 『산해경』 대신들의 업적을 언급한다.[8]

또 무가(巫歌) 「성조풀이」에서도 다음과 같이 여신 여와가 행한 일을 노래한다.

> 여와씨 후(後)에 나서 오색(五色) 돌
> 고이 갈아 이보천(以輔天) 하신 후에
> 여공제기(女工諸技) 가르치며
> 남녀의복(男女衣服) 마련하고

이외에도 「성조풀이」에서는 태자 성조(成造)가 황토섬에 귀양 갔다 귀환하는 과정에서 서왕모의 청조(靑鳥)가 큰 역할을 하는데, 다른 어느 무가보다도 『산해경』의 수용이 적극적으로 이루어지고 있다.

8 이수자, 『큰 굿 열두거리의 구조적 신화』(집문당, 2004), 99, 146~155쪽.

소식(消息) 전(傳)튼 청조(青鳥)새가/ 성조(成造) 앞헤 우지지니, ……
청조새를 바라보고/ 반갑다 청조새야/ 어데 갓다 인제 왓나?
인적(人跡)도 부도처(不到處)에/ 춘광(春光) 따라 너왓거든,
편지 한 장 전(傳)해다가/ 서천국(西天國) 도라가서/
명월각(明月閣)에 붓처 주게. ……
저 청조(青鳥) 거동(擧動) 보소/ 편지봉(片紙封)을 덥석 물고,
두하래를 헐헐 치며/ 서천국(西天國)을 바라보고
둥둥 떠 높이 나라/ 만경창파(萬頃蒼波) 섭적 건너,
장안(長安) 대도상(大道上)에 나라들어/
명월각(明月閣)을 바라보고/ 훨훨 나라 드러가니, ……
서왕모(西王母) 청조새가/ 공중(空中)에서 우지진다.
계화부인(桂花夫人) 바라보고/
새야 청조새야/ 유정(有情)한 즘생이라
주유천하(周遊天下) 다니다가/ 황토섬 드러가서,
가군(家君) 태자(太子) 성조(成造)임이/ 죽엇는지 살앗는지,
생사존망(生死存亡) 아라다가/ 나의게 붓처 주게.
말이 맛지 아니하야/ 청조새 입에 물엇든
편지봉(片紙封)을 부인(夫人) 무럽헤/ 뚝 떠러치고 나라가니,
계화부인(桂花夫人) 고히 넉여/ 편지(片紙)바다 개(開)탁하니,
가군(家君)의 필적(筆跡)은 분명(分明)하나/
눈물이 헐너 글ㅅ발을 살피지 못하고/
곤곤히 것친 후에/ 편지봉(封)을 집어들고/
남별궁(南別宮)을 드러갈제[9]

9 서대석, 「성조풀이」, 『한국의 신화』(집문당, 1997), 97~102쪽.

서천국(西天國) 천궁대왕(天宮大王)의 아들 성조는 주색에 빠져 신하들의 탄핵을 받고 황토섬에 3년 기한으로 귀양살이를 한다. 3년이 넘어 의식(衣食)이 떨어지고 위기에 놓였을 때 청조가 날아와 편지를 물고 가 아내인 계화부인에게 전해 주고 마침내 성조는 귀환한다. 다시 말해 이 무가에서 청조는 갈등 해소의 결정적인 기능을 담당하는 것이다.

『산해경』에는 서왕모와 청조에 대한 원시적 기록이 보인다.

> 서왕모가 책상에 기대어 있는데 머리꾸미개를 꽂고 있다. 그 남쪽에 세 마리의 청조가 있어 서왕모를 위해 음식을 나른다.
>
> 西王母梯几而戴勝杖, 其南有三青鳥, 爲西王母取食.[10]

> 세 마리의 청조가 있는데 붉은 머리에 검은 눈을 갖고 있다. 하나는 이름을 대려라 하고 하나는 소려, 하나는 청조라고 한다.
>
> 有三青鳥, 赤首黑木, 一名曰大鵹, 一名少鵹, 一名青鳥.[11]

서왕모의 음식 시중을 들던 세 마리의 청조는 후일 서왕모가 불사약을 지닌 아름다운 여신으로 변모하면서 그녀의 시녀 혹은 소식을 전해 주는 메신저가 된다. 메신저로서의 청조는 서왕모 숭배가 고조

삼청조, 명(明) 장응호(蔣應鎬)의 『산해경회도(山海經繪圖)』

10 『山海經』, 「海內北經」.

11 『山海經』, 「大荒西經」.

에 달했던 당대(唐代)에 문학 작품 속에서 활발히 원용되고 이후 한국의 문학 작품에서도 빈번히 출현하는데 무가인 「성조풀이」의 청조 수용은 이러한 맥락의 일환으로 간주할 수 있다.

마지막으로 한국의 문헌 신화 및 구전 신화와는 성격이 다른 재야 역사 설화집 속의 신화를 두고 『산해경』 수용을 살펴보고자 한다. 『환단고기(桓檀古記)』와 『규원사화(揆園史話)』는 근대 이후에 등장한 재야 역사 설화집으로 이 책들에서는 한국의 상고사를 서술하면서 상당량의 중국 및 한국의 신화 자료를 활용하고 있다. 학계에서는 이 책들에 대해 위서(僞書)의 혐의를 짙게 두고 있으나 이 글에서는 진위 여부를 떠나 이 책들이 특별히 중국 신화, 그중에서도 『산해경』을 거론하고 있는 '망탈리테(mentalite)' 즉 집단 심성에 주목하여 그 수용을 고찰하고자 한다.[12]

『환단고기』에 등장하는 중국 신화상의 인물 중에서 가장 큰 비중을 차지하고 중국과의 관계에서 공격적 입장을 보여 주는 사람은 치우(蚩尤)이다. 아울러 그 내용은 중국 측의 신화 기록과 극명한 대비를 이루기도 한다. 치우에 관한 서술은 『환단고기』의 곳곳에 보여 재야 사학에서 얼마나 이 인물을 중시했는가를 알 수 있다.

> 또 몇 대를 전하여 자오지환웅(慈烏支桓雄)이 있었는데 신령한 용맹이 뛰어나고 동두철액(銅頭鐵額)으로써 짙은 안개를 일으켰으며 구치(九治)라는 채광기(採鑛機)를 만들어 광석을 캐어 철을 주조해 병장기를 만들어 내니 온 천하가 크게 두려워했다. 세상에서는 이를 치우천왕(蚩尤天王)이라 일컬었는데 치우란 속언에 따르면 엄청난 우레 비를 내리게 하여 산과 강을 바뀌게 한다는 뜻이다. 치우천왕은 염농(炎農)이 쇠퇴하는 것

12 『환단고기』, 『규원사화』 등 재야 사서에 대한 상세한 검토는 정재서, 『동아시아 상상력과 민족 서사』, 211~216쪽 참조.

을 보고는 드디어 웅대한 뜻을 세워 서쪽에서 천병(天兵)을 여러 번 일으키고 또 삭도(索度)로부터 진군(進軍)하여 회(淮)와 대(岱)의 사이를 차지했다. 헌원후(軒轅侯)가 일어나자 곧장 탁록(涿鹿)의 벌판으로 나아가 헌원을 사로잡아 신하로 삼고 후에 오장군(吳將軍)을 서쪽으로 보내어 고신(高辛)을 쳐서 공을 세우게 했다.[13]

치우천왕(蚩尤天王)이 이에 곧 삼신(三神)에게 제사를 드리고 맹세하여 천하의 태평을 고유(告由)했다. 다시 진군하여 탁록(涿鹿)을 바짝 에워싸고 한번에 이를 멸했는데 『관자(管子)』에 이르기를 "천하의 임금이 싸움에 임해 한번 분노하자 주검이 들에 가득했다."라고 함이 이것이다. 그때 공손(公孫) 헌원(軒轅)이란 자가 있어 토착민의 우두머리였는데 그는 처음 치우천왕이 공상(空桑)에 입성했다는 소문을 듣고 새로운 정치를 펴며 감히 스스로 대신 천자가 되려는 뜻을 가지고 있었다. …… 치우천왕이 군대의 상태를 더욱 정돈하여 사면으로 진격하니 십 년 동안에 헌원과 더불어 싸우기 일흔세 차례였으나 장수는 피로한 기색이 없고 군사들은 후퇴하지 않았다. …… 이 싸움에서 우

치우, 산동성 기남(沂南)의 한(漢) 화상석(畫像石)

13 단학회 연구부 엮음, 「三聖紀全 下篇」, 『桓檀古記』(역주본·장구본)(코리언북스, 1998), 26쪽.

리 장수 치우비(蚩尤飛)란 사람이 불행히도 급하게 전공을 세우려다 전진(戰陣)에서 죽었는데 『사기(史記)』에서 이른바 "치우를 사로잡아 죽였다." 함은 대개 이 사실을 이름이다. …… 이리하여 정예병을 나눠 보내어 서쪽으로 예(芮)와 탁(涿)의 땅을 지키고 동쪽으로 회(淮)와 대(岱)를 취하여 성읍을 만들어서 헌원이 동쪽으로 쳐들어오려는 길을 방비했다.[14]

위의 「삼성기전(三聖紀全) 하편(下篇)」과 아래 「태백일사(太白逸史)·신시본기(神市本紀)」의 기록은 내용에 약간의 상위(相違)가 있다. 위의 치우천왕은 발음이 비슷한 자오지환웅이라고도 하며 황제(헌원)와 탁록에서 싸워 그를 사로잡았다고 했으나 아래의 치우천왕은 탁록을 정벌한 후 황제와 싸워 대치 국면을 이룬다. 그러나 양자 공히 치우천왕이 황제와의 싸움에서 결코 패배하지 않았다는 점에서는 일치한다.

중국 신화에서 치우에 관한 가장 오래된 기록은 『산해경』에 보인다. 『산해경』에서는 모두 네 군데에서 치우에 대해 언급하고 있는데 대부분 치우의 신상에 대한 단편적인 기록이고 황제와의 전쟁을 자세히 묘사하고 있는 곳은 단 한 군데에서이다.

치우가 무기를 만들어 황제를 치자 황제가 이에 응룡으로 하여금 기주야에서 그를 공격하게 했다. 응룡이 물을 모아 둔 것을 치우가 풍백과 우사에게 부탁하여 폭풍우로 거침없이 쏟아지게 했다. 황제가 이에 천녀인 발을 내려보내니 비가 그쳤고 마침내 치우를 죽였다.

蚩尤作兵伐黃帝, 黃帝乃令應龍攻之冀州之野. 應龍蓄水, 蚩尤請風伯雨師, 縱大風雨. 黃帝乃下天女曰魃, 雨止, 遂殺蚩尤.[15]

---

14 단학회 연구부 엮음, 「太白逸史 · 神市本紀」, 위의 책, 122~124쪽.

15 『山海經』, 「大荒北經」.

『산해경』은 은 및 동이계 종족에 대해 친연성을 지니는 책임에도 불구하고 치우의 패배를 명기(明記)하고 있다. 그런데 이를 의식하여 해명이라도 하듯 치우에 대한 두 번째 기록(「태백일사·신시본기」)에서는 황제가 죽인 것이 '치우(蚩尤)'가 아니라 '치우비(蚩尤飛)'라는 장수였다고 주장한다.

그렇다면 『환단고기』에서 치우의 패배를 끝까지 인정하지 않고 오히려 우세했다고 기술하는 이유는 어디에 있을까? 중국 신화에서 동서 종족 간의 전쟁은 황제와 치우 사이의 투쟁만큼 큰 상징성을 띠는 것이 없다. 『환단고기』에서는 후대의 중국 사가들에 의해 중심과 주변, 문명과 야만, 코스모스와 카오스의 대립으로 묘사되는 이 전쟁의 구도를 해체함으로써 고대 한국의 정점에 위치한 고조선의 위상을 주변에서 중심, 야만에서 문명, 카오스에서 코스모스로 끌어올린다. 아니 복원시킨다는 신념의 작업이 행해진 것이리라.

『환단고기』에서는 『산해경』의 숙신국(肅愼國)에서 자란다는 특이한 나무 웅상(雄常)에 대해서도 주목한다. 『산해경』의 그것에 관한 기록은 다음과 같다.

> 숙신국이 백민의 북쪽에 있다. 이름이 웅상이라는 나무가 있는데 성인이 대를 이어 즉위하게 되면 이 나무에서 옷을 만들어 입었다.
>
> 肅愼之國在白民北, 有樹名曰雄常, 先入伐帝, 于此取之.[16]

『환단고기』의 곳곳에서는 이 웅상(雄常) 나무에 대해 다음과 같이 부연하고 있다.

---

16 『山海經』, 「海外西經」.

원년(元年) 경인에 단군 도해(道奚)가 5가에게 명하여 열두 명산들 가운데 가장 훌륭한 곳을 골라 국선소도(國仙蘇塗)를 세우도록 했다. 수두에는 단수(檀樹)를 빽빽하게 둘러 심고 그 가운데 가장 큰 나무를 골라 환웅상(桓雄像)으로 모셔 제사 지내며 나무를 웅상(雄常)이라 이름했다.[17]

원화(源花)는 여랑(女郎)을 일컫는 말이고 남자의 경우 화랑(花郎) 또는 천왕랑(天王郎)이라 했다. 위에서 명하여 오우관(烏羽冠)을 하사했는데 관을 처음 쓸 때는 의식을 치렀다. 이때 큰 나무를 봉하여 환웅신상(桓雄神像)으로 삼아 거기에 절했는데 세간(世間)에서 신수(神樹)를 이르되 웅상(雄常)이라 하니 상은 늘 계신다는 뜻이다.[18]

『환단고기』에서는 웅상 나무를 고대 한민족 내지 동이 종족들이 그들의 시조인 환웅(桓雄)의 신상(神像)으로 모셨던 신성한 나무로 설명하고 있다. 그리하여 '웅상(雄常)'을 문자 그대로 "환웅이 늘 계신다."라는 뜻으로 풀이한다. 이러한 신목의 존재는 추후 고고, 민속학적 탐색을 기다려야 할 일이지만 종래 『산해경』의 숙신 관련 기사(記事)에서 풀리지 않던 구절에 대한 해석의 한 가능성으로 남겨 둘 필요가 있다.

그러나 고유한 신목 이름을 굳이 생경한 한문으로 작명했을까? 그리고 신성한 시조의 이름을 피휘(避諱)하지 않고 노골적으로 거명할 수 있었을까 하는 의구심이 없는 것은 아니다. 원래 그러한 신상이 있었던 것이 아니라 반대로 숙신국의 '웅상(雄常)'이라는 한문 이름에 착안하여 환웅의 신상을 상상했을 가능성도 생각해 볼 수 있다. 이러한 환유

17 단학회 연구부 엮음, 「檀君世紀」, 앞의 책, 50쪽.

18 단학회 연구부 엮음, 「太白逸史·三神五帝本紀」, 위의 책, 105쪽.

적 서사 전략은 『환단고기』 도처에서 발견된다.

『규원사화』에서 전개된 신화적 상상력은 『환단고기』에서의 그것과 일치하는 내용이 많다. 특히 치우에 대한 서술은 환웅천왕과 단군의 유능한 신하 혹은 제후로서 전쟁에 능했고, 염제(炎帝)의 세력이 쇠퇴했을 때 기병하여 중원의 지배자 황제와의 싸움에서도 승리했으나 부장(副將)이 죽어서 중국 측에서는 치우를 죽인 것으로 오인했다는 내용까지 일치한다. 다만 이들 재야 역사 설화에서의 염제 신농씨(神農氏)에 대한 인식을 두고 토론의 여지가 있다. 『규원사화』에는 염제 신농씨에 관한 다음과 같은 기록이 보인다.

> 이때 치우씨가 하늘을 우러러 형상을 보고 사람의 마음을 살피니 중국의 왕성한 기운이 점점 번창하고 또 염제의 백성이 굳게 단결하고 있기 때문에 이를 다 죽일 수 없다는 것을 알았다. 더구나 사람이 각각 제 임금을 섬기는 것인데 쓸데없이 죄 없는 백성을 죽일 수 없구나 하고 되돌아왔다.[19]

『규원사화』 등에서는 염제 신농씨를 치우, 나아가 동이계 종족의 적대적인 존재로 파악하고 있다. 그러나 중국 신화학에서 황제계와 염제계는 대립적인 관계로 인식되고 있으며 치우는 염제의 후예로 분류되고 있다.[20] 염제는 베트남의 시조신으로 숭배될 만큼 주변 민족과는 친연성을 지니는 신이며 고구려 고분 벽화에도 자주 출현할 정도로 고대의 우리 민족에게 인기가 높았던 신이었다. 따라서 재야 역사 설화에

19 북애, 고동영 옮김, 『규원사화』(한뿌리, 2005), 38쪽.

20 『遁甲開山圖』: "炎帝之後". 자세한 내용은 袁珂, 『山海經校注』, 215~216쪽의 주석 참조. 염제와 치우 계통의 신들에 대한 논의는 정재서, 『앙띠 오이디푸스의 신화학』, 154~158쪽 참조.

서 이 신을 치우와 적대적인 관계로 설정한 것은 중국 신화의 상식으로 보나 고구려 문화와의 상관성으로 보나 논리적 모순이 있는 것으로 보인다.

『규원사화』에서는 특히 『산해경』 신화에 대한 수용이 두드러진다. 다음과 같이 이 책의 구절을 직접 인용하기도 한다.

> 동해의 안쪽, 북해의 모퉁이에 조선이라는 나라가 있다. 하늘이 그 사람들을 길렀고 물가에 살며 남을 아끼고 사랑한다.
>
> 東海之內, 北海之隅, 有國名曰朝鮮. 天毒其人, 水居, 偎人愛之.[21]

『규원사화』에서 '천독(天毒)'의 경우 종래 주석가들이 '천축(天竺)'과 같은 의미로 해석했던 것에 대해 '독(毒)'을 '육(育)'의 뜻으로 풀이함으로써 새로운 독해의 가능성을 열어 놓았다는 점에 대해서는 이미 말했다.[22]

이외에도 당시 고조선의 서쪽 변경을 자주 소란하게 했던 알유(窫窳)라는 나라 혹은 종족에 대한 언급이 자주 보인다.

> 이때 단군의 교화가 사방에 두루 퍼졌다. 북으로는 대황(大荒), 서로는 알유(猰貐), 남으로는 해대(海岱), 동으로는 창해(蒼海)에 이르렀다.[23]

> 나라를 다스린 지 40여 년에 알유(猰貐)의 난이 있었다. 알유란 험윤

21 『山海經』, 「海內經」. 이 구절은 북애, 앞의 책, 72쪽에 인용되어 있으나 번역은 필자가 직접 했다.

22 본서 25~27쪽 참조.

23 북애, 앞의 책, 69쪽.

(獫狁)의 족속이다. 홍수는 다행히 면하고 물과 땅은 잘 다스려 정리되었으나 마을은 한산하고 쓸쓸했다. 이 틈을 타서 알유가 동쪽을 향해 침입하니 그 세력이 제법 거셌다. 곧 부여에게 안팎의 군사를 모아 평정하게 했다.[24]

험윤은 흉노 계통의 변방 종족이다. 그러나 알유는 본래 『산해경』에서 다음과 같은 모습으로 나타나는 괴물이다.

다시 북쪽으로 200리를 가면 소함산(少咸山)이라는 곳인데 초목은 자라지 않으나 푸른 옥돌이 많이 난다. 이곳의 어떤 짐승은 생김새가 소 같은데 몸빛이 붉고 사람의 얼굴에 말의 발을 하고 있다. 이름을 알유(窫窳)라고 하며 그 소리는 어린 아이 같고 사람을 잡아먹는다.

又北二百里, 曰少咸之山, 無草木, 多青碧. 有獸焉, 其狀如牛, 而赤身, 人面, 馬足, 名曰窫窳, 其音如嬰兒, 是食人.[25]

『규원사화』의 '알유(猰貐)'는 곧 『산해경』의 '알유(窫窳)'를 가차(假借)한 것인데 『산해경』에서 가증스러운 식인 괴물의 이미지를 빌려 변경을 침탈하는 야만적인 종족을 명명했던 것은 아닐까 추측해 볼 수 있다. 이 밖에 『규원사화』에는 상서로운 신화적 동물의 출현에 대한 기

알유, 명 장응호의 『산해경회도』

24 위의 책, 76쪽.

25 알유는 이 밖에도 「海內南經」, 「海內西經」, 「海內經」 등에서 사신인면(蛇身人面), 용수(龍首) 등의 형상으로 나타난다.

록도 종종 보인다.

> 처음 부루(夫婁)가 임금 자리에 오를 때 우순(虞舜)이 남국(藍國)과 인접한 땅을 영토로 삼은 지 수십 년이었다. 부루가 모든 가(加)에게 그 땅을 쳐서 무리들을 모두 쫓아내게 했다. …… 이때 신령스러운 짐승이 청구(靑邱)에 있었는데 털은 희고 꼬리가 아홉이었다.[26]

> 신사년은 여을(餘乙) 임금 원년이다. 이상한 짐승이 태백산 남쪽에 나타났는데 꼬리는 아홉이고 털은 흰데 늑대 같았으나 물건을 해치지는 않았다. 이해에 제후들을 크게 모아 놓고 진번후(眞番侯)에게 상을 주었다.[27]

구미호, 일본의 『괴기조수도권(怪奇鳥獸圖卷)』

여기에서 주목할 것은 이 신령스러운 동물들이 꼬리가 아홉 개 달렸다는 공통점을 지녔다는 사실이다. 이와 관련된 가장 오래된 기록은 『산해경』에 있다.

> 다시 동쪽으로 300리를 가면 청구산이라는 곳인데 그 남쪽에서는 옥이, 북쪽에서는 청호가 많이 난다. 이곳의 어떤 짐승은 여우 같은데 아홉 개의

26 북애, 앞의 책, 96쪽.
27 위의 책, 103쪽.

꼬리가 있으며 그 소리는 마치 어린애 같고 사람을 잘 잡아먹는다. 이것을 먹으면 요사스러운 기운에 빠지지 않는다.

又東三百里, 曰靑丘之山, 其陽多玉, 其陰多靑雘. 有獸焉, 其狀如狐而九尾, 其音如嬰兒, 能食人, 食者不蠱.[28]

청구산의 꼬리 아홉 개 달린 여우는 곧 구미호(九尾狐)를 말한다. 구미호는 식인하는 습성 때문에 후대에 가서 사악한 동물로 간주되었지만 고대에서는 풍요와 다산 그리고 번영을 가져다주는 상서로운 동물로 인식되었다. 특히 그러한 이미지는 아홉 개의 꼬리와 관련 있다. 『규원사화』에서의 꼬리 아홉 개 달린 서수(瑞獸)들에 대한 기록은 청구산의 구미호에 연원을 두고 있다고 봐야 하겠다. 이와 같이 『산해경』에 근거를 두고 서술하는 비슷한 용례는 다른 곳에서도 찾아 볼 수 있다.

경인년은 벌음(伐音) 임금 원년이다. 훈화(薰華)를 뜰 아래 심어서 정자를 만들었다.[29]

이러한 기록 역시 다음과 같이 『산해경』으로부터 비롯된 것이다.

군자국이 그 북쪽에 있다. (그 사람들은) 의관을 갖추고 칼을 차고 있으며 짐승을 잡아먹는다. 두 마리의 무늬호랑이를 부려 곁에 두고 있으며 그 사람들은 사양하기를 좋아하여 다투지 않는다. 훈화초라는 식물이 있는데 아침에 나서 저녁에 시든다.

君子國在其北, 衣冠帶劒, 食獸, 使二大虎在傍, 其人好讓不爭. 有薰華草,

28 『山海經』, 「南山經」.

29 북애, 앞의 책, 102쪽.

早生夕死.[30]

『산해경』의 군자국은 앞서 언급했듯이 고대의 우리나라를 지칭하는 것으로 알려져 왔다. 예의 바른 군자의 나라, 훈화초(무궁화) 꽃이 피는 나라는 고대 중국에서의 우리나라에 대한 중요한 이미지들이었다. 『규원사화』에서는 그중의 한 가지, 훈화초 이미지를 취했다.

『환단고기』와 『규원사화』는 다른 재야 역사설화집에 비하여 『산해경』을 직간접적으로 활용한 예가 많아 주목을 요한다. 누차 언급했듯이 『산해경』은 동이계 고서로서 고대 한국 문화와 관련된 내용이 적지 않다. 아울러 이 책은 역사서가 아니라 신화집이기 때문에 그 내용을 두고 변용의 폭이 넓다. 특히 이 책은 중국의 정통 경서나 사서와는 계통이 다른, 다소 황탄불경(荒誕不經)한 내용을 담고 있어서 주변 문화의 입장에 유리한 자료들이 많다. 『환단고기』와 『규원사화』에서는 상술한 점들에 착안, 『산해경』 신화를 대량으로 원용하여 역사 설화를 직조했는데 재야 사가(史家)들의 『산해경』을 활용한 이러한 역사 다시 쓰기(rewriting) 행위는 상고사 사료의 결핍을 극복하기 위한 시도이자 자신들의 이념을 효과적으로 전달하기 위한 방법이라 하겠다.[31]

이상의 논의를 통하여 한국 신화는 문헌 신화, 구전 신화를 막론하고 『산해경』 신화를 적지 아니 수용하고 있음을 알 수 있다. 이것은 『산해경』 신화, 나아가 중국 신화와 한국 신화 간의 긴밀한 관계성을 의미하는데 특히 단군 신화와 고구려 건국 신화 등 문헌 신화의 경우는 앞서 『산해경』 속의 한국 문화에 대한 고찰에서도 드러났듯이 중국 신화

30 『山海經』, 「海外東經」.

31 본 장의 재야 역사 설화 관련 부분은 졸저, 『동아시아 상상력과 민족 서사』, 216~230, 254~261쪽의 내용을 정리 보완한 것임.

와 계보학적으로도 일정한 관계에 있음을 확인할 수 있다. 이러한 논의는 한국 신화를 상고 대륙 문화의 맥락과 상관하여 사유할 필요성과 중국 신화도 범(汎)동아시아 신화의 차원에서 그 개념과 범주를 재고해야 할 필요성에 대한 인식으로 이끈다.

5 삼국 시대에서 고려 시대까지의 『산해경』 수용

1) 삼국 시대 및 통일 신라 시대의 수용 개관

일본의 『화한삼재도회(和漢三才圖會)』를 보면 응신천황(應神天皇) 때에 백제의 고이왕(古爾王, 재위 234~286)이 아직기(阿直岐)를 통해 『산해경』을 보내왔다고 한다.[1] 이로 미루어 적어도 삼국 시대에는 『산해경』이 널리 읽혔을 것임을 짐작게 한다. 물론 『산해경』은 삼국 시대 이전 한사군(漢四郡) 시대나 고조선 시대에도 들어와 읽혔을 가능성을 배제할 수 없다. 이렇게 보면 삼국 시대만 하더라도 문학, 예술, 신화, 민속 각 방면에서 『산해경』의 수용이 적지 않았을 것으로 추측되나 오늘날 남아 있는 자료의 한계로 풍부하게 발견되지는 않는다.

먼저 고구려의 경우 중국 문화와의 교섭이 삼국 중 가장 활발했던 관계로 비교적 다양한 자료를 남기고 있는 편이다. 앞서 예를 들었듯이 「광개토왕비문」에서 "어머님은 하백의 따님이셨다.(母河伯女)"라고 수신 하백을 거론한 것을 포함하여, 초기부터 『산해경』의 수용이 눈에 띈다. 가령

1 이능화, 이종은 역주, 『조선 도교사』(보성문화사, 1977), 63쪽.

유리왕(琉璃王, 재위 B.C.19~A.D.18)이 화희(禾姬)와 치희(雉姬) 두 후궁의 질투로 인한 싸움을 중재하다 실패하고 돌아오는 길에 불렀다는 「황조가(黃鳥歌)」를 살펴보자.

翩翩黃鳥, 펄펄 나는 저 황조,
雌雄相依. 암수 서로 다정한데.
念我之獨, 외로운 이 내 몸은,
誰其與歸. 그 누구와 돌아갈꼬.[2]

마치 『시경(詩經)』의 「관저(關雎)」 편처럼 흥(興)의 기법을 사용하여 다정한 황조 한 쌍의 모습으로부터 촉발된 자신의 외로운 심정을 부각시킨 이 시는 『산해경』의 다음 기록을 참조함으로써 기존의 해석과 조금 달리 읽힐 수 있다.

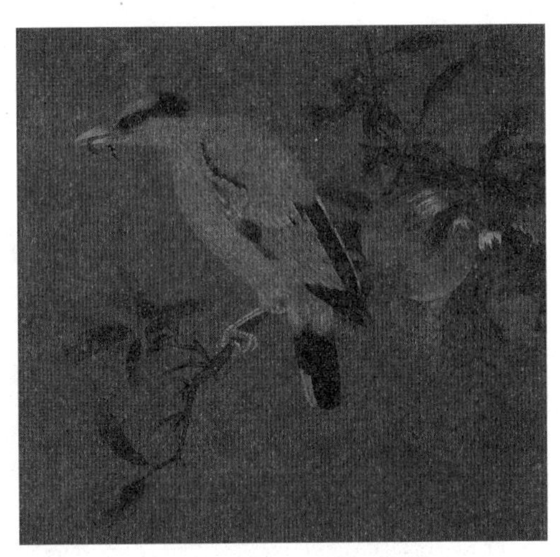

황조, 남송(南宋) 작자 미상의 「유지황조도(榴枝黃鳥圖)」

다시 동북쪽으로 200리를 가면 헌원산이라는 곳인데 산 위에서는 구리가 많이 나고 기슭에서는 대나무가 많이 자란다. 이곳의 어떤 새는 생김새가 올빼미 같은데 머리가 희다. 이름을 황조라고 하며 그 울음은 제

2 『三國史記』, 卷13, 「高句麗本紀」, 琉璃王條.

이름 소리를 내는 것이고 이것을 먹으면 질투하지 않게 된다.

又東北二百里, 曰軒轅之山, 其上多銅, 其下多竹. 有鳥焉, 其狀如梟面白首, 其名曰黃鳥, 其鳴自詨, 食之不妒[3]

유리왕의 실연가(失戀歌)에 등장한 새는 왜 하필 황조인가? 헌원산의 황조는 그것을 잡아먹을 때 질투를 없애 준다는 새이다. 이러한 주술 효과는 황조가 질투를 모르는 새일 때 일어난다. 중국에서는 투기(妬忌)가 심한 후궁에게 실제로 황조 고기를 먹였다는 이야기가 있을 정도이니 두 후궁의 질투 때문에 상심한 유리왕은 질투를 모른다는 『산해경』의 황조를 부러운 듯 바라보며 자신의 불운을 되씹었을 것이다.

고구려 고분 벽화는 『산해경』 신화 이미지의 전시실이라 할 정도이

서왕모, 감신총 벽화

3 『山海經』, 「北次三經」.

다. 가령 감신총(龕神冢) 벽화의 서왕모로 추정되는 여신은 낙랑(樂浪) 시대를 거쳐 일찍부터 고구려에 후한(後漢) 이후 유행한 서왕모 신앙이 전해진 것을 보여 준다.[4] 그리고 오회분(五盔墳) 사호묘와 오호묘에 출현하는 인신우수(人身牛首)의 신령은 농업의 신 염제 신농(神農)이며, 삼실총(三室塚) 벽화에서 뱀을 몸에 휘감고 질주하는 수문장 혹은 역사(力士)는 태양과 경주를 했던 「해외북경(海外北經)」과 「대황북경(大荒北經)」의 거인 과보(夸父)로 추정된다. 아울러 덕흥리(德興里) 고분 벽화에 등장한 관을 쓴 새인 만세(萬歲)는 『산해경』 도처에서 언급된 인면조(人面鳥)의 일종이며, 안악(安岳) 일호분 벽화의 발이 달린 물고기는 악몽을 물리친다는 「서차삼경(西次三經)」의 염유어(冉遺魚)로 보아도 좋을 것이다.

과보, 삼실총 벽화

염유어, 안악 일호분 벽화

백제의 경우 『산해경』을 일본에 전했다는 기록이 있을 정도로 이 책에 대한 인지도가 높았을 것임에도 불구하고 실제 전해지는 자료에서

4 전호태, 『고구려 고분 벽화 연구』(사계절, 2000), 97~102쪽.

는 『산해경』을 언급한 것이 많지는 않다. 그러나 1993년 부여(扶餘) 능산리(陵山里)에서 출토된 백제금동대향로(百濟金銅大香爐)의 뚜껑과 몸체 부위에는 다수의 인면조와 비어(飛魚) 그리고 인면수신(人面獸神)의 동물들이 등장하고 있어 『산해경』의 강력한 영향을 감지할 수 있다.[5]

백제금동대향로는 기본적으로는 『사기(史記)』「봉선서(封禪書)」에서 묘사된 봉래산의 형상[6]을 좇아 선인(仙人)과 선금신수(仙禽神獸)가 노니는 공간을 표현하고 있지만 그것의 구조적 의미는 수련을 위해서든, 사자의 명복을 빌기 위해서든 하계로부터 선계로의 승선(昇仙)의 노정으로 뚜껑-몸체-바닥은 죽은 자의 승선을 기원했던 마왕퇴(馬王堆) 백화(帛畵)의 3층 구조에 그대로 상응한다. 이 과정에서 승선의 조력자로서 고구려 고분 벽화의 경우처럼 『산해경』의 신수, 괴수를 대량으로 동원했던 것이다. 따라서 백제금동대향로는 백제의 높은 공예 수준뿐만 아니라 『산해경』 수용의 극치를 보여 주는 역사적 실물이 아닐 수 없다.

이외에 『산해경』과 관련된 백제 장군 흑치상지(黑齒常之, ?~689)의 가문을 예로 들어 본다. 흑치상지는 백제 멸망 후 임존성(任存城)에서 부흥 운동을 하다가 당(唐)에 투항하여 번장(蕃將)이 되고 토번(吐蕃)과 돌궐(突厥)을 정벌하는 등 큰 공을 세웠으나 모함을 받아 원통하게 죽는다. 1929년 낙양(洛陽) 망산(芒山)에서 출토된 「흑치상지묘지명(黑齒常之墓誌銘)」에는 그의 출신 내력에 관한 다음과 같은 글이 있다.

> 그의 선조는 부여씨에서 나왔는데 흑치에 봉해져 자손들이 그것으로 성을 삼았다.

---

5 백제금동대향로에 새겨진 이형(異形) 동물들의 유형 및 특성에 대한 상세한 분석은 박경은, 「百濟金銅大香爐의 圖像과 상징성 연구」, 홍익대 대학원 박사 학위 논문, 2018 참조.

6 『史記』「封禪書」: "自威宣燕昭使人入海求蓬萊方丈瀛州. 此三神山者, 其傳在渤海中 …… 蓋嘗有至者, 諸仙人及不死之藥皆在焉. 其物禽獸盡白, 而黃金銀爲宮闕."

其先出自扶餘氏，封於黑齒，子孫因以爲氏焉.

부여씨는 백제 왕족의 성씨이다. 흑치상지의 집안은 본래 백제 왕족이었으나 흑치라는 지역을 봉읍(封邑)으로 하사받은 후 그 지명을 따라 흑치씨가 되었다는 것이다. 그렇다면 흑치는 어디인가? 『산해경』에는 흑치에 대한 다음과 같은 기록이 있다.

백제금동대향로, 국립부여박물관

흑치국이 그 북쪽에 있다. 그 사람들은 이가 검은데 벼를 먹고 뱀을 잡아먹는다. 붉은 뱀 한 마리와 푸른 뱀 한 마리가 그 곁에 있다. 혹은 수해의 북쪽에 있다. 그 사람들은 머리가 검으며 벼를 먹고 뱀을 부리는데 그중의 뱀 한 마리는 붉다고도 한다.

黑齒國在其北. 爲人黑, 食稻啖蛇, 一赤一青, 在其傍. 一曰, 在豎亥北. 爲人黑首, 食稻使蛇, 其一蛇赤.[7]

흑치국이 있다. 제준이 흑치를 낳았는데 성이 강씨이고 기장을 먹고 살며 네 종류의 짐승을 부린다.

---

7 『山海經』, 「海外東經」.

有黑齒之國, 帝俊生黑齒, 姜姓, 黍食, 使四鳥.[8]

흑치국의 위치에 대해 학계 일부에서는 백제의 해상 활동 및 개척과 관련하여 필리핀 등 동남아시아 지역으로 비정(比定)하기도 한다.[9] 그러나 『산해경』의 지리는 실재와 상상이 섞여 있으므로 논정(論定)하기 어렵다. 위의 기록에 의하면 흑치국은 동방에 위치한 나라로 제준(帝俊)의 후예라고 했는데 제준은 동이계 종족이 숭배하는 신령이므로 적어도 『산해경』이 가리키는 곳은 동방 종족의 나라라 할 것이다. 신화 속의 이러한 흑치국이 나중에 "이가 검"다는 묘사가 남방 해양 종족의 습속과 부합되어 남방의 실제 어느 지역을 지칭하게 되었을 수도 있다.

신라의 경우 역시 문헌 자료의 부족으로 『산해경』의 수용 양상을 다양하게 확인하기가 쉽지 않다. 그러나 『삼국유사(三國遺事)』 「감통(感通)」 편에 실려 있는 선도산(仙桃山) 성모(聖母) 전설은 선도 곧 반도(蟠桃)와 여신 화소(話素)로 인해 서왕모 신화가 신라에서 이미 익숙한 이야기였음을 우리에게 알려 준다.[10]

다음으로 혜공왕(惠恭王, 765~780) 때의 한림랑(翰林郎) 김필오(金弼奧)가 찬(撰)한 「성덕대왕신종명(成德大王神鐘銘)」에는 아래의 구절이 있다.

무릇 종이란 부처님의 나라에서 상고해 보면 카니시카 왕 때 만들었던 경험이 있고, 중국에서 찾아보면 고(鼓), 연(延)이 처음 만들었다.

---

8 『山海經』, 「大荒東經」.

9 이도학, 『백제 장군 흑치상지 평전』(주류성, 1996), 37~52쪽.

10 선도성모(仙桃聖母)를 아예 서왕모로 보는 시각도 있다. 김태식, 「고대 동아시아 西王母 신앙 속의 신라 仙桃聖母」, 《문화사학》(2007), 27호, 401~415쪽 참조.

夫其鐘也, 稽之佛土, 則驗在於罽膩, 尋之帝鄕, 則始在於鼓延.[11]

중국에서 고(鼓)와 연(延)이 처음 종을 만들었다는 내용은 다음과 같은 『산해경』의 기록에서 인용한 것이다.

염제의 손자 백릉이 오권의 아내인 아녀연부와 정을 통했는데 연부가 잉태한 지 3년 만에 고, 연, 수를 낳았다. (수가) 처음으로 과녁을 만들었고 고와 연이 처음으로 종을 만들고 악곡을 지었다.

炎帝之孫伯陵, 伯陵同吳權之妻阿女緣婦, 緣婦孕三年, 是生鼓延殳. 始爲侯, 鼓延是爲鍾, 爲樂風.[12]

입당(入唐) 유학생이었고 유일하게 개인 문집을 남기고 있는 통일신라 말기의 문사 최치원(崔致遠, 857~?)의 글에 이르러 『산해경』과 관련된 언급을 다수 발견하게 된다. 최치원은 『계원필경집(桂苑筆耕集)』에서 서왕모가 등장하는 시문(詩文)을 남기고 있음은 물론[13] 안남(安南) 지역의 인종을 묘사할 때에도 자연스럽게 『산해경』을 원용한다.

21개의 나라가 인접해 있는데 …… 어떤 사람은 머리를 풀어 헤쳤거나 몸에 문신을 했고 어떤 사람은 가슴에 구멍이 뚫렸거나 이빨이 끌과 같았다.

二十一國鷄犬傳聲 …… 或被髮鏤身, 或穿胸鑿齒.[14]

11 최영성, 『한국 고대 금석문 선집(韓國古代金石文選集)』(도서출판 문사철, 2015), 108쪽.

12 『山海經』, 「海內經」.

13 예컨대 崔致遠, 『桂苑筆耕集』, 卷18, 「獻生日物狀」: "後當去會瑤池……獨保長生, 却登眞位, 調鼎佐玉皇之命, 銜杯請金母之歌."

14 崔致遠, 『桂苑筆耕集』, 卷16, 「補安南錄異圖記」. 최치원의 시문(詩文)을 비롯, 한국 한문 고전 원문 번역은 한국고전번역원이 제시한 역문(譯文)을 따랐음을 밝혀 둔다.

관흉국, 청 왕불의 『산해경존』

가슴에 구멍이 뚫린 사람이라는 표현은 『산해경』의 관흉국(貫匈國) 사람에서 착상한 것이다.

관흉국이 그 동쪽에 있는데 그 사람들은 가슴에 구멍이 나 있다.

貫匈國在其東, 其爲人匈有竅.[15]

관흉국은 천흉국(穿匈國)이라고도 하는데 이 나라 사람들은 존귀한 자들이 대나무로 가슴을 꿰어 아랫것들로 하여금 자신을 들고 다니게 한다고 했다.[16] 이빨이 끌과 같다는 사람 역시 『산해경』의 괴인 착치(鑿齒)에 연원이 있다.

예와 착치가 수화야에서 싸웠는데 예가 그를 쏘아 죽였다. 곤륜허의 동쪽에 있다. 예는 활과 화살을, 착치는 방패를 가졌다. 혹은 창이라고도 한다.

羿與鑿齒戰於壽華之野, 羿射殺之. 在昆侖虛東. 羿持弓矢, 鑿齒持盾. 一曰戈.[17]

착치는 이빨이 끌과 같은데 길이가 5~6척(尺)이나 되는 괴인으로

---

15 『山海經』, 「海外南經」.

16 周致中, 『異域志』: "穿匈國在盛海東. 匈有竅, 尊者去衣, 令卑者以竹木, 貫匈抬之."

17 『山海經』, 「海外南經」.

백성들을 괴롭히다가 영웅 예(羿)에 의해 처단되었다고 한다. 예는 10개의 태양 중 9개를 격추시켜 가뭄을 퇴치했고 큰 구렁이 파사(巴蛇), 큰 새 대풍(大風) 등 백성에게 해가 되는 괴물들을 제거한 동이계의 군장(君長)이었다. 아무튼 최치원은 남방의 기이한 풍속과 용모를 지닌 원주민들을 묘사할 때 「해외남경(海外南經)」에 있는 이방인의 형상을 빌려 표현했음을 알 수 있다.

파사, 명 장응호의 「산해경회도」

인면조, 식리총 출토 금동제 신발

신라 및 통일 신라 시대의 유물에서 『산해경』적 소재가 표현된 예는 드물다. 가령 묘제(墓制)가 고구려와는 달리 적석목곽분(積石木槨墳)인 관계로 벽화를 통해 『산해경』의 수용을 살피기 어려운 점도 있다. 다만 식리총(飾履塚)에서 출토된 금동제(金銅製) 신발의 문양에서 고구려 덕흥리 고분 벽화의 만세와 비슷한 인면조, 비어 등이 출현하는 것으로 보아 죽은 자의 내세에서의 평안한 삶을 기원하기 위해 『산해경』의 상서로운 동물 이미지를 활용한 것으로 볼 수 있다.

삼국 시대와 통일 신라 시대의 『산해경』 수용은 문헌 자료가 절대 부족한 현실로 인해 겉으로 보기엔 소략하기 그지없다. 그러나 고구려 고분 벽화라든가 백제 금동대향로 등 유적과 유물에 표현된 『산해경』 모티프들로 보건대 결코 적다고 할 수 없으며 그 수용이 상당한 수준에 이를 정도로 『산해경』에 대한 인식이 깊었음을 알 수 있다. 특히 고구려 감신총 벽화의 서왕모 도상을 비롯, 신라의 선도성모 전설, 최치원의 시문에 묘사된 서왕모 이미지 등은 우리나라에서 일찍부터 서왕모 신앙이 싹텄다는 증거로 삼을 만하다.

2) 고려 시대의 수용 개관

고려 시대에 들어서면 문헌 자료가 급증하면서 『산해경』의 수용 사례를 어렵지 않게 발견할 수 있다. 특히 이 시기에 문학 집단이 형성되고 활발하게 창작 활동을 했기 때문에 문인들이 상상력을 발휘하는 과정에서 원용한 사례들이 자주 보인다. 이인로(李仁老), 이규보(李奎報), 이제현(李齊賢), 이곡(李穀), 이색(李穡) 등 저명한 문인들의 시문에서 『산해경』과 관련된 언급을 쉽게 찾아볼 수 있음은 물론이다. 가령 이규보(1168~1241)는 무당을 비판하는 시에서 이렇게 노래한다.

> 昔者巫咸神且奇, 옛날에 무함은 신령스러웠기에,
> 競懷椒糈相決疑. 다투어 산초랑 젯메쌀이랑 바치고 의심을 풀었지만,
> 自從上天繼者誰, 그가 하늘에 오른 뒤엔 계승한 자 누구던가.
> 距今漠漠千百朞. 천백 년이 지난 지금까지 아득하기만 하구나.

肹彭眞禮抵謝羅, 힐, 팽, 진, 례, 저, 사, 라, 일곱 무당은,
靈山路夐又難追. 영산이라 길이 멀어 추적하기도 어렵고,
沅湘之間亦信鬼, 원수, 상수 사이에선 역시 귀신을 믿어,
荒淫譎詭尤可嗤. 음란하고 거짓됨이 더욱 우스웠지.
海東此風未掃除, 우리 해동에도 아직 이 풍속이 남아 있어,
女則爲覡男爲巫. 여인은 무당되고 남자는 박수가 되네.
自言至神降我軀, 그들은 자칭 신이 내린 몸이라 하지만,
而我聞此笑且吁. 내가 들을 땐 우습고도 서글플 뿐이다.
如非穴中千歲鼠, 굴속에 든 천년 묵은 쥐가 아니라면,
當是林下九尾狐. 틀림없이 숲속의 구미호일레.[18]
(하략)

이규보는 무당의 원조 무함(巫咸)과 영산(靈山)에 산다는 그의 동료 7명의 무당을 거론한 후 이제는 그들처럼 신령스러운 능력은 사라지고 음란하고 거짓된 행동만 남은 중국 남방의 무풍(巫風)과 여전히 그것을 답습하는 우리나라의 무당을 통렬히 꾸짖는다. 유교 소양의 문인 관료인 이규보의 눈에 신내림과 같은 무속 현상은 가소로울 따름이었다. 이 과정에서 이규보는 이른바 무서(巫書)인 『산해경』의 무당 집단에 대한 기록을 충실히 원용한다.

무함국이 여축의 북쪽에 있다. (무당들이) 오른손에는 푸른 뱀을, 왼손에는 붉은 뱀을 쥐고 등보산에 있는데 (이 산은) 여러 무당들이 (하늘로) 오르내리는 곳이다.

巫咸國在女丑北, 右手操青蛇, 左手操赤蛇, 在登葆山, 群巫所從上

18 李奎報, 『東國李相國全集』, 卷2, 「古律詩·老巫」.

下也.[19]

영산의 무당들, 청 왕불의 『산해경존』

영산이 있는데 무함, 무즉, 무반, 무팽, 무고, 무진, 무례, 무저, 무사, 무라 등 열 명의 무당이 여기로부터 오르내리며 온갖 약이 이곳에 있다.

有靈山, 巫咸巫卽巫朌巫彭巫姑巫眞巫禮巫抵巫謝巫羅十巫, 從此升降, 百藥爰在.[20]

『산해경』에서는 무당의 원조 무함이 세운 무함국이라는 나라와 무함을 비롯한 10명의 무당이 천상을 오르내리는 영산에 대해 언급하고 있다. 이규보는 7언시의 자수(字數)를 맞추기 위해 이들 10명의 무당 중 7명의 이름만 제시했다. 무함은 황제(黃帝) 혹은 요(堯) 시대의 무당이라고 하며 영산의 '영(靈)'은 고대에 '무(巫)'와 통하는 글자여서 곧 무산(巫山)이다. 무당들의 천상 왕래 신화는 오늘날에도 시베리아 샤머니즘에서 '기어오르기 의례'로 재현되고 있다. 그런데 『산해경』 각 산경(山經)의 말미에는 무속 의례와 관련된 언급이 있어 눈길을 끈다.

「서차사경」은 음산으로부터 엄자산에 이르기까지 모두 19개의 산으로 그 거리는 3680리에 달한다. 이곳의 신들께 대한 제사 예물로는 모두 한 마리 흰 닭을 써서 기원 드리며 젯메쌀로는 볍쌀을 쓰고 흰 띠풀로 자

19 『山海經』, 「海外西經」.
20 『山海經』, 「大荒西經」.

리를 마련한다.

凡西次四經自陰山以下, 至于崦嵫之山, 凡十九山, 三千六百八十里. 其神祠禮, 皆用一白鷄祈. 糈以稻米, 白菅爲席.[21]

무속 의례에서 빠지지 않는 것이 젯메쌀 곧 서미(糈米)를 바치는 일이다. 이규보 역시 무함에 대한 언급 중 "다투어 산초랑 젯메쌀이랑 바친다(競懷椒糈)."라고 하여 『산해경』의 무속 관련 기록과 일치를 보이고 있다. 또한 그는 무당의 간교함을 표현하기 위해 그들이 "숲속의 구미호(林下九尾狐)" 같다고 했는데 이 유명한 괴수는 앞에서 살펴본 바와 같이 『산해경』에 최초로 등장한 바 있다.[22] 이규보는 "음란하고 거짓(荒淫譎詭)"되어 백성들에게 피해를 끼치는 무당을 "사람을 잘 잡아먹는(能食人)" 『산해경』의 구미호에 비유한 것이다.

그의 다른 시를 보기로 하자. 내한(內翰) 이미수(李眉叟)의 12세 아들이 문재가 뛰어난 것을 보고 감탄하여 지은 시이다.

一編新詩風雨快, 한 편의 지은 시 비바람처럼 상쾌하고,
萬丈雄氣江海隘. 만 길 웅장한 기세는 바다가 좁기만 해.
鳳子鸞雛有異毛, 봉황과 난새 새끼는 기이한 털이 있고,
瑤泉玉水無凡派. 구슬 샘 옥 물은 범상한 물줄기가 없거니.
何必王家珠樹三, 하필 서왕모의 구슬 나무 셋이랴.
乃翁生君靑出藍. 그대 아버지에 그대야말로 청출어람일세.[23]
(하략)

21 『山海經』, 「西次四經」.

22 『山海經』, 「南山經」: "又東三百里, 曰靑丘之山, …… 有獸焉, 其狀如狐而九尾, 其音如嬰兒, 能食人, 食者不蠱."

23 李奎報, 『東國李相國全集』, 卷2, 「古律詩」, 興王寺見李內翰眉叟子(略).

이규보는 고귀한 가문의 뛰어난 자제를 "서왕모의 구슬 나무 셋(珠樹三)"에 비유했다. 그러나 이미수의 아들은 출신이 고귀하지는 않지만 아버지를 능가하는 훌륭한 재주를 지녔다고 칭찬한다. "구슬 나무 셋"은 곧 '삼주수(三珠樹)'로 『산해경』에 등장하는 신비한 나무이다.

> 삼주수가 염화의 북쪽에 있는데 적수 가에서 자라고 있다. 그 나무는 잣나무 같고 잎은 모두 구슬이다.
>
> 三珠樹在厭火北, 生赤水上, 其爲樹如柏, 葉皆爲珠.[24]

삼주수는 꽃과 열매가 다 맛있고 먹으면 불로장생한다는 신수(神樹)이다. 삼주수는 이후 서왕모가 사는 곤륜산과 같은 선경(仙境)에서 자라는 나무로 상상되었는데 이규보는 그 이미지를 빌려 뛰어난 인재를 묘사한 것이다.

다음으로 고려 말의 학자이자 문인인 이색(李穡, 1328~1396)의 작품을 살펴보기로 한다. "깊은 밤에 어린아이가 여전히 기다리고 있는데, 조용히 앉아 『산해경』을 열람하노라.(夜深稚子猶相候, 靜坐更參山海經.)"[25]라는 시구에서도 알 수 있듯이 그는 『산해경』의 애독자였던 것 같다. 그 역시 작품 속에서 『산해경』에 대한 운용이 자유롭다.

> 易菴老人求我歌, 역암 노인이 나에게 노래하길 요구하나,
> 歌不易兮奈吾何. 노래가 쉽지 않으니 내가 어찌하리오.
> 一年吟仰見青天高, 1년을 읊으면 높은 하늘을 쳐다볼 뿐,
> 星斗歷歷不可雙手摩. 벌여 있는 별들은 두 손으로 만질 수 없듯.
> 二年吟俯見東海深, 2년을 읊으면 깊은 동해를 굽어볼 제,

24 『山海經』, 「海外南經」.

25 李穡, 『牧隱藁』, 「牧隱詩稿」, 卷10, 奉憶光岩.

精衛影底無窮波. 정위의 그림자 밑은 물결이 끝없는 듯.[26]

노래 못하는 자신을 재미있게 읊은 시이다. 1년을 노래해도 일정한 수준에 도달하기란 하늘의 별 따기라 했고 2년을 노래해도 망망대해처럼 요원하다는 의미를 담았다. 특히 마지막 단락에서는 『산해경』의 신화적 새인 정위(精衛)를 등장시켜 그 의미를 더욱 부각시켰다. 정위는 어떠한 새인가?

다시 북쪽으로 200리를 가면 발구산이라는 곳인데 산 위에서는 산뽕나무가 많이 자란다. 이곳의 어떤 새는 생김새가 까마귀 같은데 머리에 무늬가 있고 부리가 희며 발이 붉다. 이름을 정위라고 하며 그 울음은 제 이름 소리를 내는 것이다. 이 새는 본래 염제의 어린 딸로 이름을 여와라고 했다. 여와는 동해에서 노닐다가 물에 빠져 돌아오지 못했는데 그리하여 정위가 되어 늘 서쪽 산의 나무와 돌을 물어다가 동해를 메우는 것이다.

又北二百里, 曰發鳩之山, 其狀多柘木. 有鳥焉, 其狀如烏, 文首, 白喙, 赤足, 名曰精衛, 其名自詨. 是炎帝之少女名曰女娃, 女娃遊于東海, 溺而不返, 故爲精衛, 常銜西山之木石, 以堙于東海.[27]

염제의 어린 딸 여와(女娃)는 동해에서 익사한 후 정위라는 새로 변신하여 자신을 죽게 한 바다를 메우고자 끊임없이 나무와 돌을 물어 나른다. 그럼에도 바다는 변함없이 물결만 일렁이고 있다. 무망한 노력을 끝없이 반복하는 정위 신화를 빌려 "정위의 그림자 밑은 물결이 끝없는 듯(精衛影底無窮波)"하다고 묘사해 이색은 자신의 노래 역시 끊임없는

26 李穡, 『牧隱藁』, 「牧隱詩稿」, 卷6, 易菴老人歌.

27 『山海經』, 「北次三經」.

연습에도 불구하고 가망이 없음을 토로했다.

이색의 다른 작품을 보자. 고려에 사행(使行)을 왔다가 귀국하는 지인(知人)을 전송하는 시에서 그는 지인을 이처럼 칭송한다.

西望函谷關 서쪽으로 함곡관을 바라보면서
遠送之子還 떠나가는 그대를 멀리 보내노니
淸晨驄馬發 이른 새벽에 총마 타고 떠나면
從此辭燕山 이로부터 연산을 하직할 텐데
(중략)
雲和登淸廟 거문고 비파는 청묘에 올라가고
騊駼踏天閑 준마는 어구(御廐)에 들어가는 법이니
佇看棲鸞翼 깃들어 있는 난새의 날개가 장차
飛上蓬萊班 봉래의 반열로 날아오름을 보리라.[28]

이색은 떠나는 지인이 "준마는 어구에 들어가(騊駼踏天閑)"듯이 뛰어난 인물이어서 결국 고위직에 오를 것이라는 덕담으로 장도(壯途)를 축원한다. 여기에서 준마로 번역된 도도(騊駼)는 어떠한 짐승인가?

북해의 안쪽에 말 비슷한 짐승이 있는데 이름을 도도라고 한다. 이곳에 이름을 박이라고 하는 짐승이 있는데 생김새는 흰 말 비슷하며 톱날 같은 이빨로 호랑이와 표범을 잡아먹는다. 이곳에 몸빛이 흰 짐승이 있는데 생김새는 말 비슷하며 이름을 공공이라고 한다. 이곳에 몸빛이 푸른 짐승이 있는데 생김새는 호랑이 비슷하며 이름을 라라라고 한다.

北海內有獸, 其狀如馬, 名曰騊駼. 有獸焉, 其名曰駮, 狀如白馬, 鋸牙,

28 李穡, 『牧隱藁』, 「牧隱詩稿」, 卷3, 奉送西臺御史蓋師曾使還.

食虎豹. 有素獸焉, 狀如馬, 名曰蛩蛩. 有靑獸焉, 狀如虎, 名曰羅羅.[29]

박(駮), 일본의 『괴기조수도권』

도도는 북해 안쪽에 서식하는 일군의 괴수(怪獸) 혹은 신수(神獸)들 중의 하나이다. 말 비슷하게 생겼다는 언급 이외에 특별한 기능이 있다고는 하지 않았고 원가(袁珂)도 야생마의 일종으로 추정했다.[30] 그러나 이어서 서술하는 박, 공공, 라라 등과 같은 짐승들로 미루어 도도 역시 비범한 능력을 지닌 야생마로 여겨도 좋을 것이다. 이에 따라 이색은 다른 시에서도 도도를 준마로 표현하고 다시 그것을 뛰어난 인물에 비유했다. 가령 아래와 같은 시구들이 그것이다.

如今氣衰瘦骨聳　지금은 기가 쇠하고 수척한 뼈만 앙상하여
無由竝駕群騊駼　뭇 준마들과 멍에를 나란히 할 수 없는데[31]

始知同年有令器　그제야 내 동년에게 훌륭한 아들이 있어
亨衢蹴踏如騊駼　도성 거리를 준마처럼 활보할 줄 알았네[32]

위에서 살펴본 바와 같이 고려 시대 문학 작품에서의 『산해경』에 대

29 『山海經』, 「海外北經」.
30 袁珂, 『山海經校注』, 247쪽: "騊駼者, 野馬之屬也."
31 李穡, 『牧隱藁』, 「牧隱詩稿」, 卷14, 糴米行.
32 李穡, 『牧隱藁』, 「牧隱詩稿」, 卷22, 今庚申年(略).

한 다양하고 활발한 수용은 이 책이 당시 지식 사회에서 상당히 보급되었다는 사실을 알려 준다.

지식 사회뿐만 아니라 민간에도 『산해경』의 영향이 적지 않았음은 고려인들이 정월에 서왕모 신상(神像)을 만들어 모시는 습속이 있었다는 중국 사서(史書)의 기록[33]에서 확인할 수 있다. 아울러 12세기 고려 시대로 편년(編年)되는 국보 167호 「청자 도교 인물 모양 주전자」는 의복, 봉황이 장식된 관(冠), 선도 등으로 미루어 서왕모로 추정된다. 특히 선도를 받쳐 든 모습은 송(宋)으로부터 대성악(大晟樂)이 들어오면서 전입된 악무(樂舞) 「헌선도(獻仙桃)」와의 관련성을 생각하게 한다. 아마 이 청자 서왕모상은 상술한 고려 시대의 서왕모 신상 경배 습속을 바탕으로 악무 「헌선도」를 효과적으로 표현하기 위해 제작된 것이 아닐까 추측해 볼 수 있다.

「청자 도교 인물 주전자」, 12세기, 국립중앙박물관

지식 사회와 민간 모두에서 『산해경』에 대한 인식이 넓어진 이러한 현실에서는 단순한 수용에 그치지 않고 한걸음 나아가 『산해경』 자체에 대한 논의도 생겨났을 것인데 실제로 이규보는 『산해경』의 작자 문제에 대해 나름의 소론(所論)을 전개하기도 했다.

내가 『산해경』을 읽으니, 책마다

33 『宋書』, 卷879, 「列傳」, 卷246, 外國 3: "又正月七日, 家爲王母像戴之. 二月望, 僧俗燃燈如中國上元節." 李德懋의 『靑莊館全書』, 卷22, 「編書雜稿」 2에도 동일한 내용의 언급이 있다.

그 머리에 "대우(大禹)가 짓고 곽씨(郭氏)가 전(傳)했다."라고 했으니, 이 『산해경』은 응당 하우(夏禹)가 지은 것이라고 해야 할 것이다. 그러나 나는 아마도 우(禹)임금이 지은 것이 아니라고 생각한다. 왜냐하면 전(傳)에 이르기를, "아들이 아비를 위해 숨겨 주고, 아비가 아들을 위해 숨겨 준다." 했고, 『논어』에 "아비가 양을 훔쳤는데, 아들이 증거를 대 주었다." 했으니, 대개 이 말을 미워한 것이다. 공자가 『춘추(春秋)』를 지을 때에, 비록 직필(直筆)로 쓰기는 했으나, 노(魯)나라가 부모의 나라이기 때문에 대개 대악(大惡)은 회피하고 쓰지 않았다.

그러니 만약 『산해경』도 우임금이 지었을 것 같으면, 마땅히 아버지의 큰 부끄러움에 대해서는 쓰지 않고 이것을 피했을 것인데, 『동북경(東北經)』을 보고 말하기를, "홍수가 하늘에 닿거늘 곤(鯀)이 임금의 식양(息壤)을 훔쳐서 홍수를 막으니, 임금이 축융(祝融)을 시켜 곤을 우교(羽郊)에서 죽였다." 했다. 곤은 우임금의 아버지이기 때문에, 이런 일은 마땅히 쓰지 않을 것이요, 만약에 실사(實事)이므로 쓰지 않을 수 없었다고 하면, 훔쳤다고 말하지 않고, 임금의 식양을 취했다고 쓰는 것이 역시 의리에 어긋나지 않을 것이다.

『산해경』을 바친 표(表)를 상고해 보니, "옛날 홍수가 바다같이 범람할 때, 곤이 다스리다가 공이 없으므로, 요(堯)임금이 우를 시켜 그 일을 계승하게 하고, 백익(伯益)과 백예(伯翳)는 금수를 몰아내고 수토(水土)를 분별하여, 그 진괴(珍怪)한 물건들을 기록하고, 백익 등이 그 물건의 선악을 분류하여 『산해경』을 지었으니, 이것은 다 성현이 남긴 일이다."라고 했다. 이것에 의거하여 보면 백익이 지은 것이 아닌가 싶다.

그러나 그 『산해경』 서문에는, "우임금이 9주(州)를 분별하니, 거기에 모든 산물이 다 드러났다. 그래서 『산해경』을 지었다 운운." 했는데, 이 두 설도 역시 같지 않으니, 이것이 다 의문되는 바이요, 이 밖에 또 하나의 의문이 있으니, 『상서(尙書)』에 "요임금이 곤을 우산(羽山)에서 죽였다."

라고 한 것이 곧 그것이다. 이것은 대개 곤이 물을 다스려 공적이 이루어지지 않았으므로 그렇게 죽였다는 것인데, 이 경(經)에는, "임금이 곤을 우교에서 죽였다." 하니, 『산해경』의 이른바 임금이라고 하는 것은, 상제(上帝)를 말하는 것이다.

곤이 비록 상제의 식양을 훔쳤다 하더라도, 진실로 홍수를 막았다면, 요임금에게는 공이 있는 것이 되며, 상제에게만 죄가 있는 것이 되니, 요임금은 마땅히 죽이지 않았을 것이요, 오직 상제만 그를 죽였을 것이다. 그리고 또 만약에 임금에게 죽임을 당했다면, 상제의 식양을 훔치지 아니한 것이 분명한데, 상제가 무슨 명목으로 곤을 죽이겠는가. 이 두 설도 역시 같지 않으니, 어느 것을 따르겠는가. 순유(醇儒)들은 응당 『상서』의 것을 정당한 것으로 보고 『산해경』의 것은 황당한 설이라고 할 것이다. 그런데 "우임금이 지었다."라는 말이라든지, "우임금의 말이다."라고 하는 것은 괴이하다고 하겠으니, 후세의 밝고 지혜로운 군자가 이에 대한 분별이 있기를 기다린다.

予讀山海經. 每卷首標之曰大禹製郭氏傳. 則此經當謂夏禹所著矣. 然予疑非禹製. 何者. 傳曰. 子爲父隱. 父爲子隱. 論語曰. 其父攘羊. 而子證之. 蓋惡之也. 孔子修春秋. 雖直筆之書. 以魯爲父母邦. 凡大惡則皆諱避不書. 若山海經果是禹製. 當諱父之大恥. 觀東北經云. 洪水滔天. 鯀竊帝之息壤. 以堙洪水. 帝令祝融殺竊帝之于羽郊. 鯀是禹父. 不宜斥書此事. 若以爲實事不得不書. 則不甚言竊. 而云取帝之壤. 亦不蔽于義也. 按獻經表云. 昔洪水洋溢. 鯀旣無功. 高使禹繼之. 伯益與伯翳驅禽獸別水土. 紀其珍怪. 益等類物善惡. 著山海經. 皆賢聖之遺事. 據此則疑伯益所著. 然其序. 則云禹別九州. 物無遁形. 因著山海經云云. 此二說亦不同. 是皆所惑者. 又有一惑焉. 尙書曰. 高殛鯀于羽山. 蓋以鯀理水. 績用不成故也. 此經云. 帝殛鯀于羽郊. 所謂帝者. 上帝也. 鯀雖竊帝壤. 苟能堙洪水. 則於高爲有功. 於帝爲有罪. 高不宜誅. 而帝獨誅矣. 若爲帝所誅. 又不當爲高所殛. 若爲高所殛. 則其不

竊帝壤堙洪水明矣. 上帝其何名而殺鯀耶. 此二說亦不同. 安所從耶. 在醇儒. 當以尙書爲正. 而以山海經爲荒怪之說矣. 然旣曰禹製. 禹之說. 可謂怪乎. 待後之明智君子有以辨之耳.[34]

이규보는 소론에서 『산해경』의 저자로 믿어 온 우(禹)에 대해 의문을 제기하고 자세히 토론했다. 이러한 논의는 주목할 만하다. 왜냐하면 중국에서도 우 저작설은 전한(前漢)의 유수(劉秀) 이래 왕충(王充), 조엽(趙曄) 등을 거쳐 동진(東晋)의 곽박(郭璞)에 이르기까지 의심 없이 믿어 왔다가 남송(南宋) 시기에 와서야 우무(尤袤, 1127~1202), 주희(朱熹, 1130~1200) 등에 의해 비로소 회의되기 시작하기 때문이다.[35] 즉 이규보는 중국의 학자들과 거의 동시대에 똑같은 문제의식을 표명한 것이다.

이규보는 세 가지 점에서 우 저작설에 대해 의문을 제기한다. 첫째, 「해내경」 마지막에 천제의 보물인 식양(息壤)을 훔쳐다 홍수를 막은 곤(鯀)을 죽였다는 기록이 있는데 자식된 입장에서 부모의 허물을 가감 없이 서술할 수 없다는 것이다. 윤리적 관점에 입각한 이러한 견해는 『산해경』이 여러 시기에 걸쳐 형성되었다든가, 후대에 내용이 가필되거나 윤색되었다는 등의 변화 요소를 고려하지 못한 것이긴 하지만 나름대로 논리성을 지닌다 할 것이다.

둘째, 유수의 표문(表文)에서는 우가 백익(伯益)을 시켜 지었다 하고 곽박의 서문에서는 우가 구주(九州)를 분별하고 지었다고 했는데 이 두 가지 설이 모순된다는 주장이다. 이에 대해서는 이규보의 본문에 대한 검토가 필요하다. 우선 곽박의 서문에는 문자 그대로 "우가 구주를 분

34 李奎報, 『東國李相國全集』, 卷22, 「雜文·山海經疑詰」.

35 정재서 역주, 「해제」, 『산해경』, 13쪽.

별했다.(禹別九州)"라는 문장이 없다. 이 문장은 오히려 유수의 표문에 나온다.

> 우는 구주를 나누어 토지에 따라 공물을 정하고 익 등은 사물의 좋고 나쁨을 유별하여 『산해경』을 지었습니다.
>
> 禹別九州, 壬土作貢, 益等類物善惡, 著山海經.[36]

위의 글에 따르면 유수는 표문에서 일관되게 우가 백익을 시켜 지었다는 입장을 고수하고 있는 것이다. 아마 이규보는 "우가 구주를 분별했다."라는 유수의 글을 곽박의 서문에 있는 것으로 착각한 것이 아닌가 한다. 다만 곽박은 서문에서 직설적으로 말하지는 않았지만 대체로 우가 지은 것으로 간주하는 인식을 보여 주긴 한다.

> 이런 까닭에 거룩하신 우임금께서는 조화의 원리를 탐구하여 온갖 변화를 다 이룩함에 있어 사물을 본떠 괴이함에 대응하고 비추어 심오한 이치에 막힘이 없도록 하고 속 깊은 정리를 자세히 다했으니 신이 어찌 숨기겠는가! 신이 어찌 숨기겠는가!
>
> 是故聖皇原化以極變, 象物以應怪, 鑒無滯賾, 曲盡幽情, 神焉廋哉, 神焉廋哉.[37]

인용의 오류에도 불구하고, 짐작건대 이규보는 유수의 백익 저작설과 곽박의 우 저작설 등 고대 주석가들의 견해가 불일치한 예를 들어 우 저작설에 대한 회의가 자연스러운 것임을 표명한 것이 아닌가 한다.

---

36 정재서 역주, 「상산해경표」, 위의 책, 22쪽.

37 정재서 역주, 「주산해경서」, 위의 책, 27쪽.

마지막으로 이규보는 『서경』의 요가 곤을 죽였다는 기록과 「해내경」의 천제가 곤을 죽였다는 기록을 대비, 그 차이와 모순점을 지적한 후 정통 유자(儒者)의 입장에서 『산해경』을 황당한 책으로 간주하고 이에 따라 우 저작설도 부정한다. 그러나 우 저작설의 시비를 떠나 이 부분은 이규보가 『서경』과 『산해경』의 문헌적 성격의 차이, 곧 역사와 신화의 차이를 분별하지 않은 데서 온 논단이라 할 것이다. 중국 신화는 후대에 역사화 과정을 거치는데 일찍이 『서경』에서부터 그러한 작업이 이루어진다. 가령 『산해경』에서의 태양의 여신 희화(羲和)나 외다리 괴물 기(夔)가 『서경』에서 일관(日官)이나 악관(樂官)으로 변모한 것이 그것이다. 따라서 이규보가 따지고 있듯이 곤을 누가 무슨 이유로 죽였느냐의 문제 이전에 『서경』과 『산해경』을 동일한 논리 선상에서 비교하는 것 자체가 불합리한 시도라 할 것이다.

결국 『산해경』을 윤리적인 잣대로 평가하거나 황당한 책으로 간주하는 등, 이규보 역시 기본적으로는 사마천(司馬遷)의 언명[38] 이래 유학 소양을 지닌 관방 지식인의 신화 및 상상력에 대한 인식의 한계를 보여준다. 당연히 이러한 인식은 공자의 이른바 "괴상한 능력이나 현란한 귀신 얘기 같은 것을 입에 담지 않는다.(不語怪力亂神)"[39]라는 선언적 발언에 영향을 받은 탓으로 보아야 하겠다. 그럼에도 불구하고 그는 실제 창작에서는 『산해경』의 상상력을 누구보다도 선호하고 활용한 문인이었으며 그의 이러한 지대한 관심이 종래 묵수(墨守)되어 온 우 저작설에 대해 감연히 의문을 제기할 수 있는 선구적인 행동으로 나아갔음을 볼 때 위와 같은 논의는 그 자체만으로도 고평(高評)되어야 할 것이다.

---

38 司馬遷, 『史記』, 卷123, 「大宛列傳」: "至禹本紀山海經所有怪物, 余不敢言之也."

39 『論語』, 「述而」.

고려 시대는 삼국 시대와 통일 신라 시대에 비해 『산해경』과 관련된 유적, 유물 자료는 적으나 문헌 자료는 급증하여 다수 문인들의 작품에서 이 책을 활발히 수용한 사실을 확인할 수 있다. 그럼에도 현재 전하는 문집이 고려 시대에 생산되었던 모든 문집의 일부임을 감안하면 이 시대에 이르러 실제로는 『산해경』 열독(閱讀)이 (물론 식자층의 경우이나) 훨씬 보편화되었다고 보아야 할 것이다. 불교 국가인 고려는 사상적으로 조선 시대보다 오히려 융통성이 있었으며 한때(예종 시기)는 도교가 흥성하기도 하였으니 특히 도교와 친연 관계에 있는 『산해경』에 대한 관심이 보다 자연스러웠으리라 생각된다. 이것은 서왕모 신상을 만들어 경배했다는 기록과 현재 남아 있는 서왕모 소상(塑像) 등으로도 확인된다. 상술한 여건에서 『산해경』 소재의 단순한 수용을 넘어 이규보의 작자 문제 토론과 같은 메타 논의도 가능했을 것이다. 이렇게 볼 때 고려 시대의 『산해경』 수용과 관련된 자료는 향후 더 발굴될 여지를 충분히 남기고 있다고 할 수 있다.

◇ 사례 연구: 고구려 고분 벽화의 신화적, 도교적 제재에 대한 새로운 인식

—중국과 주변 문화와의 관계성을 중심으로

깃털 모양 금장식 절풍모를 쓰고
흰색 무용신을 신고 망설이다
삽시에 팔을 저으며 훨훨 춤을 추어
새처럼 나래 펼치고 요동에서 날아왔도다.
— 이백, 「고구려」[1]

1 왜 고구려인가?

최근 수년 사이에 일기 시작한 고구려의 역사와 문화에 대한 국민적 관심은 대중 매체의 작용을 감안한다 하더라도 그야말로 미증유라 할 수 있을 정도로 열렬한 것이었다. 발해 등 과거 우리의 북방 문화에 대한 관심도 같은 차원에서 흥기된 것으로 보이지만 기왕에 없었던 이

1 瞿蛻園·朱金城, 『李白集校注』, 卷6, 「樂府·高句麗」: "金花折風帽, 白馬小遲回. 翩翩舞廣袖, 似鳥海東來." 번역은 方起東, 엄성흠 옮김, 「唐代의 高句麗 歌舞」, 『중국 학계의 고구려사 인식』(대륙연구소, 1991), 142쪽에 실린 것을 좇음.

러한 반응은 어떠한 국민적 심태(心態), 나아가 어떠한 문화적 동기로부터 유래하는지 한번 성찰해 볼 필요가 있을 것이다. 실상 고구려 고분은 오늘에 이르러 새로이 발견된 것은 아니다. 대부분 이미 알려져 있던 사실이었지만 우리는 새삼스러운 감동으로 그것을 보았고 학자들은 진지하게 다시금 설명하는 자세를 취했던 것이다. 그렇다면 우리가 고구려 문화에 대해 갖는 향수와도 같은 이러한 심정의 실체는 무엇인가? 고구려는 과연 한국판 시오니즘의 본향(本鄕)인가? 혹은 민족의 잠재의식 속에 자리 잡아 온 영원 회귀의 고향 같은 존재인가? 그러나 이러한 우리의 심정과는 무관하게 발해는 중국의 한 지방 정권으로서 중국사의 일부에 편입되어 있고 고구려 벽화의 허다한 신화적 제재들은 한국 신화보다 중국 신화의 체계 속에서 주로 설명되고 있는 것이 엄연한 현실이다. 고구려 국토의 대부분에 해당되는 만주 일대는 오랜 기간 중국과 주변 민족이 정치적, 문화적으로 경합 관계를 유지해 왔던 지역이었다. 그렇기 때문에 일방이 아닌 상호 영향 관계 속에서 각자의 문화적 특성을 파악해야 할 필요가 있다. 그동안 격절되었던 대륙과의 관계가 최근 재개되면서 고구려에게 주어진 열띤 관심은 우리가 한때 공유했던 대륙 문화에 대한 향수의 발현일 수도 있겠으나 이제 정치적, 문화적 교류가 정상화되어 가는 시점에서 문화적 변별성을 확보하고자 하는 문제의식의 발로일 수도 있을 것이다.

주지하다시피 헌팅턴(Samuel Huntington)의 문명 충돌론에서도 한국 문화는 변별성을 확보하지 못한 채 일본 문화와 대립되는 중국 문화에 내포되어 있을 뿐이며 이러한 인식이 사실상 오늘날 밖에서 보는 한국 문화의 현주소이다. 그러나 무엇보다도 한국 고대 문화에 대한 근원적이고도 심대한 왜곡은 중국의 전통적인 중심주의적, 구심적 문화사관에 의해 이루어져 왔다고 말할 수 있다. 이 점은 식민지 시대 민족사학자들의 비판이 처음에는 일제 관방학자들에게 향했으나 궁극적으로는 중국사가들에게 귀착되었던 사실에서도 엿볼 수 있다. 중국의 중심주의적 문화사관은 과거 동아시아 사회의 내부 질서와 중국 자체의 존립을 위해 필요한 것일 수도 있었으나 오늘날 이러한 관점은 적어도 상고사에 관한 한 성립될 수 없으며, 이 관점의 적용은 주변국에 대해 반사적으로 문화적 정체성의 문제를 야기시킬 것이기 때문에 금후의 호혜적 문화 의식을 위해서도 바람직하지 못한 것이다. 따라서 이 글에서의 왜 고구려인가라는 물음은 결국 중국과 주변 문화와의 관계성에 대한 새로운 인식의 필요성의 제기이며 이에 입각한 새로운 문화 해석의 욕구와 상관된 질문인 것이다.

이러한 문제의식을 염두에 두고 여기에서 다시금 논의하고자 하는 것은 고구려 고분 벽화상의 수많은 신화, 도교적 제재의 문화적 성격과 의미에 관한 문제이다. 사실 고구려 고분에 대한 검토는 그간 한, 중, 일 삼국의 유관 분야 학자들을 중심으로 지속적으로 진행되어 왔고 상당한 연구 물량의 축적 위에 고분의 기원, 성립, 구조, 벽화 내용 등의 문제에 대해 기본적인 이해를 가질 수 있게 되었다.[2] 이 자리에서의 논의 역시 고맙게도 이러한 선행의 성과를 딛고 출발한 것이긴 하지만 동시에 우리는 발전적인 견지에서 기존의 연구를 돌파하기 위해 종래의 주요한 연구 경향들에 대해 비판적인 문제 제기를 하지 않을 수 없다.

우선 우리는 그중의 하나로 주로 중국 측 학자들에 의해 강조되어 온 벽화 신화에 대한 중원영향론을 들기로 한다. 우리는 고구려 고분의 기원, 형성, 구조, 양식 등에 미친 한대(漢代) 및 위진(魏晉), 남북조(南北朝)에 걸치는 중원 문화의 영향에 대해 충분히 긍정할 수 있다. 비교 문화적인 차원에서 우리는 고구려 고분이 일정한 토착성을 바탕으로 한

2 지금까지의 고구려 고분 벽화 연구 상황 및 성과물에 대한 전반적인 개관은 전호태, 「고구려 고분 벽화 연구 문헌 분류와 검토」, 《역사와 현실》(1994), 12호 참조.

문화의 세례를 받았음을 인정하지 않을 수 없는 것이다. 다만 양식이나 기법상의 문제는 그렇다 하더라도 토착 문화의 본질적인 내용에 이르러서 우리는 그것을 단순히 정치적 혹은 문화적 세력 관계로서 규정지을 수 없다. 신화란 인류의 보편적 심성의 담지체임과 동시에 종족적 특색을 가장 잘 드러낸 서사물이므로 우리는 특히 벽화 신화에 대해 일방적인 영향론의 관점에서 읽는 일이 얼마나 자의적인 독해 방식인지 알 것이다.[3] 중국 학계의 이러한 관점은 원래 중원과는 별개의 문화였던 그들의 이른바 동북 문화를 중원 문화와의 연계 선상에서 파악함으로써 이 지역에 대한 정치적, 문화적 지배권을 확실히 해 두려는 의도에서 비롯된 것이다. 그런데 안타까운 것은 이에 대한 한국 학계의 해석적 입장이다. 북한 학계는 고구려 문화의 독자성을 지나치게 강조한 나머지 해석이 오히려 객관성을 잃고 있으며 독자성을 지탱할 논리적 근거를 마련하지 못하여 선언적 명제를 반복할 뿐이다. 남한 학계는 비교적 객관 자료를 많이 확보하고 실증적인 견지에서 논의를 진행시키고 있다 하겠으나 신화 해석에 관한 한 거의 평면적으로 중국 측의 견해를 답습하여 사실상 중원 영향론을 묵시적으로 승인하고 있는 셈이다.

다음으로 문제 삼고자 하는 것은 벽화 신화에 대한 지나친 불교적 관점에 의한 해석 경향이다. 이 점에 관해서도 실제 고구려 고분의 구조, 양식, 벽화 내용 등에 미친 서역(西域) 및 위진 남북조 불교의 커다란 영향을 결코 가볍게 보려는 것이 아니다. 어디까지나 해석의 편향

3 최근 중국의 신화학계 내부에서도 소수 민족 신화와 변경 문화에 대한 인식이 높아지면서 전통적인 중국 신화관을 반성, 비판하는 움직임이 일고 있다. 일례로 마왕퇴(馬王堆) 백화(帛畵)에 대한 중원 신화 위주의 해석에 강하게 반발하고 남방 소수 민족 문화의 입장에서 이해하려 한 임하(林河), 양진비(楊進飛) 등의 시도는 눈여겨볼 만하다. 두 사람의 공동 연구물인 「馬王堆漢墓飛衣帛畵與楚辭神話南方神話比較硏究」, 《民間文學論壇》(1985), 제3기 및 「馬王堆漢墓的越文化特徵」, 《民間文學論壇》(1987), 제3기 참조.

성을 경계하고 다양성을 추구하는 입장에서 문제를 제기해 보는 것이다. 한국 학계의 이러한 경향은 아마도 불교학의 농후한 분위기 속에서 성립된 일본 동양학의 관점을 여과 없이 수용한 결과일 가능성이 크다. 가령 일본 도교학을 예로 든다면 초창기 멤버가 대부분 불교학자들로 불·도 교섭사 연구에서 도교학으로 전향한 사람들이다. 따라서 일본 도교학의 한계는 동북아의 토착 종교인 도교를 도교 자체로서 보지 않고 불교적인 관점에서 보거나 도교를 항시 불교에 대한 비교 하위적(比較下位的)인 입장에서 보고자 한다는 점이 지적되기도 한다. 고구려 고분 벽화에 대한 해석에서 불교학 중심의 이러한 도식주의는 거칠게 말해 연꽃 문양만 있으면 다 불교로 설명하려는 식의 해석 기제를 낳을 수도 있다.[4] 그 결과 벽화에서 표현된 고구려인의 세계관, 내세관 등을 다양한 층위에서 읽지 않고 불교적 취지로 쉽사리 귀결시키게 된다. 그런데 사실 이러한 문제는 고구려 고분 벽화 연구뿐 아니라 중국학 전반에 있어서도 극복해야 할 현안이기도 하다. 불교 중심주의는 근대 초기 서구 콤플렉스에 걸렸던 지식인들 및 중국 문명의 내재 발전을 인정치 않으려는 서구 학자들에 의해 주장된 중국 문명의 인도 기원설 내지 서방 기원설과 맞물려 강화되어 왔으며 이러한 경향은 최근까지도 중국 문명의 고유성을 위협했다. 가령 문학사 분야의 경우 미국의 빅터 메어(Victor Mair)는 중국 소설의 기원에 관한 논의에서 중국인은 불교 전입 이후 인도 문화의 환상성과 낭만성을 접하면서 비로소 허구에 대한 인

4 물론 이러한 표현은 좀 과장된 것이다. 일본인 학자라도 하야시 미나오(林巳奈夫)는 연꽃이 불교와는 상관없이 은대(殷代) 이래 천계의 중앙이나 천제(天帝)를 상징해 왔음을 지적하고 있으며 일부 국내 학자들도 이미 이러한 인식을 갖고 있다. 이에 대해서는 林巳奈夫, 「中國古代における蓮花の象徵」, 『漢代の神神』(東京: 臨川書店, 1988); 전호태, 「고구려 고분벽화에 나타난 하늘 연꽃」, 《미술자료》(1990), 46호, 2~4쪽; 조용중, 「蓮花化生에 등장하는 장식 문양 고찰」, 《미술자료》(1995), 56호, 86~87쪽 등 참조. 이 글에서는 다만 안이한 불교 중심적 해석 경향을 지적한 것뿐이다.

식이 생겨나고 진정한 의미에 있어서의 소설을 창작할 수 있었다는 요지의 주장을 함으로써 많은 논란을 야기한 바 있었다.[5] 결국 지나친 불교 중심주의에는 두 가지 예기치 않은 함정이 도사리고 있는데 그 하나는 불교학 중심으로 발전해 온 일본 동양학의 영향으로부터 자유롭지 못할 소지가 있고 또 하나는 서구 학자들이 자주 시도해 온 중국 문명의 인도 기원설 내지 서방 기원설에 함몰될 위험성이 있다는 것이다.

그렇다면 지금까지 지적한 고구려 벽화 해석에 있어서의 두 가지 편중된 경향, 즉 중원 영향론과 불교 중심주의를 극복할 수 있는 소망스러운 해석의 방향은 과연 무엇인가? 우선 중원 영향론의 문제에 있어서 우리는 오늘날의 영토, 국가 개념에 의해 중국 신화를 단일한 총체로서 보는 입장을 거부하고 고대 동북아에 있어서의 다양한 신화 권역(圈域)의 존재를 상정하면서 고구려 신화와의 관계성에 유의해야 할 것이다. 다시 말해서 중국 신화를 다원적 문화론의 입장에서 다체계적으로 파악하고 고구려 지역 문화를 중원 문화와의 경합적 관계 속에서 이해할 때 벽화 신화에 대한 일방적인 중원영향론은 해체될 것이라는 전망이다. 여기에서 특별히 주목하고자 하는 것은 고구려 벽화에 적잖이 출현하고 있는『산해경』신화의 제재이다. 그동안 국내 학계의 변화에 대한 지속적인 탐구에도 불구하고 이에 관한 고찰이 거의 없었다는 것은 기묘한 현상이기도 하지만 중국 신화에 대한 피상적인 파악과 그로 인해 중국 학계의 전반 영향론을 그대로 접수할 수밖에 없었던 국내 학계의 저간의 사정을 짐작게 하기도 한다. 그러나 흔히 중국 신화의 보고(寶庫)로 알려져 있는『산해경』은 오히려 중원 문화와는 거리가

5 Victor H. Mair, "The Narrative Revolution in Chinese Literature: Ontological Presuppositions", *Chinese Literature*(1983), Vol. 5, No.1-2, 1~27쪽.

면 주변 문화의 집대성이며 정통의 주(周), 한(漢) 문화보다 비정통의 은(殷) 및 연(燕), 제(齊), 초(楚) 문화와 깊은 상관관계가 있다는 견해가 정설이다.[6] 따라서 고구려 벽화의 『산해경』적 제재는 이제까지의 중국 신화 인식과는 좀 다른 각도에서 탐구될 필요가 있다.

다음으로 불교 중심주의의 편벽성은 우리가 그간 소홀히 해 왔던 동북아 고유의 민간 신앙 및 습속, 특히 도교를 새로운 해석 기제로 활용함으로써 지양될 수 있을 것이다. 도교는 국내의 유, 불 위주의 학술 풍토에서 이제껏 한 번도 주목받은 적이 없었으나 중국 문화 중 가장 비한족적인 성격이 강하고 동방 변경 문화와의 상관성이 농후하기 때문에 한국의 고대 문화 및 기층 문화 연구에 다대한 시사를 줄 것으로 사료된다. 이러한 의미에서 고구려 벽화에 대한 도교학적 접근은 지금껏 우리가 간과해 왔던 많은 사항들을 새롭게 일깨워 줄 것임에 틀림없다.

이 글에서의 이러한 두 가지(신화적, 도교적) 방면에서의 새로운 모색은 사실상 하나의 연계적 문화 의식 아래 통합될 수 있다. 다시 말해 『산해경』을 중심으로 한 동이계 신화와 고구려 신화와의 관계라는 개념 위에 다시 동이계 신화의 도교로의 전이 혹은 도교에 의한 신화의 전유(專有, appropriation)[7]라는 개념을 연속시킴으로써 고구려 벽화상의

6 소병은 『산해경』을 연(燕)·제(齊) 지역의, 산물로 보고, 원가·이풍무 등은 초(楚) 지역의 산물로 보며 하유기는 「해경(海經)」이 산동성 중부 지역을 반영한 것으로 보고 있다. 그러나 모두들 『산해경』이 기원적으로 은(殷) 문화와 깊은 상관관계에 있다는 견해에 대해서는 일치를 보인다. 위의 여러 입장에 대해서는 袁珂, 「山海經寫作的時地及篇目考」, 《中華文史論叢》(1978), 제7기; 李豊楙, 『山海經 — 神話的故鄕』(臺北:時報出版社, 1983)의 해설부; 何幼琦, 「海經新探」, 《歷史硏究》(1985), 제2기; 蕭兵, 「四方民俗文化的交匯 — 兼論山海經由東方早期方士整理而成」, 『山海經新探』(成都: 四川省 社會科學院出版社, 1986); 정재서, 『不死의 신화와 사상』(민음사, 1994), 23~25쪽 참조.

7 전유(專有)는 본래 탈식민주의의 전략에서 중심 문화의 언어를 소유해서 재구성하는 작업을 의미한다. 즉 언어를 권력의 매개체로 보고 중심 문화의 지배 언술을 식민지의 언술로 대체하는 것을 말한다. 김성곤, 「탈식민주의(Post-Colonialism) 시대의 문학」, 《외국문학》(1992, 여름호), 25쪽. 이 글에서는 이 개념의 정치적, 언어적인 측면을 사상(捨象)하고 순

『산해경』을 위시한 신화적 제재 및 도교적 제재를 일관된 문화 구조 속에서 파악해 볼 여지를 갖게 되는 것이다. 앞으로의 논의는 바로 이러한 일련의 이론 구상을 전개하고 입증해 가는 과정이 될 것이다.

2 고구려, 『산해경』, 도교

1) 고구려 신화와 『산해경』 신화

이전복(李殿福), 동장부(董長富) 등 중국의 학자들은 고구려 벽화에 대한 논구에서 벽화의 신화적 제재 대부분이 중원 신화의 영향을 받은 것이라고 논단하고 있다.[8] 그런데 이들의 언급 중에는 개념상 중대한 오류가 한 가지 있다. 그것은 다름 아닌 중원 신화라는 어휘로서 그들이 사용한 중원이라는 단어는 공간적으로는 중국 대륙 전체를, 정치적으로는 통일된 전 중국을 막연히 지칭하고 있는 것이다. 그러나 신화와 관련하여 중원이라는 개념이 사용되어야 한다면 그것은 황하 중, 상류 유역이라는 극히 제한된 지역에 한해서이다. 왜냐하면 중국 대륙이라는 공간 위의 신화적 현실은 결코 단일 계통적이지 않고 민족적, 국가적 정체성이 주장될 수 없는 다원 분립의 상황이었기 때문이다.[9] 따라서 중원 신화라는 어휘가 자기 동일성을 지닌 중국 신화 전반을 지칭

수하게 도교의 신화 수용이라는 문화적인 측면에서 활용했다.

8 이전복은 벽화의 신화적 제재를 분석한 뒤 다음과 같이 결론을 내린다. "綜上所述, 高句麗壁畫中的神靈題材, 均取源于中原的古老神話傳說, 可看出漢文化對高句麗文化影響之深, 二者有着極爲深邃的淵源關系", 李殿福, 「集安高句麗壁畫初探」, 《社會科學集刊》(1980), 제5기, 124쪽. 동장부의 경우도 마찬가지이다. 董長富·文琳, 「集安高句麗古墳壁畫, 《文物天地》(1984), 제6기, 11~13쪽 참조.

9 鄭在書, 「再論中國神話觀念看 — 以文本的角度來看山海經」, 『中國神話與傳說學術硏討會論文集(上)』(臺北: 漢學硏究中心, 1996), 92~93쪽.

할 수 없음은 물론 제한된 의미에서의 중원 지역 신화일지라도 후술할 바와 같이 사실상 고구려 벽화 신화와는 계통이 다르기 때문에 영향 관계를 논할 수 없는 것이다.

중국 대륙의 다원 분립의 신화적 상황은 그후 상고 시대에 활동했던 3대 종족 집단의 거주 구역 및 문화적 특징에 따라 서방의 화하계(華夏系), 동방의 동이계(東夷系), 남방의 묘만계(苗蠻系)로 점차 귀납된다.[10] 화하계의 최고신은 황제(黃帝)이고 동이계는 태호(太皞), 소호(小皞), 제준(帝俊), 예(羿), 묘만계는 신농(神農), 치우(蚩尤), 축융(祝融) 등이 중요한 신령들이다. 그러나 동이계와 묘만계는 동에서 남으로 해안 지역을 따라 원래는 같은 성격의 문화였던 것이 후일 분화된 것으로 보이기 때문에[11] 결국 묘만계를 동이계에 귀속시키면 상고 시대 중국 대륙의 신화 및 문화 계통은 크게 화하계와 동이계의 두 가지로 대별된다. 중국 상고 문명을 동방 민족과 서방 민족의 이원 대립으로 보았던 부사년(傅斯年, 1896~1950)의 이른바 '이하동서설(夷夏東西說)'은 대체로 이러한 입장에 근거한다.[12]

앞서 말했듯이 제한된 의미에서의 중원 신화는 결국 서방의 화하계 신화를 의미한다. 그렇다면 고구려 신화는 어느 계통과 관련성을 갖는가? 일반적으로 동이계는 조류 숭배 및 태양 숭배와 샤머니즘 등의 원시 신앙의 바탕 위에 산동을 중심으로 동, 남부 해안 및 북부 발해만 연안 일대를 포괄하는 지역을 신화의 구역으로 삼고 있다. 고구려의 주몽

10 몽문통(蒙文通)·부사년(傅斯年)·서욱생(徐旭生) 등 대표적 상고사 학자들의 일치된 견해이다. 소병은 여기에 북적계(北狄系)를 더하여 4대(四大) 계통을 주장하나 통설과 커다란 차이가 있는 것은 아니다. 蕭兵, 『楚辭的文化破譯』(湖北人民出版社, 1991), 12쪽 참조.

11 소병이 특히 남방 초 문화(楚文化)와 동이계와의 긴밀한 관련성에 주목하고 있는 것도 이러한 사실과 상관된다. 蕭兵, 위의 책, 12~13쪽.

12 傅斯年, 「夷夏東西說」, 『中國上古史論文選集 (上)』(臺北: 華世出版社, 1979), 519~576쪽.

(朱蒙) 신화, 은의 간적(簡狄) 신화, 서언왕(徐偃王) 신화 등은 상술한 신화적 특징들을 공유하는 동이계 신화군의 대표적 사례로 흔히 거론된다. 여기에서 우리는 오늘날의 정치적, 문화적 통합체로서의 중국이라는 개념 이전에 발해만, 산동, 동남해안 일대에 형성된 별개의 신화 구역, 즉 동이계 신화권의 존재를 상정할 수 있고 이에 속해 있는 고구려 신화가 앞서의 중원 신화와는 다른 계통임을 알 수 있다. 따라서 고구려 신화에 대한 일방적 영향을 주장하는 중국 학계의 입장은 오늘의 당위론으로서 고대의 객관 현실을 왜곡하는 부당한 논법의 소산인 것이다.

그런데 솔직히 이 글이 취하고 있는 관점에 대해 문제 제기가 없는 것은 아니다. 그것은 한중 양국의 학자들이 역사 이래 사용해 온 동이라는 표현이 애매한 것은 아닌가. 과연 실제적으로 발해만으로부터 중국 동남 해안 지역의 종족과 문화를 포괄하는 개념이 될 수 있는가 하는 의구심이다. 아닌 게 아니라 고고학적 성과를 토대로 한 동이의 개념에 대한 일부 논구는 산동과 요동 지역이 선사 문화의 계통이나 묘제(墓制), 청동검 양식 등에 있어서 서로 다른 독자성을 보여 줌으로써 동이의 개념을 산동 이북의 지역까지 확대할 수 없다는 견해를 제시하고 있다.[13] 역사적, 고고학적 견지에서 이러한 논구는 실증적 가치를 지닐 뿐만 아니라 문제 제기만으로도 충분한 의미가 있다. 그러나 신화학에서 고고 자료를 보는 입장은 좀 다르다. 가령 은허(殷墟) 및 하허(夏墟)의 발굴 등에서 보는 바와 같이 고고학이 애초 허구의 신화로 규정했던

13 이성규, 「先秦 문헌에 보이는 '東夷'의 성격」, 《한국고대사논총》(한국고대사회연구소, 1991), 1집; 기수연, 「東夷의 개념과 실체의 변천에 관한 연구」, 《백산학보》(1993), 42호 참조. 특히 이 교수는 종래 학계 일각에서 동이에 대해 지녀 왔던 막연한 심정적 태도를 실증적 차원에서 냉철히 비판하고 있다. 후술할 바와 같이 이 글에서는 신화학적인 입장에서 이론(異論)을 견지하고 있으나 정확한 동이관의 정립을 위해서도 이 교수의 문제 제기는 소중한 것이며 언젠가는 거쳐야 할 검증이라고 생각한다.

것을 후일 스스로 부정한 예는 수없이 많다. 최근에야 확립되어 가는 중국 문명의 다원적 기원론도 1970년대 이후 황하 이외 지역에 대한 탐사가 본격화되면서 초창기에 수립했던 황하 중심론을 고고학 스스로 부정하면서 이루어진 업적이다. 따라서 우리는 근래 이루어진 몇 가지 탐사 결과를 일반화하여 산동과 요동이 별개의 문화구이고 동이라는 개념하에 함께 포괄되지 않는다고 속단할 수 없다. 아울러 고고학에 의해 얻어진 물질 근거가 반드시 종족성 및 문화의 정신 내용까지 규정할 수 있는가에 대해서도 재고해 보아야 한다. "귤이 회수(淮水) 이북으로 넘어가면 탱자가 된다."라는 중국 속언도 있듯이 환경 조건에 따라 사물의 외형은 변할 수 있지만 그렇다고 해서 귤의 기본적인 속성까지 바뀌어 다른 종이 되는 것은 아니다. 예컨대 묘제에 있어서 요동과 산동의 차이를 대비시키지만 그것은 돌이 많은 요동 지역과 황토대의 내륙 지역의 환경이 다름에서 비롯한 소재상의 차이이지 종족성의 문제가 아닐 수도 있는 것이다. 우리는 나무껍질을 재료로 너와집을 짓는 강원도 산간 주민을, 초가집을 짓는 평지 주민과 구별하여 다른 종족이라고 말할 수 없을 것이다. 이에 비해 신화, 건국 전설이란 종족의 고유한 내력과 세계 이해 방식을 담은 서사물로서 그것의 기본적인 정절(情節)은 비교적 엄숙하게 지켜지고 정확히 전승되어 온 것이다. 앞서 예시한 난생 신화, 조류 숭배, 태양 숭배, 샤머니즘 등의 공통 요소 이외에도 『초사(楚辭)』와 단군 신화와의 상관성,[14] 『산해경』의 영웅 예와 주몽과의 상관성 등을 통해서도 고대의 연, 제, 초를 망라한 요동에서 산동을 거쳐 동남방에 이르는 지역은 고고학적으로는 몰라도 적어도 신화학적으로는 하나의 구역으로 묶일 수 있다.[15] 이 점, 이른바 동이계 신화권의

14 선정규, 「楚辭의 東夷 문화적 요소」, 『李允中教授停年紀念中國學論集』(1994), 151~155쪽.

15 선사 시기 옥제(玉製) 고고 자료에 대한 분석 역시 홍산(紅山) 문화로부터 하모도(河

존재는 설사 현행 고고학적 성과의 한시적 실증성을 용인하다 할지라도 말소될 수 없는 엄연한 신화학적 실존인 것이다. 결국 이러한 견지에서 동이계 신화권의 존재를 긍정한다고 할 때 우리는 고구려 신화의 문제를 일방적 영향론의 관점에서 다룰 것이 아니라 오늘의 영토, 국가 개념 이전의 동일한 신화 경역(境域)에서 함께 일구고 공유했던 당시의 호혜적인 시각에서 바라보아야 할 것이다.

이제 우리는 이 같은 시각에 근거, 동이계 신화를 대표하는『산해경』과 고구려 신화와의 상관성에 대해 논해 보기로 하겠다.『산해경』이 동이계 고서라는 주장은 일찍이 손작운 등에 의해 제기되었고[16] 이 책이 반영하는 지역은 학자들에 따라 초 혹은 산동 등으로, 동이계 신화권의 기반과 일치한다. 이 책이 만들어진 시기는 대략 전국(戰國) 시대 무렵이지만 반영된 시기는 은대 또는 그 이전으로 볼 수 있다. 저자는 노신(魯迅)이 무서(巫書)로 규정한 바 있듯이 무당 계층의 인물이라는 것이 통설이다.『산해경』과 동이계 신화, 그중에서도 특히 고구려 신화와의 상관성은『산해경』상의 고대 한국 문화에 대한 명시적 혹은 상징적 표현들을 통해 그 정도를 짐작할 수 있다. 우선『산해경』에는 조선, 숙신(肅愼), 맥국(貊國), 개국(蓋國) 등 명백히 고대 한국과 상관된 국명들이 등장하며 이 밖에도「대황북경」의 호불여국(胡不與國)은 부여(夫餘)를,[17]「해내동경(海內東經)」의 한안(韓鴈)은 삼한(三韓)을[18] 지칭하는 듯하다. 아울러 군자국(君子國), 백민국(白民國) 등은 고대 한국 문화의 내용을

姆渡) 문화까지 신화적 연속성이 유지되고 있음을 보여 준다. Wu Hung, "Bird Motifs in Eastern Yi Art", *Orientations*(1985), Vol. 16, No. 10 참조.

16 孫作雲,「后羿傳說叢考」,『中國上古史論文選集 (上)』, 458쪽. 부사년도 같은 취지를 표명한다. 傅斯年, 앞의 논문, 550쪽.

17『山海經』,「大荒北經」: "有胡不與之國, 烈姓, 黍食."; 鄭寅普,「古朝鮮의 大幹」,『薝園鄭寅普全集 (3)』(연세대 출판부, 1983), 61쪽.

18「海內東經」: "韓鴈在海中, 都州南." 이에 대한 학의행(郝懿行)의 주석은 다음과 같다. "韓鴈蓋三韓古國名, 韓有三種, 見魏志東夷傳."

상징적으로 전하는 표현들이다. 가령 군자국에 관한 기사는 「해외동경(海外東經)」에 보인다.

> 군자국이 그 북쪽에 있다. (그 사람들은) 의관을 갖추고 칼을 차고 있으며 짐승을 잡아먹는다. 두 마리의 무늬호랑이를 부려 곁에 두고 있으며 그 사람들은 사양하기를 좋아하여 다투지 않는다. 훈화초(薰華草)라는 식물이 있는데 아침에 피고 저녁에 시든다. 혹은 간유시의 북쪽에 있다고도 한다.
>
> 君子國在其北, 衣冠帶劍, 食獸, 使二大虎在旁. 其人好讓不爭, 有薰華草, 朝生夕死. 一曰在肝楡之尸北.

최남선은 "호랑이를 부려 곁에 두고 있"는 상황이 우리 고래의 산신도와 잘 부합되고 있음을 지적했다.[19] '훈화(薰華)'는 곧 '근화(菫華)'로서 무궁화 꽃이다. 이 역시 고대 한국의 특유한 식생(植生)을 언급한 것이다. 「대황동경(大荒東經)」에 기재된 백민국의 정황은 어떠한가?

> 백민국이 있다. 제준이 제홍을 낳고 제홍이 백민을 낳았다. 백민은 성이 소씨이고 기장을 먹고 살며 …… 호랑이, 표범, 곰, 말곰 등 네 종류의 짐승을 부린다.
>
> 有白民之國. 帝俊生帝鴻, 帝鴻生白民, 白民銷姓, 黍食, 使四鳥 …… 虎·豹·熊·羆.

안재홍(安在鴻)은 '백(白)'이 '맥(貊)'의 가차자(假借字)일 가능성

19 崔南善, 「夫餘神」, 『六堂崔南善全集 (4)』, 178~180쪽.

을 지적했다.[20] 그런데 백민(白民)이란 표현은 동이계 종족이 백색을 숭상했던 습속과 관련지어 해석해 볼 수도 있다. 백의민족이라는 표현은 근래에 생긴 것이지만 은인(殷人)과 부여족이 모두 백색을 중시했다는 사실은 일찍이 문헌상에 근거가 있다.[21] 청(淸) 왕사정(王士禎, 1634~1711)의 『지북우담(池北偶談)』에도 실려 있는 조선의 선가(仙家) 정작(鄭碏, 1533~1603)의 시구는 이러한 민족 특색을 잘 반영한다.

> 멀리 모래 위를 가는 이.
> 처음엔 해오라비 한 쌍인가 했네.
> 遠遠沙上人, 初疑雙白鷺.[22]

아마 중국의 풍경에서는 이러한 시정(詩情)이 자연스럽게 빚어지기 어려울 것이다. 다음으로 백민은 제준의 후손으로 되어 있는데 제준은 누구인가? 제준은 『산해경』 내의 대표적인 신령으로 발음상 순(舜)과 동일인일 것으로 추정된다. 은의 조상신으로서 갑골문(甲骨文)에서는 등의 조두인신(鳥頭人身) 혹은 후신(猴身)의 형상으로 나타나는데[23] 그 신체(神體)는 은의 건국 신화와 관련된 현조(玄鳥) 혹은 준조(踆鳥)로서 곧 태양 속의 삼족오(三足烏)이기도 하다. 태양신의 상징이기도 한 삼족오는 고구려 벽화에도 출현하며 역시 태양 신격을 지닌 동명왕 주몽, 조류 숭배와 상관된 난생 신화, 모자에 새깃을 꽂는 조우삽관(鳥羽揷冠)의 풍습 등과 관련하여 『산해경』의 중요한 신화소들이 고구려 신화에서도 공유되고 있음을 알 수 있다. 다음의 "기장을 먹고

---

20 안재홍, 「ᄇᆞᆰ·ᄇᆞᆯ·ᄇᆡ어 原則과 그의 循環公式」, 『民世安在鴻選集 (3)』, 277쪽.

21 『禮記』, 「檀弓 (上)」: "殷人尙白" 및 『三國志·魏志』 「東夷傳」, 扶餘條: "在國衣尙白, 白布大袂袍袴, 履革鞜."

22 王士禎, 『池北偶談』, 卷18, 「朝鮮採風錄」.

23 袁珂, 『山海經校注』, 344쪽.

살며(黍食)"라는 구절은 『맹자』 「고자(告子)」 하 편의 "맥땅은 오곡은 나지 않고 기장만이 난다.(夫貉五穀不生, 唯黍生之)"라는 언급과 상관하여 이해할 때 백민국이 지역적으로 중국의 동북방 일대로서 멀리로는 고조선 그 이후로는 부여, 고구려 등의 생활 터전과 일치할 수도 있음을 보여 준다. 마지막의 "호랑이, 표범, 곰, 말곰 등 네 종류의 짐승을 부린다."라는 구절은 어떻게 음미할 수 있는가? 이들은 네 종류라 했지만 기실 호랑이와 곰의 두 종류로 합치시킬 수 있고 주지하다시피 두 동물은 고조선에서 토템으로서의 의미를 지니고 있었다. 그런데 이렇게 『산해경』과 고조선 신화와의 상관성을 고려해 보면 「중산경(中山經)」 웅산(熊山)의 기록이 심상치 않게 다가온다.

> 다시 동쪽으로 150리를 가면 웅산이라는 곳이다. 이곳에 굴이 있는데 곰굴로서 늘 신인이 드나든다. 여름에는 열리고 겨울이면 닫히는데 이 굴이 겨울에 열리면 반드시 전쟁이 난다.
>
> 又東一百五十里, 曰熊山. 有穴焉, 熊之穴, 恒出入神人. 夏啓而冬閉, 是穴也, 冬啓乃必有兵.

웅산의 곰굴은 마늘과 쑥만 먹으며 인간을 꿈꾸었던 웅녀의 보금자리였으며 이곳을 드나드는 신인은 환웅(桓雄)천왕이 아니었을까? 다시 말해서 『산해경』의 이 기록은 고조선 신화의 또 다른 반영이 아닐까?

지금까지는 직접적으로 『산해경』 자료를 통하여 고구려 신화 내지 고대 한국 문화와의 상관 가능성을 검토해 보았으나 이번에는 방계 자료들을 통하여 간접적으로 양자의 친연성을 확인해 보기로 한다. 『산해경』에는 앞서의 제준과 더불어 또 하나의 중요한 신화적 존재로 '예(羿)'가 있다. 그는 열 개의 태양이 떠올랐을 때 아홉 개를 격추하여 가

몸을 막았고 사방의 괴물을 퇴치하여 백성을 구원한 영웅이었다. 중국의 신화학자 손작운, 원가 등은 그를 동이의 유력한 군장이었을 것으로 추정한다. 그의 이름 역시 조류 숭배와 상관되며 그가 태양신이자 명궁이었다는 사실은 고구려의 건국 시조인 해모수(解慕漱), 주몽 등을 생각게 한다. 더군다나 예의 후계자인 방몽(逢蒙)과 주몽은 어음(語音)상의 일치점도 있다.[24] 고구려 민족이 사전(射箭)에 능했고 좋은 활을 생산했다는 역사 기록[25]은 이와 같은 상관성을 더욱 뒷받침한다. 그런데 『회남자(淮南子)』, 『초사(楚辭)』 「천문(天問)」 등의 다른 신화 자료를 통해 보강된 예의 생애는 고구려 건국 시조들의 그것과 단순한 공통점을 넘어서 구조적 상동성을 갖는다. 이인택(李仁澤) 교수는 우선 예와 해모수 신화 간의 이러한 관계에 주목했다.[26] 예는 하백(河伯)의 부인 낙빈(洛嬪)과 사통하고 하백을 활로 쏜다. 그후 제자인 방몽에 의해 피살된다. 해모수의 경우 그는 하백과 술법을 겨루어 그의 딸 유화(柳花)를 얻고 아들 주몽을 낳게 한다. 이와 같이 양 신화는 혼외정사로 인한 하백과의 갈등을 공통의 모티프로 삼고 있다.

그런데 이러한 예와 해모수 신화 간의 구조적 유사성은 해모수의 아들인 주몽 신화와의 관계 속에서 또 다른 양태로 발견될 여지가 있지 않을까? 세라 앨런(Sarah Allan)은 고대 중국의 왕조 교체가 요, 순, 우, 탕 등 전설적 성군들의 선양(禪讓) 이야기 패턴을 반복함으로써 합법성을 획득해 왔다는 사실을 지적한다.[27] 이 점이 고구려 신화에도 충분

---

24 孫作雲, 앞의 논문, 469쪽.

25 張鵬一, 『魏略輯本』, 卷21, 高句麗條: "俗有氣力, 便弓矢刀矛, 有鎧, 習戰. 又有小水貊, 俗好彎弓, 出好弓, 所謂貊弓也."

26 이인택, 「中國 禹王神話群과 韓國 朱蒙神話群」, 《중국어문학논집》(1995), 7호, 285~286쪽.

27 Sarah Allan, *The Heir and the Sage: Dynastic Legend in Early China*(San Francisco: Chinese Materials Center, 1981), 12, 24쪽.

한 시사가 되리라고 생각하는 것은, 고구려가 부여를 통합하는 과정에서 신화적 조정이 이루어졌다면 고구려계의 주몽 신화와 부여계의 해모수 신화가 이야기 구조를 공유할 가능성이 크기 때문이다.[28] 따라서 해모수 신화를 매개로 다시 예 신화와 주몽 신화와의 관계성을 탐색해 볼 여지가 생기게 되는 것이다. 예와 주몽은 모두 궁술(弓術)로 입신했다는 공통점이 있으며 개인사 역시 비슷하다. 즉 예는 하백의 부인인 낙빈과 사통하고 후일 본처인 항아(姮娥)에게 배신당한다. 항아는 예의 불사약을 훔쳐 달로 달아나 자신만의 세계를 건설한다. 마지막으로 예는 제자 방몽에게 피살된다. 그가 스승을 제치고 일인자가 되기를 원했기 때문이다. 주몽이 건국했을 때 그에게는 소서노(召西奴)라는 부인이 있었다. 그러나 후일 주몽의 부여 시절 옛 여인 예씨(禮氏)가 낳은 유리(琉璃)가 찾아오면서 소서노는 자신의 소생인 비류(沸流)와 온조(溫祚)를 데리고 남하하여 백제를 건국하게 된다. 주몽이 죽은 후 유리는 왕위를 계승한다. 여기에서 주몽의 옛 여인 예씨는 하백의 부인 낙빈과 상응된다. 왜냐하면 주몽의 여인 관계에 있어서 어머니와 연인 혹은 아내는 동일한 위격(位格)으로 볼 수 있고, 예씨와 더불어 부여에 있는 주몽의 어머니 유화는 본래 하백의 딸이었으므로 이러한 하백과의 관련성을 고려한다면 예씨는 곧 낙빈일 수도 있기 때문이다. 아울러 예의 제자 방몽은 바로 주몽의 아들 유리이다. 둘 다 모두 스승이나 아버지가 죽어야 일인자가 된다는 점에서, 활의 명인이라는 점에서 동일한 각색인 것이다. 이와 같이 혼외정사로 인한 본처와의 갈등을 공통의 모티프로 삼고 있는 예와 주몽 신화의 구조를 정리하면 다음과 같다.

---

28 고구려 지배 계층 내부에서도 왕권 강화의 추세에 따라 각 세가(勢家)의 다양한 족조 전승(族祖傳承)이 왕실을 중심으로 조정 및 통합의 과정을 과정을 거쳤던 일을 염두에 두면 좋을 것이다. 이에 대해서는 서영대, 「고구려 귀족 가문의 族祖傳承」, 『韓國史의 시대 구분』(한국고대사연구회, 1994) 참조.

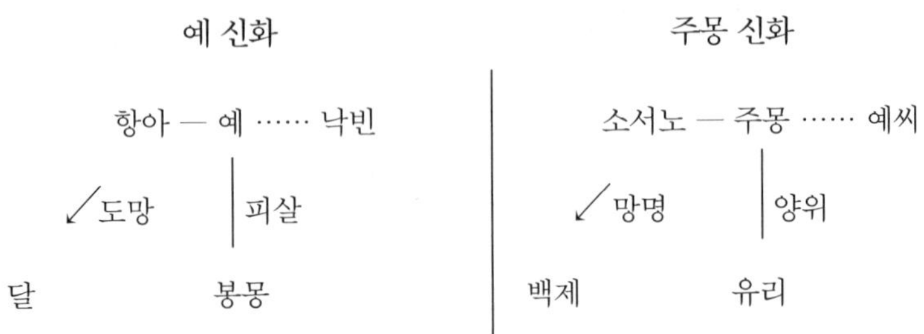

이제 우리는 예, 해모수, 주몽 신화가 동일한 구조를 중복하고 있으며 이러한 점에서 이들이 동이계 영웅 신화의 구조를 함께하고 있다고 말할 수 있을 것이다.[29] 다시 동이의 군장 예가 차지하는 『산해경』 내의 신화적 위상을 생각할 때 우리는 이러한 논구가 앞서의 여러 분석 결과들과 더불어 『산해경』 신화와 고구려 신화와의 깊은 상관성을 한껏 예증하고 있음을 알 수 있다. 그리고 이러한 상관성을 염두에 두고 우리는 고구려 벽화에 표현된 『산해경』적 제재들에 대해 지금까지와는 다른 견지에서의 해석을 시도해 볼 수 있을 것이다.

2) 『산해경』 신화와 도교

주지하다시피 도교는 유교, 불교와 더불어 중국의 3대 종교 사조 중의 하나로서 동아시아 문화의 형성에 지대한 영향을 끼쳐 왔다. 특히 도교는 지배 이데올로기로서의 유교에 대비되어 민간 기층 문화의 중요한 내용으로 파악된다. 중국의 학자들은 도교의 토착적 성격을 강조하여 도교를 '토생토장(土生土長)'의 민족 종교로 규정한다. 하지만 이러한 표현은 검토의 여지가 있다. 도교의 기원지에 대한 가설은 크게

29 이러한 결과가 시사하는 것은 예 신화가 동이계 영웅 신화의 조형(祖型, Proto-type)에 비교적 가까우며 해모수, 주몽 신화 등이 이의 분화된 형태일 것이라는 사실이다.

서방 파촉(巴蜀)설과 동방 발해만설의 두 가지로 나뉜다. 파촉설은 장도릉(張道陵)이 오두미도(五斗米道)를 파촉 지방에서 창건했고 이 교파가 이후 도교의 모체가 되었다는 역사적 사실에 근거한다. 그러나 오두미도는 교단 조직을 갖춘 최초의 도교일지는 몰라도 도교의 중심 내용인 신선 사상의 기원은 아니다. 다시 말해서 교단 도교 이전 원시 도교의 기원은 아닌 것이다. 아울러 장도릉 집단 자체도 본래 파촉 원주민이 아니고 서남이(西南夷) 출신의 유이민(流移民)이었기 때문에 더더욱 파촉을 도교의 기원지로 볼 수는 없다. 대다수의 도교 학자들이 동의하고 여러 가지 정황으로 미루어 타당성이 있는 가설은 동방 발해만설이다.[30] 우선 발해만 연안은 전국(戰國) 중·후기 이후 신선 설화가 최초로 유행했던 지역이고 원시 도교의 사제라 할 방사(方士)의 요람지이다. 아울러 발해만으로부터 동남부 해안에 이르는 연, 제, 초를 망라하는 지역은 고대 은 문화의 무풍, 곧 샤머니즘이 강하게 남아 있던 지역으로 이러한 사실은 도교의 종교적 모체에 관한 또 하나의 유력한 가설인 샤머니즘 기원설과 상응한다.

그런데 우리가 여기에서 주목해야 할 것은 동방 기원설과 관련한 도교의 발생 지역과 앞서 고찰한 동이계 신화 구역이 거의 일치한다는 점이다. 신화와 종교 간의 긴밀한 관련성, 그 시기적 선후 관계 등을 고려할 때 이러한 사실은 무엇을 의미하는가? 우리는 여기에서 동이계 신화의 도교로의 발전 혹은 도교에 의한 동이계 신화의 전유(專有) 등의 문제를 생각지 않을 수 없다. 서방 주족(周族)이 대두하면서 몰락한 은 및 동이계 신화는 역사의 이면으로 잠복하여 기층 문화가 되었다가 지배, 중심주의로 표상되는 유교에 대해 주변, 다원주의로서의 반가치적(反價値的) 성격을 띠는 도교를 형성하게 되는 것이다. 이러한 과

30 이에 대한 논의의 정황은 정재서, 『不死의 신화와 사상』, 63~69쪽 참조.

정을 우리는 은대 신화와 후대 도교와의 상관관계 속에서 파악해 볼 수 있다. 장광직(張光直, 1931~2001) 교수는 은대 청동기의 동물 문양이 무당의 주술적 승천을 도왔던 조력자일 것이라고 추측했다.[31] 그런데 이러한 신화적 기능은 도교에서 비상(飛翔)의 기술인 승교술(昇蹻術)로 변모한다. 승교술은 동물을 부리거나 그 힘을 빌려 날아오르는 방식으로 해당 동물에 따라 다시 용교(龍蹻), 호교(虎蹻) 등으로 불리기도 한다. 샤머니즘과 관련된 은대의 제의가 후대에 도교의 법술로 통합된 사실을 우리는 여기에서 명백히 읽을 수 있다. 동이계 신화의 도교로의 변천, 이 사실을 신화학과 도교학의 결합하에 가장 일찍 논구한 사람은 칼텐마크(M. Kaltenmark, 1910~2002) 교수이다. 그는 은 및 동이계 종족에게 공통적이었던 신조(神鳥) 토템이 도교의 비상하는 존재인 신선-불사 관념의 형성에 커다란 영향을 미쳤을 것이라고 결론지었다.[32] 그에 따르면 초기 신선 설화집인 『열선전(列仙傳)』은 동이계 문화 요소가 지배적이다. 그가 설정하고 있는 이 동이계의 개념 속에는 고구려와 부여가 당연히 포함되어 있다.

동이계 신화와 도교와의 긴밀한 관계를 이같이 긍정한다고 할 때 우리는 동이계 신화의 대표적 저작인 『산해경』과 도교도 역시 그러한 관계에 있음을 자연스럽게 인식하게 될 것이다. 다시 말해서 우리는 보다 구체적으로 『산해경』 신화의 도교로의 변천을 생각해 볼 수 있을 것이다. 우선 『산해경』에서 짙게 표현되고 있는 불사 관념은 바로 도교의 신선 사상을 연상케 한다. 불사의 존재인 불사민(不死民), 불사를 가능케 하는 선약(仙藥) 그리고 승황(乘黃), 길량(吉量) 등 유니콘류(類)의

31 K. C. Chang, *Art, Myth, and Ritual: The Path to Political Authority in Ancient China*(Cambridge: Harvard Univ. Press, 1983), 65, 73쪽.

32 Maxime Kaltenmark, *Le Lie-Sien Tchouan*(Université de Paris Centre détudes Sinologique de Pékin, 1953), 12~19쪽.

서수(瑞獸) 등에 대한 기록과 아울러 무엇보다도 도교의 불사약인 금단(金丹) 제조에서 가장 중시했던 단사(丹砂)의 출현이 빈번하다는 사실이 주목된다. 다음으로 낙원 표상 및 산악 숭배 등도 후대 도교와 계승 관계가 있다. 서왕모(西王母)와 뭇 신들의 거소인 곤륜산(崑崙山)은 그대로 신선의 서식처가 되고 여러 명산들이 도교의 이상향인 동천(洞天)과 복지(福地)로 변모한다.[33] 서왕모가 중국 서방의 여신이 아니라 동이의 형신(刑神)이고 곤륜산도 오늘의 곤륜산이 아니라 산동 지역의 성산(聖山)인 태산(泰山)을 가리켰음은 최근의 논구에서 밝혀지고 있다.[34] 이들 모두는 동이 지역의 산물이었는데 한대 이후 중국이 확대되어 방위 영역이 바뀌면서 중국의 서쪽 끝으로 위치가 재조정된 것이다. 다시 말해 본래 동이 지역 중심으로 세계 구조가 짜여 있던 『산해경』이 한대에 중원 중심으로 재편되면서 일어난 변화인 것이다.[35] 마지막으로 칼텐마크 교수가 이미 동이계 신화의 특징으로 지적한 신조 토템은 『산해경』 신화에서도 유력하게 표현되어 도교와의 계승 관계에 대해 더욱 움직일 수 없는 근거가 되고 있다. 우민국(羽民國), 환두국(讙頭國) 등의 날개 돋힌 인간, 즉 조인(鳥人) 형상이 후대 도교에서의 우인(羽人), 우사(羽士), 비선(飛仙) 등 초월적 존재의 이미지로 발전해 간 것은 분명하다.

이상과 같이 동이계 신화가 도교에 대해, 다시 『산해경』 신화가 도교에 대해 갖는 연원적 지위를 확인해 보았을 때 우리는 이 같은 결과

33 『산해경』 신화와 후대 도교와의 기원적 상관성에 대한 자세한 탐구는 朱越利, 「從山海經看道教神學的遠源」,《世界宗教研究》(1989), 제1기 참조.

34 翁銀陶, 「西王母爲東夷族刑神考」, 《民間文學論壇》(1985), 제12기; 呂繼祥, 「關于西王母傳說起源地的探索 — 也說西王母傳說起源于東方」, 《民間文學論壇》(1986), 제6기; 何幼琦, 앞의 논문 참조.

35 이러한 혐의는 전한(前漢) 애제(哀帝) 때 현전하는 『산해경』을 최초로 정리, 재편성했던 유수(劉秀)에게 돌아가기 쉬울 것이다. 鄭在書, 「再論中國神話觀念 — 以文本的角度來看山海經」, 93~94, 100쪽 참조.

를 바탕으로 앞에서 이미 살펴본 바 동이계 신화 및 『산해경』 신화와 친연 관계에 있는 고구려 신화와 도교와의 상관성에 대해서도 탐색해 볼 여지를 갖게 될 것이다. 고구려의 도교는 공식적인 기록에 의거하면 영류왕(榮留王) 7년(624) 당(唐)으로부터 전래된 것으로 알려져 있다. 그러나 이때의 도교는 이미 관방화(官方化)된 당의 국교로서 7세기 이전의 고구려 고분 벽화에서 출현하고 있는 선행의 도교와는 성격이 다른 것이다.[36] 다시 말해서 벽화상의 도교는 아무래도 보다 원시 도교 혹은 초기 도교의 형태에 가까우며 이에 따라 벽화 공간 내에서 조화롭게 신화적 제재와 공존하고 있는 것으로 보인다. 고구려 신화와 도교와의 상관성은 우선 도교의 기원지에 관한 다음과 같은 전설로부터 시사되기도 한다. 후한(後漢) 시기의 위백양(魏伯陽)이 지었다고 전해지는 『주역참동계(周易參同契)』는 단정파(丹鼎派) 도교의 대표적 경전이다. 이 경전의 성립에 관해 송(宋) 증조(曾慥)의 『도추(道樞)』에는 흥미로운 기록이 있다.

> 운아자가 장백산에서 노닐 제 진인을 만났는데 그가 불사약의 이치와 음양의 비밀을 알려 주었다. 이에 18장의 책을 지어 위대한 도에 대해 말했다.
>
> 雲牙子游于長白之山, 而遇眞人告以鉛汞之理, 龍虎之機焉. 遂著書十有八章, 言大道也.[37]

증조는 운아자가 위백양의 별호임을 자주(自注)에서 밝히고 있다.

---

36 이내옥은 당시의 도교를 신선술을 위주로 한 금단도교가 아니라 노자와 『도덕경』이 중시되었던 성격의 도교였을 것으로 추측한다. 李乃玉, 「淵蓋蘇文의 執權과 道敎」, 《歷史學報》(1983), 99·100 합집, 77~78쪽 참조.

37 『道藏·太玄部』, 美字號, 『道樞』, 卷34, 「參同契(下篇)」.

그렇다면 위백양의 『주역참동계』의 성립이 결국 장백산의 진인으로부터 비롯한다는 이야기이다. 역시 후한 환제(桓帝, 재위 146~168) 무렵 완성된 『태평경(太平經)』은 민간 도교 최고(最古)의 경전으로서 도교학상 『주역참동계』와 쌍벽을 이루는 지위를 차지한다. 이 『태평경』은 백화(帛和), 간길(干吉), 궁숭(宮崇) 등 발해만 연안의 방사들에 의해 지어졌는데 이중 조사(祖師) 격인 백화가 요동인(遼東人)이다.[38] 도교에서 가장 오래되고 대표적인 두 개의 경전이 장백산과 요동 등지를 바탕으로 형성되었다는 이러한 내용은 무엇을 의미하는가? 도교의 발생이 고대 한국과 무관하지 않다는 이러한 시사는 앞서 고찰했던 동이계 및 『산해경』 신화와 도교와의 상관성을 재확인하는 것임은 물론 고구려 신화와 도교와의 계승적 관계에 대해서도 상당한 심증을 부여한다. 이 밖에도 『열선전』에서의 선인 하구중(瑕邱仲)은 부여 왕의 역사(驛使)를 지냈고 당말(唐末)의 도사 두광정(杜光庭, 850~933)이 지은 전기(傳奇) 『규염객전(虯髥客傳)』에서 이인(異人)이자 협객인 규염객은 후일 부여 왕이 된다. 설화 속에서의 이러한 설정 역시 고구려와 부여가 도교 문화와 무관하지 않음을 방증한다.

이제 해모수 신화에 대한 검토를 통해 고구려 신화의 도교적 계기와 후대 도교에의 영향 관계 등을 살펴 보기로 한다. 이규보(李奎報)의 「동명왕(東明王)」 편 자주(自注)에는 해모수에 관한 다음과 같은 신이담(神異談)이 적혀 있다.

> 한(漢) 신작(神雀) 3년(B. C. 59), 천제가 태자로 하여금 부여 임금의 옛 도읍에 내려가 놀게 했는데 이름을 해모수라 했다. 하늘에서 내려올 때 오룡거를 탔고 종자가 백여인인데 모두 흰 고니를 탔으며 채색 구름이

---

38 정재서, 「太平經의 성립 및 사상에 관한 試論」, 《論叢》(이화여대 한국문화연구소, 1991), 59집, 126~129쪽.

하늘에 떠 있고 음악이 구름 속에서 진동했다. 웅심산에 머물기를 10여 일이나 하다가 내려왔는데 머리에는 까만 깃털의 관을 쓰고 허리에는 용광검을 찼다. 아침에는 정사를 보고 저녁이면 하늘로 올라갔으니 세상에서는 그를 일러 천랑왕이라고 했다.

漢神雀三年壬戌歲, 天帝遣太子, 降遊扶餘王古都, 號解慕漱. 從天而下, 乘五龍車, 從者百餘人, 皆騎白鵠, 彩雲浮於上, 音樂動雲中. 止熊心山, 經十餘日始下, 首戴烏羽之冠, 腰帶龍光之劒. 朝則聽事, 暮卽升天, 世謂之天王郞.

채색 구름과 풍악 속에서 수많은 종자의 호위를 받으며 오룡거를 타고 하강하는 해모수의 광경은 도교에서 신선이 강림할 때 즐겨 쓰는 표현과 흡사하다. 가령 위진 이후에 지어진 것으로 추정되는 『한무제내전(漢武帝內傳)』에서는 서왕모의 강림에 대해 "구름 속에서 풍악 소리가 들리고, …… 문득 보니 왕모가 자운연을 탔는데 아홉 빛깔의 용에게 멍에를 지웠다. 따로 50명의 신선이 옆에서 난여를 타고 있었다.(聞雲中簫鼓之聲, …… 唯見王母乘紫雲之輦, 駕九色斑龍. 別有五十天僊, 側近鸞輿.)"라고 묘사한다. 종자들이 탔던 고니 또한 학과 더불어 신선 설화에 자주 등장하는 조류이다. 조류의 동반은 『산해경』에서부터 보였던 조인일체(鳥人一體) 신화의 한 표현이다. 해모수가 쓴 까만 깃털 관은 곧 까마귀 깃털의 관을 의미하기도 하여 태양을 상징하는 삼족오를 연상시키기에 충분하다. 이는 해모수가 태양신이며 동이계의 신화 영웅임을 다시 한번 암시해 준다. 결국 우리는 해모수 신화 자체가 이미 후대 도교 설화로 변모의 계기를 내포하고 있음을 엿볼 수 있다.

그런데 앞서 언급한 『태평경』 권 99는 신선의 비행을 묘사한 「승운가룡도(乘雲駕龍圖)」라는 그림으로 구성되어 있는데 이를 해모수 신화와 관련하여 이해할 때 몇 가지 흥미로운 추리가 가능하다. 우선 우리는 「승운가룡도」에서 오룡거를 탄 신선의 모습에 주목할 필요가 있다. 해모수도 오룡거를 탔지만 중국의 다른 미술 자료에서 오룡거는 거의 발견되지 않는 것으로 보아 「승운가룡도」와 해모수 신화 간의 이러한 일치는 특별히 우리의 눈길을 끈다. 아울러 수레와 인물 주위를 둘러싸고 있는 버섯 모양의 영지운(靈芝雲)은 해모수가 하강할 때 하늘에 떠 있던 채색 구름을 연상시킨다. 주목해야 할 것은 「승운가룡도」 속 인물들의 복식이다. 이들의 옷은 모두 옷깃에 선(襈)을 댔는데 이러한 가선(加襈)은 중국 복식에도 없는 것은 아니나 특별히 고구려 복식에서의 현저한 표현으로 자주 학자들에 의해 거론되어 온 것이다.[39] 가선은 본래 동이계 신화 특유의 신조 토템의 반영이기도 하다.[40] 학과 두루미 등처럼 날개 끝이나 목 부분에 검은 깃털이 있는 조류의 형상에 대한 모방 주술적 사고로부터 비롯된 의복 양식으로 보이기 때문이다. 아울러 이러한 양식은 엘리아데(M. Eliade)도 지적한 바 있는, 시베리아 및 동북아 샤먼의 조형 문양(鳥形紋樣) 의상과도 근원적인 관련이 있는 듯하다.[41] 『태평경』과 같은 원시 도교 자료에서 이와 같은 복식이 등장하고 후대의 도교 설화에서 학 종류의 조류가 특별히 중시되는 것은 거듭 말해 온 바 동이계 신화와 도교의 문화적 연속 관계를 입증하는 뚜렷한 사례들이다. 아닌 게 아니라 「승운가룡도」는 후대의 도교 설화에서 신선의 비행 또는 하강 장면에 대한 전형적인 묘사로 정착된다. 갈홍(葛洪, 283~343)의 『신선전(神仙傳)』에서 신선 왕원(王遠)이 하계에 내리는 모습을 "머리에 원유관을 쓰고, …… 칼을 차고, …… 깃 일산이 있는 수레를

39 덧붙여 논할 만한 것은 『태평경』, 권100. 「동벽도(東壁圖)」에 묘사된 좌임(左衽)을 한 진인(眞人)의 형상이다. 예외도 있으나 좌임이 고구려 등 주변 민족 복식의 일반적 형태였음을 상기할 때 이 형상이 『태평경』의 주변 문화성을 어느 정도 반영해 주지 않나 생각된다.

40 月郎, 「朝鮮民族南來考」, 『比較民俗學』(韓國比較民俗學會, 1994), 526~529쪽.

41 Mircea Eliade, Trans., Willard R. Trask, *Shamanism*(Princeton: Princeton Univ. Press, 1974), 68~71쪽.

「승운가룡도」, 『태평경』

타고 오룡에게 멍에를 지웠는데 용들은 각기 다른 빛깔이다. 악대는 모두 기린을 타고 하늘에서 내려와 뜨락 위에 모여들었다.(戴遠遊冠, …… 帶劒, …… 乘羽車, 駕五龍, 龍各異色, …… 鼓吹皆乘麟, 從天而下, 懸集於庭.)" 라고 묘사하고 있는 것이 그것이다.

다시 해모수 신화와 「승운가룡도」와의 상관성의 문제로 돌아가서 우리는 『태평경』이 요동 등 발해만 연안의 방사들에 의해 성립된 가장 오래된 민간 도교 경전이라는 사실을 상기해야 한다. 아울러 이미 논증했듯 동이계 신화의 도교로의 전이 혹은 도교에 의한 동이계 신화의 전유라는 사안을 염두에 둘 때 우리는 「승운가룡도」가 『태평경』의 발생지인 요동 일대에 유행하던 해모수 신화를 바탕으로 성립되었을 가능성을 배제할 수 없다. 다시 말해서 「승운가룡도」는 해모수 신화의 천신하강 장면을 요동 출신의 방사들이 도교적으로 각색한 것으로 보아도 좋을 것이다. 나아가 「승운가룡도」의 장면이 『신선전』 등 후대 도교 설

화의 묘사에 미친 영향까지 고려할 때 해모수 신화의 도교에 대한 연원적 지위를 충분히 헤아릴 수 있으며 우리는 이제 동이계 신화, 『산해경』 신화에 이어 고구려 신화에 대해서도 도교와의 발생론적 관계를 긍정적으로 검토해 볼 근거를 갖게 된 것이다.

결국 우리는 지금까지 여러 단계적인 논의를 통해, 고구려 벽화 공간 내의 신화적, 도교적 제재들에 대한 본격적인 탐구에 앞서 두 가지의 기본 시각을 확보할 수 있게 되었다. 그 한 가지는 탈중원(脫中原)의 주변 문화적 의식이며 또 한 가지는 신화와 도교 양자를 상호 연관 구조하의 하나의 문화 체계로 파악하는 통합적 문화관이다. 다음의 탐구는 그간의 논의 과정을 거쳐 수립된 이 같은 두 가지 관점에 입각하여 진행될 것이다.

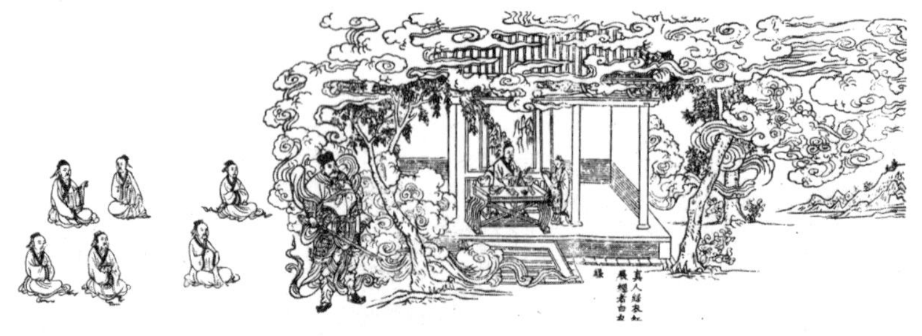

「동벽도」의 진인, 『태평경』

3 벽화의 신화적, 도교적 세계

1) 인면조에서 신선으로

이 글의 모두(冒頭)에서 예시했던 이백의 「고구려」 시 전편에 흐르는 이미지는 사실상 고구려 고분 벽화 공간을 압도하는 분위기라고 해도 과언이 아니다. "시인의 마음은 우주를 포괄한다.(賦家之心, 包括宇宙)" 라고 한대의 문인 사마상여(司馬相如)가 일찍이 갈파했듯이 시인 이백의 통찰력은 이미 한 종족의 문화적 특성을 일정한 이미지로 포착해 냈던 것이다. 그 이미지란 과연 무엇인가? 그것은 비상(飛翔)의 이미지로서, 벽화 공간을 가득 채운 비조(飛鳥), 비수(飛獸), 비선(飛仙), 비천(飛天) 등의 존재가 이룩해 낸 분위기인 것이다. 이러한 이미지는 고구려 및 동이계 신화의 바탕을 이루는 종교, 습속 등과 관련이 있다. 즉 샤머니즘과 조류 숭배가 그것으로서 역사 문헌에 의해 이러한 경향은 대체로 입증되고 있다. 가령 고구려에서 관모(冠帽)에 새 깃을 꽂고 그것으로 등급을 표시했다든가, 변한(弁韓), 진한(辰韓) 등지에서 장례 때 죽은 사람이 승천할 수 있도록 큰 새 깃을 함께 매장했다든가 하는 풍속이 있었다는 기록 등은 오늘날까지 남아 있는 무속의 조류 숭배와 상관된다. 진몽가(陳夢家, 1911~1966)는 본래 '무(巫)'는 갑골문에서 춤추는 사람의 형상을 본따 만든 글자로서 '무(舞)' 자와 자원(字源)적으로 같다고 풀이한다.[42] 아울러 '선(仙)'의 고자(古字)인 '선(僊)'은 춤 소매가 펄렁거린다는 의미로서[43] 결국 무(巫)와 선(仙), 즉 샤머니즘과 도교는 춤, 조류, 비상 등의 이미지를 매개로 발생론적인 관계를 맺고 있다 하지 않을 수 없다.

앞서 말했듯이 고구려 벽화는 이러한 이미지들로 충만한데 그 가장 원초적인 형태는 『산해경』의 괴조(怪鳥)이자 신조이기도 한 인면조의 형상으로 표현된다. 덕흥리 고분에 그려진 천추와 만세, 삼실총(三室塚), 무용총(舞踊塚) 벽화의 이름 미상의 인면조들이 그것이다. 이들의 형상은 모두 『산해경』에서 유래한다. 『산해경』이 본래 무서(巫書)로서 동이계 신화의 중요한 내용인 신조 토템을 뚜렷이 반영하고 있다는 사실은 이 책에 수없이 등장하는 비조, 비어, 비수(飛獸) 등의 유익(有翼) 동물들에 의해 전서(全書)를 통해 구현되고 있는 조류 비상의 이미지에서도 확인된다. 그중에서도 인면조의 형상은 날개 돋친 인간인 우인 형상과 더불어 『산해경』 내 조인일체 신화의 대표적 표현이다. 「해외동경」에 등장하는 동방의 신 구망(句芒)을 비롯 「남차이경(南次二經)」의 주(鴸), 「남차삼경」의 구여(瞿如)와 옹(顒), 「서산경(西山經)」의 탁비(橐𩇯), 「서차이경」의 부혜(鳧徯), 「서차사경」의 인면효(人面鴞), 「북산경(北山經)」의 송사(竦斯), 「해외남경」의 필방(畢方) 등이 인면조 부류이다.

그런데 이들은 대부분 흉조다. 이들 중 탁비만이 그 깃털을 차면 천둥을 두려워하지 않게 된다는 용처(用處)가 있을 뿐 구여와 송사는 무해무익하며 나머지는 가뭄(옹, 인면효), 전쟁(부혜), 귀양(주), 화재(필방)

---

42 陳夢家, 「商代的神話與巫術」, 《燕京學報》(1936), 제20기, 536~538쪽.

43 許愼, 『說文解字』, 卷8(上), 段玉裁注: "按僊僊, 舞袖飛揚之意."

등을 유발하는 상서롭지 못한 새들이다. 그러나 분명히 이들로부터 유래했을 덕흥리 고분의 천추와 만세는 길조로 변신해 있다. 갈홍의 『포박자(抱朴子)』에서는 이 새들에 대해 이렇게 말하고 있다.

천세라든가 만세라든가 하는 새들은 모두 사람의 얼굴에 새의 몸체를 하고 있는데 수명 또한 그 이름과 같다.

千歲之鳥, 萬歲之禽, 皆人面而鳥身, 壽亦如其名.[44]

흉조가 피장자의 내세의 평안을 보증하는 길조로 바뀐 까닭에 대해서는 두 가지 측면에서의 설명이 가능할 것 같다. 첫째로 이른바 "독으로써 독을 제압한다.(以毒制毒)"라는 적극적인 주술 원리에 의해 흉물에게 "악을 물리치고 복을 불러오는(辟邪進慶)" 능력을 부여하는 경우에 의한 것이다.[45] 흉악한 괴물의 형상인 도철문(饕餮紋)과 귀면문(鬼面

주, 청(淸) 오임신(吳任臣)의
『증보회상산해경광주(增補繪像山海經廣注)』

옹, 명(明) 호문환(胡文煥)의
『산해경도(山海經圖)』

44 葛洪, 『抱朴子·內篇』, 卷3, 「對俗」.

45 탐바이아는 트로브리안드(Trobriand)군도의 카누 그림(Canoe Painting)에서 이러한 주술 원리가 작용된다고 보고한다. Stanley Jeyaraja Tambiah, *Culture, Thought, and Social Action*(Cambridge: Harvard Univ. Press, 1985), 58~59쪽.

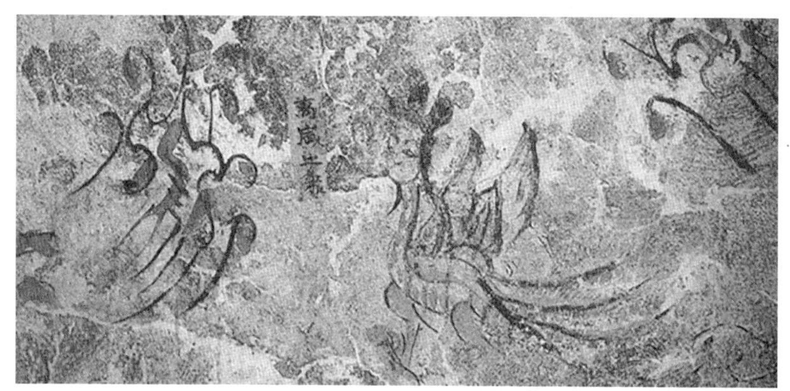

만세, 덕흥리 고분 벽화

紋) 등은 이러한 상징의 실례다. 다음으로 신화가 도교로 전변함과 동시에 일어나는 도교에 의한 신화의 전유 현상이다. 기층 문화로서의 도교는 스스로를 확충해 나가는 과정에서 주변적 지위에 머물러 있던 동이계 신화 요소에 대해 긍정적 가치를 부여하여 자신의 체계 내에 편입시킨다. 주에 끝까지 항전하다 패사(敗死)한 은의 태사(太師) 문중(聞仲)이 모든 귀신을 쫓는 강력한 도교 신격인 구천응원뇌성보화천존(九天應元雷聲普化天尊)으로 변신한 것이 그 좋은 예이다. 대표적 도교 이론서인 『포박자』에서의 인면조 수용은 이러한 차원에서 이루어진 것이다.

인면조에서 다시 변모된 형태의 조인일체 표현은 『산해경』에서 날개 돋친 인간의 모습인 우민(羽民), 환두(讙頭) 등의 우인 형상으로 나타난다. 「해외남경」에서의 이들에 대한 묘사는 다음과 같다.

> 우민국이 그 동남쪽에 있는데 그 사람들은 머리가 길고 몸에 날개가 나 있다.
>
> 羽民國在其東南, 其爲人長頭, 身生羽.

우민국 사람,
청 오임신의 『증보회상산해경광주』

환두국 사람,
청 오임신의 『산해경광주』

환두국이 그 남쪽에 있는데 그 사람들은 사람의 얼굴에 날개가 있고 새의 부리를 하고 있으며 지금 물고기를 잡고 있다.

讙頭國在其南, 其爲人人面有翼, 鳥喙, 方捕魚.

동진의 곽박은 특히 우민에 대해 "날 수는 있지만 멀리는 못 간다. 알로 낳으며 그림을 보면 마치 신선 같다.(能飛不能遠, 卵生, 畫似仙人也.)"라고 주석을 달아 이러한 존재의 신선 형상으로의 변모를 예시(豫示)하듯이 말하고 있다. 우인 형상은 마왕퇴(馬王堆) 백화(帛畫) 및 무량사(武梁祠)를 비롯한 한대 사당의 화상석(畫像石) 등에서 자주 보인다. 고구려 벽화에서는 이와 동일한 형상이 나타나지는 않으나 집안(集安) 오회분(五盔墳) 오호묘(五號墓) 천장부 고임 부분과 사호묘(四號墓) 널방 벽 부분에 그려진 제신(諸神) 및 신선들의 우의(羽衣)를 걸친 모습이 보다 인간화된, 이에 상응하는 표현일 것으로 생각된다. 우인 형상의 또 다른 표현으로는 조류로의 완전한 변신이 있다. 신선 정령위(丁令威)는 득도해서 학이 되어 요동성으로 돌아오고, 왕자교(王子喬)는 큰 새가 되기도 하고 한 쌍의 오리가 되기도 한다. 그러나 이러한 형상은 설화 속에서나 나타날 뿐 화상석이나 벽화에서는 보이지 않는다.

조인일체 형상의 마지막 단계는 아마도 학이나 봉황 종류의 조류에 올라탄 신선 형상일 것이다. 이러한 승조신선(乘鳥神仙)의 형상은 인면조와 같은 반인반수형(半人半獸形)이 자연으로부터 미분화된 인간 개념의 소산임에 비하여 이미 분화되어 자연력을 어느 정도 제어하게 된 인간 존재의 개념 위에 빚어진 것이다. 아울러 동이계 신화가 도교로 변천하는 측면을 고려할 때 샤먼의 주술적 비상을 도왔던 은대 청동기상의 동물적 조력자들이 후대 도교의 승교술(昇蹻術)에서 신선의 조력자로서 그대로 수용되었던 사실과 관련하여 이해해 볼 수도 있을 것이다. 원시 자료집인 『산해경』에는 아직 승조신선의 형상이 보이지 않으며 후한 말에서 위진 무렵 편성된 가장 오랜 신선 설화집인 『열선전(列仙傳)』에 이르러서야 학을 탄 왕자교나 봉황을 탄 소사(蕭史) 등의 신선이 등장한다. 특히 왕자교의 경우는 선행 자료인 『초사(楚辭)』「천문(天問)」에서 앞서 말한 바와 같이 큰 새로 화신하고 있어 후대 자료인 『열선전』에서 묘사하는 것과 같은 형태로 변모하는 궤적을 뚜렷이 보여주고 있다. 고구려 고분에서는 무용총, 오회분 오호묘, 오회분 사호묘, 통구(通溝) 사신총(四神冢), 강서대묘(江西大墓), 삼실총(三室塚) 등의 벽화에서 학, 봉황 등의 조류를 탄 신선들이 다수 출현한다. 손작운은 일찍이 이들 중 오회분 사호묘 및 오호묘의 승학신선(乘鶴神仙)을 『열선전』의 신선인 왕자교일 것으로 추정한 바 있다.[46] 그러나 중국 측 자료인 『열선도(列仙圖)』상의 왕자교와 벽화 속의 신선은 백학을 탔다는 점을 제외하고는 분위기나 복식 등에서 커다란 차이가 있어 동일인으로 보기 힘들다. 특히 벽화에는 왕자교가 늘상 불었다는 생황이 표현되어 있지 않다. 우리는 이러한 승학신선을 굳이 왕자교에 비정할 필요가 없

---

46 孫作雲, 「說丹朱」, 『歷史與考古』(1946), 제1호 및 「洛陽西漢卜千秋墓壁畵考釋」, 《文物》(1977), 제6기 참조.

승학신선, 오회분 사호묘 벽화

왕자교, 『열선도』

다고 본다. 이미 살펴본바 『산해경』으로부터 유래된 조인일체의 신화 관념은 고구려의 신화 속에서도 하나의 체계를 이루어, 굳이 중원 인물의 모티프를 빌려 오지 않더라도 벽화 공간 내에 스스로의 인물 형상을 빚어낼 수 있기 때문이다. 요컨대 인면조—우인—승조신선 등으로 이어지는 일련의 조인일체 신화 체계는 『산해경』 등 동이계 신화의 도교로의 변천 노선과 같은 궤도 위에서 수립된 것이며 우리는 고구려 벽화 위에 표현된 수많은 비상(飛翔)의 제재들을 이상과 같은 체계를 통해 다시금 읽어 낼 수 있다는 사실이다.

2) 야금술에서 연단술로

통구 사신총과 집안 오회분 오호묘 및 사호묘 널방 천장 주위에는 일련의 약동하는 신화적 인물들이 그려져 있는데 그들의 존재는 그들이 수행하고 있는 초기 문화적 행위와 관련하여 특별히 우리의 눈길을 끈다. 우선 뒤의 두 고분에서 나란히 출현하고 있는 인신우수(人身牛首)의 신상(神像)은 염제(炎帝) 신농씨(神農氏)로 보아도 큰 무리가 없을 것 같다. 특히 오회분 오호묘에서의 경우 오른손에 벼 이삭을 들고 있는 모습으로부터 농업신으로서의 성격을 분명히 식별해 낼 수 있기 때문이다.

그런데 오회분 오호묘 및 사호묘의 신농 형상 주위를 살펴보면 비의(飛衣) 같은 것을 입고 무엇인가 붉은 것을 손에 쥔 신령이 그려져 있다. 붉은 것이 불씨라면 이 신은 염제 신농을 보좌하는 축융(祝融)일 가능성이 높다. 곽박은 축융에 대해 고신씨(高辛氏)의 화정(火正)으로서 화신이라고 주를 달고 있다.[47] 축융의 형상은 『산해경』에서 '짐승의 몸에 사람의 얼굴을 하고 두 마리의 용을 타고 있다.(獸身人面, 乘兩龍)'[48]라고 했으니 벽화의 신령과는 일치하지 않는 점이 많다. 다시 두 고분에서는 공통적으로 수레바퀴를 만드는 제륜신(製輪神)이 등장한다. 『산해경』을 보면 제준의 후예인 길광(吉光)이 처음 나무로 수레를 만들었다는 기록이 있다.[49] 그러나 태고의 수레는 소박한 통나무 바퀴〔椎輪〕 수레였으므로 벽화에서와 같이 바퀴통과 바큇살을 온전히 갖춘 수레바퀴

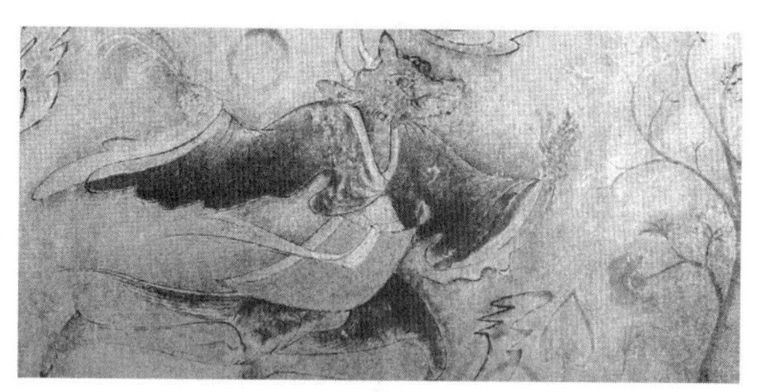

염제 신농, 오회분 오호묘 벽화

---

47 『山海經』「大荒西經·郭璞注」: "卽重黎也, 高辛氏火正, 號曰祝融也." 및 『山海經』「海外南經·郭璞注」: "火神也." 고신씨는 제곡(帝嚳), 원가는 이를 제준, 순과 동일한 존재로 파악한다. 아울러 『道藏·洞神部』, 「譜錄類」, 與字號에 실린 송(宋) 사수호(謝守灝)의 『太上老君混元聖紀』에서는 노자가 역대로 강생하여 이룬 업적을 묘사하고 있는데, 신농과 축융 시대의 경우에만 "作陶冶以利萬物"이라든가 "敎民陶冶" 등의 표현으로 불과 관련된 공로가 있었음을 특기하고 있는 점이 눈에 띈다.

48 『山海經』「海外南經」.

49 『山海經』「海內經」: "帝俊生禺號, 禺號生淫梁, 淫梁生番禺, 是始爲舟. 番禺生奚仲, 奚仲生吉光, 吉光是始以木爲車."

화신, 오회분 오호묘 벽화

제륜신, 오회분 오호묘 벽화

형태는 아니었을 것이다. 따라서 벽화에서 제륜신인 길광은 화신인 축융과 더불어 상당히 문명화되고 인간화된 형태로 표현된 것임을 알 수 있다. 이것은 두 고분의 축조 연대가 이미 6세기 무렵인 사실과 무관하지 않다. 다시 오회분 사호묘에는 숫돌에다 무엇을 가는 마석신(磨石神)과 쇠망치질을 하는 야장신(冶匠神)이 등장하고 있어 흥미롭다. 마석신의 구체적인 신명(神名)은 알 수 없으나 『산해경』에서 이미 거친 숫돌〔礪〕, 고운 숫돌〔砥〕, 검은 숫돌〔玄磏〕 등을 구별하여 다수의 산출처에 대해 기록하고 있는 사실[50]로 미루어 숫돌이 고대인의 생활에 중요한 도구였음을 알 수 있다. 『산해경』이 대체로 반영하고 있는 은대 및 그 이전의 생활은 신석기 시대이거나 비록 청동기 시대에 진입했다 하더라도 민간에서는 여전히 석기를 사용하는 형편이었을 것이다. 따라서 제기(祭器)

50 『산해경』에는 총 12개소에 달하는 숫돌 산출처에 대한 기록이 있다. 예컨대, 「北山經」: "又東二百里, 曰京山, 有美玉, 多漆木, 多竹, 其陽有赤銅, 其陰有玄磏.", 「中次二經」: "又西南二百里, 曰發視之山, 其上多金玉, 其下多砥礪." 등의 기록이 그것이다.

및 무기(武器) 등의 금속제 도구를 연마하기 위해 숫돌을 상용(常用)할 필요가 있는 계층은 상당히 제한되어 있다고 보아야 할 것이다.[51] 이 점에서 상기되는 것은 삼국 시대 고분에서 출토되는 과대(銙帶) 및 요패(腰佩) 중 숫돌 장식의 존재다.[52] 과대는 당시 지배층의 권력과 부의 상징물이었다. 이에 부착된 숫돌 장식의 의미는 『산해경』에서의 숫돌에 대한 이례적인 강조와 고구려 벽화의 마석신 출현과 상관하여 이해할 때 자연스러움을 획득하게 될 것이다.

마석신, 오회분 사호묘 벽화

야장신, 오회분 사호묘 벽화

다음으로 야장신은 신화상 어떤 신에 비정될 수 있을 것인가? 중국 민간에서는

51 물론 마제 석기 제작을 위해서도 숫돌은 필요하겠으나 『荀子』, 「勸學」 篇: "金就礪則利"의 언급에서도 볼 수 있듯이 일반적으로 려(礪), 지(砥) 등은 금속 연마용의 숫돌을 가리킨다.

52 과대는 곧 허리띠이고 요패는 이에 매달아 드리우는 장신구이다. 이들은 장송용(葬送用)의 부장품으로서 고구려 및 백제 고분에서는 출토가 드물고 신라의 여러 고분에서 비교적 완전한 형태로 발견되었다. 요패의 미식(尾飾)으로는 곡옥, 족집게, 물고기, 칼, 숫돌 등이 있다. 이들은 원래 실용을 위해 허리띠에 부착되었던 것들인데 금속으로 묘사하는 과정에서 변형, 양식화된 것으로 보인다. 이에 대한 개략적인 해설은 윤세영, 「고분 출토 장신구의 종류와 특성」, 『고분미술』(중앙일보사, 1985) 참조.

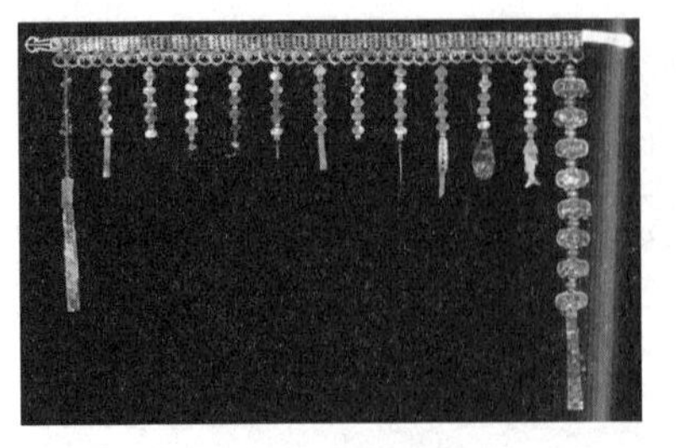

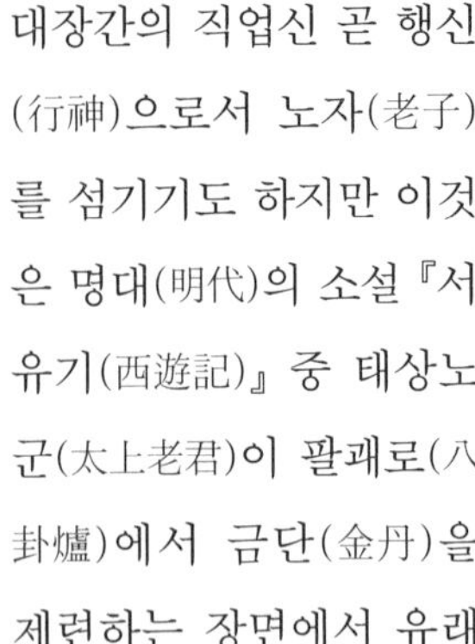

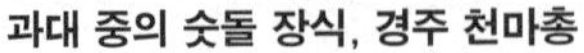

과대 중의 숫돌 장식, 경주 천마총

대장간의 직업신 곧 행신(行神)으로서 노자(老子)를 섬기기도 하지만 이것은 명대(明代)의 소설 『서유기(西遊記)』 중 태상노군(太上老君)이 팔괘로(八卦爐)에서 금단(金丹)을 제련하는 장면에서 유래된 습속[53]이기 때문에 시기적으로 부합되지 않는다. 우리는 우선 이 야장신적 존재를 앞서의 축융과 마찬가지로 벽화상의 주신(主神)인 신농과 관련시켜 고찰해 볼 필요가 있다. 『산해경』 중 종족 간의 전쟁을 반영한 내용으로는 황제와 신농, 치우 계열 간의 투쟁 신화가 대표적이다. 고대의 이 전쟁은 수차에 걸쳐 대전(大戰)으로 진행되었는데 먼저 황제와 신농이 판천(版泉)에서 전쟁을 벌여 신농이 패배하자 그 신하인 치우와 과보 등이 복수전을 전개하지만 이들도 탁록(涿鹿)의 싸움에서 전몰하고 만다. 그 후 신농의 후예인 형천(刑天) 등이 다시 도전하지만 결국 실패하고 천하는 황제에게 돌아간다는 내용이다.[54] 이러한 내용은 『산해경』을 비롯 『사기(史記)』 「오제본기(五帝本紀)」, 『회남자(淮南子)』 등에 산발적으로 표현되어 있다. 문제는 여기에서 신농의 신하인 치우의 신적 성격에 관한 것이다. 치우에 관한 다음과 같은 기록들을 보자.

치우씨의 형제 72인은 구리의 머리에 쇠의 이마를 하고 쇠와 돌을 먹

53 李喬, 『中國行業神崇拜』(北京: 中國華僑出版公司, 1990), 125쪽.

54 이러한 전쟁의 과정과 신화적 의미에 대해서는 袁珂, 앞의 책, 215~215쪽의 주석에서 상세히 다루고 있다.

는다. …… 지금 기주 사람들이 땅을 파면 해골이 나오는데 마치 구리나 쇠 같은 것이 바로 치우의 뼈이다.

有蚩尤氏兄弟七十二人, 銅頭鐵額, 食鐵石. …… 今冀州人堀地得髑髏, 如銅鐵者, 卽蚩尤之骨也.[55]

치우는 …… 구리의 머리에 쇠의 이마를 하고 모래를 먹으며 다섯 가지 무기, 칼, 창, 큰 쇠뇌 등을 만들었다.

蚩尤 …… 銅頭鐵額, 食沙, 造五兵仗刀, 戟, 大弩.[56]

테츠이 요시노리(鐵井慶紀)는 이에 대해 모래나 금속을 먹는다는 표현은 그것을 재료로 삼고 정련하여 무기를 만드는 야장의 행위를 의인화한 것이고 치우는 이러한 종족의 수호신이었을 것이라고 분석했다.[57] 『관자(管子)』「지수(地數)」 편에도 치우에 관한 다음과 같은 기록이 있다.

갈려산에서 강물이 흘러나오는데 쇠가 따라 나온다. 치우가 그것을 캐고 다듬어 칼과 창 등을 만들었다. 옹호산에서 강물이 흘러나오는데 쇠가 따라 나온다. 치우가 그것을 캐고 다듬어 옹호의 창을 만들었다.

葛盧之山, 發而出水, 金從之. 蚩尤受而制之, 以爲劒, 鎧, 矛, 戟. 雍狐之山, 發而出水, 金從之. 蚩尤受而制之, 以爲雍狐之戟, 芮戈.

---

55 任昉, 『述異記』, 卷上.

56 『太平御覽』, 卷78에 인용된 「龍魚河圖」.

57 鐵井慶紀, 「黃帝と蚩尤の闘争說話について」, 《東方宗教》(1972), 39호, 60쪽. 논문상에는 이 내용이 貝塚茂樹, 『中國の神話 — 神々の誕生』(東京: 筑摩書房, 1971), 122쪽에서 인용한 것으로 되어 있으나 정작 카이즈카의 책에는 이러한 내용이 없는 것으로 보아 인용상의 착오인 듯하다. 여기에서는 일단 데츠이의 견해로 간주했다. 니덤 역시 이와 같은 견해를 표명했을 뿐만 아니라 치우, 도철, 삼묘(三苗) 등 전설상의 반역 집단과 야금술과의 상관성에 특히 주목했다. Joseph Needham, *Science and Civilisation in China*(Cambridge Univ. Press, 1956), Vol. II, 115~120쪽.

무기 제작자로서 치우의 야장신적 성격은 이제 분명해진다. 그런데 고대에 무기는 농기(農器)와 상통하기도 했다. 농업신인 신농과의 상관관계는 이 점에서도 엿보인다. 그렇다면 신농의 신하로서 무기나 농기를 벼루는 치우라는 존재야말로 벽화에 신농과 함께 출현한 야장신에 상응하지 않을 수 없다. 그러나 이러한 사실은 논리적으로 납득은 되지만 오늘날 전해지고 있는 치우의 형상은 벽화상의 모습과 상당한 거리가 있음을 시인하지 않을 수 없다. 중국의 신화 자료에서 치우는 일반적으로 흉폭한 존재로 인식되어 있으며 그 형상도 괴악(怪惡)한 짐승의 꼴로 묘사되고 있다. 원가는 치우가 사실상 고대의 저명한 흉신(凶神)인 도철(饕餮)일 것으로 추정하고 있다.[58] 그러나 이러한 묘사들은 자신들의 세계인 중원의 파괴자 치우에 대한 후대 한족(漢族)의 편견에서 비롯된 것으로 볼 수도 있다. 테츠이는 또한 황제와 치우의 투쟁 신화를 순전히 신화학적인 측면에서 해석하여 치우의 파괴적 행위를 원초의 혼돈 상태로, 황제의 진압을 세계 질서의 확립으로 읽고 있다.[59] 다시 말해서 카오스에서 코스모스로의 이행 과정으로 보고 있는 것이다. 그러나 중국 전통 관념의 측면에서 보면 치우-카오스는 주변부 만이(蠻夷)의 세계요, 황제-코스모스야말로 문명 중원, 곧 화하(華夏)의 세계가 아닐 수 없다. 따라서 이러한 이질적이고도 적대적인 집단의 영웅에 대한 묘사가 호의적일 리는 없을 것이다. 주변 문화에 대해 적극적인 의미를 갖는 『산해경』에서 치우에 대한 악의적인 표현을 조금도 찾아볼 수 없는 것은 이러한 논리의 반증이다.

아울러 진가강(陳家康)은 갑골문의 '치(𢀖)' 자에 대한 검토를 통해 치우는 곧 구요(咎繇)로서 순임금의 현신(賢臣)이자 형법의 제정자였던

58 袁珂, 앞의 책, 374~375쪽의 주석 참조.

59 鐵井慶紀, 앞의 논문, 61쪽.

고요(皐陶) 혹은 백이(伯夷)일 것으로 추정했다. 나아가 그는 『서경(書經) 주서(周書)』 「여형(呂刑)」 편의 "치우가 처음 난리를 일으켰다.(蚩尤惟始作亂)"라는 구절 중 '란(亂)' 자는 '다스림'의 뜻으로 읽거나 소송(辭訟)의 의미인 '사(辭)' 자의 착오로 보아야 한다고 주장했다.[60] 이렇게 보면 치우는 적어도 은대까지만 해도 난폭한 파괴자의 형상이 아니라 훌륭한 입법자로서의 면모를 지닌 것으로 묘사되었음을 추정해 볼 수 있다. 아닌 게 아니라 흉신의 대표적 형상인 도철조차도 은대에는 토템으로서 숭배되었던 동물이거나 신성한 존재였을 것이라는 가설[61]을 고려에 넣는다면 우리는 주변 민족으로서 은 및 동이계 신화를 공유했던 고구려에서의 치우에 대한 묘사가 주, 한 계통의 전통적인 편견을 따르지 않았다고 해서 이상하게 생각할 필요가 없다. 다시 말해서 고구려인이 인식하는 치우는 당시 중국 측에서 인식했던 것과 다를 수 있으며, 따라서 흉신이 아니라 선신의 이미지로 표현될 수도 있었을 것이라는 점이다.[62] 우리는 이 같은 취지에서 고구려 벽화상의 야장신을 치우 혹은 그에 상당하는 신화적인 영웅으로 비정하고자 한다. 물론 그럼에도 불구하고 앞서 축융과 길광의 경우와 마찬가지로 벽화상의 치우도 상당히 문명화되고 인간화된 표현의 세례를 받고 있음을 부인할 수는 없겠다. 결국 우리는 이상의 논의를 토대로 신농-축융(혹은 그에 상당하는 신)-치우(혹은 그에 상당하는 신)-길광 등으로 나열되는 벽화 공간 내의

---

60 陳家康, 「蚩尤考」, 《歷史硏究》(1951), 제1권 제6기, 12~13쪽.

61 페이퍼는 도철이 무군(巫君)인 은왕(殷王)의 힘과 권위를 상징하거나 은왕 자체 혹은 무사(巫師)로 간주되었다고 주장한다. 자세한 내용은 Jordan Paper, "The Meaning of the T'ao-t'ie", *History of Religions*(1978), Vol. 18, No. 1, 36쪽 참조.

62 치우 종족과 고구려 문화와의 친연성에 대한 보다 적극적인 논구는 김광수, 「蚩尤와 貊族」, 『孫寶基博士停年紀念韓國史學論叢』(지식산업사, 1988), 15~22쪽 참조. 김 교수는 치우 종족을 표현하는 '형제(兄弟)'라는 어휘가 고구려 관제(官制)인 '형(兄)'과 상관되며 치우가 추모(鄒牟), 주몽(朱蒙) 등과 마찬가지로 무신(武神), 군장(君長) 등을 뜻하는 동이계 언어라고 논증한다.

신보(神譜)를 상정해 볼 수 있게 되었다.

이제 우리는 물어야 한다. 이러한 신보는 일반적으로, 혹은 벽화의 신화 체계 속에서 어떠한 의미를 지니고 있는가? 우선 우리는 이들이 각각 농업신, 화신, 야장신, 제륜신, 마석신으로서의 기능적 성격을 띤 문화 영웅이라는 사실을 생각해 볼 수 있다. 문화 영웅은 신화에서 창조신 다음에 출현하는 2차적 신격이다. 우리가 이들 신령의 이면에 깔려 있는 얼마간의 종족적 배경을 간과할 수 없는 것은 이들의 신성이 이처럼 신화와 역사가 겹치는 부분에서 형성된 것이기 때문이다. 다음으로 이들은 각기 직업의 유래를 설명하는 직업신으로서의 성격도 띠고 있다. 따라서 경철화(耿鐵華)가 이들을 고구려 수공업의 분화와 발전의 지표로서 파악한 것은 설득력을 지닌다.[63] 마지막으로 신농, 축융, 치우, 길광 등은 모두 동이계 신화상의 중요한 존재들이라는 공통점을 지닌다. 길광은 『산해경』 내 동이의 대신(大神)인 제준(帝俊) 곧 순(舜)의 후예이며 치우는 앞서 고찰한바 순의 재상이었던 고요, 혹은 백이일 수 있겠으나 일반적으로 황제의 강력한 적수였던 동이의 대군장으로 잘 알려져 있다. 신농과 축융 등을 치우와 아울러 남방 묘만계(苗蠻系) 종족의 대신으로 보는 견해도 없지 않으나 앞서 말했듯이 이들은 동이계 신화로부터 분화된 존재이다. 오늘날 신화 연구에 따르면 초사(楚辭)를 중심으로 한 남방 신화의 제신(諸神)의 3분의 2 이상이 동이계 신령으로부터 유래한 것이며 초 문화의 형성에도 은 등 북방 문화의 영향이 절대적이다.[64] 초사에서 발견되고 있는 돌궐어(突厥語)의 흔적이라든가 시베리아 문화 요소[65] 등은 이러한 사실을 지지하고도 남음이 있다.

---

63 耿鐵華, 엄성흠 옮김, 「고구려 벽화 중의 사회·경제」, 『중국 학계의 고구려사 인식』, 133쪽.

64 선정규, 앞의 논문, 142～145쪽.

65 이에 관한 자료 추적 및 논증은 蕭兵, 「犀比·鮮卑·西伯利業看 — 從楚辭二招描寫的帶鉤談到古代文化交流」, 《人文雜誌》(1981), 제1기 참조.

아울러 우리는 벽화상의 이들의 복식이 조류 숭배의 한 표현인 비의(飛衣)의 형태를 취하고 있는 것으로도 이들이 동이계 신화상의 인물로서 묘사되고 있음을 알 수 있다. 아무튼 우리는 벽화상의 신농, 축융, 치우, 길광 등을 고구려 신화와 친연성이 있는 동이계 신화의 제신으로 파악할 것이다. 이러한 파악을 전제로 한 후 이들이 벽화상에 이룩하고 있는 신화적 의미 체계에 대해 고찰하고자 한다.

우리는 우선 이들 중 염제 신농, 축융, 치우 등 3명의 주요 신령들이 모두 불과 깊은 관련을 맺고 있음에 주목할 필요가 있다. 그런데 동이계 신화의 유력한 종교적 바탕인 샤머니즘에서 불은 샤먼의 능력과 밀접한 관계에 놓여 있다. 엘리아데는 샤먼이 스스로를 보증할 수 있는 장기로서 두 가지를 들었다. 그 두 가지란 주술적 비상(magical flight)과 불의 통어(mastery of fire)[66]이다. 우리가 앞 절에서 다루었던 내용은 사실상 전자인 주술적 비상의 취지가 벽화상의 신화적, 도교적 제재들을 통하여 어떻게 구현되고 있는가 하는 문제와 상관된 것이기도 했다. 다시 샤먼의 장기인 불의 통어의 테크닉과 관련하여 벽화상의 신농, 축융, 치우 제신의 근원적 지위를 생각해 보기로 하자.

우리는 동이계 신화의 샤머니즘적 기반을 염두에 둘 때, 본래 동이계 종족의 군장이었던 이들이 샤먼이거나 은대의 임금들처럼 무군(巫君, Shaman King)적 존재였을 것으로 추정해도 좋을 것이다. 따라서 이들이 주술적 비상에 능숙할 뿐 아니라 불의 탁월한 운용자라는 가정은 자연스러운 것이다. 오늘날 도교 학자들은 도교의 기원을 논할 때 대부분 샤머니즘을 가장 핵심적인 근거로서 거론한다. 앞 절의 논의에서도 밝혀졌지만 주술적 비상의 취지가 후대 도교에서 승교의 법술로 발전해 간 것은 하나의 뚜렷한 실례이다. 우리는 신농, 축융, 치우와 같은

66 Mircea Eliade, 앞의 책, 4~5쪽.

초기 무군들의 불의 통어술이 야금술적 단계를 거쳐 단약(丹藥) 합성을 위한 연금술적 단계로 이행했을 가능성을 배제할 수 없다. 수(隋), 당(唐) 이후의 도교에서 수련의 비중이 외단(外丹)에서 내단(內丹)으로 바뀌었다 하더라도 불의 통어, 즉 신체 내부 불기운〔火候〕의 조절은 득선(得仙)을 위해 여전히 중요한 과제였다. 이 점에서 그라네(Marcel Granet, 1884~1940)가 일찍이 야장 집단과 도교와의 기원적 상관성에 주목했던 것은 놀라운 착상이었다.[67] 신선가들이 옛날의 야장이 금속을 정련해 냈던 것과 똑같은 정신으로 갖가지 광물질 약재를 가열하여 불사의 단약을 추출해 내려 했다는 유비(類比)는 여기에서 가능해진다.

우리는 『열선전』에 기록된 초기 신선 중의 일부가 야장 출신이거나 최소한 불의 탁월한 운용자라는 사실에 주목할 필요가 있다. 적송자(赤松子)는 "불 속에 들어가 제 몸을 태우는(能入火自燒)" 능력을 지녔고 영봉자(甯封子)는 도공(陶工)의 우두머리〔陶正〕였으며 양모(梁母), 사문(師門) 등도 모두 불을 다루는 기술을 터득한 인물들이었다. 특히 다음의 도안공(陶安公) 설화에서는 야장으로서 득선을 달성하는 과정이 선명히 표현되어 있다.

> 도안공이라는 사람은 육안의 대장장이였다. 자주 불을 지폈는데 어느 날 아침 (불이) 흩어져 위로 올라가더니 자줏빛이 하늘에까지 뻗쳤다. 안공은 대장간에 엎드려 용서를 빌었다. 조금 있다가 주작이 대장간 위에 날아와 앉아 말하기를 "안공이여, 안공이여, 대장간과 하늘이 통했다. 칠월 칠석 날 너를 붉은 용으로 맞이해 가마."라고 했다. 그날이 되자 붉은 용이 오고 큰 비가 내렸으며 안공은 그것을 타고 동남쪽 하늘로 올라갔다. 온 성의 수많은 사람들이 그를 전송했고 (그는) 모든 사람들과 작별

---

67 Marcel Granet, *Danses et Légendes de la Chine Ancienne*(Paris: Presses Universitaires de France, 1959), 611쪽.

을 했다고 한다.

> 陶安公者, 六安鑄冶師也. 數行火, 火一旦散上行, 紫色衝天, 安公伏冶求哀. 須臾, 朱雀止冶上曰, 安公安公, 冶與天通, 七月七日, 迎汝以赤龍. 至期, 赤龍到, 大雨, 而安公騎之東南上. 一城邑數萬人, 衆共送視之, 皆與辭決云.[68]

샤먼이면서 야장의 성격을 지니기도 한 원시 신선가의 형상이 이처럼 확실하게 제시된 예도 드물다. 불의 통어가 주술적 비상의 능력으로 직결된다는 이러한 사유는 앞서 말했듯이 후대에 이르면 용광로가 아닌 화로 속에서의 단약의 제련이라는 시도를 낳게 된다. 이와 같은 신화에서 도교로의 전이 과정을 염두에 두고 벽화상의 야장신 및 화신 모티프를 해석할 때 고구려 도교에 대한 이제까지 잘 알려지지 않았던 새로운 내용이 부각된다. 그것은 다름 아닌 단약 제련을 중심으로 하는 금단도교(金丹道敎)의 존재이다. 이미 예로 들었듯이 송나라 사람 증조가 편찬한 『도추』에서는 금단도교의 기본서인 『주역참동계』의 내용에 대해 논하면서, 이 책이 후한 사람 위백양이 장백산의 진인으로부터 금단의 비결을 전수받아 이루어진 것임을 밝히고 있다. 이러한 설화를 전술한 내용과의 상관하에 고려해 보면 고구려, 만주 지역에도 금단도교가 실재했을 것이라는 추측이 가능하게 된다. 아닌 게 아니라 『증류본초(証類本草)』「금설(金屑)」조(條)에는 양(梁)의 저명한 도사 도홍경(陶弘景, 456~536)의 다음과 같은 언급이 있다.

> 자연산 금은 벽사의 효능이 있으나 유독하여 제련하지 않고 복용하면 사람이 죽는다. …… 고구려와 부남 및 서역 등 외국에서는 기물을 만들

---

68 『列仙傳』, 卷下.

때 모두 (금을) 잘 제련하여 복용이 가능하다. 『선경』에서는 꿀, 비계, 식초 등으로 약재인 금을 다듬어 부드럽게 해서 복용할 수 있다고 했다. 신선가들은 또한 수은을 합성해서 단사를 만드는데, 다른 의학 처방으로는 전혀 쓸모가 없는 것은 당연히 그 유독함을 염려하기 때문이다. 선약의 처방에서는 금을 태진이라 한다.

生金辟惡而有毒, 不鍊服之殺人, …… 高麗, 扶南及西域外國成器, 皆鍊熟可服. 仙經以醯密及猪肪牝荊酒輩, 鍊餌柔服之. 神仙亦以合水銀作丹砂, 外醫方都無用者, 當是慮其有毒故也. 仙方名金爲太眞.[69]

도홍경의 이러한 언급은 고구려가 자연산 금을 약재로서 복용할 수 있도록 처리하는 기술을 보유했다는 사실을 의미함으로써 고구려의 야금술, 나아가 주로 광물질 조제 작업인 연단술이 상당한 수준에 이르렀을 것이라는 심증을 우리에게 준다. 미키 사카에(三木榮)는 이 대목을 근거로 중국의 영향을 받은 고구려 금단도교의 존재를 추정했고[70] 전상운(全相運) 교수는 이 내용을 발해만의 삼신산(三神山) 전설 등과 연관시켜 오히려 고구려의 연단술이 중국에 전해졌을 가능성까지 과감하게 추리했다.[71] 이러한 추리는 앞서의 『주역참동계』의 성립 설화와 관련지어 볼 때 전혀 무리한 것은 아니다. 다만 전 교수가 주로 근거하고 있는 『증류본초』 상의 언급이 특별히 고구려산 금의 우수성만을 지칭한 것은 아니어서 확실한 논거가 되기에는 부족함이 있다. 그런데 연단술의 기원에 대해서는 일찍이 『사기』 「봉선서(封禪書)」에 다음과 같은 기록이 있다.

---

69 三木榮, 『朝鮮醫學史及疾病史』(自家出版, 1962), 7쪽에서 재인용.

70 위의 책, 7~8쪽.

71 전상운, 『한국의 고대 과학』(탐구당, 1983), 32~36쪽.

이소군이 임금께 아뢰었다. "부뚜막신께 제사드리면 귓것을 불러올 수 있고 귓것을 불러올 수 있게 되면 단사를 황금으로 변화시킬 수 있습니다. 황금을 이루어 그것으로 음식 그릇을 만들면 오래 살 수 있습니다."

少君言上曰, 祠竈則致物, 致物而丹砂可化爲黃金, 黃金成, 以爲飮食器則益壽.

이소군은 한 무제 시기에 활약했던 제나라 출신의 유명한 방사(方士)이다. 방사란 샤먼에서 도사(道士)로 넘어가는 과도기적 존재로 원시 신선가라 말할 수 있다. 다소 종교화된 표현을 취하고 있으나 윗글에서도 화신, 야장신과 밀접한 관계에 있는 부뚜막신이 연단에 있어서 결정적인 작용을 하고 있다는 사실이 벽화상의 야장신에 대한 우리의 논의와 관련하여 주목된다. 아울러 같은 책에서 이소군은 득선을 달성하기 위해 산동 지역의 팔신(八神)께 제사를 드릴 것을 무제에게 권유하는데 이 중 유일한 인격신으로 치우가 제시되고 있다.[72] 연단술의 기원에 관한 이러한 내용들은 우리가 앞서 고찰한 벽화상의 야장신적 모티프에 대해, 최소한 고구려 문화와 연단술과의 상관성, 나아가 발생론적 관계의 측면까지 다시 생각해 볼 여지를 준다.

여기에서 우리는 지금까지 예상해 온 벽화 공간 내의 야장-신선, 야금술-연단술의 신화적, 도교적 체계를 검증해 볼 필요가 있을 것이다. 다시 말해서 앞서의 신화적 자료에 대한 검토에 이어 우리가 확인해야 할 것은 문헌이 아닌 벽화상의 도교, 즉 연단술로의 연속적인 관계를 입증할 수 있는 자료가 실재하여 과연 우리가 추론한 문화 체계를 구성하

72 『史記』, 「封禪書」: "於時始皇遂東遊海上, 行禮祀名山大川及八神, 求僊人羨門之屬. 八神將自古而有之, 或曰太公以來作之. 齊所以爲齊, 以天齊也. 其祀絶, 莫知起時. 八神, 一曰天主, 祀天齊. …… 二曰地主, 祀太山梁父. …… 三曰兵主, 祀蚩尤. …… 四曰陰主, 祀三山. 五曰陽主, 祀之罘. 六曰月主, 祀萊山. …… 七曰日主, 祀成山. …… 八曰四時主, 祀琅邪."

비선, 강서대묘 벽화

고 있느냐 하는 문제일 것이다. 이 문제에 관해서는 이병도(李丙燾) 교수의 강서대묘(江西大墓) 벽화에 대한 이른 탐구가 적절한 시사를 줄 것으로 생각된다. 이 교수는 천장부 제1층 개석(蓋石) 북쪽 면에 그려진 비선(飛仙)에 대한 분석에서 이 비선의 왼손에 들려 있는 것을 약그릇(藥器)으로, 오른손에 들려 있는 것을 영지(靈芝)로 추정했다.[73]

영지는 『포박자』「선약(仙藥)」편에서 중요하게 거론되고 있는 약재로서 단사만은 못하지만 초목성의 약재 중 유일하게 상층의 선약으로 분류되어 있다.[74] 주목해야 할 것은 단약이 담겨 있는 약그릇의 존재다. 이를 통해 우리는 금단, 즉 단약을 빚어내는 연단술의 존재를 무리 없이 상정할 수 있다. 약그릇과 연단술 간의 이 같은 자연스러운 연상 관계는 다음의 글귀를 통해서도 확인된다.

> 한의 회남왕 유안은 신선과 연금술에 관한 일을 말하여 『홍보만필』 3권이라 이름 지었는데 여기에서 그는 변화의 도술을 논했다. 이때 8공이 왕에게 나아가 『단경』 및 『36수방』을 전수했다. 향간에서 전하기로는 유안이 신선이 되어 갈 무렵에 먹고 남은 약그릇이 뜨락에 있었는데 닭과 개가 이것을 핥아 먹고 모두 날아서 올라갔다고 한다.
>
> 漢淮南王劉安, 言神仙黃白之事, 名爲鴻寶萬畢三卷, 論變化之道. 於是

73 이병도, 「강서 고분 벽화의 연구」, 《동방학지》 1집, 135~137쪽.

74 葛洪, 『抱朴子·內篇』, 卷11, 「仙藥」: "仙藥之上者丹砂, 次則黃金, 次則白銀, 次則諸芝, 次則五玉, 此則雲母, …… 次則松柏脂·茯苓·地黃·麥門冬 ……."

八公乃詣王授丹經及三十六水方. 俗傳安之臨仙去, 餘藥器在庭中, 鷄犬舐之, 皆得飛升.[75]

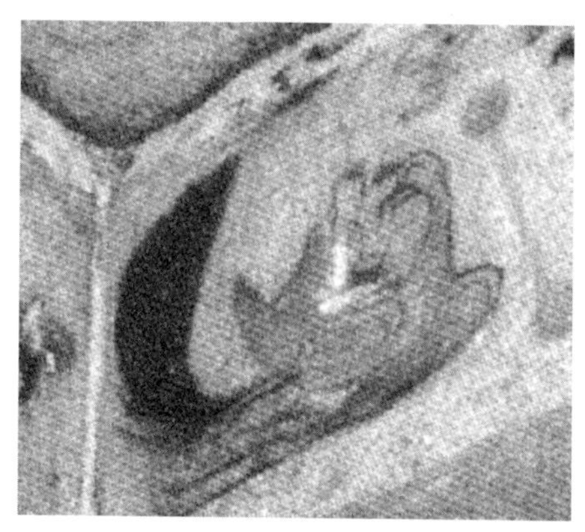

승조신선, 오회분 사호묘 벽화

고구려 금단도교의 존재를 추정케 하는 약그릇은 강서대묘에만 있는 것이 아니다. 이제까지 우리가 논해 온 야장신의 공간인 오회분 사호묘에서도 출현하여 바야흐로 일련의 신화적, 도교적 체계를 웅변해 주고 있는 것이다. 널방 천장부 고임 앞면에 그려진 공작을 탄 신선 형상이 그것으로, 그는 다름 아닌 약그릇을 두 손에 받쳐 들고 있다. 이 그림은 강서대묘의 그것이 비천의 형상에 가까운 신선이었음에 비해 완연한 도교적 인물이라는 점에서 약그릇이 함축하는 의미를 더욱 정확히 표명해 주고 있다. 결국 우리는 앞서의 조인일체의 세계에 대한 탐색에 이어 벽화 공간 내의 동이계 화신 및 야장신의 계보가 수많은 여타 도교적 제재들과 더불어 또 하나의 연속적 문화 체계 속에서 읽힐 수 있다는 사실을 확인하게 된 것이다.

4 맺는말

이제 우리는 기나긴 논의의 여정을 마치고 '왜 고구려인가?'라는 애

75 『列仙傳』, 卷下.

초의 물음이 함축했던 근본적인 문제의식에 대해 납득할 만한 답안을 제시해야 할 시점에 이르렀다. 그 문제의식이란 고구려 벽화에 표현된 문화 내용에 대한 변별적 인식[76]의 필요성과 그것을 어떻게 읽어야 하는가 하는 독법의 문제와 상관된 것이었다. 우리는 우선 탈중원의 신화론적 시각과 주변 문화에 뿌리를 둔 도교적 관점을 이러한 문제의식을 해결하기 위한 유력한 해석 기제로서 채택했다. 이에 따라 우리는 『산해경』 신화를 중심으로 한 동이계 신화의 도교로의 전이 과정을 상정하면서 고구려 벽화에 다수 출현하는 『산해경』적 제재에 대해 주목한 바 있었다. 우리의 논의는 벽화의 조인일체 형상과 야장신이 표현하는 두 개의 문화 체계를 중심으로 전개되었고 이들 체계는 각기 인면조 — 우인 — 승조신선과 야장과 야금술 — 신선과 연단술로 이어지는 일련의 신화적, 도교적 문화 구조로 파악되었다. 그런데 고구려 벽화 고분의 성립 시기는 빨라야 기원 3세기 중엽이고[77] 동이계 신화의 핵심적인 내용의 도교로의 전이가 일단 완료된 시점은 대략 2세기 후반, 오두미도 성립 무렵으로 보인다. 그렇다면 우리는 고분 벽화상의 신화적, 도교적 제재들이 사실상 순차적으로 출현한 것이 아니라 과거로부터 벽화가 그려질 당시에 이르는 일련의 문화 내용들이 한 공간 내에 동시에 표출된 문화적 정체(整體)임을 인식하지 않을 수 없다. 여기에서 유념해야 할 것은 벽화 내의 이러한 문화 체계들이 근대 이래의 단순한 진화론적, 과학적 도식처럼 읽혀서는 안 될 것이라는 점이다. 신화적,

---

76 여기에서의 '변별적 인식'이 결코 또 다른 자문화 중심주의의 표현으로 간주되지 않아야 함은 물론이다. 노파심에서 반복하거니와 이 글에서의 고구려 문화에 대한 강조는 종래의 일방적 영향론을 재고하여 호혜적 상호 인식으로 나아가기 위한 필요조건으로서의 지위에 한정된 것이다.

77 북한 학계에서는 집안(集安)의 만보정(萬寶汀) 1368호분을 고구려 최초의 벽화 고분으로 추정하면서 성립 상한을 3세기 중엽으로 편년하고 있다. 박진욱, 『조선 고고학 전서·중세편』 1(평양: 과학백과사전종합출판사, 1991), 228쪽.

주술적 세계의 패러다임은 뒤의 것이 앞의 것을 대신하고 폐기시키는 관계가 아니라 감싸안고 나아가는 포월적(包越的) 관계에서 형성되는 것임[78]을 이해할 때 우리는 동일한 벽화 내에서 볼 수 있는 전후 제재들의 다양한 공존을 자연스러운 현상으로 받아들이게 될 것이다. 궁극적으로 이 글을 통해 우리는 고구려 벽화의 내용 하나하나에 대한 지나친 분절적 이해를 지양하고 벽화 전 공간에 대해 신화적, 도교적 전망과 관련한 일련의 문화적 체계성을 부여하고자 했다. 이러한 시도가 서론에서 제기했던 문제의식의 해결에 얼마만큼 유효성을 지니는가에 대해서는 앞으로 충분한 검토를 기다려야 하겠지만 이 글의 소임은 다만 향후의 현안이 될 수도 있는 중국과 주변 문화와의 관계성에 대한 새로운 인식의 가능성을 보다 구체적으로 예증하는 데에 있다 할 것이다.[79]

78 이와 같은 인식의 유력한 근거로는 탐바이아의 견해를 들 수 있다. 그는 타일러(E. B. Tylor), 프레이저(T. G. Frazer) 등의 주술에서 과학으로의 진화론적 도식을 비판하고 베버(M. Weber)의 상대적 합리성의 개념 역시 서구 중심적이라고 회의한다. Stanley Jeyaraja Tambiah, *Magic, Science, Religion, and the Scope of Rationality*(Cambridge University Press, 1990), 1~4, 153~154쪽.

79 본 논문은 계간 《상상》(1995), 겨울호에 처음 발표된 후, 졸저, 『동양적인 것의 슬픔』(1996)에 수록되었던 것을 정리, 재수록한 것임.

6 조선 시대의 『산해경』 수용

조선 시대에 이르면 이전 시대에 비하여 문헌 자료 및 구전 자료, 역사 유물 자료가 대폭 증가하여 『산해경』 수용이 각 방면에서 풍부하게 이루어진 것을 확인할 수 있다. 가령 계량적인 차원에서 문헌 자료만을 대상으로 『산해경』이라는 키워드를 검색해 보아도 이러한 현상을 바로 확인할 수 있다.

주로 한국고전번역원의 「한국고전종합DB」에 의거하여 조선 시대의 문집에서 한 번이라도 『산해경』이라는 책명을 언급한 경우를 조사해 보면 총 79개의 문집이 이에 해당되는데[1] 5회 이상 언급한 책은 『청천집(靑泉集)』, 『청장관전서(靑莊館全書)』, 『연경재전집(硏經齋全集)』, 『여유당전서(與猶堂全書)』, 『방산집(舫山集)』, 『성호사설(星湖僿說)』, 『오주연문장전산고(五洲衍文長箋散稿)』, 『지봉유설(芝峯類說)』 등 8종에 달했다. 이 중 이규경(李圭景, 1788~?), 『오주연문장전산고』의 38회

1 「한국고전종합DB」에 수록된 문집 자료 중 『계원필경집(桂苑筆耕集)』, 『동국이상국집(東國李相國集)』 그리고 『목은고(牧隱藁)』에서도 『산해경』을 언급하고 있으나 통일 신라와 고려 자료여서 제외했다. 정조 때의 문인 유만주(兪晩柱)의 『흠영(欽英)』에도 『산해경』을 거론한 대목이 적지 않다. 그러나 '한국고전종합DB'에 수록되지 않은 자료여서 검색 도표에는 포함시키지 않았음을 밝혀 둔다.

를 필두로 정약용(丁若鏞, 1762~1836)의 『여유당전서』, 이수광(李睟光, 1563~1628)의 『지봉유설』, 성해응(成海應, 1760~1839)의 『연경재전집』, 이덕무(李德懋, 1741~1793)의 『청장관전서』 등에서 특히 『산해경』을 많이 거론했다.

부록으로 제시된 검색표를 통해, 즉 『산해경』 키워드의 귀속 항목을 통해 조선 시대 문집의 『산해경』 수용을 살펴보면 도연명(陶淵明, 352~427)의 「독산해경(讀山海經)」 시 패러디를 비롯한 시가 및 산문 창작, 고대 역사 지리 고증, 동식물 등 사물에 대한 고찰, 『산해경』의 본질에 대한 토론 등 다방면에 걸쳐 이루어졌음을 알 수 있다. 역사 자료, 구전 자료, 유물 자료 등에까지 검색을 확대한다면 『산해경』 수용의 내용 범주와 분포는 훨씬 넓어질 것임에 틀림없다.

본서에서 이 모든 자료를 망라할 수는 없지만 한국고전번역원의 「한국고전종합DB」와 일부 고소설 및 유물 등을 중심으로 조선 시대의 『산해경』 수용을 문학·예술 분야와 역사·지리·민속 분야로 대별하여 개술(概述)하고자 한다.

1) 문학·예술 분야

교조적인 유교 이념이 지배했던 조선이었지만 이단의 기서(奇書)인 『산해경』에 대한 문학·예술 분야에서의 수용은 활발한 편이었다. 조선 시대의 문헌 자료에 나타난 이물(異物), 괴물 등 비현실적 상상력의 배후에 『산해경』이 자리하고 있다는 연구 결과[2]도 있지만 조선

2 김정숙, 「조선 시대의 異物 및 怪物에 대한 상상력, 그 원천으로서의 『山海經』과 『太平廣記』」, 《일본학연구》(2016), 48집, 37쪽.

의 문인들은 삼국 시대 이래 축적된 『산해경』에 대한 인식의 토대 위에서 문학 수업, 박학(博學), 고증 등의 목적은 물론, 취미와 여흥 등 다양한 차원에서 『산해경』 열독(閱讀)을 수행했다. 개중에서 신유한(申維翰, 1681~1752), 조귀명(趙龜命, 1693~1737), 유만주(兪晩柱, 1755~1788) 등은 『산해경』을 애독한 것으로 유명했는데,[3] 특히 신유한은 어린 시절부터 노년에 이르기까지 『산해경』을 탐독했고 만년에는 "손으로 『산해경』을 펼치자, 정신은 아득한 세상 밖에서 노니네.(手展山海經, 神遊八荒外)"[4]라는 시구처럼 유유자적하는 삶을 즐겼다. 그의 심경은 은일시인(隱逸詩人) 도연명이 「독산해경」 시 첫 수에서 "『산해경』을 훑어보니, 잠깐 사이에 우주를 돌아보게 되네.(流觀山海圖, 俯仰終宇宙)"라고 노래한 의경(意境)과 닮아 있어 흥미롭다. 이러한 의경의 추구는 신유한뿐 아니라 신흠(申欽), 이현석(李玄錫), 정약용, 조희룡(趙熙龍) 등 여러 문인들의 시구에서도 발견되는데[5] 이는 『산해경』 독서 행위가 단순히 도연명 시에 대한 답습을 넘어 조선 문인들에게는 유교 엄숙주의에서 일탈하여 상상력을 함양하는 계기였음을 보여 준다.

우선 시가 방면을 살펴보면 특히 도연명의 「독산해경」 시 창작을 모의(模擬)하여 여러 작가들이 차운(次韻)한 작품을 남겼다. 여기에는 한국 역대 시인들의 도연명에 대한 경모(敬慕)와 아울러 화도시(和陶詩)라는 독특한 장르를 개창(開創)하고 「독산해경」 시 차운 창작의 선례를 남긴 소식(蘇軾, 1036~1101)[6]에 대한 추숭(追崇) 역시 크게 작용했다.

---

3 김광년, 「조선 후기 문인들의 『산해경』 인식과 수용」, 《일본학연구》(2017), 52집, 140~142쪽.

4 申維翰, 『青泉集』 券2, 「寄洞陰任使君」.

5 이를테면 다음과 같은 시구들이다. 申欽, 「口呼」: "遊觀山海經, 無人問閑燕."; 李玄錫, 「次陶淵明讀山海經詩韻」: "案上山海經, 披展壯輿圖."; 丁若鏞, 「春日烏城雜詩」: "簏書檢點多陣腐, 閒取山經注字音."; 趙熙龍, 「又海岳庵稿」: "飄然直過魚龍背, 繫纜先看山海經."

6 소식(蘇軾)의 화도시(和陶詩) 창작 동기 및 그 개념에 대해서는 金甫暻, 『蘇軾和陶詩考論看—兼及韓國和陶詩』(上海: 復旦大學出版社, 2013), 9~11쪽 참조.

원래 소식은 도인 갈홍(葛洪)의 『포박자(抱朴子)』를 읽고 그 감흥을 「독산해경」 시에 차운하여 읊었는데 조선에서 이를 처음 시도한 문인은 신흠(1566~1628)이었다.

기사(其四)

我夢遊蓬萊, 내 꿈에 봉래산에서 노는데,
上有魏伯陽. 위백양이 그 위에 있으면서.
貽我餐玉法, 나에게 옥을 먹는 법 가르쳐 주기에,
服食年紀長. 그것을 먹었더니 수명이 늘데그려.
歸來營丹室, 돌아와서 단실을 지었더니,
丹室皆丹光. 단실은 모두 붉은빛이 나더군.
谷神本不死, 계곡의 신은 원래 죽지 않는 법,
藝田芽自黃. 밭에다 심었더니 싹이 노랗게 트네.[7]

신흠은 소식이 담고자 했던 신선, 도교의 취지를 따라 「독산해경」 시를 지었다. 봉래산, 위백양, 찬옥, 복식, 단실, 곡신, 황아(黃芽) 등 위의 시에는 도선(道仙)적 취향이 다분한 시어들이 등장한다. 그러나 유교 도학의 기풍이 강했던 조선에서 화도시는 도연명 혹은 소식의 원래 의도와 다르게 지어지는 경우도 적지 않다.[8] 가령 김수항(金壽恒, 1629~1689)의 「독산해경」 시는 차운만 했을 뿐 사실상 「독주자서(讀朱子書)」 시라 할 것이다.

기삼(其三)

濂洛倡絶學, 염락이 끊긴 유학 창도하여,

7 申欽, 『象村稿』, 卷56, 「五言」, 「讀山海經」.

8 金甫暻, 『蘇軾和陶詩考論 — 兼及韓國和陶詩』, 267쪽.

正統傳紫陽. 정통이 자양에게 전해졌지.
心通一源妙, 마음은 근원의 신묘함 통했고,
理集百家長. 이치는 백가의 장점 모았네.
邪說賴以闢, 이를 의지해 사특한 말 물리쳐,
斯文久愈光. 유학이 오랠수록 더욱 빛나리라.
丁寧吾道託, 정녕 우리 도를 맡길 만한 인물,
獨有勉齋黃. 황면재만이 홀로 있었지.[9]

염락, 자양, 사문, 황면재 등 이학(理學) 경향의 시어가 즐비한 가운데 주자학의 정통성, 자부심을 고취하는 의도를 담고 있어 김수항의 「독산해경」 시는 유학을 선양(宣揚)하기 위한 방편으로 활용되고 있음을 알 수 있다. 신흠과 김수항 이외에도 이후 이현석(李玄錫), 이만수(李晚秀), 홍석주(洪奭周) 등이 「독산해경」시에 차운한 작품을 남기고 있다.

조선의 시인들은 「독산해경」시라는 고정된 틀을 넘어 『산해경』에서 전개된 무궁한 신화적 상상력을 자신의 창작에 유감없이 발휘했다. 권필(權韠, 1569~1612)의 시에서는 이러한 상상력이 분방하다.

巨海浸坤維, 큰 바다가 곤유를 적시나니,
浩浩揚風濤. 호호탕탕하게 풍랑이 이누나.
橫看無際涯, 옆으로 둘러보면 끝이 없고,
仰視星斗高. 위로 쳐다보면 별만 높아라.
徒言九州大, 구주가 크다 부질없이 말하지,
宇宙一毫毛. 우주도 하나의 티끌에 불과해라.

9 金壽恒, 『文谷集』, 卷7, 「和陶詩」, 讀朱子書次讀山海經韻.

何處覓三山, 어드메에서 삼산을 찾을거나,
誰人釣六鼇. 그 누가 육오를 낚았던고.
王母老赤脚, 서왕모는 늙은 여종일 뿐이니,
妄說千年桃. 천년 복숭아란 허망한 얘기일세.
但見百川水, 다만 보이느니 온갖 시냇물이,
日夜流滔滔. 밤낮으로 도도히 흘러가는 것.
寄語精衛鳥, 정위조에게 말하노니,
啣石無徒勞. 부질없이 돌을 물어 오지 말라.[10]

권필은 삼신산, 육오, 서왕모, 정위조[11] 등 『산해경』, 『열자(列子)』 등에서 유래한 신화적, 도교적 상상력을 발휘하여 그의 거시적 우주관을 노래했다. 특히 마지막 구절에서 무망한 노력을 되풀이하는 동해의 정위조를 등장시켜 도도한 우주의 흐름에 대한 하찮은 인간 행위를 대비시켰다. 정두경(鄭斗卿, 1597~1673) 역시 다음과 같이 『산해경』의 신수(神樹)를 빌려 깨달음을 피력한다.

在己非隣更問誰, 자신에게 도 있는데 누구에게 도를 묻나,
錯教東海覓安期. 잘못하여 동해에 가 안기생을 찾게 했네.
路傍亦有三珠樹, 길가에도 삼주수의 나무 역시 자라지만,
只是行人自不知. 길 가는 이 스스로가 알지 못할 뿐이라네.[12]

곤륜산에 자란다는 보배로운 구슬나무 삼주수[13]를 도에 비유하며

10 權韠, 『石洲集』, 卷1, 「五言古詩」, 雜詩.
11 육오는 신선의 섬을 등에 업고 있다는 거대한 자라. 정위조에 대한 설명은 본서 96~98쪽 참조.
12 鄭斗卿, 『東溟集』, 卷3, 「五言律詩」, 讀道書.
13 삼주수에 대한 자세한 설명은 95~96쪽 참조.

그것이 일상의 자신에게 있음을 설파한 것이다. 우주 원리나 궁극적인 진리 등 말로 표현할 수 없는 경지는 이처럼 신화적 환상의 시어로 잘 말해진다. 이뿐만이 아니다. 목불인견(目不忍見)의 처참한 형상의 표현에도 환상의 언어가 유효하다. 차천로(車天輅, 1556~1615)는 미증유의 전란 임진왜란에 대해 다음과 같이 노래한다.

憶昔歲在龍蛇間, 지난 임진년과 계사년을 회고하니,
鰈域遭罹陽九厄. 우리나라 조선이 액운을 만났었지.
海中猰貐鑿齒磨牙競人肉, 해중의 알유, 착치 인육이 탐나 이를 갈고 달려드니,
千里腥膻染戈戟. 천 리의 피비린내 창칼에 물들었지.
城闕丘墟廟社灰, 궁궐은 폐허되고 종사는 재가 되니,
鬼神孤傷天地窄. 온 천지 갈데없는 외로운 귀신이라.[14]
(하략)

조선의 백성들을 참혹하게 유린하고 국권을 위협했던 일본을 『산해경』의 저명한 흉수(凶獸), 흉인(凶人)인 알유(猰貐)와 착치(鑿齒)로 묘사함으로써 그 악랄하고 잔인무도한 본성을 드러내고자 했다. 착치는 이빨이 끌같이 생겨 사람을 해치는 괴인이고[15] 알유는 아기 울음소리를 내어 사람을 안심시키고 잡아먹는 가증스러운 괴물이다.[16] 특히 알유는 재야사서인 『규원사화(揆園史話)』에서 고조선을 침략하는 변방 종족으로 의인화될 정도로 인식이 좋지 않은 괴물이기도 했다.

문인들은 또한 항해를 할 경우 바다에 대한 묘사에서 『산해경』에 나

14 車天輅, 『五山集』, 卷1, 「七言古詩」, 上天朝楊御史鎬應製.
15 착치에 대한 자세한 설명은 본서 90~91쪽 참조.
16 알유에 대한 자세한 설명은 본서 76~77쪽 참조.

오는 수신 천오(天吳)의 존재를 빠뜨리지 않았다.

天吳飛舞海門開, 천오가 날아 춤추고 해문이 열리어라,
風送征颿却穩回. 바람이 가는 돛대 보내어 평온히 돌아가네.[17]

浡海淨如鏡, 거친 발해 바다 거울처럼 고요하고,
吳若戢祲沴. 천오와 해약도 요기(妖氣) 부리지 못했어라.[18]

海若天吳, 해약이라 천오마저,
莫不馴仁, 모두 다 인에 길들었네.[19]

천오는 동방 조양곡(朝陽谷)에 산다는 수신[20]이고 이 신과 함께 등장하는 해약(海若)은 『산해경』이 아니라 『장자(莊子)』에 보이는 북해의 신이다.[21]

시가 방면에서는 특히 서왕모를 중심으로 한 요지, 반도, 청조, 삼주수 등의 이미지 활용이 눈에 띈다. 이것은 직접적으로는 조선 중기 이후

---

17 金宗直, 『佔畢齋集』, 卷6, 「贈日本西海元帥源教直使者」.

18 張維, 『谿谷先生集』, 卷25, 「送姜吏部復而從儐使往關西」.

19 金正喜, 『阮堂全集』, 卷7, 「祭南海碑文」.

20 『山海經』, 「海外東經」: "朝陽之谷, 神曰天吳, 是爲水伯, …… 其爲獸也, 八首人面, 八足八尾, 皆青黃."

21 『莊子』, 「秋水」: "于是焉河伯, 始終其面目, 望洋向若而嘆." 조선 문인들의 수신 혹은 해양 사물에 대한 『산해경』 인용에서 착오도 보인다. 가령 김안로(金安老)의 『용천담적기(龍泉談寂記)』를 보면 '조석(潮汐)'의 원인에 대해 논하면서 『산해경』에 실려 있다는 해추출입설(海鰌出入說)을 인용했는데 실제 『산해경』에는 해추라는 괴물에 대한 기록이 없으며 이는 송(宋) 서긍(徐兢)의 『고려도경(高麗圖經)』에 실린 잘못된 언급을 전재(轉載)한 데서 비롯한 오류였다. 金安老, 『希樂堂文稿』, 卷8, 雜著, 『龍泉談寂記』, 「潮汐之說」: "潮汐之說, 諸家各不同, …… 山海經以爲海鰌出入之度."; 徐兢, 『宣和奉使高麗圖經』, 卷34, 「海道 1」: "若潮汐往來, 應期不爽, …… 嘗論之在山海經以爲海鰌出入穴之度."

흥기한 당시풍(唐詩風)과 이로 인한 유선시(遊仙詩) 경향의 작품 창작과 상관되는데[22] 보다 근원적으로는 당대(唐代) 문학의 서왕모 숭배 경향이 당시풍의 고조(高潮)에 따라 조선 문학에도 영향을 미친 것으로 보아야 할 것이다.

서왕모에 대해 가장 깊은 관심을 표명하고 누구보다도 많은 작품을 남겼던 문인은 단연 난설헌(蘭雪軒) 허초희(許楚姬, 1563~1589)이다.

瓊花風軟飛青鳥, 옥꽃 위로 미풍이 불자 청조가 날고,
王母麟車向蓬島. 서왕모의 기린 수레는 봉래섬으로 향하네.
蘭旌蘂帔白鳳駕, 목란 깃발 꽃술 배자의 흰 봉황 수레를 몰거나,
笑倚紅欄拾瑤草. 붉은 난간에 기대어 옥풀을 줍기도 하지.
天風吹擘翠霓裳, 푸른 무지개 치마 바람에 날릴 제,
玉環瓊佩聲丁當. 옥고리 패옥(佩玉) 소리는 댕그렁댕그렁
素娥兩兩鼓瑤瑟, 선녀들 쌍쌍이 옥 거문고 타자,
三花株樹春雲香. 삼주수 주위에 봄 구름이 향기롭네.[23]

서왕모 음영(吟詠)의 절창으로 여겨질 이 시에서 허초희는 지고지성(至高至聖)한 여신 서왕모의 신격과 화려하고 환상적인 여신의 세계에 감정이입함으로써 자신의 불우한 현실을 초탈(超脫)하고자 했다.

이 밖에도 박지원(朴趾源, 1737~1805)은 유득공(柳得恭, 1748~1807)과 더불어 『산해경』을 두고 「수산해도가(搜山海圖歌)」라는 특이한 시를 지었는데 『산해경』의 귀신, 요괴, 괴물 등 괴상한 사물들에 대

22 정민은 이러한 경향의 동인(動因)을 조선 전기의 사실적인 송시풍(宋詩風)이 중기에 이르러 낭만적인 당시풍으로 바뀐 것, 단학파(丹學派)의 영향으로 지식 계층의 도교에 대한 관심이 일어난 것, 몰락한 서인(西人)의 내면 갈등 표출 욕구 등을 들고 있다. 정민, 「16, 17세기 遊仙詩의 資料 槪觀과 出現 動因」, 『한국 도교 사상의 이해』(아세아문화사, 1990), 128쪽.
23 許楚姬, 『許蘭雪軒詩集』, 「望仙謠」.

한 그림, 곧 『산해도(山海圖)』를 여럿이 감상한 후 그 내용을 읊은 것이다. 그러나 도권(圖卷)의 내용으로 보아 『산해경』의 사물과 일치하지 않는 것들도 상당수 있다.[24] 현재 박지원의 「수산해도가」만 전하는데 노래에는 성성(狌狌), 비유(肥遺), 용어(龍魚) 등 소수의 『산해경』 괴수(怪獸)들이 등장한다.[25]

서왕모, 청(淸) 임훈(任薰)의 「요지예상도(瑤池霓裳圖)」

조선의 문인들은 심지어 『산해경』의 문체와 서사 형식을 패러디한 희문(戲文)을 지어 지적 유희를 즐기기도 했다. 박지원의 「동황경보경(東荒經補經)」과 이덕무(李德懋)의 「주(注)」가 그것이다.

〔山海經補東荒: 補經 經文〕

백제의 서북쪽 300리 거리에 탑이 있고 탑 동쪽에 벌레가 있는데 이름이 섭구이다. 귀와 눈은 바늘구멍 같고 입은 지렁이의 구멍 같으며, 그 성품이 매우 슬기로우면서 양보하기를 좋아하고 몸을 잘 감추며, 두 팔, 두 다리, 다섯 손가락을 모아 하늘을 가리킨다. 그의 마음은 개자 크기만 한데

---

24 이 때문에 이랑신(二郎神)의 요괴 퇴치 전설을 그린 「수산도(搜山圖)」와의 관련성이 제기되기도 한다. 심경호, 「박지원과 이덕무의 戲文 교환에 대하여」, 《한국한문학연구》 31집, 105쪽.

25 朴趾源, 『燕巖集』, 卷4, 「搜山海圖歌」: "南山大攫盜媚妾 …… 肩豕揮狼佩肥遺 …… 龍魚鼉鼉蛇十八."

먹물을 잘 먹으며, 토끼를 보면 그 털을 핥고 언제나 자신이 자기 이름을 부른다.〔일명 영처라 한다고 한다.〕 이것이 나타나면 천하가 문명으로 되고 그것을 먹으면 미련하고 어질지 못한 병이 나아서, 마음과 눈이 밝게 되고, 슬기와 지식이 늘어난다.

百濟西北三百里有塔, 塔東有蟲, 名囁慁. 耳目如針孔, 口如蚓竅, 其性甚慧, 好讓而善藏. 雙臂兩脚, 五指會撮指天, 其心芥子大. 善食墨, 見兎則舐其毫, 常自號其名. 一名或云嬰處. 見則天下文明, 餌之, 可已頑鈍不惠之疾, 明心目, 益人慧識.

〔注〕 고찰하건대, 섭구 벌레는 생김새가 모나고 침착하며, 색은 하야면서 검은 반점이 무수히 나 있다. 길이는 주척으로 한 자가 채 못 되고, 그 몸피는 반 자쯤 되는데, 맥망〔좀이 신선이란 글자를 세 번 먹으면 이 벌레가 된다고 한다.〕을 잘 기르며, 건협(명주로 바른 상자, 책 상자) 속에 몸을 숨기고 있다. 옛날 학식이 깊고 겸손한 성품의 이 아무개가, 그 벌레가 제 몸 감추는 것이 자기와 같음을 사랑해서, 가만히 길러 번식시켰으므로, 보고 듣고 말하고 생각하는 것이 실로 서로 관계하게 되었다. 지금 「보경」에서 말한, "팔이 둘, 다리가 둘, 손가락이 다섯이며, 먹물을 먹고 토끼를 핥는다. 스스로 이름하기를 '영처'라고 한다."라고 한 것은 잘못이다. 『산해경』은 혹 백익이 지은 것이라고 하지만 황당하고 근거 없어 이미 육경 축에 끼지 못하니, 지금 그것을 보충한 사람도 황당무계한 사람일 것이다. 섭구 벌레에 대해서는 일찍이 오유 선생에게서 들었는데, 오유 선생은 무하유향 사람에게서 듣고, 무하유향 사람은 태허에게서 들었다고 한다.

按囁慁蟲, 形方而帖然, 色白有無量黑斑. 長周尺一尺弱, 狹半之. 善飼養脉望, 隱身中篋間. 古有李氏, 性蘊藏退讓, 愛蟲之隱身類己也. 潛畜而滋蕃之. 視聽言思, 寔相關涉. 今補經曰, 雙臂兩脚五指, 食墨舐兎, 自號嬰處者, 皆非也. 山海經或曰伯益著, 荒唐不根, 已不列六經. 今補者, 諟亦齊東之人也. 囁愢蟲, 余嘗聞諸烏有先生, 烏有先生聞諸無何有鄕人, 無何有鄕人聞諸太虛.[26]

박지원은 『산해경』의 경문(經文)을, 이덕무는 곽박(郭璞)의 주문(注文)을 각기 패러디했는데 여기에서 섭구충은 파자(破字)하면 '이목구심(耳目口心)'으로 곧 이덕무를 지칭한다. 그는 일찍이 『이목구심서(耳目口心書)』를 지었기 때문이다. 이덕무는 박지원의 지칭에 대해 주석을 통해 자신이 아니라 자신의 저술이 섭구충이라고 논변한다. 두 사람의 희문 교환은 18세기 중엽 조선 문인의 독서 범위가 『산해경』과 같은 외경(外經)까지 확대되어 박학(博學)을 추구했음을 알려 주며[27] 아울러 『산해경』을 패러디의 방식을 통한 지적 교유의 전거(典據)로 삼았다는 점에서 의미를 지닌다. 이것은 『산해경』의 초자연적, 비일상적 내용이 쉽게 해학으로 전화(轉化)될 수 있는 특성을 지녔기 때문일 것이다. 한 가지 덧붙인다면 박지원의 「동황경」은 『신이경(神異經)』을 패러디한 것으로 볼 여지가 있다. 「동황경」은 『산해경』에 없고 『신이경』에 있는 편명(篇名)이다. 박지원의 섭구충 묘사는 『산해경』의 사물보다 『신이경』에서의 혼돈(混沌), 궁기(窮奇), 와수(訛獸), 도철(饕餮) 등에 대한 풍자적 문투의 서술과 근사하다. 그러나 『신이경』 자체가 『산해경』의 패러디인 만큼 박지원의 『신이경』 패러디도 궁극적으로는 『산해경』 패러디라 해도 무방하긴 할 것이다.

시가 및 산문 방면에 이어 살펴볼 것은 고소설 방면이다. 고소설은 한문 소설과 국문 소설로 나눌 수 있는데 양자를 막론하고 가장 많이

---

26 李德懋, 『靑莊館全書』, 卷62, 「西海旅言」.

27 심경호, 앞의 글, 95~96쪽.

등장하는 『산해경』 신화의 모티프로 역시 서왕모를 들 수 있다. 서왕모 신화와 관련된 서왕모 여신 자체, 청조, 요지, 반도, 약수(弱水) 등의 이미지가 소설의 인물, 정신세계, 주거 환경, 상황 등을 묘사하는 데 효과적으로 활용되고 있다. 물론 여기서의 서왕모 및 그녀를 둘러싼 상상세계는 시가의 경우와 마찬가지로 『산해경』의 소박한 양상을 벗어나 후대의 신선, 도교 관념에 의해 많이 각색되어 있다. 그러나 근원적으로는 『산해경』에서 유래한 것이므로 원형 의상(意象)의 관점에서 그 수용을 논해 볼 수 있을 것이다. 먼저 한문 소설 중 『운영전(雲英傳)』을 사례로 들어 본다.

> 진사(進士) 사례(謝禮)하여 가로되 …… 동방삭(東方朔)으로 좌우에 모시게 하고 서왕모로 천도(天桃)를 드리게 함 같으니 이러함은 두보의 문장(文章)으로 가히 백체(百體) 구비(具備)타 이르리이다. …… 첩이 봉서(封書)로써 던지니 진사가 집어 집에 돌아가 떼어 보고 비불자승(悲不自勝)하여 차마 손에서 놓지 못하고 생각하는 정이 전보다 더하여 능히 자존치 못한 듯한지라 이에 답서를 써 부치고자 하나 청조(靑鳥)의 신(信)이 없는지라 홀로 탄식할 따름이더니
>
> 進士謝曰, …… 則如使東方朔侍左右, 西王母獻天桃, 是以杜甫之文章, 可謂百體之備矣, …… 妾以封書, 從穴投之, 進士拾得歸家, 拆而視之, 悲不自勝, 不忍釋手, 思念之情, 倍於曩時, 如不能自存, 欲答書以寄, 而靑鳥無憑, 獨自愁歎而已.[28]

"동방삭으로 좌우에 모시게 하고 서왕모로 천도를 드리게 함 같으

28 『운영전』의 원문은 박희병 편, 『한국한문소설 교합구해』(소명출판사, 2005)에 수록된 것을 택하였고 번역문은 『한국고전문학대계 단편소설전』(민중서관, 1976)에서 취함.

니"라는 구절은 사실 위진 남북조 시대의 지괴(志怪) 소설 『한무제 내전(漢武帝內傳)』에 보이는 서왕모와 한무제의 회견(會見) 스토리를 인용한 것으로 이 스토리는 『산해경』의 서왕모 신화가 소설화된 최초의 형태로 유명하다.[29] 이어서 "청조의 신이 없는지라"는 정인(情人) 운영에게 편지를 전해 줄 사람이 없는 김 진사의 곤란한 상황을 서왕모의 시중꾼 청조 모티프를 빌려 재치 있게 묘사한 것이라 하겠다.

『운영전』 이외에도 『최척전(崔陟傳)』, 『강로전(姜虜傳)』, 『위경천전(韋敬天傳)』, 『강도몽유록(江都夢遊錄)』, 『홍환전(洪晥傳)』, 『오유란전(烏有蘭傳)』 등의 한문 소설에서 서왕모 모티프를 수용한 사례를 찾아볼 수 있다. 임제(林悌, 1549~1587)의 『원생몽유록(元生夢遊錄)』에는 『산해경』의 다른 모티프도 보인다.

> 자허는 본래 의기(義氣)가 있는 사람이다. 이에 눈물을 훔치며 슬피 읊조리기를, "지나간 일 누구에게 물어보리, 산엔 초라한 무덤뿐일세. 한 서린 정위새의 죽음이고, 넋 잃은 두견새의 시름이거니. 고국에는 언제 돌아가리오, 강가의 누각에선 오늘도 놀이가 한창인데 애절하게 노래 몇 곡 부를 제, 조각달 아래 갈대꽃 핀 가을 깊어 가네."라고 하였다. 읊조림이 끝나자 동석했던 모두가 처연(凄然)히 눈물을 흘렸다.
>
> 子虛元來慷慨人也, 乃抆淚悲吟曰, 往事凭誰問, 荒山土一丘, 恨深精衛死, 魂斷杜鵑愁, 故國何時返, 江樓比日遊, 悲凉歌数闋, 殘月荻花秋, 吟斷, 滿座皆悽然泣下.[30]

정위새는 시가에도 자주 등장하는 모티프로 주로 깊은 한이나 희망

29 『한무체 내전』의 서왕모 강림 광경 묘사 및 그 문학적 의미에 대해서는 정재서, 『不死의 신화와 사상』, 112~113쪽 참조.

30 林悌, 『元生夢遊錄』.

없는 노력을 표현할 때 원용된다. 『원생몽유록』에서는 폐위 당해 죽은 단종(端宗)의 원한을 묘사하기 위해 선택되었다.

한문 소설에 이어 국문 소설에서의 서왕모 모티프 수용을 몇 가지 작품을 통해 살펴 보기로 하자.

> 임소저는 더욱 부끄러워 흰 연꽃 같은 두 뺨에 붉은빛이 감돌았다. 그리고 구름 같은 머리를 숙이자 봉관(鳳冠)이 자연히 나직하게 되고 옥패는 자연 기울었다. 기이한 풍모와 윤택한 기질이 더욱 깨끗하고 빛이 나니, 배꽃이 백설처럼 깨끗한 향기를 머금고 아침 이슬에 젖어 있는 듯하고, 두 뺨에 찬란한 붉은 빛이 기묘하고 기묘하여 인간 만물에 견주어 비길 곳이 없으니 서왕모(西王母)의 복숭아꽃 1천 점이 서로 다투어 붉게 피어 있는 듯했다.[31]

> 운성이 백번 사례하고 물러나 죽오당에 이르렀더니, 형씨가 옥 같은 귀밑머리와 꽃 같은 얼굴을 단정히 하고 촛불 아래에 앉아 『열녀전』을 외우고 있었다. 깨끗하고 시원스러운 모습이 마치 서왕모(西王母)가 요지(瑤池)에 내려온 듯, 항아(姮娥)가 계수나무 아래에 비스듬히 서 있는 듯하여 아름다운 자태가 헤아리기 어려울 정도였다. 운성이 또한 이를 보고 반갑고도 놀라워 웃음을 머금고 나아가 고운 손을 잡고 말했다.[32]

임소저와 형씨의 미모를 묘사함에 서왕모의 자태 혹은 반도원에 핀 복숭아꽃의 이미지를 활용했다. 『산해경』에 출현한 서왕모의 원시적 모습은 "표범의 꼬리에 호랑이 이빨을 하고 …… 더부룩한 머리에 머리꾸

---

31 『임씨삼대록』, 권27.

32 『소현성록』, 권5.

미개를 꽂은(彪尾虎齒 …… 蓬髮戴勝)" 기괴한 형상이다. 아울러 요지나 반도원은 등장하지도 않는다. 모두 후대에 도교의 여신으로 변모하면서 생겨난 상상물이다. 다시 다음과 같은 이야기들을 보자.

서왕모, 청 왕불의 『산해경존』

> 이때에 숙향이 정처 없이 다니다가 날이 저물매 나무를 의지하여 앉아 울더니 문득 푸른 새가 꽃봉오리를 물고 손등에 앉거늘 숙향이 그 꽃봉오리를 먹은즉 배고프지 아니하고 정신이 맑아졌다. 청조(靑鳥)가 날아가기에 새를 따라 한곳에 이르니 굉장한 궁전이 있었다. 청조가 문으로 들어가더니 이윽고 한 할미가 나와 들어감을 청했다.[33]

> 방자 분부 듣고 춘향 초래 건너갈 제 맵시 있는 방자 녀석 서왕모 요지연에 편지 전하던 청조(靑鳥)같이 이리저리 건너가서, "여봐라, 이 애 춘향아." 부르는 소리에 춘향이 깜짝 놀래어, "무슨 소리를 그따위로 질러 사람의 정신을 놀래느냐." "이 애야, 말 마라. 일이 났다." "일이라니 무슨 일." "사또 자제 도련님이 광한루에 오셨다가 너 노는 모양 보고 불러오란 영이 났다."[34]

『산해경』에서 서왕모의 사자(使者)였던 청조는 이처럼 고소설 속

---

33 『숙향전』.

34 『춘향전 완판—열녀춘향수절가』.

에서 다양하게 각색되고 변용되었다. 물론 신선, 도교의 윤색을 거친 후이다. 청조는 사랑하는 사람에게 신물(信物)을 가져다 주거나 편지를 전하기도 하며 주인공의 길을 인도하는 훌륭한 조력자의 역할을 한다. 위의 소설들 이외에도 『소대성전』, 『심청전』, 『강태공』, 『이대봉전』, 『적성의전』 등의 작품에서 서왕모 관련 모티프를 찾아볼 수 있어 고소설에 미친 『산해경』의 영향을 짐작할 수 있다.

조선 시대 문인들의 『산해경』 수용에서 주목해야 할 사실은 조선 후기에 이르러 『산해경』에 대한 논의의 기풍이 형성되었다는 점이다. 이는 『산해경』 수용이 확대, 다변화되고 애호 계층이 형성되면서 인식이 심화된 것을 의미한다. 가령 계덕해(桂德海)는 「산해경본의(山海經本義)」를 지어 『산해경』의 작자와 구성, 존재 의의 등의 문제에 대해 본격적으로 토론하였고 조귀명은 「독산해경(讀山海經)」을 통하여 『산해경』 특히 「해내동경(海內東經)」의 착간(錯簡) 현상에 대해 세심한 문헌학적 비판을 행했으며, 신유한, 유만주, 김상정(金相定, 1722~1788) 등은 『산해경』의 문체, 미학 등 문학적 가치에 대해 토론했다.[35] 이규보의 「산해경의힐(山海經疑詰)」을 계승한 조선 문인들의 『산해경』에 대한 진지한 탐구는 『산해경』 독해가 조선 후기에 높은 수준에 이르렀음을 보여 주는 좋은 예시라 할 것이다.

다음으로 예술 방면에서 『산해경』의 수용을 살펴보면 회화의 경우 불사약을 지닌 서왕모에게 장수와 부귀영화를 청하는 염원을 담은 「요지연도(瑤池宴圖)」나 「왕모경수도(王母慶壽圖)」, 「반도도(蟠桃圖)」 등의 그림을 들 수 있다. 민화(民畵)에서는 이들 소재는 물론 문자도(文字圖) '신(信)'에 그려진 청조와 인면조(人面鳥) 등을 꼽을 수 있다. 「요지연

35 조선 시대 문인들의 『산해경』 논의에 대한 전반적 개술은 김광년, 앞의 논문 참조. 이 주제에 대해서는 향후 산해경학(山海經學)의 관점에서 면밀한 분석이 이어져야 할 것으로 생각된다.

요지연도, 19세기 조선, 경기도박물관

도」 계열의 그림들은 남송(南宋) 이후 형성된 길상도(吉祥圖)로서 서왕모가 요지 호숫가에 주목왕(周穆王) 및 군선(群仙)들을 초대하여 벌이는 연회(宴會)가 중심 내용이나, 반도(蟠桃), 청조 등도 소재로 삼고 있다. 불사의 여신 서왕모를 주인공으로 한 이 그림들은 장생(長生)과 부귀영화를 불러올 것이라는 주술적 믿음으로 인해 중국은 물론 한국에서도 크게 유행하였다. 조선에서는 왕실과 사족(士族), 민간 등 모든 계층에서 환영을 받았는데 숙종(肅宗)은 친히 「요지연도」의 제발(題跋)을 짓기까지 하였고[36] 조선 후기에는 「요지연도」 민화 병풍이 제작되어 장식용과 혼례용으로 사용될 정도로 인기가 높았다.[37]

이어서 춤, 곧 악무(樂舞)의 경우 정재(呈才)로써 궁중에서 공연되어 국왕의 장수를 기원했던 「헌선도(獻仙桃)」 역시 서왕모의 반도 복숭

36 肅宗, 「題瑤池大會圖」, 『列聖御製』, 卷12.

37 우현수, 「조선 후기 「瑤池宴圖」에 대한 연구」, 이화여대 미술사학과 석사 학위 논문, 1996, 25쪽.

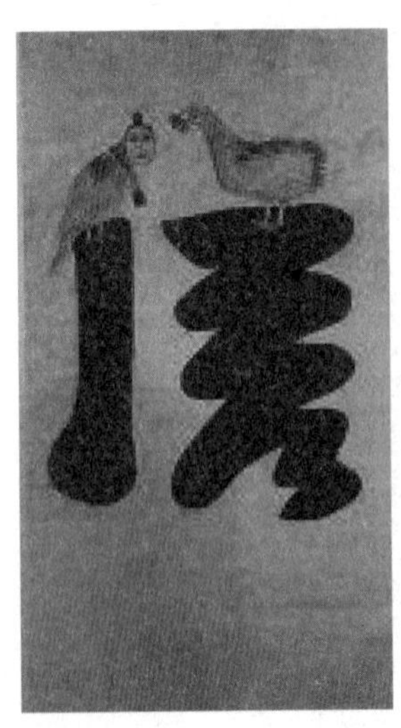

문자도 신(信), 조선 말기

아에 근거를 두고 있다. 「헌선도」는 본래 『한무제 내전』에서의, 서왕모가 한무제에게 강림하여 반도를 하사한다는 내용으로부터 유래된 악무로 고려 예종(睿宗) 때 송으로부터 대성악(大晟樂)이 들어올 때 전입되었다. 조선 시대에는 당악정재(唐樂呈才)의 하나로 임금께 바쳐진 춤이었는데 나중에는 지방에서 「헌반도(獻蟠桃)」로 곡명을 바꿔 공연될 정도로 서왕모는 대중적 여신이 되었다.[38] 아울러 또 다른 정재인 「오양선(五羊仙)」에서도 서왕모가 중심이 되어 임금에게 송축(頌祝)의 악무를 바친다. 이처럼 예술 방면에서도 서왕모 신화의 수용이 두드러진 것은 삼국 시대 이래 시작된 서왕모에 대한 숭배와 애호가 조선 시대에 이르러 지식 계층은 물론 일반 대중에까지 확산된 것을 의미한다.

조선 시대의 문인들은 이전의 어느 시대보다도 다양하게 『산해경』을 수용하여 자기화하였다. 그들은 시와 산문, 비평, 의론 등은 물론 지적 유희와 여흥을 위해서도 『산해경』을 가까이 두고 활용하였다. 심지어 조유한, 유만주 같은 마니아 층이 형성될 정도로 기서(奇書) 『산해경』은 인기 있는 책이었다. 시와 소설에서는 서왕모 관련 모티프들이 가장 빈번하게 등장한 것이 사실이나 소소한 지엽적 소재들까지 취할 정도로 『산해경』에 대한 이해는 세밀해졌다. 희문인 「동황경보경(東荒

38 당악정재 「헌선도」에서의 서왕모 신격(神格)의 변모에 대해서는 최진아, 「조선 시기 唐樂呈才에 반영된 西王母의 문화적 의미—獻仙桃를 중심으로」, 《중국소설논총》(2013), 41집, 85~88쪽 참조.

經補經)」 및 주석의 창작은 조선 문인들의 『산해경』 운용이 자유로운 경지에 이른 것을 보여 주며 『산해경』에 대한 심도 있는 의론들이 계속 제기된 것은 이규보에 이어 자생적 『산해경』 연구의 실례를 보여 준 것이라 할 것이다. 예술 방면에서는 조선 후기, 「요지연도」의 유행과 「헌선도」 등 악무의 보급을 통해 서왕모에 대한 애호가 궁중을 넘어 대중에게까지 확산된 것을 확인할 수 있는데 이는 시, 소설 등에서의 서왕모 열풍과 맞물리는 현상으로 주목할 필요가 있다. 그것은 단순히 조선 중기 당시풍의 흥기에 따른 사건으로 설명하기에는 상당히 지속적이고 광범위한 계층에 걸친 일종의 '문화적 흐름'이었기 때문이다.

「헌선도」, 김홍도,
『원행을묘정리의궤(園幸乙卯整理儀軌)』

2) 역사·지리·민속 분야

『산해경』은 기본적으로 지리서의 성격을 지니면서 내용적으로는 신화를 담고 있는 고전이다. 신화는 고대 역사와 일정한 관계를 맺고 있고 지리적 성격은 사지(史地) 고증에 참고가 되므로 조선의 학자들은 역사·지리 연구와 관련하여 이 책에 대해 많은 관심을 가져 왔다. 조선시대 역사·지리 방면에서의 『산해경』 수용은 크게 『조선왕조실록(朝鮮王朝實錄)』(이하 『실록』으로 약칭) 등 관방 사서와 개인 저술, 즉 주로 문집에서의 논술 등으로 나누어 살펴볼 수 있다.

먼저 『실록』의 기사(記事)를 조사해 보면 태종, 성종 등 조선 초기에 임금이 직접 하교하여 『산해경』 등의 책을 진상하게 한 일이 눈에 띈다. 예컨대 태종 12년에 사관 김상직(金尙直)으로 하여금 충주 사고(史庫)에 있는 『귀곡자(鬼谷子)』, 『신농본초도(神農本草圖)』, 『설원(說苑)』 등의 책과 함께 『산해경』을 바치게 했고,[39] 성종 21년에는 각도 관찰사에게 하교하여 『위략(魏略)』, 『태평어람(太平御覽)』 등과 더불어 『산해경』을 민간에서 널리 구하여 올려 보내도록 했다.[40] 조선에서는 『산해경』을 간행한 적이 없으므로 초기에는 임금이 민간에서 찾아서 구할 정도로 귀한 책이 아니었나 생각된다. 성종 이후에는 임금의 하교에 『산해경』에 대한 징구(徵求) 지시가 없는 것으로 보아 중국으로부터 수입이 원활하여 수요를 충족시켰던 것이 아닌가 한다.

『실록』을 검토해 보면 경연(經筵), 상소(上疏), 상주(上奏) 등과 관련된 기사에서 종종 『산해경』의 내용을 언급한 경우를 찾아볼 수 있다. 가령 선조 6년 1월 12일 경연에서 수찬(修撰) 이경명(李景明)이 『산해경』에 등장하는 용과 신들의 괴탄(怪誕)함에 대해 이야기하던 끝에 불교를 비판했다는 내용이 있다. 그러나 상주문 등의 글에서 『산해경』 신화를 비유로 활용한 경우도 더러 보인다. 가령 광해군 10년에 영건도감(營建都監)에서 아뢴 일을 보면 다음과 같다.

---

39 『실록』(영인본), 1책, 646쪽.

40 『실록』(영인본), 11책, 573쪽.

두 궁궐 공사를 지난해에 시작했는데 신들이 이 일을 맡고 보니 미혹되기만 할 뿐 이렇게까지 공사 규모가 엄청나고 마무리가 어렵게 될 줄은 정말 생각도 못했습니다. …… 그렇지마는 나라에서 공사를 벌일 때에는 어쩔 수 없이 백성의 힘을 의지해서 마련해야 하는데 공사의 규모가 커지면 거기에 드는 비용 역시 커지기 마련입니다. 그런데 이번에 두 궁궐을 세우는 것은 실로 전에 없던 큰 공사입니다. 그러니 오늘날 백성들의 힘을 가지고 감당케 하는 것은 마치 난쟁이에게 산을 짊어지게 하고 정위에게 바다를 메우게 하는 것과 같다고 하겠습니다.

兩闕之役, 始於上年, 而臣等當局而迷, 實不料役事之浩大, 與末梢收功之難, 至於此極也 …… 而但國有興作, 不得不倚辦於民力, 役鉅則勞費亦鉅. 今此兩闕之建, 實是無前大役. 以今日民力當之, 如僬僥之負山精衛之塡海.[41]

영건도감에서는 규모가 엄청난 궁궐 공사를 백성들이 감당해 내지 못할 것이라는 사실을 "정위 새의 바다 메우기", 이른바 '정위전해(精衛塡海)'의 비유를 들어 호소하고 있다. 효종 4년에도 이와 비슷한 상황이 있었고, 그때 김육(金堉)이 올린 상소문에도 동일한 비유가 등장한다. 김육 역시 흉년이 들어 백성들이 곤궁한 가운데 시작한 무리한 교량 공사를 '정위전해'에 비유하면서 세금을 감면해 줄 것을 주청(奏請)한다.[42] 이외에 궁중의 애책문(哀冊文)에서도 『산해경』의 지역을 인용한 것이 보인다. 숙종 14년 장렬왕후(莊烈王后)가 훙(薨)하자 대제학(大提學) 남용익(南龍翼, 1628~1692)은 다음과 같이 애도하는 글을 지었다.

41 『실록』(영인본), 29책, 461쪽.

42 『실록』(영인본), 35책, 647쪽.

아! 슬프다. 울창한 저 신강(新岡)은 성조(聖祖)의 곁인데, 네 능(陵)이 둘러싸고 있으니, 많은 신령이 잡귀(雜鬼)를 꾸짖어 물리칠 것이며, 엄연히 산세(山勢)는 청룡이 서려 있고 백호가 걸터앉아 일찍이 땅이 숨기고 하늘이 감추었던 곳인데, 진실로 오늘을 기다리고 있었던 것이니, 체백(體魄)이 편안할 것을 기대하겠습니다. 어찌 부우산(鮒隅山)이 멀다 하리요? 다행히 선영(先靈)에 가까이 있으니, 좌우에 있으면서 보좌하여 천년(千年)토록 국기(國基)를 공고히 하소서.

嗚呼哀哉! 鬱彼新岡, 聖祖之側. 四陵環圍, 百靈呵辟. 儼蛇蟠而虎踞, 曾地秘而天慳. 諒有待於今日, 庶體魄之妥安. 豈鮒隅之云遠, 幸密邇於先靈. 在左右而降騭, 鞏國基於千齡.[43]

여기에서 주목해야 할 단어는 부우산이다. 부우산은 어떠한 산인가?[44] 이 산은 봉황새와 청조 등 신령스러운 새, 그리고 호랑이, 곰 등 맹수와 각종 보석, 신성한 뽕나무와 연못이 있는 명산이다. 이 때문에 북방의 대신(大神) 전욱(顓頊)과 그의 아홉 명 후궁을 장사 지낸 명당이 되었다. 남용익은 장렬왕후를 모실 장지가 선대 왕릉들이 모여 있는 곳이기에 그곳을 대신 전욱과 아홉 명의 후궁들이 묻힌 명산 부우산 못지않은 곳으로 미화했던 것이다. 궁중의 애책문과 같은 전아(典雅)한 글에서 황탄불경한 『산해경』의 지역을 전고(典故)로 활용한 것이 이채롭다.

관방 사서인 『실록』에 이어 살펴볼 자료는 개인 문집에서의 역사 논설이다. 역사 특히 고대 역사 및 지리와 관련하여 『산해경』을 다수 인용한 저작은 정약용의 『여유당전서』, 이규경의 『오주연문장전산고』, 성

43 『실록』(영인본), 39책, 141쪽.

44 『山海經』, 「大荒北經」. 부우산의 역사적 실체에 대해서는 본서 33~37쪽 참조.

해응의 『연경재전집』 등이다. 가령 정약용의 '독서(蜀黍)'와 관련된 역사, 지리 논설을 보면 다음과 같다.

> 독서란 고량이다. …… 고량은 대개 요동과 심양 사이에서 생산되는 곡물이다. 『산해경』에 이르기를, "불여국은 성이 열씨이고 기장을 먹고 살며 숙신국은 성이 이씨이고 기장을 먹고 산다."라고 했다. 불여란 부여이고 숙신이란 지금의 오라 영고탑 지역이다. 이 지역의 양식은 고량이 대부분이다. 이른바 "기장을 먹고 산다."라고 한 것은 곧 고량을 두고 말한 것이리라.
>
> 蜀黍者, 高粱也 …… 蜀黍蓋本遼瀋間所上之穀. 山海經云不與之國, 烈姓黍食, 肅愼氏之國, 釐姓黍食. 不與者夫餘也, 肅愼者, 今烏剌寧古塔之地也. 此地恒糧蜀黍居多. 所謂黍食, 卽蜀黍之謂歟.[45]

정약용은 『산해경』에 등장하는 불여국과 숙신국의 위치와 주식(主食)을 고증했다. 이외에도 그는 낙랑, 예맥, 백두산 등을 고증하는 데에 『산해경』을 인용했으며 이규경은 기굉국(奇肱國), 일목국(一目國), 소인국(小人國), 군자국, 봉래산, 백두산 등 주로 신화적 지리 변증에 이 책을 활용했다. 아울러 전술한 정약용, 이규경, 성해응 등을 비롯 이익(李瀷), 이수광(李睟光), 이덕무 등 주로 실학파 계열의 문인들은 문헌상의 지식이나 일반 사물 등을 고증하는 데도 『산해경』을 널리 활용했다. 가령 정약용은 "상자의 책 뒤져 보니 거의 낡아 해어져, 『산해경』을 골라잡아 글자 음을 풀이하네.(篋書檢點多陳腐, 閒取山經注字音.)"[46]라고 노래할 정도였다. 이덕무의 고증을 예로 들어 보자.

---

45 丁若鏞, 『與猶堂全書』, 「附 雜纂集 2」, 蜀黍條.

46 丁若鏞, 『茶山詩文集』, 卷1, 「春日烏城雜詩」.

우리나라 사람은 기(麒) 자와 린(麟) 자로 이름을 짓는 경우가 많다. 때때로 속자로 기(麒)를 기(琪)로, 린(麟)을 린(獜)으로 쓰는 경우가 있는데 절대로 그러면 아니 된다. 기린은 상서로운 짐승으로 사슴같이 생겼기에 사슴 록(鹿) 변에 쓴다. 만약 개 견(犬) 변에 쓰면 기린은 개 같은 짐승이 될 뿐이다. 기(琪)와 린(獜) 두 글자는 각기 딴 뜻이 있다. 『집운(集韻)』을 보면 여남(汝南)에서는 강아지를 기(琪)라 한다 했고 『설문(說文)』에서는 린(獜)을 씩씩하다고 풀었다. 『산해경』을 보면 의고산(依軲山)에 어떤 짐승이 있어 개같이 생겼는데 호랑이 발톱에 딱딱한 껍질이 있고 이름을 린(獜)이라고 한다는 기록이 있다.

東國人多以麒字麟字命名者有之. 往往從俗麒作琪, 麟作獜, 大不可也. 麒麟瑞獸, 而似鹿故從鹿傍. 若從犬傍, 則是麒麟爲似犬之獸耳. 琪獜二字, 自有別義. 按集韻, 汝南謂犬子爲琪, 說文獜健也. 山海經依軲之山, 有獸焉, 狀如犬, 虎爪有甲, 名曰獜.[47]

이덕무는 작명(作名)에서 기린을 뜻하는 '기(麒)'와 '린(麟)'의 속자로 '기(琪)'와 '린(獜)'을 쓰게 되면 상서로운 기린이 아니라 개와 같은 짐승을 뜻하게 된다고 습속(習俗)을 비판하면서 『산해경』「중차십일경(中次十一經)」의 개 같이 생긴 짐승 '린(獜)'을 들어 예증한다.이와 같은 사례를 통해 조선 후기, 실증을 추구하는 실학 정신이 대두하면서 박물학적 지식을 필요로 하는 고증에 『산해경』이 자주 원용되었음을 알 수 있다.

그런데 조선 후기 17세기에 지리 방면에서 『산해경』의 지대한 영향을 받은 업적이 나왔다. 조선 『산해경』 수용의 꽃이라고도 할 수 있는 이 업적은 다름 아닌 조선판 세계 지도인 「천하도(天下圖)」이다. 작자 미상의

47 李德懋, 『靑莊館全書』, 卷56, 「央葉記 3」, 琪獜非麒麟條.

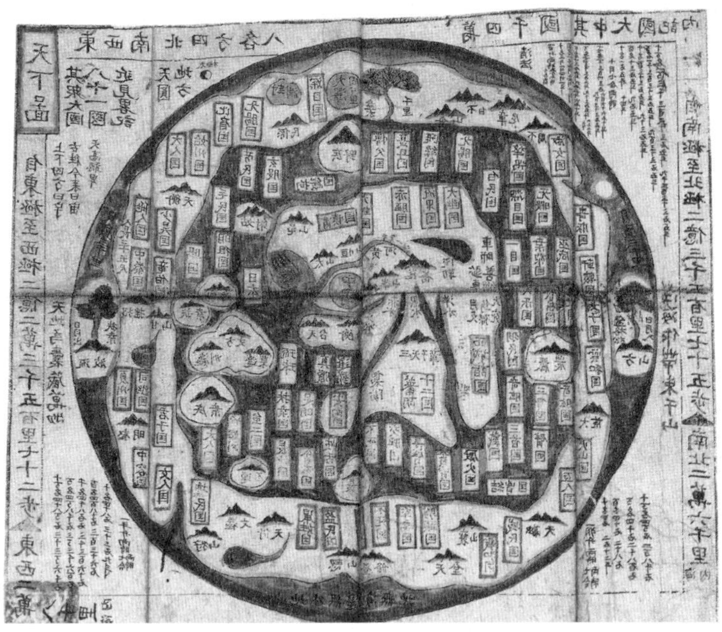

「천하도」, 18세기 조선, 국립중앙도서관

「천하도」는 추연(鄒衍)의 대구주설(大九州說)과 불교의 사대주설(四大洲說) 등 종래의 화이론(華夷論)적 직방세계(職方世界)를 넘어서는 지리관에 의해 성립된 지도로서 지상을 원형으로 그린 특이한 형태를 취하고 있다. 이 지도에서는 『산해경』의 중심-주변의 동심원적 구조를 내대륙-내해-외대륙-외해의 구조로 형상화하고 『산해경』의 각 편에 수록된 지명을 정해진 방위에 따라 지도상의 대응 지역에 배치했다.[48] 지명은 중심인 내대륙만 실제 지명으로 되어 있고 그 밖은 거의 『산해경』의 원방이국(遠方異國)들, 이를테면 대인국(大人國), 소인국(小人國), 여자국

48 오상학, 『천하도』(문학동네, 2015), 91쪽.

(女子國), 일목국(一目國), 기굉국(奇肱國), 장비국(長臂國), 관흉국(貫匈國), 우민국(羽民國) 등의 나라들로 채워져 있다.

『산해경』의 지역과 더불어 일부는 당(唐) 두광정(杜光庭)의 『동천복지악독명산기(洞天福地嶽瀆名山記)』에 실린 선경(仙境)으로 비정되어 있는데, 이로 미루어 「천하도」에는 신화적, 도교적 세계관 및 지리관이 깔려 있는 것으로 볼 수 있다. 「천하도」의 작자는 아직 밝혀지지 않았지만 신화적, 도교적 지식을 자유롭게 운용할 수 있는 사상적 포용성을 지닌 것으로 보아 정통 유학자는 아니고 선도(仙道)를 중심으로 유불도 삼교 회통(會通)의 정신을 지녔던 단학파(丹學派)[49] 계열의 문인이 아닌가 추측해 볼 수 있다.

이 지도는 기존의 지도처럼 가급적 사실을 재현하는 데 충실하려 하지 않고 전통적인 천인합일관(天人合一觀)에 의해 자연과 인간, 천상과 지상을 하나로 통합하고자 했다는 점에서 특별한 지위를 차지한다.[50] 「천하도」의 밑바탕에 깔린 이러한 관념은 이성과 감성, 현실과 초현실, 과학과 주술이 공존하는 다중적 인식 체계의 소산이다. 따라서 「천하도」는 실재계와 상상계 두 세계를 아우르는 지도라 할 수 있다. 조선 후기 17세기에 「천하도」와 같은 작품이 출현했다는 것은 『산해경』의 유포와 수용이 이 시기에 이르러 독자적인 세계 지도 작성에 활용될 정도로 원숙한 경지에 올랐다는 것을 의미한다. 「천하도」를 『산해경』 수용의 꽃으로 불러도 좋은 것은 이 때문이다.

역사·지리 방면에 이어 민속 방면에서의 『산해경』 수용을 살펴보

49 조선 초, 중기에 성립된 한국 도교의 정체성을 강조한 학파. 김시습(金時習), 서경덕(徐敬德), 정렴(鄭𥖝) 등이 이에 속한다. 자세한 내용은 후술할 본장 사례 연구 「척주동해비에 표현된 『산해경』의 신화적 이미지들」 및 정재서, 『한국 도교의 기원과 역사』(이화여대 출판부, 2006), 120~122쪽 참조.

50 오상학은 「천하도」의 이러한 성격에 주목하여 코스모그래피(Cosmography), 곧 우주지(宇宙誌)로 부를 것을 제안한다. 오상학, 앞의 책, 147~153쪽.

기로 한다. 조선 시대에는 치우(蚩尤)와 관련된 습속이 있었다. 치우는 동이(東夷)의 군장으로 황제(黃帝)에 대항하여 싸워 연전연승한 맹장이었다. 치우는 마지막 싸움에 패하여 죽었으나 사후에 전쟁의 신으로 부활했다. 조선 시대에는 단옷날에 궁중과 사대부 집 대문에 치우 부적을 붙여 놓으면 온갖 질병을 물리칠 수 있다는 믿음이 있었는데 그것은 맹장이었던 치우의 힘을 빌려 귀신을 제압한다는 발상에서 온 것이다. 부적의 내용은 다음과 같다.

> 5월 5일 천중절에 위로는 천록(天祿)을 받고 아래로는 지복(地福)을 받게 하소서. 치우의 신은 동두철액(銅頭鐵額)과 적구적설(赤口赤舌)을 하시었으니 사백사병(四百四病)이 일시소멸(一時消滅)하게 하소서. 급급여율령(急急如律令).[51]

중국에서는 한고조(漢高祖)가 치우의 무덤에 가서 제사를 드렸더니 붉은 기운이 치솟았고 그 기운을 받아 패업(霸業)을 이루었다는 전설이 있다. 그래서 장군들이 전쟁터에 나가기 전에 치우 사당에 가서 기원하는 습속이 있었는데 조선에도 이것이 전래되어 둑제(纛祭)라는 제사 의식이 거행되었다. 충무공 이순신의 『난중일기(亂中日記)』에도 가끔 독제를 드렸다는 기록이 보인다.

충무공과 관련하여 또 언급할 역사 유물로는 남해의 노량(露梁)에서 순국한 충무공을 기리는 사당 충렬사(忠烈祠)의 현판이 있다. 현판에는 '보천욕일

보천욕일, 남해 충렬사 현판

51 이능화, 이종은 역주, 『조선 도교사』, 285쪽.

(補天浴日)'이라는 글귀가 쓰여 있는데 이 글귀는 뚫어진 하늘을 기운 대모신(大母神) 여와(女媧)와 매일 해를 목욕시켜 세상을 새롭게 비추게 하는 태양신 희화(羲和)의 신화에서 나온 성어(成語)로 충무공을 두고 명나라 수군 제독 진린(陳璘)이 "천지를 주름잡는 재주와 나라를 바로잡은 공적이 있다.(有經天緯地之才補天浴日之功)"라고 상찬(賞讚)한 글에서 따온 말이다. 『산해경』에는 희화에 대한 다음과 같은 기록이 있다.

> 동해의 밖, 감수의 사이에 희화국이 있다. 희화라는 여자가 있어 지금 감연에서 해를 목욕시키고 있다. 희화는 제준의 아내로 열 개의 해를 낳았다.
>
> 東南海之外, 甘水之閒, 有羲和之國. 有女子名曰羲和, 方日浴于甘淵. 羲和者, 帝俊之妻, 生十日.[52]

태양의 여신 희화는 열 개의 태양 아들이 있는데 그들을 하나씩 목욕시켜 천상으로 보내 지상을 비추게 한다. 진린은 희화 여신이 태양을 갱신시키듯이 충무공이 피폐한 조선을 소생시켰다고 극찬한 것이다.

이 밖에도 제사상에 복숭아를 놓지 않는 습속은 명궁(名弓) 예(羿)가 복숭아 나무 몽둥이에 맞아 죽은 후 귀신의 우두머리인 종포신(宗布神)이 되었으나 트라우마로 인해 복숭아를 무서워 한다는 신화에서 유래했다. 이 습속은 지금까지 지켜지고 있다.

「천하도」가 지리 문헌으로서 『산해경』 수용의 꽃이었다면 역사 유물로는 삼척에 소재한 「척주동해비(陟州東海碑)」[53]를 백미(白眉)로 꼽을 수 있다. 현종 때 삼척 부사(府使) 허목(許穆, 1595~1682)에 의해 건립

52 『山海經』, 「大荒南經」.

53 이에 대해서는 다음의 사례 연구에서 상론(詳論)할 것이다.

된 이 비석은 일명 퇴조비(退潮碑)라고 불린다. 삼척에 빈발한 해일을 막기 위해, 혹은 토착 세력을 무마하기 위해 세워졌다고도 하는 이 비석의 글은 「동해송(東海頌)」이라고 하는데 신비한 고전체(古篆體) 운문으로 동해의 각종 기이한 생물과 다양한 종족이 평화롭게 공존하리라는 기원을 담고 있다. 그런데 「동해송」에는 대택(大澤), 양곡(暘谷), 부상(扶桑), 흑치(黑齒), 희화(羲和), 저인(氐人), 천오(天吳), 기(夔) 등 『산해경』의 신, 괴물, 이방인 등이 다수 등장하여 비문의 주술적 취지를 한껏 고양시킨다. 먼 옛날 무당이나 방사 계층이 그러했던 것처럼 허목은 「동해송」에 『산해경』의 신화적 대동세계(大同世界)를 재현하고자 했던 것이다. 「척주동해비」 역시 「천하도」와 마찬가지로 조선 문인의 원숙한 『산해경』 운용의 경지를 보여 주는 유물이라 할 것이다.

역사·지리·민속 분야의 『산해경』 수용을 살펴본 결과 근엄한 사서의 경우 『산해경』에 대한 언급이 주로 서책의 징구, 문장에서의 비유 등 단편적인 데 머무른 반면 실학파의 실증 정신, 청대 고증학의 영향 등으로 조선 후기 개인 문집에서 역사, 지리, 사물 고증이 성행하면서 『산해경』은 중요한 참고자료로 부상했음을 알 수 있다. 이러한 고증의 성과들은 후일 한국 상고사 연구에서 참고될 여지를 남겼는데, 특히 민족주의 사학과 그 뒤를 이은 재야 사학에 의해 크게 활용되었다. 아울러 『산해경』의 지리 구조와 도교적 지리관을 결합한 세계 지도 「천하도」가 제작되었는데 이는 실재계와 상상계를 통합한 특유한 세계 인식을 보여 주는 조선 지리학의 걸작이었다. 그리고 민간에서의 벽사(辟邪)를 위한 치우 숭배라든가 해일을 막기 위해 『산해경』의 이미지를 동원한 「척주동해비」의 건립 등은 『산해경』이 주술적 의도로도 활용되었음을 보여 준다.

◇ 사례 연구: 「척주동해비」에 표현된 『산해경』의 신화적 이미지들

—정치성인가? 주술적 현실인가?

1 들어가는 말

「척주동해비」, 강원도 삼척시

「척주동해비(陟州東海碑)」는 숙종(肅宗) 때 남인의 영수 미수(眉叟) 허목(許穆, 1595~1682)이 삼척부사(三陟府使) 재임 시절인 현종 2년(1661), 당시 빈번했던 해일을 막기 위해 삼척 해변에 세웠던 비석으로[1] 이 비의 건립 의도와 성격을 두고 역래(歷來) 다양한 주장이 제기되어 왔다. 이 비는 건립 이후 수재가 소멸되었다는 전설로 인해 '퇴조비(退潮碑)'라는 별칭으로 불리기도 했으며 비문인 「동해송(東海頌)」에 등

1 비석은 현재 삼척시 정상동(汀上洞)의 육향산(六香山)에 있다. 삼척시에서 작성한 안내문에 따르면 원래 삼척 정라진(汀羅津)의 만리도(萬里島)에 세워졌다가 파손되어 숙종 36년(1710)에 모사(模寫)한 것을 이곳에 세웠다고 한다.

장하는 기이한 사물, 신비감을 자아내는 고전(古篆)의 서체 등으로 인하여 많은 지역 설화의 생성 근거가 되기도 했다.[2]

후술할 바이지만 「동해송」의 내용을 요약하면 광대무변한 큰 바다 동해는 교인(鮫人)의 진주와 같은 온갖 물산이 풍부하고 수신 천오(天吳)와 괴수 기(夔)에 의해 풍우가 일어나며 부상(扶桑), 흑치(黑齒), 마라(麻羅) 등 여러 나라의 수많은 종족들이 평등하게 살고 있는 곳인데 이는 옛 성인의 가르침이 이역에까지 미친 것으로 그것이 영원하리라는 찬양과 기원으로 귀결하고 있다. 흥미로운 것은 이러한 내용을 지닌 비석의 건립이 현지 백성들로 하여금 퇴조비가 해일을 물리쳤다는 주술적 효능과 관련된 설화를 낳게 했고 그것에 대한 믿음이 지금까지 이어져 비문 혹은 그 탁본을 마치 주력(呪力)을 지닌 부적처럼 간주하는 민속으로 정착했다는 사실이다.[3]

이 글에서는 그간의 연구에서 제기된 「척주동해비」의 건립 의도 및 성격에 관한 다양한 견해들을 참작하면서 「동해송」에서 전개된 『산해경』의 이미지들에 대한 분석을 중심으로 논의를 진행하고자 한다. 이것은 앞선 연구들 나름의 유효한 관점에도 불구하고 허목 및 퇴조비 설화 생성의 요인이 된 주술적 효능에 각별히 착목(着目)할 때 고대 무서(巫書)인 『산해경』[4]의 이미지들에 대한 천착이 무엇보다 긴요하리라는 판

2 1980년부터 2006년 4월까지 삼척 지역에서 수집된 허목 관련 설화는 모두 26편이다. 이 중 「척주동해비」와 관련된 것이 11편으로 큰 비중을 차지한다. 김태수, 「설화에 나타나는 허목의 삶과 민중 의식」, 《강원민속학》(2006), 20집, 79~81쪽. 이외에도 『한국 구비 문학 대계』, 『한국 구전 설화』 등에 채록된 관련 자료를 보면 경기, 충남, 전북, 전남, 제주 등에 걸쳐 12편이 존재하고 있어 허목 관련 설화는 거의 전국적인 분포를 보이고 있음을 알 수 있다. 신연우, 「허목 퇴조비 설화 연구」, 《구비문학연구》(2003), 17집, 384~385쪽.

3 삼척의 어민들은 지금도 퇴조비 비문 사본을 집집마다 부적처럼 갖고 있으며 인터넷 쇼핑에서는 비문을 병풍, 도자기, 접시, 액자 등으로 제작, 판매하고 있을 정도라고 한다. 관련된 언급은 신연우, 위의 글, 403쪽 참조.

4 노신(魯迅)은 이 책의 성격에 대해 "아마도 옛날의 무서(巫書)였을 것이다.(蓋古之巫書)" 라고 단언했다. 노신, 조관희 역주, 『중국 소설 사략』, 44쪽.

단 때문이다.

이에 따라 이 글에서는 우선 비문의 취지와 인과 관계에 있는 허목의 사상과 관련하여 그의 방외(方外)적, 도가적 학문 세계를 살펴본 후 「동해송」 내 『산해경』의 이미지들에 대해 신화학적, 상징학적 분석을 시도할 것이다. 이어서 「척주동해비」의 건립 의도 및 성격에 대해 새로운 관점에서 재검토를 시행한 후 논의를 맺게 될 것이다.

2 허목의 방외적, 도가적 사상

허목은 조선의 사대부로서 남인을 대표하는 학자이기에 그의 학문은 유학을 기본으로 하고 있다. 그의 유학은 퇴계(退溪)의 맥을 이은 한강(寒岡) 정구(鄭逑)를 사사한 후 성호(星湖) 이익(李瀷)에게 전해져 실학으로 꽃을 피웠는데 당시 명분론에 치우친 권위적인 주자학이 아니라 현실과 실용을 중시하는 관점에서 선진(先秦) 유학에 근본을 두고 있었다. 그는 육경(六經)을 중심으로 한 고학(古學)과 고례(古禮), 고문(古文) 등을 추구하는 상고주의(尙古主義)의 입장을 견지했는데[5] 이러한 입장은 중당(中唐) 시기 고문 운동(古文運動)을 주창했던 한유(韓愈, 768~824)가 복고(復古)의 기치를 내걸고 사실상 기존의 지배적인 문풍(文風)에 대해 혁신을 추동했던 일과 비슷한 맥락으로 이해된다.

이어서 허목은 유선(遊仙)적 생활을 동경하는 시문을 남기거나 노자를 다수 인용하고 조선의 도인들에 대한 전기를 작성하는 등 방외적, 도가적 사상에 심취한 경향을 보여 주었는데 여기에서 주목해야 할 것

---

5 허목 유학의 성격에 대해서는 이창식, 「許穆의 詩文學과 風俗觀」, 《한국문학연구》(1986), 9집, 196~197쪽 및 임채우, 「척주동해비에 나타난 도가적 세계관의 문제」, 《도교문화연구》(2013), 39집, 66쪽 참조.

은 이러한 경향이 그의 상고주의에서 파생한 단순 취향인가, 아니면 보다 내재적 소인(素因)에 뿌리를 둔 것으로서 오히려 그 소인이 유학을 비롯한 그의 학문적 성향 전반을 지배할 정도로 근원적인 것인가 하는 점이다. 이 점을 파악하기 위해서는 그의 혈통과 가학에 대한 이해가 선결되어야 할 것이다.

허목의 외조부는 개성이 강하고 자주적 역사관을 지닌 낭만파 문인 백호(白湖) 임제(林悌)였다. 그는 조선 단학파(丹學派)의 태두 북창(北窓) 정렴(鄭磏)의 조카인 시인 정지승(鄭之升)과 절친한 사이였다.[6] 아울러 허목의 부친 허교(許僑)는 수암(守庵) 박지화(朴枝華)에게 수학했는데 박지화는 정렴의 아우 고옥(古玉) 정작(鄭碏)의 스승이기도 했다. 박지화, 정작, 정지승 이들 또한 단학파에 속한 저명한 도인들이었다. 이로 보아 허목 집안은 당시 단학파의 대표적 가문이었던 온양(溫陽) 정씨 일문(一門)과 상당히 밀접한 관계에 있었음이 인지된다.[7] 허목이 지은 도인 전기집인 『청사열전(淸士列傳)』에 김시습(金時習), 정희량(鄭希良) 등과 더불어 정렴, 정작 형제가 열입(列入)된 것이 이를 방증한다. 허목 집안과 같은 양천(陽川) 허씨 문중의 일원인 허균(許筠), 허난설헌(許蘭雪軒) 등도 강렬한 방외적, 도가적 성향을 그들의 행적과 문학 작품에서 표명한 바 있는데[8] 이로 미루어 조선 중, 후기의 양천 허씨는 사상적으로 단학파와 밀접한 관계가 있었음에 틀림없다.

---

6 임제는 정지승의 은거 수련지인 진안(鎭安) 용담(龍潭)을 방문하기도 했고 그와의 교유와 관련된 다수의 시를 남겼다. 『白湖集』에 실려 있는 「送鄭子愼」, 「寄會稽」, 「次鄭子愼韻」, 「懷鄭君子愼」 등의 시편(詩篇)이 그것이다. 관련 자료는 林悌, 신호열·임형택 옮김, 『白湖全集(上·下)』(창작과비평사, 1993) 참조. 임제와 정지승의 교유에 관해서는 정재서, 『한국 도교의 기원과 역사』, 210~211쪽 참조.

7 정렴의 증손 정두경(鄭斗卿)은 삼척부사로 부임하는 허목을 전송하는 시, 「送許三陟」을 짓기도 했다.

8 주지하듯이 허균은 당대의 도인 남궁두(南宮斗)에 대한 전기 「南宮先生傳」을 지었고 허난설헌은 유선시(遊仙詩)의 대가였다.

단학파란 무엇인가? 조선 초기부터 일부 사족(士族) 계층을 중심으로 도가의 단정파(丹鼎派)적 경향에서 비롯한 내단학(內丹學)을 연구, 수련하는 기풍이 형성되었다. 이능화(李能和, 1869~1943)는 『조선 도교사』에서 이를 단학파라고 명명한 바 있다.[9] 단학파는 그 출발을 최치원 등 입당(入唐) 유학생으로 보는 견해도 있지만 개조(開祖)를 단군에 둠으로써 민족 주체적인 성격을 지니고 있는 자생적인 한국 선가(仙家)라 말할 수 있다.[10] 이들 단학파는 유학을 기본으로 하되 이에 얽매이지 않고 삼교합일(三敎合一)적인 입장에서 도가, 불가를 자유롭게 회통(會通)하는 것을 중시했다. 단학파는 조선 중기까지 김시습, 정렴 등 저명한 도인들을 배출하면서 성황을 이루었다. 그러나 후기에 이르러 노론-주자학 일존(一尊) 체제가 강화되면서 쇠퇴하고 이에 대해 비판적인 일부 소론, 남인계 사족들에 의해 계승된다.

상술한 바와 같이 허목 사상 성립의 소인을 탐색해 본 결과 그의 유학의 독창성이라든가 기타 탈이념적 활동 등은 유학의 학맥, 성향이나 개인적 기질 등에서 비롯된 것도 있지만 단학파라는 조선 전기부터 형성된 문화사적 전통에 뿌리를 둔 방외적, 도가적 가풍 및 학풍에 더 깊은 연원이 있음을 알 수 있다. 사실상 그는 쇠락한 조선 후기 단학파의 맥을 잇는 중요한 인물로 보아도 좋을 것이다.

3 「동해송」 내 『산해경』 이미지 분석

「동해송」은 총 192자로 구성된 4언 48구의 장편 고체시(古體詩)이

9 이능화는 그의 『조선 도교사』, 21장을 '조선 단학파(朝鮮丹學派)'로 제명(題名)했다. 이능화, 이종은 역주, 『조선 도교사』, 201~252쪽.

10 정재서, 『한국 도교의 기원과 역사』, 120쪽.

다. 이 고시는 내용상 크게 세 부분으로 나뉘는데 첫 번째 부분에서는 동해의 광활한 풍경 및 일출에 대해 묘사했고 두 번째 부분에서는 그곳의 풍부한 물산과 기이한 신령, 괴수 그리고 다양한 나라의 종족들에 대해 언급했다. 마지막 부분에서는 이 모든 종족들이 평화롭게 공존하는 것을 성인의 덕화(德化)로 돌리면서 그 가르침이 무궁하리라는 기원을 담았다.

허목은 「동해송」 창작에 『산해경』 이미지를 적극 활용했다. 「동해송」에는 물론 『산해경』 이미지만 동원된 것이 아니다. 『서경(書經)』, 『회남자(淮南子)』, 『수신기(搜神記)』, 『박물지(博物志)』, 『삼재도회(三才圖會)』 등 신화, 박물과 관련된 중국의 전적들이 다수 인용되고 있지만 『산해경』은 다른 어떤 자료들보다도 근원적인 위치에서 「동해송」의 신이(神異)한 분위기를 연출하는 데에 주도적 역할을 하고 있다. 이제 「동해송」의 각 부분별로 그곳에 등장하는 『산해경』의 이미지들에 대해 차례로 분석해 보자.

우선 첫 번째 부분에서는 동해의 광활한 풍경 및 일출과 관련하여 대택(大澤), 양곡(暘谷), 희백(羲伯) 등과 같은 이미지들을 차용하고 있다. 다음과 같은 구절이 그것이다.

瀛海漭瀁, 큰 바다 넓고 넓어,
百川朝宗, 온 강물 모여드니,
其大無窮. 그 크기 가없네.
……
號爲大澤. 이름하여 대택이라.
……
明明暘谷, 밝디밝은 양곡은,
太陽之門, 태양이 드나드는 곳으로,

羲伯司賓. 신 희백이 다스리네.

위의 글에서 동해를 지칭하는 대택은 『회남자』 등 후대의 전적에도 등장하지만[11] 본래 『산해경』에 전거(典據)를 두고 있다.

과보가 태양과 경주를 했는데 해 질 무렵이 되었다. 목이 말라 물을 마시고 싶어 황하와 위수의 물을 마셨다. 황하와 위수로는 부족하여 북쪽으로 대택의 물을 마시러 갔다가 도착하기도 전에 목이 말라 죽었다.

夸父與日逐走, 入日. 渴欲得飮, 飮于河渭. 河渭不足, 北飮大澤. 未至, 道渴而死.[12]

대택은 거인 과보가 태양과 경주를 하다가 목이 말라 죽었다는 유

과보, 명(明) 장응호(蔣應鎬)의 『산해경회도(山海經繪圖)』

---

11 『산해경』의 신화, 지리를 계승한 『회남자』에서는 대택의 위치를 동북방으로 설정했다. 『淮南子』, 「地形訓」: "九州之外, 內有八殥, 亦方千里. 自東北方曰大澤."

12 『山海經』, 「海外北經」.

명한 신화에 등장한다. 황하와 위수(渭水)로도 갈증을 해결하지 못하고 대택으로 가려 했다는 이야기로 미루어 대택은 엄청나게 큰 호수로 여겨진다. 아닌 게 아니라 『산해경』에는 큰 호수인 대택에 대한 별도의 언급이 있다.

> 사방 천리의 대택이 있는데 뭇 새들이 깃털을 가는 곳이다.
>
> 有大澤方千里, 群鳥所解.[13]

대택은 출처인 「해외북경(海外北經)」, 「대황북경(大荒北經)」 등에서 표현하는 대상의 위치로 보거나 철새들의 고향이라는 점에서 북방의 큰 호수로 추정된다. 물론 『산해경』에는 이외에도 여러 곳에서 대택이 등장하고 그중에는 그저 큰 호수라는 일반 명사로 쓰인 경우도 있다.[14] 그러나 고대 문헌에서 대택은 관용적으로 북방의 특정한 호수를 가리켰다. 필원(畢沅, 1730~1797), 원가(袁珂) 등의 주석가들은 이곳을 한해(瀚海)로 보았는데[15] 한해는 북해(北海)로도 불리었으며 바이칼호(貝加爾湖)로 간주되기도 했다.[16] 그러나 허목은 후대 주석가들의 대택에 대한 실증적, 지리적인 해석을 염두에 두지 않고 신화적 관념에 충실하게 그것에서 '큰 물'의 이미지를 취하여 동해를 표현하고자 했다.

다음으로 양곡 역시 『서경』, 『회남자』 등에도 등장하지만[17] 그 기원

---

13 『山海經』, 「大荒北經」.

14 가령 『山海經』 「海內北經」에서의 "舜妻登比氏生宵明燭光, 處河大澤."이라는 구절 중 '대택(大澤)'에 대해 곽박은 "澤, 河邊溢漫處."로 풀이하고 있다.

15 袁珂, 『山海經校注』(臺北: 里仁書局, 1982), 239쪽: "珂案, 大荒北經云, 有大澤方千里, 群鳥所解, 卽此大澤. 畢沅以爲卽古之翰海, 疑是."

16 대체로 위진(魏晉) 시대 이전에는 큰 호수, 당대(唐代)에는 북방 지역, 원대(元代) 이후에는 사막 특히 고비사막을 지칭하는 등 대택에 대한 인식은 시대에 따라 달랐다.

17 『書經』, 「堯典」: "分命羲仲, 宅嵎夷, 曰暘谷." 및 『淮南子』 「天文訓」: "日出于暘谷, 浴于咸池."

부상, 산동성 가상(嘉祥)의 한(漢) 무량사 화상석

은 『산해경』 신화에 있다.

대황의 한가운데에 얼요군저라는 산이 있다. 그 위에 부목이 있는데 높이가 300리이고 잎은 겨자와 같다. 골짜기가 있어 이름이 온원곡이다. 양곡 위에 부목이 있는데 한 개의 해가 막 도착하자 한 개의 해가 막 떠오르며 모든 해가 까마귀를 싣고 있다.

大荒之中, 有山名曰孼搖頵羝, 上有扶木, 柱三百里, 其葉如芥. 有谷曰溫源谷. 湯谷上有扶木, 一日方至, 一日方出, 皆載于烏.[18]

양곡은 곧 온원곡(溫源谷)으로 문자 그대로 따뜻한 물이 샘솟는 골짜기이다. 이 따뜻한 골짜기의 이미지를 따라서 이곳은 뜨거운 태양이 떠오르는 곳으로 상상되었다. 태양은 1개가 아니라 10개가 있다고 믿어졌고 이들 태양은 양곡에 뿌리를 박고 있는 거대한 나무 부목의 가지 위에 앉아 있다가 하나씩 교대로 떠올랐다. 부목(扶木)은 부상(扶桑)이라고도 하는 높이가 300리나 되는 뽕나무인데 뽕나무는 고대 은나라에서 신목(神木), 곧 세계수였다.

그런데 아폴로 혹은 헬리오스가 태양 마차를 몰듯이 중국 신화에도 태양의 계곡 곧 양곡에서 태양을 관리하는 신이 있었다. 「동해송」에

18 『山海經』, 「大荒東經」.

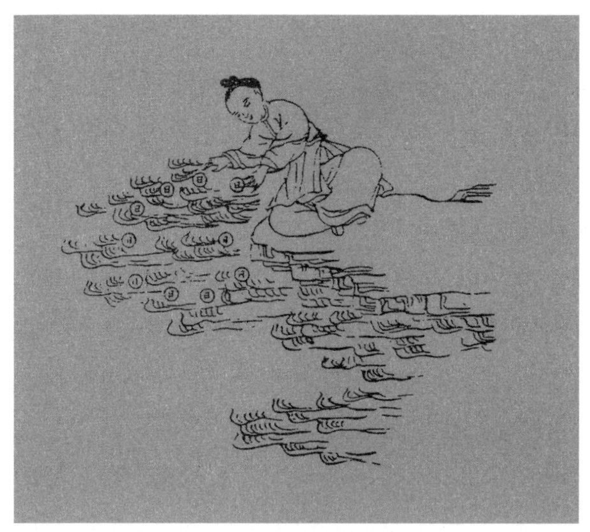

희화, 청 왕불의 『산해경존』

서는 그 신을 『서경』의 구절을 좇아[19] 희백(羲伯)으로 명명했다. 희백은 곧 『산해경』에서의 태양의 여신 희화(羲和)이다.

동해의 밖, 감수의 사이에 희화국이 있다. 희화라는 여자가 있어 지금 감연에서 해를 목욕시키고 있다. 희화는 제준의 아내로 열 개의 해를 낳았다.

東南海之外, 甘水之間, 有羲和之國. 有女子名曰羲和, 方日浴于甘淵. 羲和者, 帝俊之妻, 生十日.[20]

---

19 『書經』, 「堯典」: "乃命羲和, 欽若昊天, 曆象日月星辰, 敬授人時. 分命羲仲, 宅嵎夷, 曰暘谷. 寅賓出日, 平秩東作." 『서경』에서는 태양과 관련된 희화, 희중 등의 신격이 천문, 기상을 담당하는 인물, 관직 등으로 인격화되어 있음을 알 수 있다.

20 『山海經』, 「大荒南經」. 원가는 원문 '동남해(東南海)' 중의 '남(南)'을 잘못 들어간 글자로 교감(校勘)하고 이 구절 전체가 내용상 「대황동경」에 속해야 할 것으로 보았다. 자세한 교감 경위는 袁珂, 『山海經校注』, 381쪽의 주석 참조.

희화는 동방의 대신 제준(帝俊)의 아내로 열 명의 태양 아들을 낳았다고 한다. 여신은 그 아들들을 감연(甘淵)에서 깨끗이 씻긴 후 하늘로 올려 보냈다. 감연은 앞에서 등장했던 따뜻한 물이 샘솟는 계곡인 양곡의 다른 이름이다.[21] 따라서 여신 희화는 감연 곧 양곡에서 태양의 운행을 관리하는 주체인 셈이다.

「동해송」 첫 번째 부분의 신화적 내용을 종합하면, 황하와 위수를 삼킬 만한 큰 호수인 대택과도 같이 광활한 동해, 그 동해의 어딘가에는 따뜻한 물이 샘솟는 양곡이라는 곳이 있다. 그곳에서 태양의 여신 희화가 열 명의 아들을 씻겨 거대한 뽕나무에 올려 앉히면 그들이 차례로 떠올라 세상을 비춘다는 것이다. 허목은 대택, 양곡, 희백, 단 세 단어에 불과하지만 동해의 정황과 관련된 『산해경』의 핵심적인 신화 언어를 활용하여 그 말에 잠재된 풍부한 신화적 이미지를 환기시킴으로써 동해의 장엄하고 신비한 풍경을 효과적으로 그려 냈다.

다음으로 두 번째 부분에서는 동해의 풍부한 물산과 기이한 신령, 괴수 그리고 다양한 나라의 종족들과 관련하여 교인(鮫人), 천오(天吳), 기(夔), 부상, 흑치(黑齒) 등과 같은 이미지들을 차용하고 있다. 다음과 같은 구절이 그것이다.

鮫人之珍, 교인의 진주를 비롯하여,
涵海百産, 바닷속의 온갖 물산이,
汗汗漫漫. 한도 끝도 없이 많다네.
……
天吳九首, 머리가 아홉인 신 천오와,
怪夔一股, 외다리 괴물 기가,

21 위의 책, 381쪽: "甘淵蓋卽湯谷也, 其地本當在東方."

颹回且雨.　회오리바람을 일으키고 비를 내리네.

……

扶桑沙華,　부상국과 사화국,

黑齒麻羅,　흑치국과 마라국,

撮髻莆家.　상투를 튼 보가국 사람들이 사는 이곳.

위의 글에서 교인은 『수신기』, 『박물지』 등 위진(魏晉) 시대의 지괴(志怪) 소설에 등장하는 인어이다.

> 교인은 물에서 나와 인가에 머물면서 여러 날 동안 비단을 판다. 떠나려 할 즈음에 주인에게 그릇 한 개를 달래서 눈물을 흘리면 구슬이 되어 그릇에 가득 찬다. 그것을 주인에게 준다.
>
> 鮫人從水出, 寓人家, 積日賣絹. 將去, 從主人索一器, 泣而盛珠滿盤, 以與主人.[22]

이처럼 진주를 생산하는 인어의 스토리는 신화라기보다 전설이나 민담의 성격을 지닌 역사 시대의 설화이다. 그러나 교인 역시 그 기원을 『산해경』의 인어 신화에 두고 있다.[23]

저인국 사람, 명 장응호의 『산해경회도』

능어는 사람의 얼굴에 팔다

22 『太平御覽』, 卷803에 인용된 『博物志』.

23 인어 서사의 신화에서 소설로의 변천에 대해서는 정재서, 「중국 신화에서의 파격적 상상력—鯀禹 신화와 氐人 신화를 중심으로」, 《구비문학연구》(2009), 29호 참조.

리가 있고 몸뚱이는 물고기인데 바다 한가운데에 산다.

陵魚人面, 手足, 魚身, 在海中.[24]

저인국이 건목의 서쪽에 있는데 그들은 사람의 얼굴에 물고기의 몸이고 발이 없다.

氐人國在建木西, 其爲人人面而魚身, 無足.[25]

『산해경』의 능어(陵魚)와 저인(氐人)은 모두 인간과 동물이 교호(交互)적인 관계 속에서 지내던 신화 시기의 인어이다. 특히 저인에 이르러 그들은 동물과의 구분 없이 완연히 인간의 일종으로 간주되고[26] 그들만의 나라를 이루고 사는 것처럼 묘사되고 있다. 이러한 내용과 더불어 『산해경』에 부록된 중년 남성 인어의 도상(圖像) 이미지는 생계를 위해 비단을 팔러 다니는 후대의 교인 설화를 자연스럽게 유발했을 것이다. 허목은 『산해경』의 인어 신화에서 유래한 교인의 진주 이미지를 통해 동해가 담고 있는 물산의 기이하고 다양한 속성을 부각시키고자 했음을 알 수 있다.

동해는 이와 같이 진기한 물산을 풍부히 지니고 있는 곳일 뿐만 아니라 신 천오와 괴수 기 등 초자연적 존재들이 온갖 기상의 조화를 부리는 곳이기도 하다. 천오와 기는 모두 『산해경』에 등장한다. 먼저 천오에 대한 묘사를 보면 다음과 같다.

조양곡의 신을 천오라고 하는데 그는 수신이다. 홍홍의 북쪽 두 강물

24 『山海經』, 「海內北經」.

25 『山海經』, 「海內南經」.

26 원문에서 저인의 생김새를 '위물(爲物)'이 아니라 '위인(爲人)'이라고 표현한 것이 그 한 증거이다.

사이에 있다. 그 생김새는 여덟 개의 머리가 사람의 얼굴이며 여덟 개의 다리와 여덟 개의 꼬리를 지니고 있는데 등은 청황색이다.

朝陽之谷, 神曰天吳, 是爲水伯. 在虹虹北兩水閒. 其爲獸也, 八首人面, 八足八尾, 皆[27]靑黃.[28]

천오, 청 왕불의 『산해경존』

천오는 조양이라는 계곡의 신이라 했다. 『이아(爾雅)』에서는 산의 동쪽을 조양이라 했고[29] 조양은 문자 그대로 아침 햇볕이 드는 곳이니 동방을 뜻한다. 천오는 동방의 수신인 셈이다. 허목은 이러한 의미에서 동해의 신으로 천오를 활용한 듯하다. 다만 「동해송」에서는 천오가 아홉 개의 머리를 지녔다고 하여 『산해경』의 묘사와 상위가 있으나 큰 문제는 아니다.[30]

기는 어떠한 짐승인가? 기는 『산해경』에 등장하는 유명한 신화적 괴수 중의 하나이다.

동해의 한가운데에 유파산이 있는데 바다 쪽으로 7000리나 쑥 들어가 있다. 그 위에 소같이 생긴 짐승이 있는데 푸른 몸빛에 뿔이 없고 외발이다. 물속을 드나들 때면 반드시 비바람이 일며 그 빛은 해와 달 같고 그 소

27 '개(皆)'는 '배(背)'의 오기(誤記)이다. 袁珂, 『山海經校注』, 256쪽: "何焯校本, 黃丕烈周叔弢校本, 並作背靑黃 …… 作背靑黃是也."

28 『山海經』, 「海外東經」.

29 袁珂, 『山海經校注』, 256쪽. "郝懿行云, 爾雅云, 山東曰朝陽, 水注谿曰谷."

30 당(唐) 유종원(柳宗元)의 소체시(騷體詩) 「招海賈文」에도 "天吳九首兮, 更笑迭怒"라는 구절이 있다.

리는 우레 같다. 이름을 기라 한다. 황제가 이를 잡아 가죽으로 북을 만들고 뇌수의 뼈로 두들기니 소리가 500리 밖까지 들려 천하를 놀라게 했다.

東海中有流波山, 入海七千里. 其上有獸, 狀如牛, 蒼身而無角, 一足, 出入水則必風雨, 其光如日月, 其聲如雷, 其名曰夔. 黃帝得之, 以其皮爲 鼓, 橛以雷獸之骨, 聲聞五百里, 以威天下.[31]

동해에는 천오 신과 더불어 괴수 기가 살고 있다. 기는 비바람을 일으키고 강력한 빛과 소리를 내는 등 기상 변화를 동반하는 무서운 존재다. 기는 후일 황제가 치우와의 버거운 전쟁에서 승리하는 중요한 한 요인으로 작용한다. 황제는 기의 가죽으로 북을 만들어 두드렸는데 그 굉음에 치우군이 동요하여 패했다고 한다.[32] 이것은 단순히 굉음이 아니라 기의 가죽이 지닌 주술적 힘에 대한 신화일 것이다. 허목은 『산해경』에 등장하는 신 천오와 괴수 기를 풍우, 해일 등 동해의 기상을 주관하는 존재로 간주하여 「동해송」의 문맥 속에 적절히 배치했다.

기, 명 장응호의 『산해경회도』

기상 신과 괴수에 대한 서술에 이어 부상, 흑치, 사화(沙華), 마라(麻羅), 보가(莆家) 등 동해 이역의 여러 나라들에 대한 언급이 나온다. 먼 곳의 이상한 종족들에 대한 『걸리버 여행기』

31 『山海經』, 「大荒東經」.

32 馬驌, 『繹史』, 卷5: "黃帝伐蚩尤, 玄女爲帝製夔牛鼓八十面, 一震五百里, 連震三千八百里."

적 탐색은 일찍이 『산해경』에서 그 유래를 찾아볼 수 있다. 『산해경』의 해외(海外), 대황(大荒) 등 『해경』의 상당 부분은 원방이국(遠方異國)의 종족과 생태, 습속, 기이한 동식물 등에 대한 상상적 묘사로 채워져 있다. 위에 등장했던 교인 역시 저인국이라는 인어 나라의 종족임은 물론이다. 부상은 곧 부상국(扶桑國)인데 『산해경』에는 아직 보이지 않으나 해가 뜨는 거대한 뽕나무가 있는 나라로 후대에 상상되었던 듯하다.[33] 흑치국(黑齒國)은 저인국과 더불어 본래 『산해경』에 등장하는 이국이다.

> 흑치국이 그 북쪽에 있다. 그 사람들은 이가 검은데 벼를 먹고 뱀을 잡아먹는다. 붉은 뱀 한 마리와 푸른 뱀 한 마리가 그 곁에 있다.
> 黑齒國在其北. 爲人黑,[34] 食稻啖蛇, 一赤一靑, 在其旁.[35]

흑치국 사람들은 문자 그대로 이가 검다. 이에 착안하여 위의 글을 빈랑(檳榔) 등을 씹어 이를 물들이는 남방 민족의 습속을 반영한 것으로 해석하는 경향이 있다. 그러나 『산해경』에서는 위의 글과 연접하여 일출처(日出處)인 양곡을 묘사하고 있으며 흑치국에 대한 기록이 「해외동경」과 「대황동경」에만 보이는 것으로 미루어 일단 동방의 이국으로 간주해야 할 것이다. 이어서 출현하는 사화, 마라, 보가 등은 『산해경』에는 존재하지 않고 후대에 중국의 실제 해양 지식이 넓어지면서 등장한 나라들로 대개 자바, 말레이시아, 수마트라 등 동남아 해역의 이국들을 지칭한다.[36] 이들 이국은 허목이 동해에 펼쳐진 각양각색 종족들

33 실제 지리상으로는 해가 뜨는 곳이라는 신화 내용을 따라 아시아 동쪽 끝의 일본을 지칭하기도 했다.

34 '흑(黑)' 자 다음에 '치(齒)' 자가 와야 함. 袁珂, 『山海經校注』, 259쪽: "郝懿行云, 黑下當脫齒字."

35 『山海經』, 「海外東經」.

36 「동해송」에는 이외에도 연만(蜒蠻), 조와(爪蛙), 불제(佛齊) 등의 나라들이 등장한다.

의 광활한 세계를 현시(顯示)하고자 『산해경』 원방이국 이미지의 기초 위에 동해라는 특정 범주를 넘어 덧붙인 나라들이라 할 것이다.[37]

마지막으로 세 번째 부분에서는 다음과 같이 동해와 이역의 모든 종족들이 평화롭게 공존하고 있음을 말하고 그것이 성인의 덕화에 의한 것임을 밝혔다. 그리고 그 가르침이 무궁하리라는 기원으로 「동해송」의 대미(大尾)를 맺었다.

海外雜種, 바다 밖의 여러 종족들,
絶儻殊俗, 인종도 다르고 풍속도 다르지만,
同囿咸育. 한 울타리 안에서 함께 자랐다네.
古聖遠德, 옛 성인의 원대한 덕에 의해,
百蠻重譯, 모든 오랑캐들 통역을 거듭하여,
無遠不服. 그 어느 먼 곳도 따르지 않은 곳이 없어라.
皇哉熙哉, 훌륭하도다! 빛나도다!
大治廣博, 위대한 다스림 널리 미치니,
遺風邈哉. 남기신 그 가르침 영원하리로다.

마지막 부분의 전반부는 "한 울타리 안에서 함께 자랐다네."라는 언

「동해송」 내 이국들에 대한 자세한 고증은 임채우, 「척주동해비문의 내용에 대한 고증 연구」, 《대화예술연구》(2013), 1집, 11~29쪽 참조.

37 임채우는 "扶桑沙華, 黑齒麻羅, 撮髻莆家."의 세 구절을 대구의 측면에서 병렬 구조가 아닌 수식 구조로 해석하고자 했다. 즉 "부상나무가 있는 사화와 검은 이빨을 가진 마라와 상투를 튼 보가"로 번역되어야 한다는 것이다. 임채우, 위의 글, 29~33쪽. 고려할 만한 해석이다. 그러나 4언 고체시(古體詩)가 후대의 정연(整然)한 사륙병려문(四六騈儷文)처럼 반드시 대구를 철칙으로 엄수해야 하는 것만은 아니며 그럴 경우 동해의 다양한 이국이 사화, 마라 등 동남아 해역의 나라만으로 한정되는 결과를 빚어 「동해송」의 본의와는 큰 거리가 있게 된다. 형식상으로는 수식 구조가 맞을 듯도 싶지만 문맥상, 의미상으로는 병렬 구조로 해석해야 동해의 부상과 흑치로부터 동남해의 이국들로 확대되어 가는 광활한 이미지를 자연스럽게 확보할 수 있다.

급으로 요약되는, 이타성(異他性, alterity)이 소거된 이른바 '사해일가(四海一家)'의 이미지로 짙게 장식되어 있다. 이러한 이미지의 이면에는 다음에 진술하고 있듯이 성인의 교화라는 지배 이데올로기가 도사리고 있는 것도 사실이지만, 근대 이후 제국주의의 타자에 대한 적대감과는 차원을 달리 하는 인종 간, 사물 간의 자연 생태적 공존의식 역시 존재한다. 이것은 분명 『산해경』의 이방인, 이물(異物)에 대한 이미지에서 흔연히 묻어나는 느낌으로서 허목은 그것을 잘 간파한 것이다. 그 느낌은 평론가 고 김현이 『산해경』을 처음 접하고 난 후에 밝힌 소회(所懷)와 그리 다르지 않을 것이다.

> 『산해경』을 쉬엄쉬엄 읽다. 중국인들의 상상 세계가 어슴푸레 떠오른다. 잘 걸리는 병, 화재, 제사, 보석, 희귀한 동식물들 …… 그 이름들은 아름다운 시보다도 더 많은 꿈을 꾸게 한다.[38]

김현은 『산해경』의 낯선 인종과 사물들로부터 그리스 로마 신화나 서양 중세 박물지에서처럼 이방인과 괴물들에 대해 적대감과 공포감을 느끼기보다 아름다움을 느낀다고 토로했다. 허목은 바로 이 호혜적 '참여의 법칙(law of participation)'이 구현된 『산해경』 신화 세계의 이미지를 동해로 가져온 것이다.

마지막 부분의 후반부에서 「동해송」은 이 모든 조화로운 세계상을 구현한 존재로서 '옛 성인' 곧 '고성(古聖)'의 교화와 미덕을 칭송한다. 한시의 종장(終章) 부분이 언제나 전시(全詩)의 의미를 귀결 짓는 역할을 하는 용례에 비추어 고성이 갖는 의미는 크다. 그렇다면 이 고성은 누구인가? 고성은 일반적으로 중국 상고의 성군, 성인들로 요(堯), 순

38 김현, 「1986. 2. 12일자」, 『행복한 책 읽기』(문학과지성사, 1992).

대우, 산동성의 한(漢) 무량사 화상석

(舜), 우(禹), 탕(湯), 주 문왕(周文王), 주 무왕(周武王), 주공(周公) 등을 지칭하지만 특별히 「동해송」의 문맥에서는 우임금, 이른바 '대우(大禹)'를 의미할 것이다. 그것은 우가 「동해송」의 전반 이미지를 지배한 『산해경』의 성립과 깊은 관계에 있다고 믿어 온 인물이기 때문이다. 신화에 따르면 우는 9년 동안 계속된 중국의 대홍수를 다스렸다고 한다. 그 과정에서 그는 천하를 답사하고 각지의 인종, 산물 등의 상황을 파악한 후 그것을 자신이 혹은 신하 백익(伯益)을 시켜 정리, 기록하게 했는데 그 책이 바로 『산해경』이라는 것이다. 최초로 『산해경』을 교감(校勘)하여 황제에게 헌정한 유수(劉秀)는 그 성립 경위를 이렇게 말한다.

> 『산해경』이란 책은 요순시대에 나왔습니다. 옛날에 큰 물이 온 나라를 휩쓸자 백성들은 생활의 근거를 잃고 산골짜기에서 헤매거나 나무에 집을 짓고 살았습니다. …… 우는 네 가지 탈것을 타고 이르는 산마다 나무를 베어 젖혀 높은 산과 큰 강을 정돈했습니다. 백익과 백예는 새와 짐승을 몰아내고 산천에 이름을 붙이고 초목을 분류하여 강과 육지를 구분하는 일을 주관했습니다. 사방 제후의 우두머리들이 이 일을 도와 온갖 지역에 두루 미쳐 사람의 발자취가 잘 닿지 않던 곳과 배나 수레가 잘 가지 않던 곳에까지 이르렀습니다. 안으로는 동서남북과 중앙의 다섯 방면의 산을 나누고 밖으로는 여덟 방면의 바다를 구분하여 그곳의 진귀한 보물과 기이한 물건들과 낯선 지방의 생산물과 강과 육지의 풀, 나무, 새, 짐

승, 곤충, 기린, 봉황이 사는 곳과 상서로운 조짐이 감추어진 곳 및 이 세상 바깥으로 외따로 떨어진 나라나 색다른 종류의 사람들을 기록했습니다. 우는 구주를 나누어 토지에 따라 공물을 정하고 백익 등은 사물의 좋고 나쁨을 유별하여 『산해경』을 지었습니다.

山海經者, 出於唐虞之際. 昔洪水洋溢, 漫衍中國, 民人失據, 崎嶇於丘陵, 巢於樹木 …… 禹乘四載, 隨山刊木, 定高山大川. 益與伯翳主驅禽獸, 命山川, 類草木, 別水土. 四嶽佐之, 以周四方, 逮人跡之所稀至, 及舟輿之所罕到. 內別五方之山, 外分八方之海, 紀其珍寶奇物, 異方之所生, 水土草木禽獸昆蟲麟鳳之所止, 禎祥之所隱, 及四海之外, 絶域之國, 殊類之人. 禹別九州, 任土作貢, 而益等類物善惡, 著山海經.[39]

근대 이전에는 대체로 이러한 신화를 신뢰했다.[40] 여기에서 주목해야 할 것은 우가 대홍수로 인해 야기된 "백성들은 생활의 근거를 잃고 산골짜기에서 헤매거나 나무에 집을 짓고 살았다."라는 재난의 상황을 극복했을 뿐만 아니라 미지의 천하를 파악해서 혼돈에서 코스모스로 이행시켰다는 데에 있다. 해일로 피폐해진 삼척 고을의 현실 앞에서 허목은 옛 성인 우임금의 이 위업을 「동해송」을 통해 추체험(追體驗)하고 그 재현을 기원했던 것이리라. 허목은 「척주동해비」를 건립했던 해와 같은 시기에 우의 치수 업적을 찬양하는 「평수토찬(平水土贊)」[41]을 지은 바 있어 「동해송」의 옛 성인이 우일 것이라는 심증을 더욱 확인시켜 주고 있다.[42]

---

39 劉秀, 「上山海經表」.

40 이 신화는 오늘날 거의 받아들여지지 않는다. 『산해경』의 성립 및 작자에 대한 여러 가설은 정재서 역주, 『산해경』의 「해제」 참조.

41 현종 2년(1661) 우(禹)의 전서(篆書)로 전해 오는 '형산비(衡山碑)' 77자 중 48자를 집자(集字)하여 지은 비문으로 우의 치수 업적을 찬양하는 내용이다. 비석은 '척주동해비'와 같은 장소에 건립되어 있다.

42 임채우는 허목의 주체적 역사의식과 단학파 시인 정두경의 「檀君祠」 시구 "有聖生東海"에 착안하여 '고성(古聖)'을 단군으로 이해하고자 했다. 임채우, 「척주동해비에 나타난 도가

4 「척주동해비」의 건립 의도 및 성격에 대한 재검토

지금까지 「동해송」의 허다한 『산해경』 이미지들에 대한 긴 검토를 거쳐 이제 「척주동해비」의 건립 의도 및 성격을 고찰해야 할 시점에 이르렀다. 그간의 관련 논문들을 살펴보면 주로 문학적, 철학적 관점에서 접근한 것들이 많았는데 대체로 허목의 학문적, 정치적 입장에 근거하여 이 문제를 이해하고 있음을 알 수 있다. 가령 배재홍과 신연우는 향약 강행, 홍수 피해 등으로 인한 토호의 반발과 민심의 동요를 수습, 무마하기 위한 방편이라는 관점에서[43] 임채우는 해일은 숙종조의 격렬한 당쟁의 표현이며, 당쟁을 종식하여 조화로운 정치 세계가 펼쳐지길 염원하는 상징적 장치라는 관점에서[44] 각기 소론을 전개했다. 상술한 논고들에서는 허목 사상의 도가적 성향이라든가, 「척주동해비」에 담긴 주술적 의도 등을 인지하면서도 그것들을 예의 정치적 목적을 달성하기 위한 의장(意匠) 혹은 수단으로 간주할 뿐 허목과 당시 사람들의 신행(信行) 가능성을 허여(許與)하고 있지 않다. 예를 들어 신연우는 다음과 같이 확신한다.

> 퇴조비로 인해 바닷물이 더 이상 밀려 들어오지 않았다는 설정은 완전히 허구이다. 자연 세계에서는 그런 일이 있을 수 없다. …… 이러한 일이 정말로 있었다고 생각하는 연구자는 없을 것이다. …… 그렇다면 허

적 세계관의 문제」, 《도교문화연구》(2013), 39집, 77~82쪽 참조. 신선한 발상이지만 『산해경』과 관련된 전후 문맥과 고성의 일반적 용례를 생각할 때 우(禹)로 보는 것이 이치에 맞을 것이다. 「龍飛御天歌」의 "古聖이 同符하시니"에서도 고성은 중국의 옛 성인이다.

43 배재홍, 「三陟府使 許穆과 陟州誌」, 《조선사연구》(2000), 9집, 198쪽 및 신연우, 「허목 퇴조비 설화 연구」, 《구비문학연구》(2003), 17집, 394~396, 399~401쪽 참조.

44 임채우, 「척주동해비에 나타난 도가적 세계관의 문제」, 《도교문화연구》(2013), 39집, 88~90쪽 참조.

목은 왜 퇴조비를 세웠을까? 퇴조비가 실제로 해수를 물러나게 한다고는 허목 자신도 생각하지 않았을 것이다.[45]

「퇴조비」를 세워 해일을 막을 수 있다는 믿음과 그것이 가능한가, 아닌가는 별다른 차원의 논의이다. 그것이 불가능할 것이라는 생각으로 당시 사람들의 믿음에 대해서까지 가부를 결정하는 것은 월권이다. 오늘의 과학 지식으로 과거의 믿음을 허구라고 일소에 부친다면 이는 이른바 '에피스테메적 폭력(epistemic violence)'에 다름 아니다. 왜 오늘 우리의 관념으로 허목 생각의 진위를 재단해야 하는가? 오로지 리얼리티에 침윤된 우리가 '주술적 현실(magical reality)'과 현실 사이를 진자(振子) 운동하는 인식 구조를 자의적으로 논단할 수는 없는 것이다.[46]

이미 살펴보았듯이 허목은 단학파 계열의 사족으로서 유가 합리주의와 도가 신비주의를 함께 추구하는 양성구유(兩性具有)적 학문의 소유자였다. 이렇게 보면 위에서 주장한 리얼리티의 관점에 입각한 현실적, 정치적 설명 방식의 의의도 과소평가할 수는 없을 것이다. 다만 이 글에서는 기존에 충분히 다루어지지 않았던 주술적 현실의 관점에 주목할 필요가 있으며, 허목 사상의 근저를 단학파와 관련하여 파악할 때 이러한 관점은 기존의 관점보다 더욱 비중 있게 취급되어야 할 것이라

45 신연우, 「허목 퇴조비 설화 연구」, 《구비문학연구》(2003), 17집, 390~394쪽. 신연우의 논문은 사실 서사학적으로 많은 시사를 주는 좋은 글이다. 이 쟁론에서는 다만 인식론을 문제 삼고 있을 뿐 그의 논문이 지닌 미덕 전반을 폄훼하는 데까지 이르지 않음을 밝혀 둔다.

46 '주술적 현실'이란 현대인에게는 다소 약화되거나 잠재화되어 있으나 고대인에게는 활성화되어 있었고 오히려 더 큰 비중을 차지하기도 했던, 또 다른 인식 능력의 활동 범주라 할 것이다. '주술적 현실'을 또 하나의 현실 혹은 현실의 확장으로 본다면 이는 현대인과 고대인의 인식론적 화해를 위해 요청되는 개념이기도 하다. 정재서, 「志怪, 소설과 문화 사이」, 《중국소설논총》(1998), 8집, 132쪽. 탐바이아는 주술을 과학으로의 진화적 도정에 있는 것이 아니라 여전히 우리의 인식 체계 내에서 과학과 병존적 관계에 있는 것으로 파악한다. S. J. Tambiah, *Magic, Science, and the Scope of Rationality*(Cambridge: Cambridge University Press, 1990), pp. 84~110.

고 생각한다.

이 글에서는 이에 따라 「척주동해비」의 건립 의도 및 성격을 아래와 같이 세 가지 측면에서 재검토하고자 한다. 첫째, 주술 문학 전통의 측면에서이다. 허목의 「동해송」 창작이라는 초자연적 감성을 환기시키는 문학 행위는 당시 정통 유학의 측면에서 보면 다소 이단적일 수 있어도 나름 문학 문화(literary culture)의 범주를 벗어난 것으로 보이지 않는다. 주술 문학 전통의 정점에 있는 발언은 실상 유가 경전에서 나왔다. "천지와 귀신을 감동시킴에 시보다 더한 것이 없다.(感天地, 動鬼神, 莫近於詩)"[47]라는 언명이 그것이다. 후술하겠지만 이 발언은 실제로 주술 문학 창작과 관련하여 중요한 기능을 한다.

후대에 이르러 이러한 주술 문학적 행위를 몸소 실천한 저명한 문인이 중당(中唐) 고문 운동의 선구자 한유(韓愈)였다. 한유는 유가주의 도통(道統) 문학관을 정립한 인물임에도 불구하고 단약(丹藥)을 복용했다든가, 팔선(八仙) 중의 한 사람인 한상자(韓湘子)가 조카라는 등의 설이 있을 정도로 도교에 심취했다.[48] 실제로 그의 문학, 특히 시가 창작은 내용과 형식 모든 방면에서 도교의 영향이 뚜렷한 것으로 확인되고 있으며 「제상군부인문(祭湘君夫人文)」, 「남해신묘비(南海神廟碑)」, 「악어문(鰐魚文)」 등의 작품은 농후한 신화적, 도교적 취지를 지니고 있다.[49] 이 중 허목에게 비상한 영향을 준 것은 「악어문」으로 추측된다.

「악어문」은 한유가 「논불골표(論佛骨表)」를 올렸다가 조주 자사(潮州刺史)로 폄적(貶謫)되었을 때 악어의 준동으로 고통받는 현지 백성들을 동정하여 악어를 구축(驅逐)하기 위해 작성한 주술적 산문으로, 요

---

47 「毛詩序」.

48 진인각은 백거이(白居易)의 「思舊」 시에서의 "退之服硫黃, 一病訖不痊."이라는 구절을 근거로 한유가 단약을 복용했다고 주장한다. 퇴지(退之)는 한유의 자(字)이다. 陳寅恪, 『元白詩箋証稿』(上海: 上海古籍出版社, 1978), 326쪽.

49 馬奔騰, 「道教與韓愈的詩歌創作」, 《文史哲》(2000), 제4기 참조.

약하면 상고 이래 성군에 의해 자연이 잘 다스려져 왔으나 당지의 악어가 가축과 산짐승을 잡아먹는 등 질서를 어지럽히고 있어 천자의 명을 받은 자사가 퇴치하지 않을 수 없으므로 정해진 기한 내에 당지를 떠나지 않으면 처단할 것이라는 내용이다.[50] 그렇다면 「악어문」 창작의 결과는 어떻게 되었는가? 전기(傳奇) 소설인 『선실지(宣室志)』와 정사(正史)인 『신당서(新唐書)』 및 『구당서(舊唐書)』는 「악어문」이 투척된 날 밤 폭풍우가 치더니 수일 후 물이 고갈되고 악어들이 모두 이동하여 민폐가 제거되었다는 전설을 기록하고 있다.[51]

흥미롭게도 허목의 「척주동해비」 전설은 한유의 「악어문」 전설과 동일한 서사 구조를 지니고 있다. 즉 중앙에서 파견된 관리가 백성들의 재해를 제거하기 위해 주술적 의례를 행하고 그 결과 안정을 되찾는다는 전개가 그러하다. 여기에서 주목해야 할 것은 제왕의 명을 받은 관리가 이러한 초자연적 행사를 공적으로 수행한다는 사실이다. 고대 동아시아에서 천명을 받은 제왕은 현상계뿐만 아니라 상상계에 대해서도 지배권을 갖는 것으로 생각되었다.[52] 따라서 봉명(奉命) 관리는 제왕을 대리하여 지역의 신령, 귀신, 요괴, 이물 등과 관련된 사건을 처결할 수 있었다. 즉 관(官)의 위력은 일반 백성들뿐 아니라 보이지 않는 존재들에게까지 미칠 것으로 믿어졌던 것이다. 가령 주문의 말미가 통상 "법

---

50 「악어문」의 창작 경위 및 주술적 성격에 대한 논의는 강종임, 「韓愈 鰐魚文의 祭儀性과 文靈」, 《중국어문학》(2012), 61집 참조. 강종임은 특히 문자(혹은 한자)가 본래 지닌 주술적 속성에 주목하여 「악어문」을 이해하고자 한다.

51 張讀, 『宣室志』: "是夕, 郡西有暴風雷聲, 震山郭, 夜分霽焉. 明日里民視其湫水, 已盡. 公命使窮其跡, 至湫西六十里." 『新唐書』와 『舊唐書』 列傳에 실린 내용도 대동소이하다.

52 가령 황제는 북방 전진교(全眞教)의 진인(眞人)과 남방 정일교(正一教)의 천사(天師)에 대해 지역 관할권을 인정하거나, 봉호(封號)를 내리는 등의 방식으로 임명권을 행사했다. 교주도군황제(教主道君皇帝)를 자칭했던 북송(北宋)의 휘종(徽宗)의 경우는 지상뿐 아니라 천상, 지하 세계까지 통치권을 갖는 것으로 상상되었다. 任繼愈 主編, 『中國道教史』(上海: 上海人民出版社, 1990), 474~475쪽.

대로 빨리 시행하라.(急急如律令)"라는 구절로 끝난다든가 무당이 관복을 입고 굿을 행하는 것 등은 모두 강력한 관의 힘을 의제(擬制)하여 초자연적 대상을 제압하고자 하는 의도에서이다.[53] 요컨대 지방관으로서, 유학의 거두로서 「악어문」을 지어 지역의 재해를 제거하고자 한 한유의 주술적 행위는 비슷한 상황에 처한 허목에게는 좋은 선례이자 당시의 보수 유학에 대해서도 자신의 입장을 정당화할 수 있는 근거가 되었을 것이다.

이 밖에도 우리의 전통에서 주술 문학의 연원을 찾아본다면 동해의 용에게 납치된 수로 부인(水路夫人)을 구하기 위해 군중이 불렀다는 「해가사(海歌詞)」류(類)의 주가(呪歌)를 들 수 있을 것이다.[54] 이러한 고유의 주술 문학 전통 역시 허목의 「동해송」 창작에 잠재적인 영향을 미쳤을 것으로 추리된다.

두 번째로 거론할 수 있는 것은 『산해경』 이미지의 주술적 힘에 대한 믿음의 측면이다. 이와 같은 힘은 어디에서 유래하는가? 그것은 『산해경』 성립의 신화와 밀접한 관련이 있는 우의 이미지 구사(驅使) 행위로부터 비롯한다.

> 옛날 우임금이 훌륭한 덕으로 다스리고 있을 때에 먼 곳에 있는 나라들로 하여금 그곳 사물의 형상을 그려서 바치고 구주의 쇠를 바치게 했다. 그것으로 솥을 주조하여 그 위에 각지의 풍물을 새겨 온갖 사물의 형태를 갖추어 백성들로 하여금 신령스러운 것과 요사스러운 것을 파악하게 했다. 그리하여 백성들은 강이나 호수, 산림에 들어가도 괴물을 만나

53 마찬가지로 파나마의 쿠나(Cuna) 인디언은 백인의 복장을 하거나 백인 인형을 제작하여 병을 치료하기를 기대한다. 인류학자 타우시그는 주술적 행위에서 재현은 재현된 것의 특질을 공유하거나 획득할 정도로 영향을 미친다는 점에 주목한다. Michael Taussig, *Mimesis and Alterity*(New York·London: Routledge, 1993), 47~48쪽.

54 신연우, 「허목 퇴조비 설화 연구」, 《구비문학연구》(2003), 17집, 400~403쪽.

지 않게 되었으며 도깨비를 만나도 그 해를 입지 않았다. 이로써 상하가 서로 화합하여 하늘의 도움을 받았던 것이다.

昔夏之方有德也, 遠方圖物, 貢金九牧, 鑄鼎象物, 百物易爲之備, 使民知神姦. 故民入川澤山林, 不逢不若, 魑魅魍魎, 莫能逢之. 用能協于上下, 以承天休.[55]

우는 대홍수 퇴치 이후 청동 솥에 천하의 각종 사물의 이미지를 새겨 백성들로 하여금 사악한 존재를 파악하게 하여 피해를 입지 않도록 했다는데 이렇게 보면 우 혹은 백익이 지었다고 전해지는 『산해경』은 실상 동일한 효력을 발휘하도록 청동 솥의 이미지를 죽간(竹簡)에 재현한 주술적 도구인 셈이다. 『산해경』이 본래 도상으로만 이루어져 있었고 후일 그것에 대한 설명 문자가 덧붙여진 텍스트라든가, 이 책이 전국 시대 이전 무당들이 산천을 돌아다닐 때 휴대했던 핸드북이라는 등의 가설은[56] 위의 『산해경』 이미지에 대한 힘의 논리를 강력히 지지한다. 허목은 이러한 이미지의 동력학에 힘입어 「동해송」 전반을 무서 『산해경』의 이미지로 물들임으로써 "물과 땅을 평정했던(平水土)" 옛 성인 우의 권능을 소환하고자 했던 것이다.

마지막으로 주술적 장치의 측면에서 살펴볼 때, 「동해송」의 운문 형식과 고전(古篆)의 서체는 방법적으로 각별한 의미를 갖는다. 앞서 인용한바 "천지와 귀신을 감동시킴에 시보다 더 한 것이 없다."라는 「모시서(毛詩序)」의 언명은 허목으로 하여금 「동해송」 고시를 실제 창작하게 한 또 하나의 중요한 근거이다. 시는 압운을 통해 파동의 힘으로 상

55 『左傳』, 宣公 3年.

56 일본의 고오마 미요시는 가령 "讙頭國在其南, 其爲人人面有翼, 鳥喙, 方捕魚."와 같은 원문에서 "지금 물고기를 잡고 있다.(方捕魚)"와 같은 표현이 『산해경』이 그림의 해설서라는 주장의 움직일 수 없는 근거라고 한다. 高馬三良 譯註, 『山海經』(東京: 平凡社, 1969)의 「海外南經」, 讙頭國條 참조.

상계에 영향을 미친다고 믿어졌다. 신령, 망자에 대한 제문이 반드시 운문의 형식을 취하는 것은 이 때문이다. 아울러 고전의 서체는 한자의 원시 형태인 갑골문의 자형(字形)에 가까운데 갑골문은 신탁(神託)을 받아 적는 상형 문자로서 상상계와의 교감 능력이 가장 뛰어난 글자로 간주되었다. 이에 따라 부적은 고문자를 운용하여 만들어졌고 방사, 도인은 이 방면에 정통해야만 했다. 가령 위진(魏晉) 시기의 문인 곽박(郭璞)은 풍수, 점복 등 방술(方術)의 달인이기도 했는데 그는 『산해경』, 『초사』, 『방언(方言)』 등에 주를 단 고문자학의 대가였다. 이로 볼 때 허목이 고전에 능했다는 것은 단순한 상고(尙古) 취향이 아니라 단학파 도인의 자질에 속하는 능력이기도 했음을 알 수 있다. 결국 「척주동해비」의 외양(外樣)은 사실상 부적과 같은 형태에 다름 아니다.

이상의 논의를 요약하면, 허목은 악어 구축의 제의를 수행한 거유(巨儒) 한유의 선례를 따라, 그리고 「악어문」, 「해가사」 등 주술 문학의 전통을 이어받아 「척주동해비」를 건립했는데 옛 성인 우가 이미지를 구사하여 조화로운 세계를 도모했듯이 『산해경』 이미지를 「동해송」 창작에 적극 활용하여 재해를 극복하고자 했다. 이 과정에서 그는 가장 효과적으로 상상계와 소통할 수 있는 장치로서 비문에 압운의 형식을 가했고 외형상으로는 고전의 서체를 입혀 부적과 같은 효과를 기대했던 것이다.

5 맺는말

조선 현종 초년에 삼척부사 허목에 의해 세워져 근 400여 년간 존립해 온 「척주동해비」는 지금까지 숱한 설화를 생성해 왔으며 여전히 신비한 아우라에 휩싸여 있다. 이 비의 건립 의도 및 성격 등 실체 규명을 위한 그간의 논의는 대부분 허목을 둘러싼 정치적 요인에 집중되었는데, 예컨대 토호의 반발과 민심의 동요를 무마하기 위한 방편, 혹은 당쟁의 실상과 그것을 종식시키고자 하는 염원 등을 거론해 왔다.

이 글에서는 저간의 논의 결과에 유념하면서도 무엇보다 「척주동해비」 자체로부터 유로(流露)되는 신이성(神異性)을 몰각할 수 없다는 감성 인식에 근거하여 이 비가 지닌 주술적 효능에 주목, 비문인 「동해송」에서 전개된 『산해경』의 이미지 분석을 중심으로 소론을 전개했다. 본격적인 논의에 앞서 허목의 학문과 사상을 살펴본 결과 그는 상고적 입장에서 선진 유학을 추숭(追崇)하고 방외적, 도가적 기풍을 다분히 지녔는데 이러한 경향은 한국 고유의 선가(仙家)라 할 조선 단학파와 착종(錯綜)한 관계에 있는 그의 혈통 및 가학에서 유래하는 것임을 알 수 있었다.

이어서 본론의 전반부에서 「동해송」 전시(全詩)를 세 부분으로 나누어 그곳에 표현된 『산해경』 이미지를 분석한 결과, 첫 번째와 두 번째 부분에서는 광활한 동해와 그곳의 기이한 산물, 신령, 괴수, 이방인 등을 음영(吟詠)함에 대택, 양곡, 교인, 천오, 부상, 흑치 등 『산해경』에서 직간접적으로 도출된 이미지들을 활용, 재배치하여 신화적, 주술적 정조(情調)를 효과적으로 환기했고 마지막 부분에서 이 모든 이물과 종족의 조화로운 공존을 옛 성인의 덕화로 돌림으로써 대홍수의 평정자이자 『산해경』의 찬자(撰者)인 우임금을 연상, 추체험케 하여 그 위업의 재현을 기원했다.

다음으로 본론의 후반부에서 「척주동해비」의 건립 의도 및 성격을 주술 문학 전통, 『산해경』 이미지의 주술적 힘에 대한 믿음, 주술적 장치의 세 가지 측면에서 재검토한 결과, 허목은 주가 「해가사」의 토양 위에 한유 「악어문」의 주술 문학 전통을 이어받아 유학자로서의 주술적 행사를 정당화시켰다. 또한 옛 성인 우의 이미지 구사 전략을 따라 「동해송」

우로보로스, 중세 연금술 자료

의 『산해경』 이미지로 하여금 재난 평정의 주술적 힘을 획득토록 의도했으며 상상계와의 원활한 교감을 위한 압운, 부적 효과를 기도한 고전(古篆) 서체 등의 주술적 장치를 강구했다.

「척주동해비」 건립과 관련한 이러한 수미일관한 조치와 정교한 주술적 안배는 기존에 제기된 토호의 반발과 민심의 동요, 격렬한 당쟁 등 여러 설득력 있는 정치적 해석에도 불구하고 허목이 이른바 정통 유가 이전에 단학파 계열의 사족이라는 탈이념적 주체로서 주술적 현실마저도 또 다른 차원의 현실로 긍정하는 다층적 인식 구조의 소유자임을 웅변하고 있는 것이라 하겠다.

제 입으로 꼬리를 물고 있는 형상의 우로보로스(Uroboros)는 합리주의자, 이성주의자의 눈에는 자기 파괴적인 괴물로 인식될 것이다. 그러나 연금술사의 입장에서는 이성과 감성, 의식과 무의식, 정신과 육체 등의 대극(對極)을 합일한 견자(見者)로서 선망된다.[57] 조선 후기 성리학이 교조화되어 탄력을 상실할 즈음 허목의 「척주동해비」 건립이라는 이교적 행위는 바로 이러한 의미에서 시대를 뛰어넘는 통합적 사유와 회통적 인식의 발로가 아닐 수 없다. 그의 의도를 정치성뿐 아니라 오늘 "완전히 허구"라고 생각하는 주술적 현실의 관점에서 읽어야 할 이유가 실로 여기에 있는 것이다.

---

57 양성성(bisexuality)은 완전성의 상징적 표현이다. Michel Maffesoli, Trans., Cindy Linse & M. K. Palmquist, *The Shadow of Dionysus*(New York: State University of New York Press, 1993), 52쪽.

7 근대 이후의 『산해경』 수용

정재서 역주, 『산해경』 초간본

근현대 시기 한국에서의 『산해경』 수용은 1985년 민음사에서 국내 최초로 『산해경』 역주본이 출간된[1] 이후 본격적으로 이루어졌다고 해도 과언이 아니다. 1985년 이전에는 전문가가 아닌 일반인이 난삽한 『산해경』 원서를 접할 수가 없어 역사학(특히 재야 사학), 신화학 등 일부 분야를 제외하고는 『산해경』을 활용하는 경우가 극히 드물었기 때문이다. 따라서 『산해경』 역주본의 출현은 당시 이념과 실증이 지배했던 한국의 지식 사회

1 정재서 역주, 『산해경』(민음사, 1985). 민음사 역주본은 중국에서 온전한 백화체(白話體) 역주본이 출현하기 이전, 곽박(郭璞), 학의행(郝懿行) 등의 고주(古注)와 원가(袁珂)의 교주(校注)를 바탕으로 프랑스, 일본 등의 역주본을 참고하여 이루어졌다는 특징을 지닌다.

에 '동아시아 상상력'이라는 화두를 던지며 신선한 충격을 준 셈이었다. 역자는 초판 서문에서 이를 예견한 듯 『산해경』의 의의를 한껏 강조했다.

> 갖가지 괴물이 등장하고 황당무계한 이야기가 펼쳐지는 『산해경』을 흥미 이상의 진지한 태도로 읽어 나갈 때 우리는 유학과 쌍벽을 이루는 중국 정신의 또 다른 커다란 계통을 확인하게 된다. 다시 말해서 『산해경』은 중국의 모든 반(反)주지주의의 산물, 이를테면 불로불사의 신선, 영생의 유토피아, 이백(李白)의 자유와 환상 등 낭만적이고 신비한 것들의 문학, 예술적 실재를 가능케 했던 정신적 원천이라고 할 수 있다. 그동안 우리의 중국에 대한 이해가 마치 달의 밝은 앞면을 보아 온 것과 같았다면 『산해경』은 어둡기는 하지만 앞면 못지않게 중요한 몫인 뒷면의 세계를 보여 주는 자료이다.[2]

그렇다. 『산해경』은 당시 정통 관념이 지배하고 서구 상상력이 횡일(橫溢)했던 풍토에서 엉뚱하게 생각하고 색다르게 상상할 수 있는 힘을 일깨워 준 이단의 고전이었던 것이다.

민음사 역주본 출간 이후 국내의 학술, 문화계에서 『산해경』은 상상력과 관련된 필독서가 되고 문학, 예술, 문화 산업 각 분야에서 이 책을 수용하여 창작된 작품들이 줄을 잇게 된다. 본 장에서는 이를 크게 문학·예술 분야와 문화 산업 분야로 나누어 서술하고자 한다.

1) 문학·예술 분야

한말 개화기의 신소설인 안국선(安國善, 1878~1926)의 『금수회의록

---

2 정재서 역주, 「초판 서문」, 위의 책.

(禽獸會議錄)』을 보면 주인공의 꿈속에 8명의 짐승이 차례로 나와 당시 세태에 대한 풍자, 비판을 쏟아놓는데 두 번째로 여우가 등장하여 다음과 같이 말한다.

> 또 세상 사람들이 구미호를 요망하다 하는데 그것은 대단히 잘못 아는 것이라. 옛적 책을 볼지라도 꼬리 아홉 있는 여우는 상서라 하였으니, 『잠학거류서』라 하는 책에는 말하였으되 구미호가 도 있으면 나타나고 나올 적에는 글을 물어 상서를 주문에 지었다 하였고, 왕포의 『사자강덕론』이라 하는 책에는 주나라 문왕이 구미호를 응하여 동편 오랑캐를 돌아오게 하였다 하였고, 『산해경』이라 하는 책에는 청구국에 구미호가 있어서 덕이 있으면 오느니라 하였으니, 이런 책을 볼지라도 우리 여우를 요망한 것이라 할 까닭이 없거늘, 사람들이 무식하여 이런 것은 알지 못하고 여우가 천년을 묵으면 요사스러운 여편네로 화한다 하고, 혹은 말하기를 옛적에 음란한 계집이 죽어서 여우로 태어났다 하니 이런 거짓말이 어디 또 있으리오.[3]

『산해경』의 청구국(靑丘國) 기사에 구미호가 덕이 있으면 온다는 말은 없다. 그러나 안국선은 구미호가 원래 상서로운 동물이었는데 후대에 왜곡되었다는 주장을 방증하기 위해 『산해경』을 굳이 끌어들였다. 근대로의 과도기에 조선 몽유록계(夢遊錄系) 소설의 전통을 계승한 이 소설에서 작자는 소재적인 측면에서도 『산해경』의 구미호라는 과거의 익숙한 모티프를 습용(襲用)하였다.

현대에 이르러 일찍이 『산해경』의 상상력에 주목한 곳은 문학 분야였다. 『산해경』 역주본이 출간되자마자 누구보다도 먼저 이 책

3 안국선, 「금수회의록」, 『금수회의록 외』(범우사, 2004).

의 가치를 알아보고 주목한 문인은 시인 황지우와 평론가 고 김현(1942~1990)이었다. 황지우는 1987년 근대 이후 최초로 『산해경』을 수용한 연작시 「산경(山經)」을 발표하여 문단에 주목을 환기했다.[4] 이 시는 시사상(詩史上) 조선 시대 문인의 「독산해경」 시 창작의 맥을 잇는 중요한 의미를 지닌다. 「산경」은 원텍스트인 『산해경』의 서사 체재를 패러디하여 당시 군부 독재의 암울한 상황을 탁월히 묘사한 작품으로 이후 문인들의 『산해경』 수용을 선도한 효시가 되었다. 같은 시기에 김현은 그의 평론집 『제네바 학파 연구』(1987)의 부제를 "제강(帝江)의 꿈"으로 달았는데 '제강'은 『산해경』에 등장하는 혼돈과 가무의 신이었다. 이후 그는 독서 일기인 『행복한 책 읽기』에서 『산해경』의 상상력에 대해 다음과 같이 언급했다.

> "『산해경』을 쉬엄쉬엄 읽다. 중국인들의 상상 세계가 어슴푸레 떠오른다. 잘 걸리는 병, 화재, 제사, 보석, 휘귀한 동식물…… 들의 상상적 세계에서는 모든 것이 인간과 관계되어 있다. 그 이름들은 아름다운 시보다도 더 많은 꿈을 꾸게 한다."[5]

김현은 『산해경』에 담긴 동아시아 상상력의 고유성을 인식하고 이 책을 "아름다운 시보다도 더 많은 꿈을 꾸게" 하는 텍스트로 상찬(賞讚)했다. 그는 후속 평론집 『분석과 해석』(1988)의 부제를 "주(鴸)와 비(蜚)의 세계에서"로 달았는데 '주'와 '비'는 모두 『산해경』에 등장하는 재앙을 예고하는 흉수(凶獸)들로 부조리한 현실을 암시한다.

다시 시 쪽에서는 황지우 이후 한승원, 송찬호, 유수연, 박현수, 권

---

4 황지우, 『게눈 속의 연꽃』(문학과지성사, 1991)에 수록됨.
5 김현, 「1986년 2월 12일자」, 『행복한 책읽기』.

혁웅 등의 시인들이 『산해경』을 그들의 작품에 활발히 수용했다. 한승원은 시집 『사랑은 늘 혼자 깨어 있게 하고』(1995), 송찬호는 『붉은 눈, 동백』(2000), 유수연은 『치자꽃 심장을 그대에게 주었네』(2003), 권혁웅은 『그 얼굴에 입술을 대다』(2007), 『소문들』(2010), 『애인은 토막난 순대처럼 운다』(2013), 박현수는 『겨울 강가에서 예언서를 태우다』(2015) 등에 실린 시편들 속에서 적극적으로 『산해경』의 서사 체재와 모티프를 활용했다. 가령 권혁웅의 다음 시들을 보자.

해외(海外)의 동남쪽에 관흉국이 있다. 이 나라 사람들은 가슴에 구멍이 뚫려 있어서, 귀한 사람을 모셔 갈 때 앞뒤에 선 사람들이 긴 장대를 가슴에 꽂고 그걸로 귀인을 꿰어 간다.

상처받은 사람을 곧장 떠올린다면
당신도 한때는 관흉국에 살았다
그 사람이 오래된 타일처럼 떨어져나갔다
대신에 그곳을 바람이 들고 난다[6]

1 오호(五胡)

해내(海內)에 다섯 민족이 있다.

첫째가 베드타운인(人)이다. 수렵과 채집을 위주로 이리저리 옮겨 다녀서 자는 곳과 먹는 곳이 일정치 않다. 둘째가 아파트족(族)이다. 혈거 생활을 하는데 일사불란이면서도 위아래 양옆에 누가 사는지 알지 못한다. 위에서 어린 것이 쿵쾅거릴 때에만 부족이 융성함을 짐작할 뿐이다…….

6 권혁웅, 「상상동물 이야기 15—관흉국인(貫胸國人)」, 『그 얼굴에 입술을 대다』(민음사, 2007).

2 십육국(十六國)

해외(海外)에 열여섯 나라가 있다.

동해 너머 광장국(廣場國)에는 몸의 앞쪽 절반만 있는 사람들이 산다. 큰 수레를 밀며 길을 가는데 음주가무를 좋아해 노래가 끊이지 않는다. 그 동쪽 여고국(女高國) 사람들은 번데기처럼 변태를 한다. 춘분과 추분 그리고 등하교 때가 되면 큰 껍질을 벗고 새로 태어나는 불사인들이다. 대리국(代理國)이 여고국의 옆에 있다. 이곳 사람들은 눈이 올빼미처럼 크고 고개가 360도로 돌아가며 남의 집 처마 아래서 잠을 잔다. 동쪽 끝에 이르면 해가 뜨지 않는 나라가 있는데 이를 피씨국(彼氏國)이라 한다. 이곳 사람들은 무릎이 좌우 안으로 굽어 바로 설 수 없으며 팔이 셋인데 그중 하나는 마우스다……[7]

시인은 가슴 뚫린 관흉국 사람들의 신화적 이미지를 상처받은 사람들의 아키타입(archetype)으로 간주한다. 사실 『산해경』의 모든 기형적 이방인들의 형상은 우리의 초상으로 보아도 좋으리라. 이러한 상상을 밀고 나가 거꾸로 우리는 『산해경』의 이방인들을 찾아가는 지도에 당대의 모든 인간 군상, 그들의 세태를 그려 넣을 수 있을 것이다. 일찍이 황지우가 「산경」 시에서 암울했던 1980년대를 그렇게 묘사했듯이 권혁웅은 2000년대 오늘의 현실을 새로운 『산해경』 지도에 그려 넣었다. 그것은 노숙자, 아파트, 대리운전, 피시방 등으로 노정(露呈)되는 이 나라의 도시 풍정이다.

소설 쪽에서는 박인홍이 일찍이 「향(向)」(1989), 「염유어……」[8] 등에

7 권혁웅, 「오호십육국 시대」, 『애인은 토막난 순대처럼 운다』(창작과비평사, 2013).

8 원제목은 다음과 같다. 박인홍, 「염유어를 먹으면 가위에 눌리지도 않을뿐더러 흉한 일까지 막을 수 있다고 한다. 그러니 우리 모두 염유어나 잡아먹으러 가자」, 『명왕성은 눈물을 흘리지 않는다』(문학과지성사, 1994).

서 『산해경』의 기괴한 동물과 괴신(怪神) 이미지를 활용하여 현대인의 파편화된 내면과 일상을 잘 묘사했다. 신경숙은 메타픽션적, 자전적 글쓰기인 「모여 있는 불빛」[9]에서 자신의 글쓰기에 대해 반성하고 그 본질에 대해 성찰하면서[10] 『산해경』을 거론한다. 황당하고 우스꽝스러운 『산해경』은 그녀가 피곤할 때 잠시 머리를 식혀 주는 그런 책이었다. "그녀는 그런 기괴한 식물과 동물들이 날아다니고 기어 다니고 사람을 잡아먹는 『산해경』으로 얼굴을 덮고 잠깐 잠깐씩 잠이 들"[11] 정도였으니 말이다. 그렇다면 『산해경』 이 황당하듯이 나의 글쓰기도 진정성 없는 허구에 불과한 것일까? 그러나 실재와 환상의 이분법은 유효한가? 『산해경』은 사실 실재와 환상이 혼재되어 있는 책이다. 글쓰기의 진정성은 실재와 환상 어느 곳에도 있을 수 있다. 아니 실재와 환상이 함께 하는 곳에 있을 것이다. 그러한 깨달음을 작가는 이렇게 진술한 것이리라.

염유어, 명(明) 호문환(胡文煥)의 『산해경도(山海經圖)』

서쪽으로 320리를 가면…… 다시 서쪽으로 200리를 가면 취산이라는 곳인데 산 위에서는 종려와 녹나무가 자라고 생김새가 까치 같은 유조가 산다. 검붉은 털빛에 두 개의 머리와 네 개의 발을 가졌으며 이것으로 화

9 이 작품은 본래 『1993 이상문학상 수상 작품집 (17)』, 『한국 소설 문학 대계』(1995) 등에 수록되었다.

10 황도경, 「말, 발, 삶―신경숙의 「모여 있는 불빛」에 나타난 글쓰기의 기원」, 『소설가 소설 연구』(국학자료원, 1999) 참조.

11 신경숙, 「모여 있는 불빛」, 『감자 먹는 사람들』(창작과비평사, 2005), 76쪽.

재를 막을 수 있다. …… 서쪽으로 320리를 가면…… 서남쪽으로 380리를 가면…… 그녀는 헛간 쪽을 바라보았다. 옛날의 자리는 그리워해 보는 것이지 가 보는 것이 아닌데, 가 봐서는 안 되는데…… 그러면서도 그녀는 발을 모아 봤다. 마당에서 뒤꼍으로 70보쯤 가면…… 폭신한 짚 더미가, 돼지막이, 밀알이 놓인 닭 둥지가, 책 읽는 어린 그녀가 있다.[12]

성석제는 『그곳에는 어처구니들이 산다』(1994)라는 엽편(葉篇) 형식의 특이한 소설집에서 구체적으로 『산해경』의 사물을 원용하지는 않는다.[13] 그러나 매 편 『산해경』적 그로테스크한 상황에 대한 패러디는 풍자와 해학으로의 자연스러운 전변(轉變)을 가져온다. 이러한 의미에서 이 책을 『산해경』의 소설적 변용 혹은 현대판 기서로 간주하기에 충분하다. 더욱이 단편 「비밀 결사」에서는 『산해경』의 저자를 거론하면서 비주류의 상상력을 '따뜻한 인문주의'로 규정하기까지 한다.

이후 박상륭은 『산해경』의 책명(冊名)을 패러디한 산문집 『산해기』(1999)를 창작했는데 작가는 불가사의한 세계로의 여행이라는 『산해경』의 집합적 이미지를 통해 전도(顚倒)된 가치관이 지배하는 세상 속 사유의 행정(行程)을 그려 내고자 한 것으로 보인다. 뒤를 이어 김형경, 김탁환, 최인석, 조하형, 김종호 등 다수의 작가들이 각기 『산해경』을 부분 혹은 전면적으로 수용한 창작물을 내놓았다. 가령 김형경은 『새들은 제 이름을 부르며 운다』(2000)의 제목을 『산해경』의 "그 울음은 제 이름을 부르는 소리와 같다.(其鳴自叫)"라는 구절에서 차용했는데 운동과 이념이 유효성을 상실해 가는 시대에 동요하는 젊은이의 심상을 잘 묘사한 이 소설의 취지에 비추어 "새들은 제 이름을 부르며 운다"라는 제목은 상심

---

12 위의 책, 103~104쪽.

13 하지만 이 책의 민음사 초판본 표지는 『산해경』의 염유어를 연상하게 하는 발이 달린 물고기로 장식되어 있다.

(傷心)한 자아의 울부짖음을 표현한 것으로 보아도 좋을 것이다.

김탁환은 적극적, 창조적으로 『산해경』의 소재를 작품 속에 수용하고자 노력한 작가라는 점에서 주목을 요한다. 우리 소설에서 동아시아 서사의 부활을 꿈꾸는 김탁환에게 중국 "판타지의 원조(語怪之祖)"[14]인 『산해경』은 불가결의 참고 문헌이 된다. 『나 황진이』(2002)에서 그는 『산해경』의 괴수를 마치 고전 문학의 전고(典故)처럼 익숙하게 활용한다.

> 방문해도 어려움이 없겠느냐는 허태휘의 기별이 없었다면 동동처럼 귀 뒤로 한쪽 눈만 끔벅이며 시간을 죽였을 겁니다.[15]

동동(𤟤𤟤)은 『산해경』에 나오는 외눈이 귀 뒤에 달려 있다는 양같이 생긴 짐승이다.[16] 작가는 또한 스스로 현대판 지괴(志怪) 소설이라 칭하는 『부여현감 귀신 체포기』에서 주인공 아신의 조력자로 '잼잼'이라는 신령스러운 동물을 등장시키는데 그 모습은 다음과 같다.

> 어른 주먹보다 조금 작다. 몸은 자루처럼 둥글고 날개가 다섯, 다리가 일곱이다. 누런 피부를 가졌지만 감정 변화가 심하면 불꽃처럼 붉게 변한다. 몸이 부풀어 오르기도 하는데 그 크기를 잴 수 없다. …… 가슴에서 가슴으로 소리가 전해지기 때문에 잼잼의 소리를 접할 때는 크게 심호흡을 하는 것이 좋다. 음악을 좋아하고 춤추기를 즐긴다. 우정을 나누면 백 년 이상 벗을 따라다니며 지킨다.[17]

---

14 胡應麟, 『小室山房筆叢』, 「四部正訛 (下)」.

15 김탁환, 『나 황진이』(민음사, 2002), 9쪽.

16 『山海經』, 「北次三經」: "又北三百里, 曰泰戲之山 …… 有獸焉其狀如羊, 一角一目, 目在耳後, 其名曰𤟤𤟤, 其鳴自訆."

17 김탁환, 『부여현감 귀신 체포기』(이가서, 2005), 32쪽.

잼잼은 농사를 망치고 백성들을 괴롭히는 황충(蝗蟲) 떼를 물리치고 이를 조장한 걸신(乞神)의 정체를 밝히는 데 도움을 준다. 이 잼잼의 원형 역시 『산해경』에 나오는 신 제강(帝江)이다.

> 다시 서쪽으로 350리를 가면 천산이라는 곳인데 …… 이곳의 어떤 신은 그 형상이 누런 자루 같은데 붉기가 빨간 불꽃 같고 여섯 개의 다리와 네 개의 날개를 갖고 있으며 얼굴이 전연 없다. 가무를 이해할 줄 아는 이 신이 바로 제강이다.
>
> 又西三百五十里, 曰天山 …… 有神焉, 其狀如黃囊, 赤如丹火, 六足四翼, 渾敦無面目, 是識歌舞, 實爲帝江也.[18]

제강은 혼돈을 이미지화한 것으로 보통 혼돈의 신으로 불리며 가무를 이해할 줄 안다는 점에서 동양의 뮤즈이기도 하다. 이외에도 저인(氐人), 비서(飛鼠), 승황(乘黃) 등 『산해경』의 신이(神異)한 사람과 동물들이 작가에 의해 창조적으로 각색되어 소설 속의 환상 세계를 다채롭게 구현하고 있다.

제강, 명 호문환의 『산해경도』

최인석의 『이상한 나라에서 온 스파이』(2003)는 돈과 권력이 지배하는 오늘의 끔찍한 현실과 상상의 유토피아적 공간을 대비시키면서 이 세계의 어두운 면을 더욱 드러내 보이는 장치를 위해 열고야국(列姑射國)이라는 『산해경』의 이상향과 북물국(北物國), 문천국(文天國) 등 현실 세계의 나라

18 『山海經』, 「西次三經」.

들을 『산해경』의 서술 방식을 빌려 묘사한다. 가령 북물국에 대한 묘사를 보자.

> 서쪽으로 오십이 년을 걸어가면 북물산(北物山)이 나와요. 남쪽에는 언제나 붉은 구름이 떠 있고, 북쪽에는 귀신들이 다시 죽은 공동묘지가 있고, 서쪽에는 부처가 태어나 죽은 땅이 있고, 동쪽에는 해가 식어 납작한 돌멩이가 되는 거대한 얼음 연못이 멀리 바라다 보이는 곳이에요. 이곳에 북물국(北物國)이라는 나라가 있어요. 그곳에는 쇠로 된 날개와 쇠로 된 가슴과 쇠로 된 눈, 쇠로 된 팔다리를 가진 금차(金車)라는 사람이 사는데, 손에는 금덩이와 총을 들고 있어요. 사람이 지나면 금덩이를 내밀고 무게를 달아보라고 하는데, 잘못 달아 눈곱만큼이라도 근수를 적게 말하면 도둑놈이라고 길길이 날뛰면서 총신을 입속에 쑤셔 넣고 쏴 죽이고, 근수를 많게 말하면 사기꾼이라고 온갖 욕설을 퍼부으면서 항문에 총신을 쑤셔 넣어 쏴 죽여요. 그 사람이 아침에 고함을 지르면 나라에 십 년 가뭄이 들고, 저녁에 고함을 지르면 십 년 장마가 져요.[19]

『산해경』의 기이한 나라들에 대한 서술 방식을 패러디함으로써 오늘의 돈과 권력이 횡행하는 비정한 현실을 양손에 금덩이와 총을 든 금차가 지배하는 폭압적인 세상으로 희화화(戱畫化)했음을 알 수 있다.

이어서 조하형의 『키메라의 아침』(2004)은 끝없이 욕망하는 자본과 무한 질주하는 첨단 과학이 대책 없이 결합하여 낳은 미래의 디스토피아를 조인(鳥人), 반인반수 등 수많은 인공 변종〔mutant〕과 잡종〔hybrid〕들의 세계로 묘사한다. 소설 속에서 "진화공학자들은 …… 『산해경(山海經)』이나 『태평광기(太平廣記)』 등을 경전으로 삼아 전설상의 동물들을

19 최인석, 『이상한 나라에서 온 스파이』(창작과비평사, 2003), 177쪽.

재발명하기까지 했다."[20]라고 한다. 이렇게 해서 복원된 『산해경』의 신화적 동물들은 원래의 신성을 상실하고 공포스러운 존재로 화한다. 전술한 작가들이 주로 부조리한 현실을 드러내기 위해 『산해경』의 이미지를 원용했다면 이 작품에서는 미래의 디스토피아적 상황을 묘사하기 위해 동원했다는 점이 이채롭다.

김종호의 연작 소설 『산해경초(草)』(2006)에서 작가는 각종 괴물이 우글거리는 『산해경』의 동서남북 행로를 걸어가듯이 언어와 문학의 본질, 언어와 코기토에 대한 사색을 진행한다. 여기에서 『산해경』은 우리 삶의 역정(歷程)이자 본질을 탐색하는 내면의 풍경이다. 이러한 점에서 『산해경초』는 박상륭의 『산해기』와 닮아 있다.

문학 평론 쪽에서는 김현이 일찍이 내놓은 평론집 『분석과 해석 — 주와 비의 세계에서』(1988)가 후학 논객들 사이에 이른바 문학 권력을 둘러싼 논쟁을 촉발한다. 남진우는 김현의 우려 깊은 세태 인식이 주와 비의 인유(引喩)로 이어졌다고 보고 이들 짐승을 극도의 자기 동일성에 사로잡혀 있으며 타자성을 인정하지 않는 편향된 존재들의 상징으로 파악한다. 이러한 입장에서 그는 강준만의 인물 비평을 폭로 저널리즘이자 주와 비의 세계에 매우 가까운 행위로 비판한다. 이에 대해 권성우는 남진우가 의도적으로 주와 비의 상징을 제한적으로 사용함으로써 김현의 의도를 곡해했다고 비판하고 이후 반론과 재반론이 이어진다.[21]

『산해경』에 등장하는 불길한 짐승 주와 비, 특히 "제 이름을 부르며

---

20 조하형, 『키메라의 아침』(열림원, 2004), 76쪽.

21 논쟁 관련 자료는 남진우, 「주와 비의 세계에서 — 강준만에 대한 몇 개의 단상」, 《문학동네》(2001, 여름), 27호; 권성우, 「문화비평/문학, 우리를 아프게 하는 비판을 원한다」, 《황해문화》(2001, 가을), 32호; 남진우, 「권성우에게 답함」, 《황해문화》(2001, 겨울), 33호; 권성우, 「심미적 비평의 파탄 — 남진우의 반론에 답한다」, 『문학권력』(개마고원, 2001) 등 참조.

운다"는 주라는 새의 행태가 자폐적, 일방적 행위의 상징으로 평론가들에게 주목받았음을 알 수 있다. 이와 같은 맥락에서 김훈은 "제 이름을 부르며 운다는 『산해경』의 새처럼, 모든 당대의 언어는 제 이름을 외치며 몰려든다. …… 오직 제 이름을 부르며 우는 날짐승들의 시대에 당대를 향하여 말을 거는 일은 가능한가?"[22]라고 물으며 타인과의 소통이 불가능한 사회의 구조적 모순에 대해 개탄한다. 정과리 또한 비슷한 인식에서 다음과 같이 진단한다.

> 오늘의 풍요를 가능케 한 맹목적 천민자본주의는 그 속도만큼이나 무서운 기세로 문화며 일상이며 기술이며, 한국인의 삶 도처를 천공하는 드릴이 되기도 했던 것이다. 덕분에 곳곳에서 재앙의 삼풍이 부는가 하면, 학문과 문화의 들판에서는 앵무새들이 소리 지르고, 저잣거리에서는 주(鴸)와 비(蜚)의 세계를 거쳐 이제 궁기(窮奇)들이 활개 치는 게 아닌가? 그러니 스스로 불안한 것이다. …… '대한국인'의 자기 현시는, 그러니, 결코 도달되지 않는 이상적 자아에 대한 공격적 입도선매가 아닐까?[23]

당대 한국의 어지러운 현실을 주와 비는 물론 궁기까지 활개 치는 세상으로 묘사하고 있다. 궁기 역시 『산해경』에 등장하는 흉수[24]로 『신이경(神異經)』의 보충 설명에 따르면 착한 사람을 괴롭히고 악한 사람에게 상주는 못된 짓을 한다고 했다.[25] 시비, 가치관이 전도된 것을 상징하는 동물이라 하겠다. 이처럼 『산해경』의 기이한 사물들은 제각기 시대를 상징하는 적실한 평론 용어로 활용되기도 함을 알 수 있다.

---

22 김훈, 『김훈 世說 — '너는 어느 쪽이냐'고 묻는 말들에 대하여』(생각의 나무, 2005), 68~69쪽.

23 정과리, 『문명의 배꼽』(문학과지성사, 1998), 40~41쪽.

24 『山海經』, 「海內北經」: "窮奇狀如虎, 有翼, 食人從首始, 所食被髮."

25 『神異經』, 「西北荒經」: "聞人忠信, 輒食其鼻, 聞人惡逆不善, 輒殺獸往饋之."

이외에도 최근 유행하는 판타지 혹은 환상 소설에서 『산해경』의 상상력은 기본 상식으로 받아들여지고 있다. 가령 제2회 한국판타지문학상 대상을 수상한 조선희의 『고리골』(2001)은 도교를, 이우혁의 『치우천왕기』(2011)는 재야 사서인 『환단고기』를 바탕으로 한 판타지이지만 그럼에도 두 작품 속의 많은 모티프들은 『산해경』의 상상력과 무관하지 않다. 아울러 도학회의 근간 『봉황종, 평화를 울리다』(2018)는 평화를 불러온다는 봉황종을 매개로 과거, 현재, 미래를 교직(交織)시킨 판타지 어드벤처 소설인데 여기에서도 제강, 포효(狍鴞) 등 『산해경의 괴신, 괴수가 등장하여 활약한다.

윤영수의 『숨은 골짜기의 단풍나무 한 그루』(2018)는 최근 우리 환상문학이 거둔 큰 수확으로 조너선 스위프트의 『걸리버 여행기』에 비견할 만한 작품이라는 찬사를 듣는다. 멀리 『남가태수전(南柯太守傳)』의 지저(地底) 세계 상상의 맥을 이은 이 소설에서 작가는 마치 『산해경』의 숱한 이방인들의 나라처럼 단풍동, 청매동, 붓동, 살촉동 등 각기 다른 종족들이 거주하는 공간을 설정하고 주인공에게 탐색의 여정을 부여한다. 주인공의 단풍나무로의 화생(化生), 왜 하필 단풍나무인가? 『산해경』에는 영웅 치우가 죽어서 단풍나무로 변신한다는 신화가 있다.[26]

예술 분야에서는 설치미술가 이불이 인간과 기계, 남성과 여성의 구별을 넘어선 존재인 「사이보그(1997~1998)」를 제작하여 발표한 바 있는데 이 작품은 저패니메이션의 여전사 캐릭터와 고대 그리스 조각의 영향이 감지되면서도 외팔과 외다리의 중성적 존재로서 기술 문명이 낳은 디스토피아적 인간상이라는 점에서 『산해경』의 기굉국(奇肱

26 『山海經』, 「大荒南經」: "有宋山者. …… 有木生山上, 名曰楓木, 蚩尤所棄其桎梏, 是爲楓木."

國) 사람 이미지와의 상관성을 배제할 수 없다. 기굉국 사람은 어떠한 모습인가?

> 기굉국이 그 북쪽에 있다. 그 사람들은 팔이 하나에 눈이 셋이며 암수한몸이고 무늬 있는 말을 탄다.
>
> 奇肱之國在其北, 其人一臂三目, 有陰有陽, 乘文馬.[27]

「사이보그 II」, 이불

외팔이며 암수한몸인 기굉국 사람은 중성적이며 불완전한 인간상인 이불의 작품 이미지와 의도적이든 우연의 일치이든 닮아 있다. 게다가 곽박(郭璞)의 주석에 따르면 그들은 기계 장치를 잘 만드는 테크놀로지의 달인이다.[28] 이 점은 고도의 테크놀로지 산물인 사이보그의 이미지와 상통한다.

여와, 서용선

회화 쪽에서는 서울대 미대 서용선 교수가 『산해경』을 비롯한 동양 신화의 신, 영웅, 괴물 등을 그

27 『山海經』, 「海外西經」.

28 『山海經』, 「海外西經」. 奇肱國條, 郭璞注: "其人善爲機巧, 以取百獸, 能作飛車, 從風遠行."

려 신화 작품만을 위한 전시회를 개최했고(2006), 오혜재는 전시 「상상의 실크로드, 『산해경』에서 타로까지」(2019)에서 『산해경』의 괴신(怪神), 괴인(怪人), 괴수(怪獸) 이미지와 타로카드의 각종 이미지를 병치, 비교하여 상상력의 인류적 보편성을 드러내고자 했다. 덧붙여 2002년 제17회 월드컵축구대회 때 한국 대표팀의 응원단 '붉은 악마'의 트레이드 마크 도안을 『산해경』의 전쟁 영웅 치우(蚩尤) 이미지에서 취한 것은 잘 알려진 사실이다.

무용 쪽에서는 김은희가 작품 「산해경」(2004)을 통해 "동양의 보편적 신화와 상상력을 바탕으로, 한 사람의 여정 속에서 찾은 순간의 휴식처와 같은 편안함을 펼쳐 보였고,"[29] 이화여대 무용과의 조기숙 교수는 정재서와의 합작 아래 2013년부터 4년간 연속으로 서왕모(西王母), 항아(姮娥), 무산신녀(巫山神女), 여와(女媧) 등 『산해경』 및 동양 신화의 주요 여신을 대상으로 한 발레 작품을 공연하여 사계(斯界)의 주목을 받았다. 아울러 김기영은 혼돈의 신 제강을 통해 우주와 혼돈, 인간을 성찰하는 작품 「갱: 제강에서 시작한 연희적 상상」을 공연했고, 최근 평창 동계 올림픽 전야제 공연(2018)에서는 『산해경』의 조인일체(鳥人一體) 신화에서 유래한 고구려 덕흥리 고분 벽화의 만세(萬歲) 이미지에서 힌트를 얻은 인면조(人面鳥)가 등장하여 국민적 관심을 받은 바 있다.

조선 시대와 현대 사이에는 깊은 문화적 단절이 있었다. 그러나 삼국 시대부터 조선 시대까지 오랜 시기에 걸쳐 형성된 『산해경』에 대한 애호는 일시 잠재화되었다가 역주본이 한번 출현하자 곧 과거의 관심을 회복하였다. 현대 문학에서의 『산해경』 수용 방식은 크게 집합적 이미지를 취하거나 서사 체재를 모방하거나 특정한 이미지나 소재를 택

29 2004년 무대공연작품지원사업 선정작: 김은희 무용단 「산해경」 작품 해설.

하여 알레고리화하는 방식 등으로 나눠 볼 수 있다. 황지우, 김현, 박인홍 등은 『산해경』의 수용을 선구적으로 수행하였고 뒤를 이어 권혁웅, 성석제, 김탁환 등 허다한 문인들이 『산해경』의 기발한 상상력에 매료되어 작품을 남겼는데 특히 황지우의 「산경」은 조선 시대 「독산해경」 시의 전통을 이었다는 점에서 특기할 만하다.

「그녀가 온다—여신 서왕모」 공연 포스터, 2013

인면조, 평창 동계 올림픽 전야제

예술 방면에서는 서양화가로서 『산해경』의 신화 이미지를 현대적으로 재현한 서용선, 서양 무용가로서 『산해경』의 여신 이야기를 발레로 구현하고자 한 조기숙의 시도가 참신하고 시도적이다. 그 외에도 여러 작가들의 춤, 음악, 미술 등을 통한 『산해경』 신화의 다양한 현대적 변주는 모두 의미 있는 작업으로 기억될 것이다. 아울러 평창 동계 올림픽 전야제에서의 인면조의 등장은 그동안 특정한 분야에서만 환영받아 온 『산해경』의 상상력과 이미지가 대중화, 보편화되는 시대가 도래했다는 신호탄으로 보아도 좋을 것이다.

2) 문화 산업 분야

이 분야에서의 『산해경』 수용은 만화, 웹툰, 애니메이션, 게임 등 다양한 장르에서 활발히 이루어지고 있다. 이는 근래 문화 산업의 흥기와 함께 스토리텔링의 중요성이 대두하면서 특히 『산해경』과 같은 동아시아 상상력을 대표하는 고전이 문화 콘텐츠의 원형 소재로서 크게 환영받게 되었기 때문이다.

먼저 만화 쪽에서는 고구려 역사를 다룬 김진의 『바람의 나라』, 단군왕검의 신화를 다룬 이현세의 『천국의 신화』, 하백(河伯)과 항아의 신화를 다룬 윤미진의 『하백의 신부』, 성당(盛唐) 시대와 낙양(洛陽)을 배경으로 한 퇴마 이야기인 윤지운의 『파한집』 등의 작품을 들 수 있는데 이들 모두 많든 적든 『산해경』의 신화 모티프를 활용하고 있다. 특히 『하백의 신부』는 중국 신화를 재창조한 것이라 해도 과언이 아니다.

주호민·장희, 「빙탕후루」(21화)

웹툰의 경우, 전통적인 이물교구(異物交媾) 모티프가 디지털 작품에서도 인기 있는데 웹툰에서의 타자에 대한 이러한 통합적 인식[30]은 자연스럽게 『산해경』의 이물들을 소환하게 된다. 가령 주호민과 장희의 「빙탕후루」는 비록 외국 대본에 의한 것이나 『산해경』 소재의 활

30 정유경·한혜원, 「한국 설화 기반 웹툰에 나타난 이물교구(異物交媾) 모티프의 포스트 휴먼적 가치 연구」, 《만화 애니메이션 연구》(2018), 52호, 279~280쪽.

용과 변용이 뛰어난 작품이다. 주인공이 도술을 발휘하여 요마(妖魔)를 퇴치하는 과정에서 서왕모의 반도(蟠桃), 부상(扶桑)을 비롯, 제건(諸犍), 문요어(文鰩魚), 천마(天馬) 등이 대부분 『산해경』의 원래 의미를 떠나 작중 의도에 맞게 각색되었는데 그 변용이 자연스럽다. 그 외 대한민국 만화대상에서 우수상을 수상한 배혜수의 『쌍갑포차』(128회)에서는 평창 동계 올림픽 전야제에 등장했던 인면조가 나타나 흥미를 더한다.

애니메이션 쪽에서는 이성강의 「천년 여우 여우비」(2007), 드라마 쪽에서는 강은경 극본의 「구가의 서」(2013)가 『산해경』에 기원을 둔 구미호 신화에서 아이디어를 얻고 있다. 아울러 드라마 「푸른 바다의 전설」(2016)에서는 『산해경』의 인어 신화에서 유래한, 눈물이 진주가 된다는 교인(鮫人) 전설[31]을 활용한 바 있다.

게임 쪽에서는 앞서의 만화 『바람의 나라』를 엔씨소프트에서 게임으로 각색했고(1996) KCT미디어에서 제작한 국내 RPG인 「날아라 슈퍼보드 — 환상 서유기」(1998)에서도 동서양 신화를 소재로 활용하는 가운데 『산해경』 신화 모티프를 채택하고 있다. 아울러 2002년 한국콘텐츠진흥원의 문화콘텐츠 구축 사업의 첫 프로젝트로 정재서가 『산해경』을 대상으로 한국 신화 원형을 발굴하고 스토리, 캐릭터 등의 데이터베이스를 구축했는데 이를 토대로 황제와

인어(전지현 역)가 눈물을 흘리는 장면, 드라마 「푸른 바다의 전설」

31 『太平御覽』, 卷803: "鮫人從水出, 寓人家, 積日賣絹. 將去, 從主人索一器, 泣而成珠滿盤, 以與主人."

싸이 인어,
「강남 스타일」 재킷 로고

치우 간의 탁록대전(涿鹿大戰)을 주제로 한 만화, 게임 등이 제작된 바 있다.

그 밖에 광고 디자인 분야에서도 가수 싸이의 히트곡 「강남 스타일」의 재킷 로고로 『산해경』에 등장하는 인어 저인(氐人)에서 착상한 싸이 인어를 디자인해 사용하기도 했다.

문화 산업은 성장 동력 산업 중의 하나로 참신하고 기발한 상상력, 이미지, 스토리 자원을 필요로 한다. 이러한 필요에서 『산해경』은 오늘날 동아시아권에서 각광받는 문화 산업 소재가 되었다. 일본은 문화 산업에서 『산해경』을 가장 잘 활용한 나라인데 애니메이션 「포켓몬」 및 게임 「포켓몬 고」의 주요 캐릭터를 『산해경』에서 취한 것은 잘 알려진 사실이다. 한국의 경우 요즘 『산해경』에 대한 관심이 높아지면서 만화, 애니메이션, 웹툰, 드라마 등에서 이 책의 소재를 활용하는 경우가 점차 늘어나고 있다. 그러나 아직은 소재의 단편적인 수용에 머물러 있고 짜임새 있는 스토리를 기반으로 한 대작은 출현하지 않았다. 그것은 『산해경』, 나아가 동양 신화에 대한 이해 수준이 보다 제고될 때 가능할 것이다.[32] 한국도 『산해경』 애독 전통이 유구한 만큼 향후 이 책에 근거한 문화 산업 방면의 좋은 성과를 기대해 볼 수 있다.

---

32 물론 이는 문제를 단순화시켜서 이야기한 것일 뿐 사실 이를 위해서는 한국 문화 산업의 구조적 문제 등 선결되어야 할 일들이 적지 않다. 이에 대해서는 별도의 논의가 필요하다.

◇ 사례 연구: 『산해경』의 시적 변용
—도연명에서 황지우까지

1 신화·주술·시

신화란 인간과 자연, 전 존재에 대한 심미적 통찰을 담은 서사이다. 신화의 이러한 기도는 상상력을 통해 우주의 심연을 응시하고자 하는 시인의 욕망과 근사하고 양자는 이를 실현하기 위해 일상의 기술적 언어(descriptive language)가 아닌 상징, 은유 등의 환기적 언어(evoking language)[1]를 사용한다는 점에 있어서 일치한다. 신화와 시가 본질적으로 그 고유한 특성을 공유하고, 따라서 신화 작가가 곧 시인일 수 있다는 가정은 다음과 같은 견지에서도 구체적인 설득력을 갖는다. 신화의 기저에 깔려 있는 것은 사고가 아니라 정서이다. 이러한 신화의 세계에서 추구되는 것은 논리성이나 인과성이 아니라 정서적 통일성이며 그것은 인간과 사물 내지 자연과의 공감적 태도에 바탕한 생기론(生氣論)

1 기술적 언어와 환기적 언어에 대한 개념은 타일러의 민족지 언어의 문제에 대한 토론으로부터 시사를 받았다. Stephen A. Tyler, *The Unspeakable: Discourse, Dialogue, and Rhetoric in the Postmodern World*(Madison: The University of Wisconsin Press, 1987), 199~200쪽.

적 일체감으로 표현된다. 이때 신화 언어가 취하는 형식은 상징이나 은유인데 이들은 정서적 동일시의 원리로서 기능하게 된다. 신화와 시가 언어적 특성을 공유하게 되는 지점이 여기다. 왜냐하면 시 역시 우리가 상실했던 우주적 일체감을 회복하기 위해 은유 등의 형식을 취하기 때문이다.

신화와 시는 은유 이외에 또 하나의 중요한 언어적 특성을 공유하게 되는데 그것은 다름 아닌 리듬이다. 신화에서 추구하는 우주적 일체감은 추론이나 설명이 아닌 공감 혹은 공명(共鳴)에 의해 이루어진다. 따라서 그것은 정서적 파동을 야기하는 리듬, 운율 등의 방식에 의존하게 된다. 이와 상통한 입장에서 프라이(N. Frye)는 리듬이 자연의 주기에 대한 동시적 조화에서 생겨난 것으로 보고 있다. 우리는 시의 리듬의 발생론적 원의(原義)를 이러한 신화적 취지에 비추어 이해해 볼 수 있다. 여기에서 주목해야 할 것은 이 같은 언어의 리듬이 지닌 주술적인 힘이다. 이 힘에 의해 신화와 시는 저 너머의 세계, 즉 상상계에 참여할 수 있고 영향을 미칠 수 있다. 바야흐로 "천지를 움직이고 귀신을 감동시킴에 시보다 더한 것이 없는 것(動天地, 感鬼神, 莫近於詩)"[2]이다. 그리하여 사자(死者)나 신명(神明)을 위한 제문(祭文)은 반드시 압운하여야 하고 벽사(辟邪)의 효능을 발휘하게 될 동경(銅鏡)의 명문(銘文) 역시 운문의 형식을 취해야 한다.[3]

『산해경(山海經)』은 이미지의 바다이다. 특히 서구 신화에 비해 서사 체계적이지 않다는 점에 있어서 그러하다. 이 점은 『산해경』뿐 아니라 대개의 중국 신화도 마찬가지이다. 이야기라기보다는 이미지의 연속으로 보이는 측면도 있다. 그렇기에 신화와 시가 조우할 가능성이 더

---

2 「毛詩序」.

3 한대(漢代) 경명(鏡銘)의 구법(句法)은 대부분 7언, 3언, 4언체를 취하고 전체 구를 압운하고 있다. 張金儀, 『漢鏡所反映的神話傳說與神仙思想』(臺北: 國立古宮博物院, 1981), 64쪽.

욱 크다. 다시 말해서 신화의 시적 변용이 훨씬 용이한 것이다. 비록 플라톤적인 혐의가 없지는 않으나 "시인은 신화의 적"[4]이라고 규정한 노신(魯迅)의 목소리가 크게 들리는 것은 이 때문이다.

『산해경』은 무당과 방사(方士) 계층의 구비(口碑) 서사가 정착된 것으로 보인다. 이 점은 여타의 신화도 마찬가지지만 구전(口傳), 음송(吟誦)의 편의상 『산해경』의 원시 언어는 운율 구조를 취했을 가능성이 크고, 이것은 현행 『산해경』 원문에도 그 흔적을 남기고 있다. 가령 4자, 6자의 자수율을 기본으로 하고 있다든가[5] 경문(經文)이 거의 동일한 패턴의 문형의 반복으로 이루어져 있다든가 하는 점이 그것이다. 그러나 신화 언어의 리듬의 이면에는 단순한 형식상의 편의보다 심원한 주술적 동기가 있다는 사실을 앞에서 이미 말했다. 가령 『산해경』의 「산경」 부분에서 흔히 읽을 수 있는 다음과 같은 문구들을 보라.

> 다시 동쪽으로 400여 리를 가면 단원산이라는 곳이다. …… 이곳의 어떤 짐승은 생김새가 너구리 같은데 갈기가 있다. 이름을 유라고 하며 이것을 먹으면 질투하지 않게 된다.
>
> 又東四百里, 曰亶爰之山, …… 有獸焉, 其狀如貍而有髦, 其名曰類, 自爲扎牡, 食者不妒.[6]

> 다시 북쪽으로 180여 리를 가면 혼석산이라는 곳이다. …… 머리 하나에 몸이 둘인 뱀이 있는데 이름을 비유라고 하며 이것이 나타나면 그 나라가 크게 가문다.
>
> 又北百八十里, 曰渾夕之山, …… 有蛇一首兩身, 名曰肥遺, 見則其國

4 노신, 조관희 역주, 『중국소설사략』, 7쪽.

5 사실 이는 『산해경』만이 아니라 중국 산문 일반이 지녔던 율조(律調)이기도 하다.

6 『山海經』, 「南山經」.

大旱.[7]

본래 반복과 가정은 주술 언어의 특징이다. 『산해경』에서 동일한 문형의 반복을 표시하는 '우(又)'라든가 가정을 표시하는 '자(者)', '즉(則)' 등의 글자의 잦은 사용은 『산해경』으로 하여금 예언과 징조 등의 주술적 분위기를 이룩하게 한다. 「해경(海經)」 및 「황경(荒經)」 부분에서는 이러한 형식이 두드러지지는 않으나 「대황남경(大荒南經)」의 거치산(去痓山) 조에는 주문으로 생각되는 문구의 삽입이 있으며[8] 「대황북경(大荒北經)」 계곤산(係昆山) 조에도 가뭄의 신 발(魃)을 축출하는 주어(呪語)[9]가 수록되어 있어 『산해경』 언어 일반이 지니고 있는 주술적 성격을 가늠해 볼 수 있다. 사실 언어의 주술성은 근원적인 것이다.[10] 여기에서의 주술성이란 상상계와의 공감적 소통 기능을 의미한다. 신화 언어와 시적 언어는 그 특유의 표현 형식을 통해 다른 어느 언어보다도 긴밀히 주술성과 상관된다는 점에서 닮아 있는 것이다.[11]

신화와 시는 이와 같이 동질적이다. 그러나 이러한 원초적 동질성이 신화와 후대의 시에 대한 동일시를 의미하지는 않는다. 양자의 차이는

---

7 『山海經』, 「北山經」.

8 『山海經』, 「大荒南經」: "大荒之中, 有山名曰去痓. 南極果, 北不成, 去痓果." 종래 해석이 안 되었던 문구로 원가(袁珂)는 이를 무사(巫師)의 저주어(詛咒語)가 본문에 끼어든 것으로 보았다.

9 『山海經』, 「大荒北經」: "有係昆之山者, …… 魃時亡之, 所欲逐之者, 令曰神北行. 先除水道, 決通溝瀆."

10 존 오스틴(John Austin)의 언어철학적 입장을 간명히 표현한 이른바 "saying is doing"은 이 같은 견해를 뒷받침한다. 주술과 언어의 근원적 관련성에 대한 논의는 Stanley Jeyaraja Tambiah, *Magic, Science, Religion, and the Scope of Rationality*(Cambridge University Press, 1990), 65~83쪽 및 Izutsu Toshihiko, *Language and Magic*(Tokyo: The Keio Institute of Philological Studies, 1956), 15~27쪽 참조.

11 케네스 버크(Kenneth Burke)가 주술을 '수사적 기술(rhetorical art)'이라고 언명한 점에 주목하자. Tambiah, 위의 책, 82쪽.

다음에 있다. 즉 신화는 집체적인 정서에 바탕한 의도되지 않은 허구임에 비해 시는 개별성으로부터 출발한 의도된 허구인 것이다. 따라서 신화의 시적 변용, 아울러 시의 신화적 수용은 바로 이러한 차이성 위에서 일어나는 작용이라고 말할 수 있다.

이제 우리는 지금까지 논의해 온 신화와 시 사이의 동질성과 차이성에 유념하면서 중국의 대표적 신화서라 할 『산해경』의 시적 변용에 대해 탐색하고자 한다. 『산해경』을 비롯한 중국 신화가 직간접적으로 후대 시가에 미친 영향에 대해 이 자리에서 자세히 논할 겨를은 없다. 다만 왜 『산해경』과 도연명(陶淵明)이며 황지우(黃芝雨)인가? 우리는 『산해경』이라는 텍스트가 갖는 신화 형식, 집합적 이미지가 여타 고전에 실려 있는 단편적인 신화와는 다른 차원에서 시인들의 상상력과 영감을 자극했다고 본다. 이러한 의미에서의 『산해경』에 대한 최초의 집중적인 수용은 도연명에 의해 이루어졌다. 도연명의 「독산해경(讀山海經)」은 이와 같은 이유로 중국 고전시가 작품 중 『산해경』 수용의 대표적 분석 대상으로 선정되었다. 고대가 아닌 오늘, 중국이 아닌 이 땅에서 생산된 황지우의 「산경(山經)」은 「독산해경」 이래 『산해경』 수용이 시공간적으로 극도로 확대된 결과로 보아, 대표적 분석 대상으로 선정되었다. 이는 신화의 보편성, 원형성을 확인하기 위해서이다. 이렇게 해서 우리는 특별히 「독산해경」과 「산경」 두 작품에 대해 『산해경』의 시적 변용의 문제를 탐구하게 되었다.

2 도연명의 「독산해경」: 궁핍한 시대의 원유(遠遊)

도연명의 「독산해경」은 그가 생애의 중반 이후에 창작한 13수의 연작시다. 이 시가 지어진 정확한 시기는 말하기 어렵다. 학자들에 따라 이르게는 35세부터 늦게는 51세 혹은 만년까지 보고 있어 상당한 편차가 있다. 그러나 그의 시력(詩歷) 및 다른 작품과의 관련성 등으로 미루어 대체로 또 다른 가작(佳作)인 「귀원전거(歸園田居)」와 비슷한 시기 혹은 이후에 지어진 것으로 보는 것이 정설이다.

우선 「독산해경」이라는 제목을 통해 우리는 이 작품이 원텍스트인 『산해경』에 대한 패러디임을 쉽사리 알 수 있다. '독(讀)……', '의(擬)……', '효(效)……', '차(次)……', '화(和)……' 등과 같은 제목 달기는 고전 시가에서 흔히 보이는 드러난 전경화(前景化) 장치이다. 「독산해경」 기일(其一)은 이러한 작시(作詩) 취지를 다시 천명함과 동시에 연작시의 단서를 여는 기능을 하는 작품이다. 주로 사부체(辭賦体)의 초두(初頭)에서 작품의 연기(緣起)를 말해 주던 '서(序)'에 상당하는 부분으로 일종의 메타 서사라고도 말할 수 있다.

기일(其一)

孟夏草木長, 초여름, 풀과 나무 자라서,
繞屋樹扶疏. 집 주위로 우거졌네.
衆鳥欣有托, 뭇 새들 즐겨 깃들고,
吾亦愛吾廬. 나 또한 오두막집을 사랑하느니.
旣耕亦已種, 밭 갈고 씨 뿌리고 하는 중에,
時還讀我書. 때때로 돌아와 책 읽는다네.
窮巷隔深轍, 외진 곳 귀한 손님 올 리 없고,
頗迴故人車. 친한 벗님네나 찾아들까.
歡然酌春酒, 반갑게 봄 술 따르고,
摘我園中蔬. 텃밭의 푸성귀를 뜯네.
微雨從東來, 보슬비 동쪽으로부터 나리고,
好風與之俱. 훈풍도 더불어 함께 불 제.

泛覽周王傳, 「목천자전(穆天子傳)」을 두루 보고,
流觀山海圖. 「산해도(山海圖)」를 훑어보네.
俯仰終宇宙, 잠깐 사이에 우주를 돌아보게 되니,
不樂復何如. 진정 즐거운 일이 아니고 또 무엇이겠는가.

5언 16구, 일운도저격(一韻到底格)의 이 시는 여타 12수의 2배의 구수(句数)로서, 「독산해경」 전시(全詩)의 총서(總序)에 해당된다. 전원생활의 즐겁고 유한(有閑)한 정취를 노래한 이 시는 풍격(風格)이 「귀원전거」와 흡사하여 도연명 전원시의 백미(白眉)로서 자주 회자된다.

이 시는 대개 4구를 한 단락으로 해서 해석이 끊어지지만 전체적인 의미의 진행은 첫 4구와 중간 8구, 끝 4구의 세 부분으로 이루어진다고 볼 수 있다. 즉 수구(首句) "초여름, 풀과 나무 자라서(孟夏草木長)"에서 제4구 "나 또한 오두막집을 사랑하느니(吾亦愛吾廬)"에 이르는 첫 단락에서 시인은 전원에서의 자신의 주거 공간에 대해 문득 눈을 뜬다. 그 눈뜸은 "나 또한 오두막집을 사랑하느니(吾亦愛吾廬)"라는 범용한 진술에 의해 오히려 강조된다. 제5구 '밭 갈고 씨 뿌리고 하는 중에(旣耕亦已種)'에서 제12구 "훈풍도 더불어 함께 불제(好風與之俱)"에 이르는 두 번째 단락은 첫 단락에서의 평범한 깨달음이 전원의 일상으로 인해 확인되는 과정이다. 그것은 주경야독하고 친한 벗과 봄 술로 수작(酬酌)함에 "기쁘고 절로 즐거운(怡然自樂)"(「도화원기(桃花源記)」) 생활 경지이다. 제13구 "목천자전을 두루 보고(泛覽周王傳)"에서 말구(末句) "진정 즐거운 일이 아니고 또 무엇이겠는가.(不樂復何如)"에 이르는 세 번째 단락에서 시인의 인식은 일상에서 우주로 확대된다. 그것은 기서(奇書)에 대한 독서 행위에 의해 촉발된 것이지만 사실상 자연과 교융(交融)하는 시인 자신의 삶, 그것에 대한 성찰이 응당 도달하게 될 구경(究境)이기도 하다. 이렇게 보면 이 시는 전원생활의 지락(至樂)을 평담(平淡)

하게 진술하고 있는 이면에 중요한 인식 전환의 의미를 내포한다. 그것은 다름 아닌 오두막집에서 우주로 표상되는 시인의 인식 차원의 이동이다. 이러한 측면에서 제3~4구와 마지막 단락은 다른 어떤 구절보다도 의미심장하게 음미될 필요가 있다.

우리는 우선 "뭇 새들 즐겨 깃들고(衆鳥欣有托)"에서의 조류의 의상(意象)에 주목하여야 한다. 일반적으로 조류는 자유와 초탈의 상징이지지만 그러한 이미지는 중국의 고유한 문화 전통이라는 콘텍스트 내에서 어떠한 구체성을 확보하고 있는가? 우리는 『산해경』 및 동이계(東夷系) 신화에서 강하고 일관되게 표명되었던 조류 모티프에 대해 기억한다. 이들은 토템으로서 한 유력한 종족의 신성한 표지(標誌)였으나 후대에 동이계 신화가 역사의 이면으로 억압되면서 현실로부터의 초탈, 이데올로기적, 제도적, 관념적 구속으로부터의 해방 등을 추구하는 우인(羽人), 신선 및 도가적 방일자(放逸者)의 이미지로 전화(轉化)된다.[12] 우리는 이의 이른 문학적 체현을 장자(莊子)의 대붕(大鵬) 우언(寓言)에서 보게 되거니와 이후 조식(曹植, 192~232)의 「야전황작행(野田黃雀行)」이나 도연명의 "조롱에 갇힌 새는 옛 숲을 그리워 하고(羈鳥戀舊林)"(「귀원전거 기일(其一)」) 등에서 조류는 바람직하지 못한 현실을 초극하려는 시인 자신으로 읽히기도 한다. 따라서 제3구의 "중조(衆鳥)"를 이러한 의미에서 읽을 때 우리는 제3구와 제4구의 병치가 사실은 "오려(吾廬)"의 강조를 위한 동어 반복이라는 것을 알게 될 것이다. 그렇다면 "오려(吾廬)" 즉 시인의 오두막이란 무엇을 상징하는가?

은자의 오두막집, 이것이야말로 정녕 원초적인 판화이다! 진정한 이미

12 조류 숭배를 중심으로 한 동이계 신화의 도교에로의 전변(轉變)에 대해서는 정재서, 「고구려 고분 벽화의 신화적, 도교적 제재에 대한 새로운 인식」, 『동양적인 것의 슬픔』(살림, 1996), 136~139쪽 참조.

지들은 판화들이다. 상상력이 우리들의 기억 속에 그 이미지들을 새기는 것이다. …… 그것은 그것의 본질, 동사 '거주하다'의 본질의 강렬함에서 그것의 진실을 받아야 한다. 그러면 곧 오두막집은 중심적인 고독이 된다.[13]

중심적인 고독! 그래서 도연명의 시편에는 '아(我)', '오(吾)' 등 1인칭 대명사의 출현이 잦은가? 우리가 거주하는 집이란 단순히 기하학적인 공간이 아니다. 그것은 "풍경보다도 더한 영혼의 상태"[14]이다. 꿈과 현실의 복합체인 이곳에서 시인의 우주적인 몽상이 발효하고 결국 그렇게 해서 집은 우주가 된다. "나 또한 오두막집을 사랑하느니(吾亦吾愛廬)"라는 고백은 비상(飛翔)의 욕망을 품은 시인의 우주적 몽상을 의미하고 따라서 이러한 이미지는 마지막 단락의 "잠깐 사이에 우주를 돌아보게 되니, 진정 즐거운 일이 아니고 또 무엇이겠는가?(俯仰終宇宙, 不樂復何如)"로 이어져 수미쌍응(首尾雙應)한 관계를 이룩한다.

시인은 두 권의 신화집에 대한 몽상 끝에 전 우주에 대한 인식에 도달한다. 그가 두 권의 책을 '열심히 정독한' 것이 아니라 '두루 보고(泛覽)', '훑어봤다(流觀)'는 사실에 유의하자. 그렇다. 그러한 깨달음은 결코 "심각한 해석학적 작업을 필요로 하지 않는다.(不求深解)"(「오류선생전(五柳先生傳」) 그럼에도 그것은 시인의 예지(叡智)에 의해 "잠깐 사이에(俯仰)" 이루어진다. 물론 여기에서 말하는 우주는 실재의 세계를 토대로 한다. 그러나 『목천자전』이 환상의 여행기일 수 있고 『산해경』이 환상의 지도일 수 있는 것처럼 그 세계는 상상계와 겹쳐 있다. 시인은 이제 우주와 직접 교감하는 지락을 누리며 이상 세계로의 행정(行程)을 시작한다.

---

13 가스통 바슐라르, 곽광수 옮김, 『공간의 시학』(민음사, 1990), 150쪽.
14 위의 책, 197쪽.

기이(其二)

玉臺凌霞秀, 옥대에 걸린 노을 아름다운데,
王母怡妙顔. 서왕모는 예쁜 얼굴 환하게 펴네.
天地共俱生, 천지와 함께 살아가니,
不知幾何年. 도대체 몇 살인지를 모르겠네.
靈化無窮已, 신령스러운 변화 끝이 없고,
館宇非一山. 머무는 곳 이 산만이 아니어라.
高酣發新謠, 흥겹게 새로 지은 노래 부르니,
寧效俗中言. 어찌 속세의 말에 비하겠는가?

이미 말한 바와 같이 「독산해경」의 두 번째 구성 부분인 본사(本詞, 其二~其十二)의 전반부(其二~其八)는 시인의 이상 세계에 대한 동경을 주요 내용으로 하고 있다. 이 부분에서 시인에 의해 묘사된 이상적인 인물로는 서왕모(西王母), 주목왕(周穆王), 황제(黃帝), 불사민(不死民) 등이 있는데 서왕모에 대한 언급 횟수가 단연 수위를 차지한다. 이는 「독산해경」에서 『산해경』과 『목천자전』에서의 서왕모의 이미지를 상호텍스트적으로 번갈아 차용하고 있기 때문이기도 하지만 보다 본질적으로는 한대(漢代) 이래 신화가 민간 신앙 및 도교에 의해 전유(專有)되면서 서왕모가 황제, 제준(帝俊) 등처럼 이른바 '사라진 신'[15]이 되지 않고 생사를 주관하는 유력한 숭배 대상이 되었기 때문이다. 이 시는 신화적 인물 서왕모에 대한 찬미를 위해 바쳐진 듯하다. 그리고 『산해경』보다도 『목천자전』에서의 보다 인간화된 서왕모의 이미지를 차용하고 있

15 본래는 창조의 주신 혹은 대신이었으나 후대에 이르러 실제적인 기능신들에게 지위를 내놓고 더 이상 숭배되지 않는 잊혀진 신. 이에 대해서는 Mircea Eliade, "Cosmogonic Myth and Sacred History", ed., Alan Dundes, *Sacred Narrative* (Berkeley: University of California Press, 1984), 146쪽 참조.

다. 제7구 "'흥겹게 새로 지은 노래 부르니(高酣發新謠)"는 『목천자전』에서 서왕모가 주목왕을 위해 잔치를 베풀고 노래를 불렀던 요지연(瑤池宴) 이야기에 근거하고 있다.

그런데 이 시에서 주목해야 할 점은 불사(不死)의 존재인 서왕모, 그리고 그의 거소(居所)인 옥대로부터 연상되는 광물질의 이미지이다. 다시 말해 이러한 이미지는 이 시에 그치지 않고 이상 세계를 노래한 시편들 전체를 감도는 분위기로 구현되어 있다. 광물질, 특히 완전한 금속인 금, 옥 등은 견고함뿐 아니라 그 광채로 인하여 "물질과 빛과의 대립이 없어지는 지점," 혹은 "응고된 빛"[16]으로 영원 불후한 존재성을 암시한다. 단사(丹砂)는 그 강력한 가변성 때문에 유약한 인간 존재를 불사신으로 변환시킬 수 있는 힘으로 간주된다. 이미 『산해경』 도처에서는 이러한 광물들의 산출에 대해 언급하고 있을 뿐 아니라 각기 여러 종류로 식별하고 있어 일찍부터 이들에 대해 상당한 주목이 있었음을 알 수 있다. 고대에 이러한 광물들은 실용성보다는 주술적이고 제의적인 효능 때문에 중시되었을 가능성이 크므로 『산해경』에서의 이들에 대한 원초적 이미지는 후대 도교에서의 불사약, 즉 선약(仙藥)과 관련된 이미지로 전화되었을 것이다.[17] 「독산해경」에서는 『산해경』을 이어 이들 광물적 이미지를 자주 차용하고 있는 것이 눈에 띈다. 가령 기이(其二)의 옥대(玉臺)를 비롯, 기삼(其三)의 간(玕), 요(瑤), 기사(其四)의 단목(丹木), 백옥(白玉), 근유(瑾瑜), 기육(其六)의 단지(丹池), 기칠(其七)의 삼주수(三珠樹) 등이 그것이다. 이러한 광물적 이미지의 나열은 이상 세계의 전반적인 분위기를 짙은 불사 관념의 색조로 물들이고 시인 역시 이 같은 경지에 이르기를 욕망한다.

---

16 Mircea Eliade, Trans., Willard R. Trask, *Shamanism*(Princeton: Princeton University Press, 1974), 137쪽.

17 정재서, 『不死의 신화와 사상』, 75~78쪽.

기오(其五)

翩翩三靑鳥, 펄펄 나니는 세 마리 청조,

毛色奇可憐. 털빛이 기이하고 아름답도다.

朝爲王母使, 아침에는 서왕모의 심부름을 하다가,

暮歸三危山. 저녁이면 삼위산으로 돌아가지.

我欲因此鳥, 나는 이 새를 통해,

具向王母言, 서왕모께 한 말씀 드리고 싶다.

在世無所須. 살아가며 별로 바랄 것은 없고,

唯酒與長年. 그저 술 있고 오래 살았으면.

이 시는 「서차삼경」의 삼위산(三危山) 조와 「해내북경(海內北經)」의 서왕모 조를 바탕으로 짜여져 있다. 생사를 주관하는 서왕모의 신격을 생각할 때 우리는 일종의 제의적 조력자인 세 마리 청조를 통해 술과 장생을 기구(祈求)하는 시인의 소박한 영혼을 만날 수 있다.

이상 세계에 대한 동경을 노래한 7수의 시에서 보이는 또 하나의 현저한 이미지로 말할 수 있는 것은 신성한 공간인 곤륜산(崑崙山)이다. 서왕모와 거의 동반해서 나타나는 이 이미지는 태양 신화를 표현한 기육(其六)을 제외한 나머지 모든 시들과 상관관계에 있다. 이렇게 볼 때 『산해경』에서 느슨한 이미지의 군락을 이루었던 서왕모와 곤륜산 그리고 불사 관념이 시인이 설계한 이상 세계의 구도 속에서 긴밀히 상응하는 이미지의 망을 구축하고 있음을 알 수 있다.

이제 시인의 행로는 이상 세계에 대한 동경의 극점을 지나 하강의 국면으로 접어든다. 즉 기구(其九)에서 기십이(其十二)에 이르는 본사의 후반부가 이러한 국면으로 여기에서는 비록 신화적 사물일지라도 현실에 대한 감개(感慨)에 젖어 변용된다. 이러한 심경에서 도연명은 전반부와는 달리 비극적인 신화 영웅의 행적에 감정이입을 시도한다. 「해외북경」과 「대황북경」에서 묘사된, 태양과 경주를 했다가 중도에 목이 말라 죽은 거인 과보(夸父)에 대한 음영(吟咏)이 그것이다.

기구(其九)
夸父誕宏志, 과보가 큰 뜻을 발하여,
乃與日競走. 해와 경주를 했다네.
俱至虞淵下, 함께 우연(虞淵)에 이르렀으니,
似若無勝負. 누가 이기고 짐이 없는 것 같네.
神力旣殊妙, 신령한 위력 비길 데 없으니,
傾河焉足有. 황하를 다 마신들 양에 차겠는가?
餘迹寄鄧林, 그가 버린 지팡이 등림(鄧林)이 되었으니,
功竟在身後. 공적은 결국 죽은 뒤에 남았네.

"과보가 제 힘을 헤아리지 않고(夸父不量力)"라는 표현으로 과보의 패배를 기정화했던 「대황북경」의 원뜻에서 벗어나 시인은 '굉지(宏志)'라든가 '무승부(無勝負)', '신력(神力)', '공(功)' 등의 호의적인 뉘앙스를 풍기는 어휘들을 사용하여 비극적인 영웅의 일생을 미화한다. 시인의 이러한 감정의 이면에는 역사적으로 불우했던 인물들에 대한 동정과 스스로의 처지에 대한 감개라는 착잡한 심리가 깔려 있다고 보아야 하겠다. 주지하다시피 도연명이 출사(出仕)를 단념하고 은일자로서의 삶을 살게 되기까지는 많은 현실적 제약과 내면의 갈등이 존재했었기 때문이다.[18] 시인의 이러한 감정의 표출은 구원받을 수 없는 패배자, 시대

18 도연명의 은둔이 전원에로의 즐거운 귀환이 아니라 한문(寒門) 출신으로서 선택할 수밖에 없는 당시 '직업'의 한 형태였으며 은둔 이후에도 그가 마음의 평정을 찾지 못하고 실존적 고뇌와 갈등에 시달렸던 정황에 대해서는 신하영, 「도연명 시에 나타난 내면적 갈등 연구」, 이화여대 대학원 중문과 석사 학위 논문, 1997 참조.

의 반역자에게까지 적극적으로 확대된다. 「북산경(北山經)」에서의 정위(精衛), 「해외서경(海外西經)」에서의 형천(刑天)의 신화적 이미지가 이를 위해 차용되고 있는 것이 그것이다.

기십(其十)

精衛啣微木, 정위새는 나뭇조각을 물어다,
將以塡滄海. 바다를 메우려 했고.
刑天舞干戚, 형천은 창과 방패를 들고 춤추어,
猛志固常在. 용맹한 정신 여전히 있었다네.
同物旣無慮, 본래부터 뒷걱정하지 않았고,
化去不復悔. 변화된 후도 후회하지 않았다네.
徒設在昔心, 다만 마음은 옛날 그대로이나,
良辰詎可待. 좋은 시절을 어찌 기대할 수 있겠는가!

정위와 형천은 모두 무망(無望)한 노력과 투쟁의 화신들이다. 이들은 과보처럼 후세의 지우(知遇)도 기대할 수 없다. 이들의 절대 비극에 대해 시인은 마지막 구에서 "좋은 시절을 어찌 기대할 수 있겠는가!(良辰詎可待)"라는 탄식으로 안타까움을 표시한다. 이 시는 일부 평론가들이 지적하듯이 당시의 군벌 유유(劉裕)에 의한 동진(東晉) 왕권의 찬탈에 대한 도연명의 절망감, 반항 의식으로 읽힐 수도 있다. 그러나 그러한 알레고리로서만 읽을 때 우리가 아는 도연명은 얼마나 현실적, 즉물주의적인 시인인가! 우리는 과보, 정위, 형천 등 이 불행한 존재들의 신화적, 보편적 근거에 대해 좀 더 탐문해 볼 필요가 있다. 이들의 공통점은 고대 신화의 세계에서 모두가 황제계(黃帝系)와 적대적 관계에 있었던 신농계(神農系)의 인물들이라는 점이다. 이들은 신농, 치우(蚩尤)와 더불어 황제계와의 전쟁에서 패했고 대부분 비참한 최후를 맞는다. 그러나 신화적 존재의 최후 양식은 오늘날의 우리와 같지 않다. 이들은 목이 잘리거나 사지가 절단되는 등 신체의 훼손에도 불구하고 다시 형체를 바꾸어 변화하고 전생(轉生)하는 양식을 취한다. 엄격히 말해 이들에게 최후는 없다. 오비디우스의 『변신 이야기』에서의 변형도 그렇지만 그들은 끊임없이 형체를 바꾸어 존재할 수 있다. 가령 과보의 경우 그는 목이 말라 죽었지만 가지고 다니던 지팡이를 통하여 거대한 도림(桃林)으로 화생(化生)한다. 나무는 땅속의 물을 빨아들이는 법, 그는 복숭아나무 숲이 되어 생전에 갈증을 해결하려 했던 행위를 여전히 지속하게 된다. 이러한 신화적 존재 양식의 이면에는 고대인들의 중요한 세계관이 있다. 그것은 만물의 밑바탕에 깔려 있는 우주적 생명력의 흐름을 통한 존재 상호 간의 연계성, 변환성에 대한 관념이다.[19] 과보, 정위, 형천 등이 죽은 후에도 형체를 바꾸어 불멸의 의지를 표현할 수 있는 것은 이러한 관념 때문이다. 따라서 도연명의 불행한 역사적 존재들에 대한 동정 그리고 그들이 갖는 불후한 가치에 대한 강조는 우리의 잠재의식 속에 하나의 전형으로 각인되어 있는 이러한 신화적 존재들에 대한 이미지의 환기를 통하여 더욱 공감대를 넓힐 수 있게 되는 것이다.

자신을 비롯한 불우한 인물들을 향한 시인의 연민의 눈길은 이제 그러한 현실을 조성한 바람직하지 못한 존재들에 대한 견책의 시선으로 바뀌게 된다. 『산해경』에서의 흉신(凶神), 흉수(凶獸) 등의 이미지가 시인 특유의 심미 관점에 의해 현실 투영의 창으로 화하는 것은 여기에서이다. 기십일(其十一)에서는 「남차이경(南次二經)」 요광산(堯光山)의 흉수인 활회(猾褢), 「서차삼경」 종산(鍾山)의 흉신인 흠비(欽䲹)와 흉

19 카시러는 이를 '생명의 연대성'(solidarity of life)이라고 부른다. Emst Cassirer, *An Essay on Man*(New Haven: Yale University Press, 1947), p. 82.

조인 준조(鵔鳥), 「해외남경(海外南經)」의 흉수인 알유(猰貐), 기십이(其十二)에서는 「남차이경」 거산(柜山)의 흉조인 주(鴸) 등이 등장하여 소망스럽지 못한 현실 세계를 암시하고 있다. 이들은 난리를 조성하고(활회, 흠비), 가뭄을 일으키고(준조), 사람을 잡아먹고(알유), 선비를 추방하는(주) 등의 해악을 끼치거나 그 전조(前兆)가 된다. 이러한 어수선한 현실 세계는 한마디로 난세일 것이다. 난세라는 인식은 기십이(其十二)에서 흉조 주의 출현과 관련하여 "저 초회왕(楚懷王) 때를 생각건대(念彼懷王世)"라고 진술할 때 분명해진다. 그런데 굴원(屈原, B. C. 340~B. C. 278)과 같은 현인이 쫓겨난 "저 초회왕 때"는 다름 아닌 시인이 처한 당세(當世)이다. 그렇다면 오늘의 난세를 초래한, 나아가 본사 후반부의 현실에 대한 이 모든 감개의 궁극적 동인(動因)은 과연 무엇인가?

기십삼(其十三)

巖巖顯朝市, 공정하게 정사를 펼침에,
帝者愼用才. 통치자는 인재 등용에 신중해야 한다.
何以廢共鯀, 어떻게 공공(共工)과 곤(鯀)을 제거했는가?
重華爲之來. 순(舜)이 그일을 했도다.
仲父獻誠言, 관중(管仲)은 진실한 충언을 드렸으나,[20]
姜公乃見猜. 제환공(齊桓公)에게 용납되지 않았다.
臨沒告飢渴, 죽을 때에야 배고픔을 호소했어도,
當復何及哉. 다시 어찌할 수 있었겠는가?

봉건 시대에 있어서 지식 계층의 환난은 아무래도 정치적 이유에서

20 관중은 유언으로 역아(易牙) 등을 중용하지 말 것을 당부하였으나 제환공은 이를 듣지 않았다가 후일 역아 등에게 감금당하여 굶어 죽게 됨. 시의 후단(後段) 4구는 이 사실을 두고 읊은 것임.

온다. 이 환난의 요인은 대부분 시대와의 불화, 즉 불우(不遇)이다. 불우는 무엇으로부터 오는가? 그것은 불공정한 정치이다. 기십삼(其十三)에서 시인은 이제까지 걸쳤던 신화적 겉옷을 과감히 벗고 비교적 직서(直抒)하는 형식으로 현실 문제에 대한 시각을 보여 주고 있다. 인재 등용에 관한 성공과 실패의 신화적, 역사적 실례를 극명히 대조시키면서 시인은 강렬한 교훈적 메시지를 전달하는 데 성공하고 있는 것이다.

이제 우리는 「독산해경」의 결미(結尾)라고 할 수 있는 마지막, 제13수를 읽었다. 앞의 시편들과 비교할 때 그 풍격과 표현 방식이 일변(一變)된 이 시가 「독산해경」 전 작품의 견지에서 차지하는 지위와 성격은 무엇인가? 이 마지막 시는 본사의 후반부 4수와 더불어 영회(詠懷)적인 성격이 강하여 「독산해경」 전 작품의 톤에 일관성을 부여하기 어렵게 만들고 있는 것이 사실이다. 『산해경』의 신화적 모티프로부터 연기(緣起)된 시심(詩心)의 편력, 그 상승과 하강의 행정의 끝에 이르러 시인은 문득 신화적 세계로부터 현실 질서로 귀환한 것일까? 혹은 시인 본래 지니고 있던 유·도 양가(兩家) 사상의 발현에 의해 도가적 방일로부터 유가적 엄숙주의로 전환한 것일까? 궁극적으로 우리는 이 시가 「독산해경」의 결미로서 갖는 의미를 시인의 다음과 같은 심경으로부터 추찰(推察)해야 하지 않을까? 바로 비분의 시인 굴원이 노래한 심경으로 말이다.

陟陞皇之赤赤獻兮,　햇빛 휘황하게 내리는 하늘에 올라,
忽臨睨夫舊鄕.　문득 저 아래 고향을 내려다보면.
僕夫悲余馬懷兮,　종들도 슬퍼하고 내 말도 그리워하나니,
蜷局顧而不行.[21]　돌아보다 발 붙어서 차마 가지 못하나니.

21 굴원, 고은 옮김, 「이소(離騷)」, 『초사(楚辭)』(민음사, 1975), 113~114쪽.

3 황지우의 「산경」: 황홀한 귀환

황지우는 우리 현대 시사상(詩史上)의 중요한 텍스트이다. 왜 중요한가? 그것은 그가 추구하는 이른바 '시적인 것'이 통념적으로 우리가 생각하는 시의 형식과 규범을 넘어서는 어떤 자리에 있기 때문이다. 1980년 「대답 없는 날들을 위하여」로 《문학과지성》을 통해 등단한 이후 그는 『새들도 세상을 뜨는구나』(1983), 『겨울-나무로부터 봄-나무에로』(1985), 『나는 너다』(1987), 『게눈 속의 연꽃』(1990) 등 네 권의 시집을 내면서 형식 면에서는 모더니즘, 해체 시, 관념상으로는 비관론, 낭만주의 등의 다양한 규정에 의해 주목받아 왔다. 그는 첫 시집 『새들도 세상을 뜨는구나』, 제2시집 『겨울-나무로부터 봄-나무에로』 등에서 기존의 시 관념을 부수고 형식 파괴 등 전위적인 수법을 사용하여 시단에 신선한 충격을 주었고 제3시집 『나는 너다』에서 타자와의 진정한 관계성을 모색하는 과정을 거쳐 제4시집 『게눈 속의 연꽃』에서는 다분히 동양적 사유에 의한 길 찾기를 시도함으로써 역동적인 시정신의 궤적을 보여 주고 있다. 『산해경』에 대한 패러디라 할 「산경」은 《우리 시대의 문학》(6집, 1987)에 발표되었다가 『게눈 속의 연꽃』으로 묶여 나온 것이다.

한국에서의 『산해경』 수용의 역사는 길다. 일찍이 고구려 고분 벽화에서의 표현을 거쳐 고려와 조선의 문인들에 의해 탐독되었고 최근 우리 문학 일각에서도 이 책에 대한 관심을 표명해 왔다. 가령 고 김현은 「제강(帝江)의 꿈」, 「주(鴸)와 비(蜚)의 세계에서」 등으로 그의 평론집에 부제를 달았고 작가 박인홍은 「향(向)」, 「염유어(冉遺魚)……」 등에서 『산해경』의 그로테스크한 이미지를 차용하여 현대인의 파편화된 내면을 묘사했다. 황지우의 「산경」은 이러한 여러 관심들 중에서도 『산해경』의 신화적 이미지에 대해 가장 집중적인 문학적 체현을 수행한 작품으로 주목을 요한다. 그러나 최근까지 「산경」에 대해 본격적인 분석을 시도한 평론가는 드물다. 진형준이 『게눈 속의 연꽃』의 해설 「걸리적거림, 사이로 돌아다님」에서, 이광호가 『황지우 문학 앨범』에 실린 평론 「초월의 지리학」에서 각기 간평(簡評)하고 있을 따름이다.[22]

먼저 「산경」의 구성을 보자. 「산경」은 모두 39연의 연작 장시(長詩)다. 이는 다시 맨 처음 서(序)에 해당하는 1연, 본사인 '남산경(南山經)' 13연, '인왕산경(仁旺山經)' 13연, '무등산경(無等山經)' 11연, 맨 끝 결미에 해당하는 1연으로 구성되어 있다. 이러한 구성은 앞서 고찰한 도연명의 「독산해경」과도 같다. 아마 심령의 행정을 노래한 모든 작품이 이러한 순차로 구성을 취하겠지만 내용의 전개는 정반대가 될 수도 있다. 굴원의 「이소(離騷)」, 곽박(郭璞)의 「유선시(遊仙詩)」, 도연명의 「독산해경」 등 대부분의 중국 작품들은 이상 세계로부터 현실 세계로의 급격한 추락 및 그에 따른 비애감을 토로하고 있으나 황지우의 「산경」은 현실 세계에서 이상 세계에 이르는 간난(艱難)한 여정과 그 이후의 행복한 귀환을 노래하고 있는 것이 그것이다. 어쨌든 모든 문제적 자아는 길을 떠난다. 영웅도, 미치광이도. 통과 의례의 첫 단계가 분리(separation)에 있듯이. 시인의 길 떠남을 대비하는 마음가짐은 다음과 같은 것이다.

> 무릇 경전은 여행이다. 없는 곳에 대한 지도이므로.
> 누가 아빠 찾으면, 집 나갔다고 해라.
> ……
> 요즘은 종일 집구석에 있소. 어디든 갈 수 있어요.

22 황지우, 『게눈 속의 연꽃』; 이남호·이경호 편, 『황지우 문학 앨범』(웅진출판, 1995) 참조.

무릇 도(道)는 교환과 방황을 위해 있다. 아니, 도는 약탈이다.

방광에 가득찬 한숨 — 게야, 바다 한가운데를 가 보았느냐!

작품의 서(序)에 해당하는 제1연에서 시인은 그의 집요한 길 찾기의 의도를 드러낸다. 경전, 지도, 도(道)는 모두 공통점을 갖는다. 그것들은 미지(未知)와 현실적으로 부재하는 것들을 위해 존재한다. 바로 "없는 곳에 대한 지도"이고 "교환과 방황을 위해 있"는 도이기 때문에 시인의 실존적 탐색은 불가피하다. '남산경'에서 '무등산경'으로 향하는 「산경」의 여정은 이렇게 해서 시작된다.

남산의 첫머리는 회현(會峴)이라는 고개이다. …… 이곳의 어떤 풀은 그 생김새가 푸른 지렁이 같고, 가느다란 털이 달려 있고, 끈끈이액이 나와, 사람이 다가가면 긴 줄기로 휘감아 잡아먹으려 든다. 이름을 창부(蒼芙)라 한다. 이것에 닿으면 오줌을 자주 눈다. …… 폐수(廢水)가 여기에서 나와 청계(淸溪)로 흐르는데 그 속에는 입 없는 비닐 뱀장어들이 많이 산다. 먹어서는 아니 된다.

회현 마루에서 남산 꼭대기까지에는 닭머리에 살무사 꼬리를 단, 커다란 거북이가 날개를 달고 날아다니는데 이름을 계불가(鷄弗蚵)라 한다. 이 새의 염통은 욕망이다. 그것이 그것을 날게 한다.

남산 꼭대기에는 폭군 희(熙)를 죽이고 희의 양아들 낙지(濼漬)에게 죽임을 당한 희의 신하 규(圭)가 사지가 잘린 채 높은 고목에 걸려 있는데 영생의 저주를 받아 죽지 않고 살아 있어, 계불가가 날마다 날아와 그의 목마른 입에 폐수의 물을 한 모금씩 떠 넣어 준다. 규가 목말라 소리쳐 울면 마른번개가 쳐, 부근에 풀과 나무가 없다.

「산경」은 전략적으로 원텍스트인 『산해경』의 서술 체재를 습용(襲用)하여 재기호화한 것이라고 볼 수 있다. 남산경의 제1연과 제2연은 주로 「오장산경(五臧藏山經)」으로부터 제3연은 「오장산경」과 「해경」 혹은 「황경」의 체재를 혼합해서 차용한 것으로 보인다. 이러한 패러디의 의도 및 효과는 여러 가지 측면에서 생각해 볼 수 있다. 첫째, 은폐의 기능이다. 당시 군부 통치의 엄혹한 상황에서 특히 제3연과 같은 내용을 표현하고자 할 때 신화적 의장(意匠)이 필요했을 것이다. 둘째, 강한 풍자성의 확보이다. 『산해경』의 신화적 지형 위에 놓인 당대의 현실은 곧 희화화되며 풍자적 의취(意趣)를 지니게 된다. 셋째, 묵시론적, 예언적 어조의 내포이다. 제1연과 같이 『산해경』의 주술적 서사 구조를 거의 완전히 습용한 경우 이러한 어조가 강화된다. 이 밖에도 계불가, 낙지 등의 경우처럼 생경한 한자, 즉 벽자(僻字)에 의한 가차(假借)적 명명(命名)은 일종의 낯설게 하기 효과를 자아내어 현실을 더욱 충격적으로 보여 준다. 이는 일찍이 황지우가 즐겨 사용했던 방식이었다.

'남산경'을 계속 따라갈 때 시인의 행로는 여전히 고달프다. 앞서와 같은 끔찍한, 바람직하지 못한 현실들이 지역 곳곳에 산재해 있기 때문이다. 나타나면 고을에 큰 도둑이 든다는 성북산(晟北山)의 회장(蛔丈)〔회장(會長)〕, 나타나면 고을에 철거와 토목 공사가 많아진다는 상계산(上溪山)의 구청(狗鯖)〔구청(區廳)〕, 교미하기를 좋아하고 난폭한 소요산(招搖山)의 성성(狌狌)이〔미군(美軍)〕 등은 신화적 괴물의 형상으로 표현된 당대 재앙의 동기 부여자들이다. '남산경'의 끝에서 우리는 이 시대 지배 계층의 형상을 마주하게 된다.

> 남산(南山)에서 숭이산(崇夷山)까지는 모두 10개 산으로, 그 거리는 2500여 리에 달한다. 이곳의 신들은 모두 사람의 머리에 짐승의 몸을 하고 있는데, 오른손에 붉은 뱀, 왼손에 푸른 뱀을 쥐고 있다. 그 제사에는

털빛 좋은 희생물로 한 마리 황구(黃狗)의 피를 바치고, 푸른 종이돈을 제단에 올려 기원 드린다. 젯메쌀은 쓰지 않는다. 이 신들은 피와 돈을 좋아한다.

원래 『산해경』 각 「산경」의 말미에는 그 일대 산악을 주재하는 신들의 형상과 제사, 제물에 대한 묘사가 있는데 시인은 이를 전유하여 지배계층에 대한 풍자로 변용했다. 사람의 탈을 썼으나 짐승의 몸, 즉 동물적 욕망을 지닌 그들은 피와 돈을 좋아한다. 피는 군부의 무단 통치를, 돈은 독점 자본의 착취 본능을 각기 상징한다. 당대에 대한 강렬한 풍자와 희화(戲畫)로 점철된 '남산경'의 지역을 벗어나 '인왕산경'의 범위에 접어들었어도 행로가 순탄하지는 않다. 정직한 사람을 잡아먹는 괴불산(媿佛山)의 사복(蛇僕)〔사복형사(私服刑事)〕, 지렁이를 뱀이라 하고 뱀을 용이라 한다는 송추산(松秋山)의 쥐인 비어(蜚語)〔유언비어(流言蜚語)〕 등이 도사리고 있기 때문이다. 아울러 안타깝게도 다음과 같은 일이 일어난다.

다시 서쪽으로 500리 가면 일산(日山)이라는 곳이다. 해와 달리기 시합을 하여 이기면 신제(新帝)가 되기도 한 대주(大周)가 이곳에서 해와 경주를 했는데, 일산에서는 아침에 해가 세 개나 떴다. 해 질 무렵 목이 말라 한수를 마시러 갔다가 거기에 도착하기 전에 목말라 죽었다. 그가 꽂고 쓰러진 지팡이가 변하여 눈부신 도림(桃林)이 되었다.

우리가 익히 아는 거인 과보의 신화를 혼성 모방에 가깝게 패러디한 것이다. 시인이 열망했던 한 정치 지도자의 좌절을 그린 것이리라. 1987년말 대선의 상황과 흡사한 느낌이 들지만 문제는 이 시가 대선 몇 달전에 쓰였다는 데에 있다. 시인은 대선의 결과와 그 후 그 지도자의 거취까지 예감했던 것일까? '인왕산경'의 여정이 끝나 갈 무렵 시인은 또 다른 슬픈 사연을 듣게 된다.

> 다시 서쪽으로 500리 가면 장길산(張吉山)이라는 곳이 나온다. …… 이곳의 어떤 새는 몸 빛깔이 상복을 입은 듯 희고, 부리와 발이 붉기가 불꽃 같다. 이름은 설희(雪羲)라 한다. 한 어머니가 있었는데, 어린 아들이 임진수(臨津水)를 건너다 물에 빠져 돌아오지 못했다. 45년을 기다리다가 어머니도 죽고, 그녀가 설희가 되어, 예나 지금이나 장길산의 나무와 돌을 물어다가 임진수를 메우는 것이다.

역시 『산해경』에서의 저명한 정위 신화 모티프를 바탕으로 당시 월북 작가의 작중 형상을 짜 넣어 분단의 비극을 묘사하고자 했다. 그 비극성이 더욱 깊게 와닿는 것은 정위새의 가망 없어 보임에도 하염없이 날갯짓하는 이미지 때문일 것이다.

시인은 이제 비로소 흉신과 흉수가 지배하던 구역으로부터 벗어나 피안의 세계인 '무등산경'의 영역에 안착한다. 그곳은 실로 낙원이다. 그러나 저 아르카디아(Arcadia)와 같이 무조건 호의호식하는 낙원이 아니라 시인이 지나온 현실에서 입었던 상처와 고통을 치유할 약이 존재하는 낙원이다. 매 맞아 얼든 데를 낫게 할 수 있는 꼬두메의 참꽃, 칼로 찔리거나 베인 살을 흔적도 없이 아물게 하는 삿갓골의 영목(鈴木)이 있고, 약산(藥山)에는 큰 슬픔이나 원한을 삭일 수 있게 하는 축여(祝餘), 세상 시름을 잊게 해 주는 산미나리 등 온갖 약초들이 자라고 있다. 그뿐인가? 이곳은 초월자인 신선들이 유유자적하는 곳, 그 정경은 실로 『산해경』에서의 봉조(鳳鳥)와 난조(鸞鳥)가 자가자무(自歌自舞)하는 낙원 표상에 가깝다.

그렇다면 치유자, 쉼터, 낙원으로서의 '무등산경'의 이미지는 어디로부터 오는가? '남산경'으로부터 '무등산경'에 이르기까지 시인의 행로는 사실상 우리의 지난날의 기구하고 살벌했던 현실의 궤적이다. 역사에 순결했기에 고난을 감당해야만 했던 '무등산경', 곧 광주는 그렇기에 치유의 쉼터가 될 수 있다고 시인은 믿는다. 그렇다. 그곳은 상처받은 자의 지성소(至聖所)이고 낙원인 것이다. 여기에서 우리는 폭력과 성스러움의 관계를 얘기한 지라르(Rene Gerard)의 가설을 떠올릴 수도 있을 것이다.[23] 그런데 낙원에 안착한 이후 시인의 행로는 어떻게 될 것인가?

> 입석(立石)을 동쪽으로 돌아 화순(和順)으로 500리 가면, 운주사(雲舟寺)에 다다른다. 수천 년 이래 적선(謫仙)들이 이곳에 모여 다시 세상으로 나갈 채비들을 하고……

있는 것이 아닌가? 민담을 보라. 길을 떠난 영웅은 미녀와 불사약을 얻고 반드시 귀환한다. 『서유기』에서 81난(難)을 딛고 천축에 도착한 삼장 일행도 불경을 얻고 돌아오게 되어 있다. 아울러 그들의 행로는 역사적으로 제각기 굴곡이 다른 지상의 길이지만 내면으로는 누구나 걸어야 할 구도의 길이라는 점에서 일치한다. 시인이 「산경」을 따라 걸어온 길도 이러한 중층의 의미를 지닌다. 진형준이 "「산경」에 의해 우리 당대의 역사적이고 구체적인 욕망, 인간답게 살기, 정의롭게 살기라는 욕망이, 하나의 신화적인 보편성을 얻었다."[24]라고 상찬한 것은 이와 같은 맥락에서이다.

---

23 지라르는 모든 성스러운 역사의 이면에는 반드시 제의적 희생 곧 초석(礎石)적 폭력에 의한 희생이 있었다고 말한다. 그러나 지라르의 가설이 도리어 전체주의의 폭력을 정당화시킬 위험성이 없는 것도 아니다. 자세한 내용은 르네 지라르, 김진식·박무호 옮김, 『폭력과 성스러움』(민음사, 1993) 참조.

24 황지우, 『게눈 속의 연꽃』, 143쪽.

영웅은 간혹 회귀를 거부할 수 있다. 세속으로 돌아오지 않고 영원히 피안에 안주하기 위해. 그러나 시인은 다시 돌아와야 한다. “세계로부터의 분리, 힘의 원천에 대한 통찰, 그리고 황홀한 귀향의 형식”[25]을 취하여 그가 얻은 근원적 힘을 역사 현실에 가져와야 한다. 그리하여 흉신과 흉수가 들끓는 이 세계에 선의 의지를 접맥시켜야 한다. 마침내 시인은 이렇게 노래한다.

그러므로, 길 가는 이들이여.
그대 비록 악을 이기지 못했으나
약과 마음을 얻었으면,
아픈 세상으로 가서 아프자.

4 맺는말: 신화의 넓이와 힘을 위한 제언

『산해경』으로부터 도연명을 거쳐 황지우에 이르는 탐색의 긴 여로에서, 다시 말해 신화에서 시가로의 변용 과정에서 우리는 몇 가지 주목할 만한 사실들을 포착할 수 있었다. 첫째로 주술적 신화 이미지의 풍자적 시가 이미지로의 전환이다. 『산해경』의 주술적 이미지 혹은 어투가 시인에 의해 수용되었을 때 그것은 현실에 대해 강력한 풍자 의의를 발하였다. 고대 주술사의 지위를 대신한 시인, 그는 당대의 재앙을 경고하는 예언자로서의 목소리를 통해 비장하게 현실을 노래하는 데에 성공하고 있다. 다음으로 도연명과 황지우의 시 속에 다 함께 수용된 중요한 신화 모티프인 과보, 정위 이미지에 대해 좀 더 천착할 필요가

25 조셉 캠벨, 이윤기 옮김, 『천의 얼굴을 가진 영웅』(평단문화사, 1985), 37~38쪽.

있다. 앞서 말했듯이 황제에 의해 패배한 신농계에 속하는 이들 신화 인물들은 문화적으로 샤머니즘과 관련이 깊으며 사마천(司馬遷)의 '원독(怨毒)', 『태평경(太平經)』의 '원결(怨結)', 한유(韓愈)의 '불평(不平)' 등 후대 민중의 한으로부터 지식 계층의 "재능은 있되 때를 못 만난(懷才不遇)" 심경에 이르는 고대 동아시아 사회 특유의 심리 복합(complex)의 기원적 존재이다. 과보 혹은 정위 콤플렉스라고 불러도 좋을 이들 심리는 적어도 동아시아 지역에서 보편성을 확보하고 있으며 일정 정도 세계성을 띠고 있는 것으로 보인다. 끝으로 두 시인의 작품으로부터 확인하게 되는 것은 신화와 현실에 대한 인식론적 화해 혹은 인식론적 교융의 경지이다. 그들은 결코 신화적 몽상 혹은 현실적 논리, 일면의 차원에서 음영하지 않았다. 신화에서 현실로 다시 현실에서 신화로 서로 감싸 안거나, 신화 속에 현실이 혹은 현실 속에 신화가 서로 깃드는 모습으로 시정(詩情)을 엮어 갔다. 이분법이 와해된 이 경지는 커다란 하나이자 둘 이상이 다중 질서를 이룩하고 있는 세계이다.

『산해경』은 중국의 대표적 신화, 지리서이지만 그것의 문화적 경역(境域)은 오늘의 중국을 초월하여 동아시아 여러 민족에 걸쳐 있다. 따라서 『산해경』 신화가 갖는 보편성은 중국 문화만의 범주를 넘어 여타 주변 문화에 대해서도 다방면으로 작용할 수 있다고 본다. 이것은 고구려 고분 벽화 등 예술적인 방면에서도 이미 입증되고 있다. 시인은 신화적 상상력을 통해 개인적이고 고유한 체험을 넘어서 보편적인 정서와 서사를 획득한다. 따라서 『산해경』의 시적 변용이 도연명과 황지우에게 있어서 어떻게 구현되고 있는지를 살피는 일은 흥미로운 과제이다. 물론 시공의 격차가 현저한 이들 두 시인을 갑자기 별도의 기준 없이 비교한다는 것은 무리이다. 이 글에서는 다만 '평심이언(平心而言)'의 자세로 두 시인의 작품에 작용한 『산해경』의 보편적 의미를 살핌으로써 『산해경』 신화가 동아시아 문학의 원형의상(原型意象)에 미친 영향을 확인하고자 했다. 이러한 일련의 작업들을 토대로 『산해경』의 상징체계를 점차 구축해 나가 시공을 넘어 텍스트를 읽을 수 있는 힘을 예증하는 일은 금후의 과제가 될 것이다. 궁극적으로 우리의 이러한 시도가 신화적 보편성과 연대성을 확보하는 재신화화(remythologizing)의 과정을 거쳐 탈근대 시대의 호혜적 문화 의식으로 나아가기를 기대한다.[26]

26 본 논문은 《중국학보》(1998), 38집에 처음 발표된 후, 졸저, 『사라진 신들과의 교신을 위하여』(문학동네, 2007)에 수록되었던 것을 정리, 재수록한 것임.

8 결론

본서에서는 다원적 중국 문명 기원론에 입각하여 『산해경』을 다양한 문화가 결합된 상호 텍스트적 실체이자 동아시아 상상력의 원천으로 상정(想定)하였다. 아울러 동이계(東夷系) 문화를 『산해경』의 중요한 조성 부분으로 긍정하면서 이러한 관점들을 전제로 『산해경』과 한국 문화의 상관성에 대한 탐색을 시도하였다. 본서에서의 탐색은 크게 '『산해경』 속의 한국 문화'와 '한국 문화 속의 『산해경』'의 두 가지 방면에서 시도되었는데 그간의 논의에서 이루어진 결과를 장절(章節) 별로 정리, 요약하면 다음과 같다.

먼저 3장에서 『산해경』 속의 한국 문화를 살펴봄에 있어 조선(朝鮮), 숙신(肅愼), 부여(夫餘), 개국(蓋國), 맥국(貊國) 등 『산해경』에 보이는 고대 한국의 역사, 지리 관련 자료들을 검토해본 결과 이들을 성립시킨 종족의 활동 무대는 대체로 한반도 북부로부터 중국 대륙의 동북 3성(省)과 하북성(河北省)에 걸치는 영역이었음을 알 수 있다. 이러한 의미에서 주변 문화적 요소를 풍부히 지닌 『산해경』은 중원 중심주의 혹은 식민사관에 의해 고대 한국의 영역을 가급적 한반도 또는 그 인근으로 귀속시키고자 했던 편향된 인식을 수정할 수 있는 근거를 지닌 텍스트로 평가된다. 다음으로 『산해경』에 담긴 한국의 신화·민속과 상관된 내용을 살펴보았을 때 일부 내용은 『산해경』의 성립 연대로 볼 때 현존하는 어떤 한국 신화 자료보다도 앞서 있어 '원신화(原神話)'라고 부를 수 있을 정도이다. 이들 신화·민속 자료는 후대 한국 문화와의 계승 관계에 대한 검토를 통해 인증될 경우 더욱 빛을 발하게 될 것이다. 결국 『산해경』에는 현존하는 중국의 주변 국가 중 다른 어느 나라보다도 한국과 관련된 고대 문화 자료가 풍부히 남아 있다는 것을 알 수 있다. 이것은 앞서 말한바 『산해경』 텍스트의 다원적 문화 상황을 입증하는 것임과 동시에 『산해경』 성립 주체의 고대 한국에 대한 인식과 이해가 다양하고 깊었음을 의미하는 것이라 하겠다.

4장에서는 한국 신화와 『산해경』의 상관성을 살펴보았는데 한국 신화는 문헌 신화, 구전 신화를 막론하고 『산해경』 신화를 적지 아니 수용하고 있음을 알 수 있다. 이것은 『산해경』 신화 나아가 중국 신화와 한국 신화 간의 긴밀한 관계성을 의미하는데 특히 단군 신화와 고구려 건국 신화 등 문헌 신화의 경우는 앞서 『산해경』 속의 한국 문화에 대한 고찰에서도 드러났듯이 중국 신화와 계보학적으로도 일정한 관계에 있음을 확인할 수 있다. 이러한 논의 결과는 한국 신화를 상고 대륙 문화의 맥락과 상관하여 사유할 필요성과 중국 신화도 범(汎) 동아시아 신화의 차원에서 그 개념과 범주를 재고해야 할 필요성에 대한 인식으로 이끈다.

5장의 1절에서는 우선 삼국 시대와 통일 신라 시대의 『산해경』 수용을 살펴보았다. 이 시기는 문헌 자료가 절대 부족한 현실로 인해 겉으로 보기엔 소략하기 그지없으나 고구려 고분 벽화라든가 백제 금동대향로 등 유적과 유물에 표현된 『산해경』 모티프들로 보건대 그 수용이 상당한 수준에 이를 정도로 『산해경』에 대한 인식이 깊었음을 알 수 있다. 특히 고구려 감신총(龕神塚) 벽화의 서왕모(西王母) 도상을 비롯,

신라의 선도성모(仙桃聖母) 전설, 최치원(崔致遠)의 시문에 묘사된 서왕모 이미지 등은 한국에서 일찍부터 서왕모 신앙이 싹텄다는 증거로 삼을 만하다.

다음 2절에서는 고려 시대의 『산해경』 수용을 살펴보았다. 고려 시대는 삼국 시대와 통일 신라 시대에 비해 『산해경』과 관련된 유적, 유물 자료는 적으나 문헌 자료가 급증하여 다수 문인들의 작품에서 이 책을 활발히 원용한 사실을 확인할 수 있다. 불교 국가인 고려는 사상적으로 조선 시대보다 오히려 융통성이 있었으며 한때는 도교가 흥성하기도 하였으니 특히 도교와 친연관계에 있는 『산해경』에 대한 관심이 보다 자연스러웠으리라 생각된다. 이것은 서왕모 신상(神像)을 만들어 경배했다는 기록과 현재 남아 있는 서왕모 소상(塑像) 등으로도 확인된다. 상술한 여건에서 『산해경』 소재의 단순한 수용을 넘어 이규보(李奎報)의 작자 문제 토론과 같은 메타 논의도 가능했을 것이다.

6장에서는 조선 시대의 『산해경』 수용을 우선 문학·예술 분야에서 살펴보았다. 조선 시대의 문인들은 이전의 어느 시대보다도 다양하게 『산해경』을 수용하여 자기화하였다. 그들은 시와 산문, 비평, 의론 등은 물론 지적 유희와 여흥을 위해서도 『산해경』을 가까이 두고 활용하였다. 시와 소설에서는 서왕모 관련 모티프들이 가장 빈번하게 등장한 것이 사실이나 소소한 지엽적 소재들까지 취할 정도로 『산해경』에 대한 이해는 세밀해졌다. 희문(戲文)인 「동황경보경(東荒經補經)」 및 주석의 창작은 조선 문인들의 『산해경』 운용이 자유로운 경지에 이른 것을 보여 주며 『산해경』에 대한 심도 있는 의론이 계속 제기된 것은 이규보에 이어 자생적 『산해경』 연구의 실례를 보여 준 것이라 할 것이다. 예술 방면에서는 조선 후기 「요지연도(瑤池宴圖)」의 유행과 「헌선도(獻仙桃)」 등 악무(樂舞)의 공연을 통해 서왕모에 대한 애호가 궁중을 넘어 대중에게까지 확산된 것을 확인할 수 있는데 이는 시, 소설 등에서의 서왕모 열풍과 맞물리는 현상으로 주목할 필요가 있다.

다음으로 역사·지리·민속 분야의 『산해경』 수용을 살펴본 결과 실학파의 실증 정신, 청대 고증학의 영향 등으로 조선 후기 개인 문집에서 역사, 지리, 사물 고증이 성행하면서 『산해경』은 중요한 참고 자료로 부상했음을 알 수 있다. 이러한 고증의 성과들은 후일 한국 상고사 연구에서 참고될 여지를 남긴다. 아울러 『산해경』의 지리 구조와 도교적 지리관을 결합한 세계지도 「천하도(天下圖)」가 제작되었는데 이는 실재계와 상상계를 통합한 세계인식을 보여 주는 조선 지리학의 걸작이었다. 그리고 민간에서의 벽사(辟邪)를 위한 치우(蚩尤) 숭배라든가 해일을 막기 위해 『산해경』의 이미지를 동원한 「척주동해비(陟州東海碑)」의 건립 등은 『산해경』이 주술적 의도로도 활용되었음을 보여 준다.

7장에서는 근대 이후의 『산해경』 수용을 살펴보았다. 먼저 현대 문학에서의 『산해경』 수용 방식은 크게 집합적 이미지를 취하거나 서사 체재를 모방하거나 특정한 이미지나 소재를 택하여 알레고리화 하는 방식 등으로 나눠 볼 수 있다. 황지우, 김현, 박인홍 등은 『산해경』의 수용을 선구적으로 수행하였고 뒤를 이어 권혁웅, 성석제, 김탁환 등 허다한 문인들이 『산해경』의 기발한 상상력에 매료되어 작품을 남겼는데 특히 황지우의 「산경(山經)」은 조선 시대 「독산해경(讀山海經)」 시 창작의 전통을 이었다는 의미가 있다. 예술 방면에서는 서양화가로서 『산해경』의 신화 이미지를 현대적으로 재현한 서용선, 서양무용가로서 『산해경』의 여신 이야기를 발레로 구현하고자 한 조기숙의 안무가 참신하고 시도적이다. 그 외에도 여러 작가들의 춤, 음악, 미술 등을 통한 『산해경』 신화의 다양한 현대적 변주는 모두 의미 있는 작업으로 기억될 것이다.

다음으로 문화 산업 분야를 살펴보았다. 문화 산업은 참신하고 기발한 상상력, 이미지, 스토리 자원을 필요로 하는데 이러한 필요에서 『산해경』은 오늘날 동아시아권에서 각광받는 문화 산업 소재가 되었다. 한국의 경우 요즘 『산해경』에 대한 관심이 높아지면서 만화, 애니메이션, 웹툰, 드라마 등에서 이 책의 소재를 활용하는 사례가 점차 늘어나고 있다. 그러나 아직은 소재의 단편적인 수용에 머물러 있고 짜임새 있는 스토리를 기반으로 한 대작은 출현하지 않았다. 그것은 『산해경』, 나아가 동양 신화에 대한 이해 수준이 보다 제고될 때 가능할 것이다. 한국도 『산해경』 열독(閱讀)의 전통이 유구한 만큼 향후 이 책에 근거한 문화 산업 방면의 좋은 성과를 기대해 볼 수 있다.

이상으로 『산해경』과 한국 문화 관련 전체 논의를 매듭지은 후 몇 가지 숙고해야 할 주제를 제시하고자 한다. 첫째, 한국 문화에서의 서왕모라는 주제이다. 이미 살펴본 바와 같이 삼국 시대 이후 조선 후기까지 끊임없이 등장하면서 높은 인기를 유지하고 있는 신화적 존재가 서왕모이다. 이것은 단순히 조선 중기 당시풍(唐詩風)과 유선시(遊仙詩)의 유행만으로 그 동인(動因)을 설명할 수 없는 문화적 현상 혹은 '흐름'이라 할 것이다. 물론 중국에서도 서왕모는 최고의 인기를 구가했던 여신이었다. 그러나 이 외래의 여신이 한국에서 환영을 받게 된 데에는 보편적 이유도 있지만 고유한 까닭도 있을 것이다. 한국에서 왜 서왕모인가? 우리는 그 까닭을 탐문해 볼 필요가 있다.

둘째, 『산해경』과 재야 사학(在野史學)이라는 주제이다. 한국의 재야 사학은 특별히 『산해경』을 애호한다. 물론 『산해경』은 중국 혹은 일본의 국수주의자들도 선호하는 책이다. 상징적 함의가 풍부한 이 책은 누구든 자아 중심적으로 각색하기 좋은 내용과 체재를 지녔기 때문이다. 그러나 재야 사학에서 이 책을 애호하는 데에는 이러한 일반적 이유 말고도 실증하기 어려운 정서적 공감 같은 것이 있다. 그것은 『산해경』 문화가 지닌 강한 은(殷) 및 동이계 성향과도 관련되고 무엇보다 『산해경』에는 고대 한국 관련 기록이 상당히 많기 때문인지도 모른다. 이에 따라 재야 사학은 상고사의 사료 부족을 『산해경』 신화의 역사화를 통해 극복하고자 한다. 재야 사학의 『산해경』에 대한 정서적 공감을 일종의 집단 기억으로 간주한다면 그 기억은 먼 상고의 흔적이라는 유전적 소인(素因)에 근거를 두고 있을 수도 있다. 기억은 사후성(事後性)의 작용에 의해 변형될 수 있으므로 역사적 팩트와는 거리가 있으나 일종의 '망탈리테(memtalité)' 곧 집단 심성을 형성할 수도 있다. 한국의 재야사학은 왜 『산해경』을 애호하는가? 우리는 이 문제 역시 탐구해 보아야 한다.

마지막으로 전통 시기 한국에서의 『산해경』 논의라는 주제이다. 고려의 이규보 이래 조선 후기에 이르기까지 한국에서는 『산해경』에 대한 인식과 주견을 표명한 글들이 적지 않다. 중국에서도 동진(東晋)의 곽박(郭璞) 이후 긴 공백기를 거쳐 명청(明淸) 시기에 이르러서야 『산해경』에 대한 논의가 활발해지는 것을 생각하면 조선 후기의 다양한 논의들은 한국에서의 『산해경』 수용의 깊이를 보여 주는 것임과 동시에 한국의 상상력 연구, 세계의 '산해경학(山海經學)'을 위한 훌륭한 자산이라는 점에서 가치를 지닌다. 따라서 한국의 '산해경학' 또한 향후 관심을 갖고 연구해야 할 주제가 아닐 수 없다.

다시 서론에서 제기한 문제의식으로 돌아가서, 비교학이 추세인 금후의 시점에서 『산해경』 연구의 과제는 그 문화의 내용을 중국적인 범주에서 규정하는 데 그치지 않고 주변 문화와의 다양한 교섭과 관계성을 밝혀냄으로써 중국과 주변과의 문화적 상호 주관성, 나아가 연대감을 확인하는 데에 있다고 하였다. 아울러 본서의 작업이 한국 문화에 대해서는 그것의 해석 근거를 기존의 국학 범주에서 벗어나 『산해경』 같은 '기서(奇書)'로까지 확대함으로써 한국 문화의 근원에 대한 다양한 인식의 가능성을 보여주는 계기가 되기를 기대한다고도 하였다.

본서에서는 '『산해경』 속의 한국 문화'와 '한국 문화 속의 『산해경』'이라는 상호 인증적 논의를 통하여 상술한 목표가 달성되기를 기대하였으나 미진함이 적지 않음을 고백하지 않을 수 없다. 다만 이 책이 기존의 『산해경』 연구와 국학 연구에서 미처 착목(着目)하지 못했던 국면을 여는 시도적 의의가 있다면 다행이겠다.

책머리에서도 언급했지만 주마간산(走馬看山)의 논의 과정에서 본의 아니게 누락된 작가, 작품들에 대해서는 추후 보완할 것을 기약하며 다시 한번 심심한 양해의 말씀을 드린다. 끝으로 평소 애송하는 박현수 시인의 시를 음미하면서 본서의 종장(終章)을 마치고자 한다.

산해경에 주를 다는 사람
찬찬히
꿈을
하나하나 짚어 가는 사람
쉬이 스쳐 지나는
잊어버린 길 입구에
깨알 같은 글씨로
포스트잇을 붙이는 사람
까망콩과
까망콩 사이에 숨겨진
몽유도원도를
붓끝으로
조금씩 발굴해내며
우리가
나이 먹으면서 미처
챙겨오지 못한 것들을
먼 길 되돌아가
다시 주워 오는 사람

마지막 글자까지

가장 늦게

도착하는 법을 다듬는 사람[1]

1 박현수, 「산해경에 주를 다는 사람」, 《현대시》(1998년 5월호).

조선 문집의 『산해경』 인용 현황 도표

	문집명	권차	문체	기사명	저자	인용
1	艮齋集	艮齋先生續集卷之四	古文前集質疑	古文前集質疑	李德弘	1회
2	江漢集	江漢集卷之十	記	靈源石記	黃景源	1회
3	冠巖全書	冠巖全書冊十一	書牘	茂林世兄手展	洪敬謨	1회
		冠巖全書冊十九	記○海嶽記〔一〕	山水記		1회
4	敬齋集	敬齋先生文集卷之二	序	慶尙道地理志序	河演	1회
5	久菴遺稿	久菴遺稿上 清州韓百謙著		潮汐辨	韓百謙	1회
6	屐園遺稿	屐園遺稿卷之三○賜屐集	〔銘〕	賡載銘〔沈煥之〕	沈煥之	1회
		屐園遺稿卷之六○賜笏集	答聖問	五經百篇答聖問	李晩秀	1회
		屐園遺稿卷之十三○和陶集	〔詩〕	賦歸	李晩秀	1회

7	近齋集	近齋集卷之十四	書	答金景春	朴胤源	1회
		近齋集卷之二十五	雜著 經義	詩經箚畧		1회
8	金陵集	金陵集卷之二十二 宜寧南公轍元平著	讀禮錄	檀弓	南公轍	1회
9	鹿門集	鹿門先生文集卷之四	書	答李伯訥	任聖周	1회
10	㵢谿集	㵢谿集卷之四	七言古風	送丁某之江南	兪好仁	1회
11	陶谷集	陶谷集卷之三十	雜識	庚子燕行雜識〔下〕	李宜顯	1회
12	東溪集	東谿集卷之一 豐壤趙龜命錫汝甫著	序	山經節選序	趙龜命	1회
		東谿集卷之七 豐壤趙龜命錫汝甫著		雜著 讀山海經		1회 (기사명)
13	東埜集	東埜集卷之三	七言律詩	由沁都水路. 四日而入洛. 其間隨景輒錄.	金養根	1회
14	頭陀草	頭陀草冊十八	〔雜著〕	策問○ 〔稗官小說〕	李夏坤	1회
15	俛宇集	俛宇先生文集 卷之三十八	書	答朴會中	郭鍾錫	2회
16	無名子集	無名子集 文稿冊十一	〔文〕	井上閒話	尹愭	1회
17	文谷集	文谷集卷之七	和陶詩 五十首	讀朱子書. 次讀山海經韻.	金壽恒	1회 (기사명)
18	眉巖集	眉巖先生集 卷之十六	經筵日記	癸酉	柳希春	1회
19	舫山集	舫山先生文集卷之九	書	答徐德一別紙	許薰	1회
		舫山先生文集卷之十	書	答朴士弼		1회

	舫山先生文集卷之十二	雜著	東海碑註		2회
	舫山先生文集卷之十五	序	贈聾翁序		1회
20 柏谷集	柏谷先祖文集冊六	〔策〕	〔海有潮汐策〕	金得臣	2회
21 白軒集詩稿	白軒先生集卷之三	休官錄 公辭罷楊州後.拘於解由.久處散地.	詠潮	李景奭	1회
22 本庵集	本庵續集卷六	箚錄○詩傳	鄘	金鍾厚	1회
23 鳳谷桂察訪遺集	鳳谷桂察訪遺集卷八	〔經說〕	山海經本義	桂德海	4회 (기사명 포함)
24 四名子詩集	四名子詩集 延城后人車佐一 叔章 著	詩○七言律	黃崗店舍.逢趙伯益叙話.	車佐一	1회
25 沙村集	沙村張先生集序		沙村集序〔洪奭周〕	洪奭周	1회
26 三山齋集	三山齋集卷之四	書	答趙樂之	金履安	1회
27 象村稿	象村稿卷之六	五言古詩 一百一十八首	口呼	申欽	1회
	象村稿卷之五十六	和陶詩 五言	讀山海經		1회 (기사명)
28 書巢集	書巢先生文集卷之二	雜著	觀書箚疑	金宗烋	1회
29 石堂遺稿	石堂遺稿卷之一	文	答有道書	金相定	1회
30 石洞遺稿	石洞先生遺稿卷之四	雜著	璿璣玉衡註解	李文載	2회
	石洞先生遺稿卷之六	雜著	謏記〔下〕	李文載	1회
31 碩齋稿	碩齋稿卷之十四	策	地理	尹行恁	2회
32 性齊集	性齋先生文集卷之十	雜著	崑崙河源辨	許傳	1회
33 星湖僿說	星湖先生僿說卷之四	萬物門	蝗類		1회

			萬物門	石		1회
		星湖先生僿說卷之二十八	詩文門	啓棘賓商	李瀷	3회
34	所菴集	所菴先生文集卷之八	書	答柳耳仲	李秉遠	1회
35	松月齋集	松月齋先生集卷之五	荷華編雜篇	五嶽志	李時善	2회
36	修山集	修山集後叙	序	修山集後叙〔趙重鎭〕	趙重鎭	1회
		修山集卷之三	記	盆池小石記	李種徽	1회
		修山集卷之十	題後	題家莊廣輿記後	李種徽	1회
37	順菴集	順菴先生文集卷之十八	序	廣州府志序	安鼎福	1회
38	時庵集	時庵先生文集卷之九	雜著	困勉錄	南皐	1회
39	息山集	息山先生別集卷之四	地行附錄	白頭	李萬敷	1회
40	餘窩集	餘窩先生文集卷之十一	序〔一〕	四部酌選序	睦萬中	1회
41	與猶堂全書	第一集詩文集第八卷○文集	對策	地理策	丁若鏞	1회
		第一集雜纂集第二十四卷○雅言覺非	卷一	蓟黍		1회
		第二集經集第一卷○大學公議	大學公議〔一〕	大學之道.		1회
		第二集經集第十一卷○論語古今註卷五	鄉黨三	有盛饌. 必變色而作. 迅雷風烈必變.		1회
		第二集經集第十七卷○詩經講義卷一	鄘	干旄		1회

第二集經集第十九卷○詩經講義卷三	小雅○都人士之什	白華	1회
第二集經集第二十卷○詩經講義補遺	周南	樛木	1회
第二集經集第二十六卷○尙書古訓卷五	梓材 既勤敷菑. 惟其陳修. 爲厥疆畎. 若作室家. 既勤垣墉. 惟其塗墍茨. 若作梓材. 既勤樸斲. 惟其塗丹雘.	惟曰若稽田.	1회
第五集政法集第十九卷○牧民心書卷四	吏典六條 束吏, 馭衆, 用人, 擧賢, 察物, 考功. ○束吏 吏典第一條.	元惡大奸. 須於布政司外. 立碑鐫名. 永勿復屬.	1회
第五集政法集第三十一卷○欽欽新書卷二	批詳雋抄二	張一魁自殺判詞. 妒影浪死.	1회
第五集政法集第三十四卷○欽欽新書卷五	祥刑追議二	首從之別十六	1회
第六集地理集第二卷○疆域考	疆域考其二	濊貊考	1회

		第六集地理集 第三卷○疆域考	疆域考其三	白山譜		1회
		第六集地理集 第五卷○大東水經	大東水經其一	滁水一		2회
42	研經齋全集	研經齋全集卷之十三	文○書	答趙雲石　書	成海應	2회
		研經齋全集卷之十五	文○辨	洌水辨		1회
		研經齋全集卷之四十六	北邊雜議	記東方土産		1회
		研經齋全集外集 卷二十三	総經類	十三經考下		1회
		研經齋全集外集 卷四十四	地理類	東水經		1회
		研經齋全集外集 卷四十七	地理類	西北疆域辨上		1회
		研經齋全集外集 卷四十八	地理類	西北疆域辨下		1회
		研經齋全集外集 卷五十一	地理類	四郡考		1회
		研經齋全集續集 册十一	文三	河源說		1회
		研經齋全集續集 册十四	讀書記	讀楚辭集注		1회
43	燕臺再遊錄	漢山州柳得恭惠甫撰	燕臺錄	燕臺再遊錄	柳得恭	1회
44	燕巖集	燕巖集卷之十一○ 別集 潘南朴趾源美齋著	熱河日記	渡江錄	朴趾源	1회
		燕巖集卷之十四○	熱河日記	鵠汀筆談		1회

	別集 潘南朴趾源美齋著				
	燕巖集卷之十七○別集	課農小抄 洒川郡守臣 朴趾源編輯	養牛		1회
45 燕轅直指	燕轅直指卷之一		十一月 二十一日	金景善	1회
46 淵泉集	淵泉先生文集卷之三 豊山洪奭周成伯著	詩〔三〕	次陶讀山海經韻	洪奭周	1회 (기사명)
	淵泉先生文集卷之十八 豊山洪奭周成伯著	序〔上〕	沙村遺稿序		1회
47 燕行紀	燕行紀卷一		六月二十八日丁丑	徐浩修	1회
48 泠齋集	泠齋集卷之八	題跋	題竹石楓嶽記	柳得恭	1회
49 五山說林草藁	五山說林草藁		五山說林草藁	車天輅	1회
50 五洲衍文長箋散稿	天地篇	地理類	地理總說〔0109〕 地毬小人心大辨證說		1회
			山〔0114〕山高辨證說		1회
			山〔0115〕智異山辨證說		1회
			山〔0117〕白頭山辨證說		1회
			河〔0124〕河源星宿海辨證說		1회
			潮汐〔0127〕 潮汐辨證說		1회
			石〔0141〕息壤異解辨證說		1회
			金銀銅鐵珠玉〔0152〕金銀		1회

		銅鑛辨證說		
		邦國〔0164〕東土九夷六部辨證說		2회
		邦國 〔0170〕一目國辨證說		2회
		邦國 〔0171〕小人國辨證說		1회
		邦國 〔0172〕吡騫國辨證說	李圭景	1회
		〔0173〕穿胸國辨證說		1회
	天地雜類	鬼神說〔0207〕鬼神辨證說		1회
經史篇	釋典類	釋典總說 〔1015〕釋敎梵書佛經辨證說		1회
	經傳類	書經 〔0944〕箕子朝鮮本尙書辨證說		1회
	論史類	論史〔1077〕東方舊號故事辨證說		3회
		論史〔1078〕檀, 箕爲國號辨證說		1회
		論史〔1088〕鬱陵島事實辨證說		1회
		人物〔1143〕湘君, 女嬃辨證說		1회

	人事篇	技藝類	醫藥〔0777〕砒石蕡田辨證說		1회
		服食類	杖屨〔0520〕家禮源流隱饜辨證說		1회
		治道類	勸農〔0453〕牛耕辨證說		3회
		人事類	疾病〔0280〕痘疫有神辨證說		2회
	萬物篇	草木類	穀種〔1183〕蕃藷辨證說		1회
		鳥獸類	獸〔1266〕麒麟辨證說		1회
		蟲魚類	魚〔1308〕飛魚辨證說		2회
		萬物雜類	草木鳥獸蟲魚雜說〔1345〕五方異物辨證說		1회
			萬物雜說〔1357〕異物辨證說		1회
51 玉垂集	玉垂先生集卷之二十九	序	讀新聞志序	趙冕鎬	2회
52 雲養集	雲養集卷之十四 清風金允植洵卿著	雜著 四	八家涉筆上	金允植	1회
53 游齋集	游齋先生集卷之三	禁中錄	次陶淵明讀山海經詩韻	李玄錫	2회 (기사명 포함)
54 凝窩集	凝窩先生文集卷	辨	山海經辨	李源祚	3회

	之十六				(기사명 포함)
55 耳溪集	耳溪集卷十三	記	撫夷堡日月出記	洪良浩	1회
	耳溪集卷十六	題跋	題申文初白頭山詩		1회
	耳溪外集卷八	羣書發悱	雜識		1회
	耳溪外集卷十二	北塞記畧	白頭山考		1회
56 而已广集	而已广集卷之十四	雜著	平生志	張混	1회
57 李海鶴遺書	李海鶴遺書卷七 固城李沂伯曾著	文錄〔五〕○贈序	送李士盈序	李沂	2회
58 臨汝齋集	臨汝齋先生文集卷之四	記	龍門書堂重修記		1회
59 立軒集	立軒文集卷之六	書	答韓季鷹癸卯十一月	韓運聖	1회
60 自著	自著準本〔一〕	序	海嶽集序	兪漢雋	2회
	自著續集册二	〔雜錄〕	卧龍菴記		1회
61 芝峯類說	芝峯類說卷二	地理部	海	李晬光	1회
			島		1회
		諸國部	本國		1회
			外國		1회
	芝峯類說卷四	官職部	官制		1회
	芝峯類說卷五	經書部一	書經		1회
	芝峯類說卷六	經書部二	諸史		2회
			諸子		1회
	芝峯類說卷八	文章部一	辭賦		1회
			文		1회
	芝峯類說卷十	文章部三	唐詩		2회
			古詩		2회

	芝峯類說卷十一	文章部四	唐詩		1회
	芝峯類說卷十六	語言部	俗諺		1회
62 震溟集	震溟集卷之九	雜著	仙經解	權攇	1회
63 蒼雪齋集	蒼雪齋先生文集卷之六	詩耆後稿	蟠桃	權斗經	1회
64 青莊館全書	青莊館全書卷之七 完山李德懋懋官著男光葵奉杲編輯德水李畹秀蕙隣校訂	禮記臆〔一〕	檀弓	李德懋	1회
	青莊館全書卷之十六 完山李德懋懋官著男光葵奉杲編輯德水李畹秀蕙隣校訂	雅亭遺稿〔八〕 ○書〔二〕	族姪復初		1회
	青莊館全書卷之三十三	淸脾錄〔二〕	倭詩之始		1회
	青莊館全書卷之四十八完山李德懋懋官著男光葵奉杲編輯德水李畹秀蕙隣校訂	耳目口心書〔一〕	〔耳目口心書〕		1회
	青莊館全書卷之五十一 完山李德懋懋官著男光葵奉杲編輯德水李畹秀蕙隣校訂	耳目口心書〔四〕	〔耳目口心書〕		1회
	青莊館全書卷之五十二完山李德懋懋官著男光葵	耳目口心書〔五〕	〔耳目口心書〕		1회

	奉杲編輯德水李 畹秀蕙隣校訂				
	青莊館全書卷之 五十三完山李德 懋懋官著男光葵 奉杲編輯德水李 畹秀蕙隣校訂	耳目口心 書〔六〕	〔耳目口心書〕		2회
	青莊館全書卷之 五十六 完山李德 懋懋官著男光葵 奉杲編輯德水李 畹秀蕙隣校訂	盎葉記〔三〕	猉獜非麒麟		1회
	青莊館全書卷之 六十二 完山李德 懋懋官著男光葵 奉杲編輯德水李 畹秀蕙隣校訂	〔西海旅言〕	山海經補		3회 (기사명 포함)
	青莊館全書卷之 六十四	蜻蛉國志	人物		1회
65 青泉集	青泉集序	序	青泉集序〔李瀰〕	李瀰	1회
	青泉集卷之二 禮州申維翰周伯著	詩	寄洞陰任使君 五言十絶	申維翰	1회
	青泉集卷之三 禮州申 維翰周伯著	書	與任正言論文書		1회
			答東萊伯洪公書		1회
			答悔軒鄭伯英書		1회
	青泉集卷之六	雜著	叙與尹太學士		1회

	禮州申維翰周伯著		論文事		
			書鵝山桂石卷		1회
	青泉先生續集卷之七	海游聞見雜錄〔上〕	封域		1회
	青泉集跋	跋	識〔申在錫〕	申在錫	1회
66 枕雨堂集	枕雨堂集卷三	序	夢霽朴子南歸序	張之琬	1회
67 澤堂集	澤堂先生別集卷之十五	雜著	散錄	李植	1회
68 楓石全集	楓石鼓篋集卷第三 洌上徐有榘準平	書	與李愚山論深衣續衽鉤邊書	徐有榘	1회
	金華知非集卷第四 洌上徐有榘準平	辯	樂浪七魚辯		1회
69 下枝遺集	下枝遺集卷之五	跋	書申周伯贈通信副使詩後	李象辰	1회
70 海嶽集	海嶽集卷之四	雜著	讀漢魏六朝百三名家集	李明煥	1회
71 海游錄	申製述海遊錄〔下〕		附聞見雜錄	申維翰	1회
72 海藏集	海藏集卷之十七	雜著	鴻史 甲午	申錫愚	1회
73 玄谷集	玄谷集卷之十	詩○雜體二十七首	演雅體長律二十韻. 寄梁, 鄭二友.	趙緯韓	1회
74 玄巖遺稿	玄巖遺稿卷之四	記	夢遊化鶴樓記	崔有淵	1회
75 弘齋全書	弘齋全書卷五十六	雜著三	示手圈校正諸學士	正祖	1회
	弘齋全書卷九十七	經史講義三十四○書〔五〕甲辰選.			

			李書九, 鄭東觀, 韓致應, 韓商新, 洪義浩等對.	〔禹貢〕		1회
		弘齋全書卷百八十一	羣書標記三○ 御定〔三〕	三禮手圈六卷		1회
76	花溪集	花溪先生文集卷之八	書	與申延日書	柳宜健	2회
77	晦亭集	晦亭集卷之一	賦	潛懷賦. 呈潛叟	閔在南	1회
78	巘齋集	巘齋先生集卷之九 潘南朴珪壽巘卿著	書牘	與申幼安	朴珪壽	1회
79	希樂堂稿	希樂堂文稿卷之八	雜著	龍泉談寂記 〔潮汐之說〕	金安老	1회

참고 문헌

1 원전

중국

『古今圖書集成』.

『舊唐書』.

『老子』.

論語』.

「毛詩序」.

郭璞,『方言注』.

紀昀,『四庫全書總目提要』.

司馬遷,『史記』.

吳承志,『山海經地理今釋』.

袁珂,『山海経校注』, 上海: 上海古籍出版社, 1980.

郝懿行,『山海經箋疏』.

陳壽,『三國志』.

『書經』.

吳承恩, 『西遊記』.

張讀, 『宣室志』.

許愼, 『說文解字』.

胡應麟, 『少室山房筆叢』.

干寶, 『搜神記』.

任昉, 『述異記』.

王嘉, 『拾遺記』.

東方朔, 『神異經』.

『新唐書』.

馬驌, 『繹史』.

劉向, 『列仙傳』.

『禮記』

『藝文類聚』.

柳宗元, 「柳河東集」.

瞿蛻園 · 朱金城, 『李白集校注』.

周致中, 『異域志』.

『莊子』.

『正統道藏』.

『左傳』.

魏伯陽, 『周易參同契』.

『竹書紀年』.

王士禎, 『池北偶談』.

洪興祚, 『楚辭補註』.

李昉, 『太平廣記』.

李昉, 『太平御覽』.

韓愈, 「韓昌黎集」.

劉安, 『淮南子』.

한국

姜一淳, 『典經』, 대순진리회 출판부, 2010

權韠, 『石洲集』.

김광순 소장 31장본, 『김광순 소장 필사본 한국 고소설 전집』 32, 경인문화사, 1994.

김기창, 『한국 구전설화집』 16, 민속원, 2005.

김동욱, 『방각본 고소설 전집』, 영인본.

金萬重, 『西浦集·西浦漫筆』, 통문관, 1974.

金富軾, 『三國史記』.

金壽恒, 『文谷集』.

金時習, 『국역 매월당집』, 강원도, 2000.

______, 『김시습 작품집』, 『조선 고전 문학 선집』 7, 민족출판사, 1988.

______, 『매월당집』, 『한국 문집 총간』 13, 민족문화추진회, 1991.

______, 구우, 김수연·전진아·탁원정 옮김, 『금오신화·전등신화』, 미다스북스, 2010.

金昌協, 『農巖集』.

김영돈·현용준·현길언, 『제주 설화 집성』, 제주대 탐라문화연구소, 1985.

김현룡, 『한국 문헌 설화』 1~7, 건국대 출판부, 1998~1999.

단학회 연구부, 『桓檀古記』(역주본·장구본), 코리언북스, 1998.

무악고소설자료연구회, 『한국 고소설 관련 자료집 I·II』, 태학사, 2005.

민족문화추진회, 『한국 문집 총간』, 1991~2000.

______, 『국역 조선왕조실록』.

朴鍾洙 編著, 『(羅孫本) 筆寫本古小說資料叢書』 1~82, 보경문화사, 1991.

박희병, 『한국 한문 소설 교합구해』, 2판, 소명, 2007.

北崖老人·趙汝籍, 『揆園史話·青鶴集』, 아세아문화사, 1976.

徐居正, 『東文選』.

송정화·김지선 역주, 『穆天子傳·神異經』, 살림, 1997.

申維翰,『青泉集』.

申欽,『象村稿』.

월간문헌연구소 편,『한글 필사본 고소설 자료 총서』1~51, 보경문화사, 1986.

兪晩柱,『欽英 1~6』, 서울대 규장각, 1997.

이가원 역주,『九雲夢』, 연세대 출판부, 1970.

李圭景,『五洲衍文長箋散稿』.

李奎報,『東國李相國集』.

李德懋,『青莊館全書』.

李祥昊,『大巡典經』, 裡里: 圓光社.

李穡,『牧隱藁』.

李宜白,『梧溪日誌集』.

李宜顯,『雲陽漫錄』.

李瀷,『星湖僿說』.

李睟光,『芝峯集』.

이화여대 한국문화연구원 편,『숙향전』,『한국 고대소설 총서』1, 통문관, 1958.

______,『한국 고대소설 총서』1~4, 통문관, 1958.

인천대학민족문화자료총서,『구활자본 고소설 전집』1~33, 은하출판사, 1983.

一然,『三國遺事』.

林悌, 신호열·임형택 옮김,『白湖全集 (上·下)』, 창작과비평사, 1993.

장효현 외,『교감본 한국 한문소설 전기소설』, 고대민족문화연구원, 2007.

鄭樂勳 編,『溫城世稿』.

鄭斗卿,『東溟集』.

鄭麟趾,『高麗史』.

丁若鏞,『與猶堂全書』.

정재서 역주,『山海經』, 민음사, 1985(1993).

鄭希良,『虛庵遺稿』.

鄭泰齊,『天君演義』, 형설출판사, 1982.

趙汝籍,『青鶴集』.

趙泰億,『謙齋集』.

조희웅,『고전 소설 문헌 정보』, 집문당, 2000.

_____,『고전 소설 이본 목록』, 집문당, 1999.

車天輅,『五山集』.

『춘향전 완판 열녀춘향수절가』.

崔致遠,『桂苑筆耕集』.

한국고전번역원,「한국고전종합 DB」.

한국학중앙연구원 왕실도서관 장서각 디지털 아카이브,『한국 구비 문학 대계』.

許筠,『惺所覆瓿藁』.

許穆,『국역 미수기언』, 민족문화추진회, 1978.

허미자 편,『朝鮮朝女流詩文全集』1-4, 한일문화사, 1988.

許楚姬,『蘭雪軒詩集』.

洪萬宗,『洪萬宗全集』.

2 연구서

중국

金甫暻,『蘇軾和陶詩考論 — 兼及韓國和陶詩』, 上海: 復旦大學出版社, 2013.

凌純聲,『松花江下游的赫哲族』, 國立中央研究院, 1934.

陶陽·鍾秀 編,『中國神話』, 上海: 上海文藝出版社, 1990.

_____,『中國創世神話』, 上海; 上海人民出版社, 1989.

鄧安生,『陶淵明新探』, 臺北: 文津出版社, 1995.

魯迅,『中國小說的歷史的變遷』, 香港: 中流出版社, 1973.

馬昌儀,『古本山海經圖說』, 桂林: 廣西師範大學出版社, 2007.

逄振鎬,『東夷古國史論』, 成都: 成都電訊工程學院出版社, 1989.

石昌渝 主編,『中國古代小說總目』(文言卷), 山西教育出版社, 2004.

蕭兵,『楚辭新探』, 天津: 天津古籍出版社, 1988.

蕭天石,『歷代眞仙史傳』, 臺北: 自由出版社, 1980.

梁榮茂,『抱朴子研究』, 臺北: 牧童出版社, 1977.

余培林,『新譯老子讀本』, 臺北: 三民書局, 1978.

葉舒憲,『中國神話哲學』, 北京: 中國社會科學出版社, 1996.

吳小如 · 王雲熙 等,『漢魏六朝詩鑑賞辭典』, 上海: 上海辭書出版社, 1995.

袁珂,『中國神話史』, 上海: 上海文藝出版社, 1988.

______,『中國的神話與傳說上·下』, 上海: 商務印書館, 1983.

______,『中國古代神話』, 北京: 中華書局, 1981.

王國良,『神異經研究』, 臺北: 文史哲出版社, 1985.

王明,『太平經合校』, 上海: 中華書局, 1960.

______,『抱朴子內篇校釋』, 臺灣: 中華書局, 1985.

王瑤,「小說與方術」,『中古文學史論』, 臺北; 長安出版社, 1948.

劉城淮,『中國上古神話』, 上海: 上海文藝出版社, 1988.

劉熙載,『藝概』, 上海: 上海古籍出版社, 1978.

李劍國,『唐前志怪小說史』, 天津: 南開大學出版社, 1984.

李喬,『中國行業神崇拜』, 北京: 中國華僑出版公司, 1990.

李福清,『中國神話故事論集』, 北京:中國民間文藝出版社, 1988.

李養正,『道教概說』, 臺北: 中華書局, 1989.

李辰冬,『陶淵明評論』, 臺北: 東大圖書公司, 1991.

李豊楙,『六朝隋唐仙道類小說研究』, 臺北: 學生書局, 1986.

印順法師,『中國古代民族神話與文化之研究』, 臺北: 華岡出版公司, 1975.

潛明玆,『神話學的歷程』, 哈爾濱: 北方文藝出版社, 1989,

______,『中國神話學』, 銀川: 寧夏人民出版社, 1994.

張金儀,『漢鏡所反映的神話傳說與神仙思想』, 臺北: 國立故宮博物院, 1981.

張振犁,『中原古典神話流變論考』, 上海: 上海文藝出版社, 1991.
丁仲祜,『陶淵明詩箋注』, 臺北: 藝文印書館, 1989.
齊裕焜,『中國古代小說演變史』, 敦煌文藝出版社, 2002.
周紹賢,『道家與神仙』, 臺北: 中華書局, 1974.
陳鈞 編,『創世神話』, 北京; 東方出版社, 1997.
陳飛龍,『葛洪之文論及其生平』, 臺北: 文史哲出版社, 1980.
陳連山,『山海經學術史考論』, 北京: 北京大學出版社, 2010.
陳怡良,『陶淵明之人品與詩品』, 臺北: 文津出版社, 1993.
陳寅恪,『元白詩箋証稿』, 上海: 上海古籍出版社, 1978.
陳正焱·林其錟,『中國古代大同思想研究』, 香港: 中華書局, 1988.
湯一介,『魏晋南北朝時期的道教』, 臺北: 東大出版社, 1988.
馮友蘭,『中國哲學史下·補冊』, 臺北: 商務印書館, 1935.
玄珠,『中国神話研究 ABC』, 上海: 世界書局, 1929.

한국

가스통 바슐라르, 곽광수 옮김,『공간의 시학』, 민음사, 1990.
공주대 백제문화연구소,『백제무녕왕릉』, 1991.
권혁웅,『그 얼굴에 입술을 대다』, 민음사, 2007.
______,『소문들』, 문학과지성사, 2010.
______,『애인은 토막난 순대처럼 운다』, 창작과비평사, 2013.
김기동,『한국 고전 소설 연구』, 교학연구사, 1983.
김낙필.『조선 시대의 內丹思想』. 한길사, 2000.
김미현,『판도라 상자 속의 문학』, 민음사, 2001.
김종호,『산해경草』, 랜덤하우스코리아, 2004.
김태준,『조선 고대소설사』, 정음사, 1950.
김탁,『甑山教學』, 미래향문화, 1992.
김탁환,『부여현감 귀신 체포기』, 이가서, 2005.

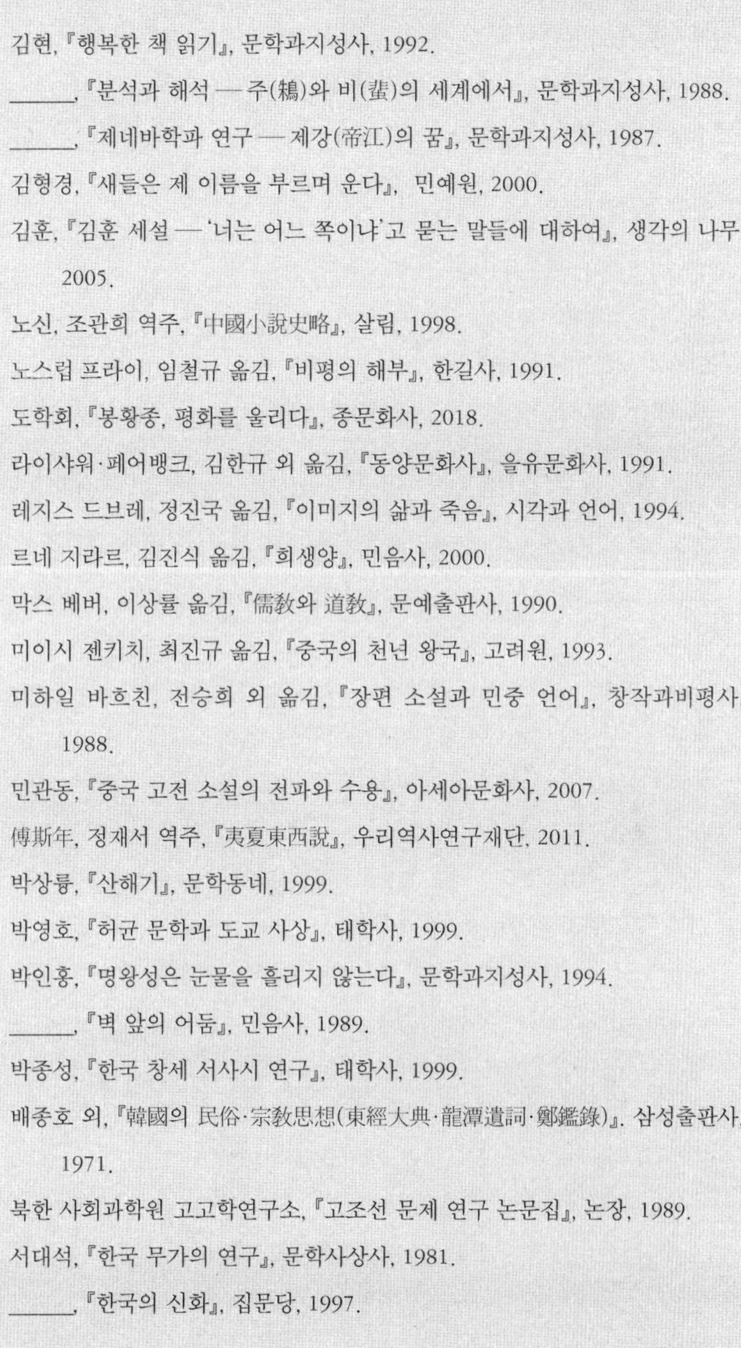
김현, 『행복한 책 읽기』, 문학과지성사, 1992.

______, 『분석과 해석 — 주(鵃)와 비(蜚)의 세계에서』, 문학과지성사, 1988.

______, 『제네바학파 연구 — 제강(帝江)의 꿈』, 문학과지성사, 1987.

김형경, 『새들은 제 이름을 부르며 운다』, 민예원, 2000.

김훈, 『김훈 세설 — '너는 어느 쪽이냐'고 묻는 말들에 대하여』, 생각의 나무, 2005.

노신, 조관희 역주, 『中國小說史略』, 살림, 1998.

노스럽 프라이, 임철규 옮김, 『비평의 해부』, 한길사, 1991.

도학회, 『봉황종, 평화를 울리다』, 종문화사, 2018.

라이샤워·페어뱅크, 김한규 외 옮김, 『동양문화사』, 을유문화사, 1991.

레지스 드브레, 정진국 옮김, 『이미지의 삶과 죽음』, 시각과 언어, 1994.

르네 지라르, 김진식 옮김, 『희생양』, 민음사, 2000.

막스 베버, 이상률 옮김, 『儒教와 道教』, 문예출판사, 1990.

미이시 젠키치, 최진규 옮김, 『중국의 천년 왕국』, 고려원, 1993.

미하일 바흐친, 전승희 외 옮김, 『장편 소설과 민중 언어』, 창작과비평사, 1988.

민관동, 『중국 고전 소설의 전파와 수용』, 아세아문화사, 2007.

傅斯年, 정재서 역주, 『夷夏東西說』, 우리역사연구재단, 2011.

박상륭, 『산해기』, 문학동네, 1999.

박영호, 『허균 문학과 도교 사상』, 태학사, 1999.

박인홍, 『명왕성은 눈물을 흘리지 않는다』, 문학과지성사, 1994.

______, 『벽 앞의 어둠』, 민음사, 1989.

박종성, 『한국 창세 서사시 연구』, 태학사, 1999.

배종호 외, 『韓國의 民俗·宗教思想(東經大典·龍潭遺詞·鄭鑑錄)』. 삼성출판사, 1971.

북한 사회과학원 고고학연구소, 『고조선 문제 연구 논문집』, 논장, 1989.

서대석, 『한국 무가의 연구』, 문학사상사, 1981.

______, 『한국의 신화』, 집문당, 1997.

성석제, 『그곳에는 어처구니들이 산다』, 민음사, 1994.

세미오시스연구센터, 『이미지, 문자, 해석』, 한국외대 출판부, 2013.

소재영 외, 『한국 고소설론』, 아세아문화사, 1991.

송진영, 『明淸 世情 소설 연구』, 한국학술정보(주), 2005.

송찬호, 『붉은 눈, 동백』, 문학과지성사, 2000.

신경숙, 『감자 먹는 사람들』, 창작과비평사, 2005.

안국선, 『금수회의록 외』, 범우사, 2004.

안재홍, 『朝鮮上古史鑑』, 우리역사연구재단, 2014.

안재홍, 『民世安在鴻選集 (3)』, 지식산업사, 1991.

오상학, 『천하도』, 문학동네, 2015

兪晩柱, 김하라 선역, 『일기를 쓰다 1·2』, 돌베개, 2015.

유병덕, 『韓國民衆宗教思想論』. 시인사. 1985.

유수연, 『치자꽃 심장을 그대에게 주었네』, 천년의 시작, 2003.

유 엠 부찐, 이항재·이병두 옮김, 『고조선』, 소나무, 1990.

윤영수, 『숨은 골짜기의 단풍나무 한 그루』, 열림원, 2018.

윤주필, 『한국의 方外人 문학』, 집문당, 1999.

윤찬원, 『도교 철학의 이해: 太平經의 철학 체계와 도교적 세계관』, 돌베개, 1998.

원불교교정원, 『원불교 전서』, 원불교정화사, 1992.

이기백, 『민족과 역사』, 일조각, 1972.

이남호·이경호 편, 『황지우 문학 앨범』, 웅진 출판, 1995.

이능화, 이종은 옮김, 『朝鮮道教史』, 보성문화사, 1977.

이도학, 『백제 장군 흑치상지 평전』, 주류성, 1996.

이병도, 『한국 고대사 연구』, 박영사, 1976.

이상택, 『한국 고전 소설의 탐구』, 중앙출판사, 1981.

이지린, 『고조선 연구』, 열사람, 1989.

이진수, 『한국 양생 사상 연구』, 한양대 출판부, 1999.

이효진, 『玄武經과 呂洞濱仙法』, 선학연구회, 1990.

장프랑수아 리오타르, 이현복 옮김, 『포스트모던적 조건』, 서광사, 1992.

전호태, 『고구려 고분 벽화 연구』, 사계절, 2000.

정과리, 『문명의 배꼽』, 문학과지성사, 1998.

정길수, 『한국 고전 장편 소설의 형성 과정』, 돌베개, 2005.

정끝별, 『패러디 시학』, 문학세계사, 1997.

정민, 『초월의 상상』, 휴머니스트, 2002.

정인보, 『담원 정인보 전집 3』, 연세대 출판부, 1983.

정재서, 『不死의 신화와 사상』, 민음사, 1994.

_____, 『동양적인 것의 슬픔』, 살림, 1996.

_____, 『도교와 문학 그리고 상상력』. 푸른숲, 2000.

_____, 『이야기 동양 신화』. 황금부엉이(김영사), 2004(2010).

_____, 『한국 도교의 기원과 역사』, 이화여대 출판부, 2006.

_____, 『앙띠 오이디푸스의 신화학』, 창작과비평사, 2010.

_____, 『동아시아 상상력과 민족 서사』, 이화여대 출판부, 2014.

조동일, 『동아시아 구비 서사시의 양상과 변천』, 문학과지성사, 1997.

조셉 캠벨, 이윤기 옮김, 『천의 얼굴을 가진 영웅』, 평단문화사, 1985.

조민환, 『노장 철학으로 동아시아 문화를 읽는다』, 한길사, 2002.

조하형, 『키메라의 아침』, 열림원, 2004.

조현설, 『동아시아 건국 신화의 역사와 논리』, 문학과지성사, 2003.

조희웅, 『고전 소설 문헌 정보』, 집문당, 2000.

존 버거, 박범수 옮김, 『본다는 것의 의미』, 동문선, 2000.

질베르 뒤랑, 진형준 옮김, 『상상력의 과학과 철학』, 살림, 1997.

차주환, 『한국의 도교 사상』, 동화출판공사, 1986.

최남선, 『육당 최남선 전집 4』, 고려대 아세아문제연구소, 1973.

최남선, 정재승·이주현 옮김, 『불함문화론』, 우리역사재단, 2008.

최삼룡, 『한국 초기 소설의 도선 사상』, 형설출판사, 1987.

_____, 『한국 문학과 도교 사상』, 새문사, 1990.

최인석, 『이상한 나라에서 온 스파이』, 창작과비평사, 2003.

필립 윌라이트, 김태옥 옮김, 『은유와 실재』, 문학과지성사, 1982.
프레드릭 모오트, 권미숙 옮김, 『중국 문명의 철학적 기초』, 인간사랑, 2000.
홍범초, 『凡甑山教史』, 범증산교연구원, 1988.
황지우, 『게눈속의 연꽃』, 문학과지성사, 1991.
황선명, 『민중 종교 운동사』, 종로서적, 1981.

일본

高馬三良 譯註, 『山海經』, 東京: 平凡社, 1969.
福井康順 等, 『道教 II』, 東京: 平河出版社, 1983.
本田 濟 譯, 『抱朴子』, 東京: 平凡社, 1979.
星川清孝, 『陶淵明』, 東京: 小尺シ書店, 1996.
小南一郎, 『中國の神話と物語り』, 東京: 岩波書店, 1984.
松田 稔, 『山海經の基礎的研究』, 東京: 笠間書院, 1995.
御手洗勝, 『古代中國の神タ』, 東京: 創文社, 1984.
窪 德忠, 『道教史』, 東京: 山川出版社, 1977.
三木 榮, 『朝鮮醫學史及疾病史』, 東京: 自家出版, 1962.
櫻井龍彦·賀學君 共編, 『中日學者中國神話研究論著目錄總匯』, 名古屋: 名古屋 大學, 1999.
前野直彬, 『山海經·列仙傳』, 東京: 集英社, 1982.

구미

Birrell, Anne, *Chinese Mythology*, Baltimore: The Johns Hopkins University Press, 1993.
Cahill, Suzanne E., *Transcendence & Divine Passion: The Queen Mother of the West in Medieval China*, Stanford: Stanford University Press, 1993.
Cassirer, Ernst, *An Essay on Man*, New Haven: Yale University Press, 1947.

Chang, K. C., Art, *Myth, and Ritual: The Path to Political Authority in Ancient China*, Cambridge: Harvard University Press, 1983.

Cohen, Paul A., *Discovering History in China*, New York: Columbia University Press, 1984.

Douglas, Mary, *Purity and Danger*, New York: Routledge & Kegan Paul Ltd, 1988.

Dundes, Alan, *Sacred Narrative*, Berkeley: University of California Press, 1984.

Eberhard, Wolfram, Trans. by Alide Eberhard, *The Local Cultures of South and East China*, Leiden: E. J. Brill 1968.

Eliade, Mircea, *Shamanism*, Trans. by Willard R. Trask, Princeton: Princeton University Press, 1974.

______, *The Quest: History and Meaning in Religion*, Chicago: The University of Chicago Press, 1969.

Ho, Ping-ti, *An Inquiry into the Indigenous Origins of Techniques and Ideas of Neolithic and Early Historic China, 5000～1000 B. C.*, Chicago: The University of Chicago Press, 1975.

Jay, Saily, *The Master Who Embraces Simplicity*, San Francisco: Chinese Materials Center, Inc., 1978.

Kristeva, Julia, *Desire in Language*, New York: Columbia University Press, 1980.

Kaltenmark, Maxime., *Le Lie-Sien Tchouan*, Universite de Paris Centre detudes Sinologique de Pekin, 1953.

Kirkland, Russel·Barrett, T. H. · Kohn, *Livia, Daoism Handbook*, Leiden: E. J. Brill, 2000.

Kohn, Livia, *Taoist Mediation and Longevity Techniques*, edited by Livia Lohn, Ann Arbor, The University of Michigan Press, 1989.

Lincoln, Bruce, *Myth, Cosmos, and Society*, Cambridge: Harvard University Press, 1986.

Maffesoli, Michel, Trans. by Cindy Linse & M. K. Palmquist, *The Shadow of*

Dionysus, New York: State University of New York Press, 1993.

Tyler Stephen, A., *The Unspeakable: Discourse, Dialogue, and Rhetoric in the Postmodern World*, Madison: The University of Wisconsin Press, 1987.

Qian, Zhaoming, *Orientalism and Modernism*, Durham and London: Duke University Press, 1995.

Tambiah, Jeyaraja, *Magic, Science, Religion, and the Scope of Rationality*, Cambridge University Press, 1990.

Taussing, Michael, *Mimesis and Alterity*, New York·London: Routledge, 1993.

Toshihiko, Izutsu, *Language and Magic*, Tokyo: The Keio Institute of Philological Studies, 1956.

White, D. G., *Myths of the Dog-Man*, Chicago & London: The University of Chicago Press, 1991.

3 연구 논문

중국

顧頡剛, 「莊子和楚辭中崑崙和蓬萊兩個神話系統的融合」, 《中華文史論叢》 第2期, 1979.

金棅, 「東漢道教的救世學說與醫學」, 《世界宗教研究》 第1期, 社會科學院, 1989.

馬奔騰, 「道教與韓愈的詩歌創作」, 《文史哲》 第4期, 2000.

徐盛華, 「從陶淵明'讀山海經'十三首中析論其神話世界的三重意識」, 《中外文學》 16卷 第7期, 1988.

蕭兵, 「四方民俗文化的交匯 — 兼論山海經由東方早期方士整理而成」, 『山海經新探』, 成都: 四川城社會科學院出版社, 1986.

孫作雲, 「后羿傳說叢考」, 『中國上古史論文選集上』, 臺北: 華世出版社, 1979.

楊寬,「論太平經」,《學術月刊》第9期, 1959.

楊曾文,「道教的創立和太平經」,《世界宗教研究》第2期, 社會科學院, 1980.

楊向奎,「論葛洪」,《文史哲》第77期, 山東大學, 1961.

余英時,「中國古代死後世界觀的演變」,《中國哲學史研究》第3期, 1985.

王明,「論太平經的成書時代和作者」,《世界宗教研究》第1期, 社會科學院, 1982.

容肇祖,「讀抱朴子上·下」《北大國學週刊》第22~23期, 1926.

熊德基,「太平經的作者和思想及其與黃巾和天師道的關係」,《歷史研究》第4期, 1962.

袁珂,「山海經寫作的時地及篇目考」,《中華文史論叢》第7期, 1978.

林明德,「陶淵明'讀山海經'十三首的神話世界初探」,《中外文學》5권 第2期, 1976.

田兆元,「論中華民族神話系統的構成及其來源」,《中國古代近代文學研究》1996, 11.

何幼琦,「海經新探」,《歷史研究》第2期, 1985.

한국

강민경,「조선 중기 遊仙文學 연구」, 한양대 국문과 박사 학위 논문, 2004.

姜宗妊,「韓愈 鱷魚文의 祭儀性과 文靈」,《중국어문학》61집, 2012.

강환엽,「『산해경』과 포켓몬스터 캐릭터에 관한 연구」, 홍익대 산업미술대학원 석사 학위 논문, 2001.

권오웅,「東溟 詩의 의식과 풍격」, 성균관대 박사 학위 논문, 1997.

권성우,「문화비평/문학, 우리를 아프게 하는 비판을 원한다」,《황해문화》가을호, 2001.

김경아,「한무내전 시론 및 역주」, 이화여대 석사 학위 논문, 1998.

김광년,「조선 후기 문인들의『山海經』인식과 수용」,《일본학연구》52집, 2017.

김낙필, 「『海東傳道錄』에 나타난 도교 사상」, 『도교와 한국 사상』, 범양사, 1987.
_____, 「權克中의 내단 사상」, 서울대 철학과 박사 학위 논문, 1990.
김명희, 「난설헌과 소설헌 시에 나타난 서왕모」, 《우리문학연구》 17집, 2004.
김병익, 「허균의 도교 사상에 대한 연구 — 문학작품을 중심으로」, 원광대 석사 학위 논문, 1996.
김수연, 「취유부벽정기의 경계성에 대하여」, 《한국고전연구》 19, 2009.
_____, 「만복사저포기의 '입산채약'과 비극성 재론」, 《문학치료연구》 20, 2011.
김용덕, 「구운몽의 사상적 배경 연구: 도교 사상을 중심으로」, 한양대 석사 학위 논문, 1979.
김용범, 「영웅 소설에 나타난 도교 사상 연구」, 한양대 박사 학위 논문, 1988.
김영진, 「조선 후기 명청소품 수용과 소품문의 전개 양상」, 고려대 박사 학위 논문, 2003.
김성환, 「한국 道觀의 철학 사상사적 연구 2」, 《도교문화연구》 19집, 2003.
김승혜, 「민간신앙과 도교와의 관계」 『한국 도교 사상의 이해』, 아세아문화사, 1990.
김장환, 「列仙傳에 대하여」, 《도교학연구》 14, 1996.
김정숙, 「조선 시대의 異物 및 怪物에 대한 상상력, 그 원천으로서의 『山海經』과 『太平廣記』」, 《일본학연구》 48집, 2016.
김지선, 「神異經 試論 및 譯註」, 이화여대 중문과 석사 학위 논문, 1994.
김하라, 「兪晩柱의 「欽英」 연구」, 서울대 박사 학위 논문, 2011.
김탁, 「한국 종교의 관제 신앙」, 《도교문화연구》 19집, 2003.
김태곤, 「한국 민속과 도교」, 『도교와 한국 문화』, 한국정신문화연구원 발표논문초고집, 1988.
김태수, 「설화에 나타나는 허목의 삶과 민중 의식」, 《강원민속학》 20집, 2006.
김태식, 「고대 동아시아 西王母 신앙 속의 신라 仙桃山聖母」, 《문화사학》 27호, 2007.

김홍철, 「한국 신종교에 나타난 도교 사상」, 『도교 사상의 한국적 전개』, 아세아문화사, 1989.

남은경, 「東溟 鄭斗卿 문학의 연구」, 이화여대 국문과 박사 학위 논문, 1997.

남진우, 「권성우에게 답함」, 《황해문화》 겨울호, 2001.

_____, 「주(鵃)와 비(蜚)의 세계에서 — 강준만에 대한 몇 개의 단상」, 《문학동네》 여름호, 2001.

노민영, 「박물지 시론 및 역주」, 이화여대 석사 학위 논문, 1997.

박경은, 「百濟金銅大香爐의 도상과 상징성 연구」, 홍익대 대학원 미술사학과 박사 학위 논문, 2018.

박광용, 「대종교 관련 문헌에 위작 많다 — 규원사화와 환단고기의 성격에 대한 재검토」, 《역사비평》 10호, 1990.

박기룡, 「한국 선도 설화 연구」, 『국문학과 도교』, 한국고전문학회 편, 태학사, 1998.

박영호, 「현대시에 투영된 도가 사상」, 《도교문화연구》 16집, 2002.

박재연, 「조선 시대 중국 통속 소설 번역본의 연구」, 한국외대 박사 학위 논문, 1993.

박성규, 「고려 전기 문학에 나타난 도가적 상상력」, 《한문교육연구》 32, 2009.

박영호, 「허균 문학에 나타난 도교 사상 연구」, 《동아시아 문화연구》 17, 1990.

배기표, 「通園 兪晩柱의 문학론」, 성균관대 석사 학위 논문, 2002.

배재홍, 「三陟府使 許穆과 陟州誌」, 《조선사연구》 9집, 2000.

빈미정, 「중국 고대 기원 신화의 분석적 연구」, 서울대 중문과 박사 학위 논문, 1994.

서대석, 「창세 시조 신화의 의미와 변이」, 《구비문학》 No. 4, 1980.

서동훈, 「한국 대중소설 연구」, 계명대 박사 학위 논문, 2002.

송성욱, 「18세기 장편소설의 전형적 성격」, 《한국문학연구》 4호, 2003.

송정화, 「지괴와 도교적 환상」, 《중국어문학지》 12, 2002.

신두환, 「조선사인(朝鮮士人)들의 '초사(楚辭)' 수용과 그 미의식」, 《한문학논집》30, 2010.
신태수, 「남궁선생전연구」, 경북대 석사 학위 논문, 1987.
신연우, 「허목 퇴조비 설화 연구」, 《구비문학연구》17집, 2003.
신하영, 「도연명 시에 나타난 내면적 갈등 연구」, 이화여대 대학원 중문과 석사 학위 논문, 1997.
신현대, 「『山海經』에 나타난 想像을 통한 理想世界 表現」, 홍익대 대학원 미술학과 박사 학위 논문, 2011.
심경호, 「조선 후기 소설 고증 (1)」, 《한국학보》56집, 일지사, 1989 가을.
_____, 「박지원과 이덕무의 희문(戱文) 교환에 대하여」, 《한국한문학연구》31집, 2003.
안동준, 「고구려계 신화와 도교」, 《백산학보》54호, 2000.
_____, 「북방계 신화의 神格 由來와 도교 신앙」, 《도교문화연구》21집, 2004.
_____, 「김시습 문학과 도교 사상」, 《국문학과 도교》, 1998.
野崎充彦, 「海東異蹟攷」, 『한국 도교의 현대적 조명』, 아세아문화사, 1992.
양승덕, 「곽박 도가 사상 연구」, 《중국어문학논집》38, 2006.
梁銀容, 「고려 시대의 도교와 불교」, 『도교와 한국 사상』, 범양사, 1987.
육완정, 「西王母神話의 文學的 受容」, 《인문과학연구초청》13, 1995.
윤석산, 「東學에 나타난 도교적 요소」, 『도교 사상의 한국적 전개』, 아세아문화사, 1989.
윤하병, 「당대(唐代) 신괴류(神怪類) 소설의 주제 분석 연구」, 전남대 박사 학위 논문, 1994.
이강오, 「한국 신흥 종교에서 보는 도교와 불로장생」, 『도교와 한국 사상』, 범양사, 1987.
이문규, 「조선 후기 서울 시정인의 생활상과 새로운 지향 의식」, 『조선 후기 서울의 사회와 생활』, 서울학연구소, 1998.
이재헌, 「한국 신종교의 三教合一 유형에 관한 연구」, 한국정신문화연구원 석사 학위 논문, 1990.
이정하, 「郝懿行의 『山海經箋疏』 연구」, 이화여대 중문과 석사 학위 논문,

2018.
이종은·양은용·김낙필, 「고려 중기 도교의 종합적 연구」, 『도교 사상의 한국적 전개』, 아세아문화사, 1989.
이종은·정재서·정민, 「한국 문학에 나타난 유토피아 의식 연구」, 『도교의 한국적 변용』, 아세아문화사, 1996.
이찬욱, 「고전문학에 나타난 '파랑새(靑鳥)'의 문화 원형 상징성 연구」, 《우리문학연구》 25집, 2008.
이창영, 「심청전 연구: 도교 사상을 중심으로」, 한양대 석사 학위 논문, 1981.
이창식, 「許穆의 시문학과 풍속관」, 《한국문학연구》 9집, 1986.
임채우, 「척주동해비문의 내용에 대한 고증 연구」, 《대화예술연구》 1집, 2013.
_____, 「척주동해비에 나타난 도가적 세계관의 문제」, 《도교문화연구》 39집, 2013.
임형택, 「현실주의적 세계관과 금오신화」, 《국문학연구》 13, 서울대, 1971.
장예, 「서왕모의 한국 문학적 수용 양상」, 대구대 석사 학위 논문, 2008.
전호태, 「고구려 고분 벽화 연구 문헌 분류와 검토」, 《역사와 현실》 12호, 1994.
정민, 「16~17세기 遊仙詩의 자료 개관과 출현 동인」, 『한국 도교 사상의 이해』, 아세아문화사, 1990.
정민경, 「중국 唐代 소설 속에 반영된 女仙 이미지」, 《서강인문논총》 25, 2009.
_____, 「현괴록 시론 및 역주」, 이화여대 석사 학위 논문, 1998.
정병욱, 「낙선재문고의 목록 및 해제」, 《국어국문학》 44·45합집, 1969.
정선경, 「열선전에 대한 서사학적 연구 및 역주」, 이화여대 석사 학위 논문, 1996.
정유경·한혜원, 「한국 설화 기반 웹툰에 나타난 이물교구(異物交媾) 모티프의 포스트 휴먼적 가치 연구」, 《만화 애니메이션 연구》 52호, 2018.
정재서, 「列仙傳의 성립 및 抱朴子와의 내용 비교」, 《중국학보》 22집, 한국중국학회, 1981.

_____, 「신선 설화 연구」, 서울대 중문과 박사 학위 논문, 1988.
_____, 「太平經의 성립 및 사상에 관한 시론」, 《논총》 No. 59, 이화여대, 1991.
_____, 「太平經과 문학」, 『한국 도교의 현대적 조명』, 아세아문화사, 1992.
_____, 「한국 도교의 고유성」, 『한국 전통 사상의 특성 연구』, 한국정신문화연구원, 1995.
_____, 「고구려 고분 벽화의 신화·도교적 제재에 대한 새로운 인식」, 『동양적인 것의 슬픔』, 살림출판사, 1996.
_____, 「한국 도교 문학에서의 신화의 전유」, 《도교문화연구》 14집, 2000.
_____, 「고구려 고분 벽화에 표현된 도교 圖像의 의미」, 《도교문화연구》 19집, 2003.
_____, 「중국 신화의 개념적 범주에 대한 검토: 袁珂의 廣義神話論을 중심으로」, 《中國學報》 41집, 2000.
_____, 「중국 신화에서의 파격적 상상력: 鯀禹 신화와 氐人 신화를 중심으로」, 《구비문학연구》 29호, 2009.
_____, 「지괴, 소설과 문화 사이」, 《중국소설논총》 8, 1998.
_____, 「중국 신화의 역사와 구조—반고 신화를 중심으로」, 《구비문학연구》 11집, 2000.
_____, 「산해경 신화와 신선 설화」, 《중국어문학》 12, 1986.
_____, 「姜甑山의 중국 신화 수용과 그 의미」, 《중국학》 52집, 2015.
_____, 「陟州東海碑에 표현된 『山海經』의 신화적 이미지들」, 《영상문화》 29호, 2016.
정종대, 「한국 고전 문학에 나타난 도교 사상에 대한 일고찰」, 《국어교육》 51, 1985.
정하영, 「조선조 일기류 자료의 문학사적 의의」, 《정신문화연구》 65집, 1998.
조성윤, 「조선 후기 서울 주민의 신분 및 직업 구성」, 『조선 후기 서울의 사회와 생활』, 서울학연구소, 1998.
조용중, 「蓮花化生에 등장하는 장식 문양 고찰」, 《미술자료》 56호, 1995.

조현희, 「세경본풀이의 연구」, 경기대 석사 학위 논문, 1989.
조희웅, 「낙선재본 번역 소설 연구」, 《국어국문학》 62·63 합집, 국어국문학회, 1973.
지연숙, 「『여와전』 연작의 소설 비평 연구」, 고려대 박사 학위 논문, 2001.
崔三龍, 「仙人 설화로 본 한국 고유의 仙家에 대한 연구」, 『도교와 한국 사상』, 범양사, 1987.
최종성, 「조선 전기 종교 혼합과 반혼합주의 — 유교, 불교, 무속을 중심으로」, 《종교연구》, 2007.
최진아, 「조선 시기 唐樂呈才에 반영된 西王母의 문화적 의미 — 獻仙桃를 중심으로」, 《중국소설논총》 41집, 2013.
_____, 「異物 기록의 정치학 — 志怪의 讀法과 『김탁환의 부여현감 귀신 체포기』, 《중어중문학》 46집 2010.
최창록, 「한국 도교 문학의 성립과 전개」, 『국문학과 도교』, 1998.
한상권, 「서울 시민의 삶과 사회 문제 — 18세기 후반 京居人이 올린 上言·擊錚의 분석을 중심으로」, 『조선 후기 서울의 사회와 생활』, 서울학연구소, 1998.
한영우, 「17세기 反尊華的 道家史學의 성장」, 『한국의 歷史認識上』, 창작과비평사, 1984.
황도경, 「말, 발, 삶 — 신경숙의 「모여 있는 불빛」에 나타난 글쓰기의 기원」, 《소설가소설연구》, 1999.

일본

鐵井慶忌, 「黄帝と蚩尤の闘爭說話に ついて」, 《東方宗教》 第39號, 1972.
伊藤清司, 「中國古代の民間醫療: 山海經の硏究」, 《史學》 第43卷 第4號, 1966.
大淵忍爾, 「抱朴子における統一性の問題」, 《東方宗教》 第3號, 1953.
野崎充彦, 「道教の朝鮮化につこて」, 《アジア遊學》 第16號, 2000, 5.
熊谷 治, 「三國遺事にみえる神仙思想」, 《朝鮮學報》 第125號, 天理大學, 1987.

松田 稔, 「陶淵明'讀山海經'考」, 《國學院高等學校紀要》, 日本, 1984, No. 19.
伊藤直哉, 「陶淵明'讀山海經'其四について」, 《中邨璋入博士古稀記念東洋學論集》, 日本, 1996.

구미

Allan, Sarah, "Shang Foundation of Modern Chinese Folk Religion", *Legend, Lore, and Religion in China*, San Francisco: Chinese Materials Center, 1979.

Anna, Seidel, "Taoist Messianism", *Numen*, Vo. XXXI, Fasc, 2, 1984.

Birrell, Anne, "Studies on Chinese Myth Since 1970: An Appraisal, Part I", *History of Reaigions*, May 1994, Vol. 33, No. 4.

Boddes, Derk, "Myths of Ancient China", edited by S, N, Cramer, *Mythologies of the Ancient World*, New York; Doubleday & Co., 1961.

Jettmar, Karl, "The Origins of Chinese Civilization: Soviet View", Edited by David N, Keightley, *The Origins of Chinese Civilization*, Berkeley and Los Angeles: Univ. of California Press, 1983.

Mair, Victor H., "The Narrative Revolution in Chimese Literature: Ontological Presuppositions", *Chinese Literature*, 1983, Vol. 5, No. 1-2.

Smith, Thomas E., "Ritual and Shaping of Narrative: The Legend of the Han Emperor. Wu", The University of Michigan Ph, D, dissertation, 1992.

Wu Hung, "Bird Motifs in Eastern Yi Art", *Orientations*, Vol. 16, No. 10, 1985.

中文摘要

『山海經』與韓國文化

鄭在書(梨花女子大學 名譽教授)

、

本書立足於中國文明起源多元論、假定『山海經』為一種具有多元文化相結合的互文性(intertextuality)的實質以及東亞想像力之源泉　同時將殷和東夷文化作為『山海經』的重要組成部分予以肯定　並試圖以這些觀點為前提、對『山海經』和韓國文化的相關性進行了探索　本書探討的內容主要從“『山海經』中的韓國文化”和“韓國文化中的『山海經』”兩個方面進行、其討論結果如下: 第一、『山海經』中有關古代韓國的歷史　地理　神話和民俗資料比現存中國周邊任何一個國家的都要豐富、由此可知『山海經』的成書主導群體尤其關注古代韓國、從而對它的認識具有多樣性、其理解有深度　第二、從三國時代到當代、在文學、藝術　歷史、地理、民俗和文化產業等不同領域內都可以看到韓國文化廣泛接受『山海經』的現象　在此值得注意的是、貫穿整个韓國歷史時期、不同的社會階層都非常喜愛西王母　還有、在朝鮮後期有關山海經的議論越來越多、這可以算是爲當代『山海經』學的有價値的資料

不局限在中國範疇內闡釋其文化內容、而是通過闡明中國與周邊文化之間的多元化的交流和關係來確認兩者之間的文化交互主觀性(intersubjectivity)以及連帶感、這就是在文化日益全球化的今天、尤其是比

較學成為主流趨勢的情況下研究『山海經』的主要課題　通過這樣的過程可以展現『山海經』所具有的多元性、普遍性價值、最終可以打開一條走向東亞文化共同體的路徑　與此同時、希望本書能夠擺脫過去以本國文本為解釋韓國文化的主要方法、而將文獻依據擴大到如『山海經』一樣的“奇書”上、來為我們展現對於確認韓國文化根源問題的種種不同看法提供一個機會

찾아보기

ㅊ

ㅋ, ㅌ, ㅍ

ㅎ

산해경山海經과 한국 문화

1판 1쇄 펴냄 2019년 4월 29일
1판 3쇄 펴냄 2023년 8월 9일

지은이 정재서
발행인 박근섭, 박상준
펴낸곳 (주)민음사

출판등록 1966. 5. 19. 제16-490호
주소 서울시 강남구 도산대로1길 62(신사동)
강남출판문화센터 5층(135-887)
대표전화 02-515-2000 | 팩시밀리 02-515-2007
홈페이지 www.minumsa.com

ISBN 978-89-374-4198-1 93800

이 저서는 2013년 정부(교육부)의 재원으로
한국연구재단의 지원을 받아 수행된 연구임.
(NRF-2013S1A6A4018523)